泊长安

张正福 \ 著

时代出版传媒股份有限公司
安徽文艺出版社

图书在版编目（CIP）数据

泊长安/张正福著.--合肥：安徽文艺出版社,2021.8
ISBN 978-7-5396-7224-3

Ⅰ.①泊… Ⅱ.①张… Ⅲ.①长篇小说－中国－当代 Ⅳ.①I247.5

中国版本图书馆CIP数据核字(2021)第117004号

出 版 人：段晓静
责任编辑：张 磊　王婧婧　　　　装帧设计：禧墨文化

出版发行：时代出版传媒股份有限公司　www.press-mart.com
　　　　　安徽文艺出版社　　www.awpub.com
地　　址：合肥市翡翠路1118号　邮政编码：230071
营 销 部：(0551)63533889
印　　制：合肥禄祺芭印务有限责任公司　(0551)65840698

开本：880×1230　1/32　印张：11.5　字数：270千字
版次：2021年8月第1版
印次：2021年8月第1次印刷
定价：48.50元

(如发现印装质量问题，影响阅读，请与出版社联系调换)
版权所有，侵权必究

第一章 上 榜

看到红榜上自己的名字，高天龙喜极而泣。再考不取，他只有一条道，外出打工。父母都安排好了，也做了最坏的打算。要去的地方也多，广州深圳，或上海北京。村里二懒初中没毕业，就跑江湖去了；屯上愣头小学未毕业，就混社会了。他已经算是够晚的了，念完初中上高中，在村里很稀罕，没几个愿意念书。念书遭罪，这是二懒的话。上学讨嫌，那是愣头的话。邓小平南方讲话后，掀起全民经商热。在农村，许多半大孩子中途辍学，到大城市讨生活。他们背着蛇皮袋，抽着劣质纸烟，头发蓬松，满腿污泥趸进城，遍街找落脚处。二懒如此，愣头也那样。他们回来时穿着起皱的西服，还到处夸夸其谈。天龙不希望过那样的生活，他想过体面的日子。高三那年，天太热，往外一站，就能闻到焦炭的味道。天龙栽了。不是没学好，是发挥不出来。天燠热难熬，喘气都觉着累。天龙考砸了。高四那年，天还是不助他。高考那几天，热得更厉害。天龙觉得人在外头，有被晒化的担心，又一次折戟，名落孙山。父母焦头烂额，天龙也焦头烂额。亲戚朋友没人理解，村里人指手画脚。

癞蛤蟆真想吃天鹅肉。世世代代受穷，就没出息过，忽然就想着要考大学，别再做那个春秋大梦了。口水多得能淹死人。父母呛了几口，就把矛头对准了天龙，逼迫他打工去。没钱供了。祖坟没冒青烟，咱家哪有那个福气？天龙不信邪，也不信命。我命由我不由天，再搏一把，如果沉沙，就断绝念想，背着蛇皮袋混世界去。他不甘心。不是自己不行，是天不助我！

　　第二年复读，他压力很大，大得就像扛着一座小山。他整天闷着头苦学，头发蓬乱，衣衫不整，看上去活像个神经病。天龙也觉得，再考不上，真成神经病了。他快要撑不住了，仅有的毅力和恒心快要消耗殆尽。没有给养，缺少慰藉，他简直就是孤军作战。

　　天龙喜欢雨，只要下雨，就会头脑灵醒，思如泉涌，如醍醐灌顶，豁然洞明。考试前几天，天龙就暗暗在心中祷告，愿苍天普降甘霖。果然考试那几天，狂风大作，泼雨如注。考完后，天清气朗，艳阳高照。再热，天龙也能挺住了。他觉得发挥不错，有几成把握。答案一对下来，就更有把握了，自信就慢慢回来了。他自觉可以继续读书了。读书不苦，读进去还有趣。读书无用论只是浅薄人的托词，懒汉的借口。都想一夜暴富，谁还去坐冷板凳，去研究高深的学问呢？天龙想走出自己的路，与兄弟们不同，与邻居们有别。通不通，他想亲自走一走试试。

　　想起去年今日时，他铩羽而归、落荒而逃的样子。

　　三伏天气，热得狗喘，他却冷得浑身哆嗦，面色死灰，全身筋骨像被抽了一样，随时都有瘫痪的可能。他费了九牛的力气才逃离了现场，碰到熟人，就像盗贼撞上了警察，唯恐避之不及，东躲西藏，花了二虎的气力才来到一个偏僻的地方，无力地靠在墙边，耷拉着脑袋，手里不

第一章　上　榜

停地玩着石子。他胸闷得快喘不上气，非常想哭一场，可就是没有眼泪；非常想大喊几声，可就是出不了声。他以为自己快要死了。已经是下午三点多钟了，肚子还空空的。这里离家很近，可他就是不想回家。家人不会责怪他，这点他很清楚，甚至还会安慰他。

他口中含了根麦秸秆，不断地咬着，又吐掉，再咬，再吐掉。他试图轻松起来，可是办不到，总有啥东西压着，压得头晕目眩。此刻他百无聊赖。天终于暗了下来。他才拖着沉重的脚步回了家。父亲说，三子，还好吧？他没回答。母亲说，三子，还没吃吧？我给你端饭去。天龙眼泪下来了。母亲饭端来，天龙伏在桌上，终于号啕大哭。连续两年不中，非常折磨人。学习不累，考试不畏，他最惧人言。

流言像长了翅膀，在村里飞转。他无颜待下去，太沉重了。

今年大不同。见了熟人再也不用躲了，更不用低头擦肩而过了。他是昂着头迎着熟人的眼光，面带微笑地与他们打招呼。今年的心情就是不一样。

半个月后，重点大学录取通知书陆陆续续下来了。他又一次来到了学校，等了一天，没有他的通知书。

高天龙的一本通知书迟迟不下来，等了将近一个星期都没个影，他知道没戏了。这一个星期，他很难熬，越到后来内心越痛苦。他最担心"撞车"了。这是他万分不情愿的，如果这种事也降临在自己的头上的话。他也做了最坏的打算，自己都复习了两年，已经够用功的了，就是专科也上了，自己已没精力再去补习了。

还好，一周之后，二本通知书也陆陆续续地下来了。他于8月23日接到了西京学院的录取通知书。

泊长安

一颗悬着的心终于落地了。他长吐了口气。

过了几天，天龙带着对新学校的美好憧憬登上了西去的列车。

临走那天，下着雨。小雨，淅淅沥沥的，很有耐心。不打伞，能淋湿，但不会太湿。天气不冷不热。暑热已经过去，就像激情已尽，剩下的就是平静与温暖。天龙喜欢雨，没来由。找一找原因，也许有。小时候一到下雨下雪，就莫名兴奋。在雨水里蹚来蹚去，踩得水花四溅，打湿衣裤也在所不惜，乐此不疲。初中毕业升学考试那年，连续下了有半个月的雨，豪雨如注，家乡成了水乡泽国，一片汪洋。良田淹了，稻子淹了，房屋也淹了，大牯牛在街上游走，头高昂着，脊背都快淹没了，"哞哞"地发出哀鸣。

天龙却很兴奋。激情没有淹没，理智没有淹没，才情也没有淹没。中考就在哗哗的雨水声中进行。他发挥超常，一挥而就，没有难倒他的题目。本来不会做的题目，他也能临场发挥。他想都是拜雨所赐，从此就更喜欢雨，喜欢下雨天。一旦遇到这样的天气，一种隐逸的情愫在他体内慢慢抬升，直至透明而敞大。诗圣杜甫喜欢下雨。他喜欢春雨：好雨知时节，当春乃发生。随风潜入夜，润物细无声。大文豪高尔基也喜欢雨，让暴风雨来得更猛烈些的呼声至今响在耳边。家乡在水乡，怎么会讨厌雨？说不过去。天龙也有权利喜欢雨，不能剥夺。不能因为是平凡而普通的人，就收回热爱。生命中总有喜欢和讨厌的东西。杜甫如此，高尔基如此，天龙也差不多。他偷偷在中学课本上自命为雨农。龙本身幻化无形，神出鬼没。龙天生喜雨。云从龙，风从虎。龙一出现，就会电闪雷鸣，风雨大作。反之亦然。父母起名也不知有没有来由。天龙也不想深究，冥冥之中造化使然吧。父母的希望与嘱托强化了他的责任感

第一章 上 榜

和使命感。名字是他的精神动力,他没理由辜负。名字也是强大支撑,让他撑过了高五。晴天与干旱榨干了人的灵气,阴天和雨水就带来滋润和秀美。江南何曾少雨?自然柳绿花红,莺歌燕舞。大西北莽苍而荒凉,黄土坡地褶皱四起,凹凸不平,种不了稻子,也产不了谷子,只能种点小米和高粱。天晴一身灰,天雨一身泥。在乡下,人们挤住在窑洞里,与蒿草为伍,跟蛇鼠同窝。天龙喜欢关中平原,莽莽苍苍,一望无际。麦熟季节,一片金黄,麦浪阵阵,麦香滚滚。

西安是十三朝古都,地上地下到处都是文物。一句再糙的话里也蕴含着历史,包裹着沿革。一处再旧的墙,也延展着沧桑,珍藏着秘密。天龙喜欢未知,喜欢探究。听说半坡在那里,蓝田也在那里,阿房宫在那里,始皇陵也在那里,不走也不动。天高邈着,云高邈着。华山在那里,法门寺也在那里。一个掌管着自然,一个锁钥着精神。你去与不去,一个傲然屹立,一个香火缭绕。

慈恩寺在那里,碑林也在那里,大雁塔在那里,钟鼓楼也在那里。似乎都在等待一个人,或一群人,或几世人。它们不肯老去,任时光洗礼,风雨剥蚀,依然挺立着,繁华着,热闹着。等离人远去,时光老旧,它们也一同归于沉寂,在暮鼓晨钟里迎来或送往。去了一茬茬,走了一拨拨,屋宇俨然,壁垒森严。天龙正处在"登山则情满于山,观海则意溢于海"的情态。天地虽大,世界微小。他在自己的精神世界里游走着,偶尔露出一点会心的微笑,不仔细观察,体察不到。他在闭目,也在遐想。

哥哥高兴陪同。高兴在砖瓦厂上班,特地请了几天假。刚开始拉水坯,夏天一身泥一身汗,脏得像从灰洞里掏出来似的,高兴也没当回事,继续干着苦活、脏活与累活。后来本家亲戚做了厂领导,高兴提出要烧砖窑。本家亲戚批字同意调动。高兴想调动工作，主要是为了钱。拉水坯脏累，钱还少，一个月下来，汗水不少淌，钱却不多。烧砖窑就不一样，虽然也辛苦，但挣得多。高兴正当娶亲的年纪，想多攒点，等机会合适找个老婆。即使是外地的，比如四川、贵州、云南的，他也不在乎。村里就有后生讨了四川的老婆，照样生孩子，日子过得也美气。讨四川、贵州、云南的老婆，其实就是花钱买。本地的女伢都嫁到外地去了，比如江苏、浙江等一些富裕的地方。穷人家男子讨老婆就是一件头疼的事。玲珑利索的女伢老早就外出打工，然后就在外地成家，本地的人沾不上边。高兴家很穷，就几亩田地，只能混个肚子饱，余钱很少。没有来源嘛。有些人家头脑活泛，外出做生意。比如卖卤鸭，贩席子草，再比如买卖鹅鸭毛。还有些青壮年到深圳广州打工，进厂子，下流水线，也能维持生计。高兴没门路，只好窝在家里。刚好镇上开了砖瓦厂，许多劳力就拥了过去。高兴也不例外，先找份工作干着。他高小都没毕业，识字不多，人憨厚老实，心肠软。弟弟天龙考上大学，他比谁都兴奋，张罗着给天龙办谢师宴。手头没钱，他从承包的鱼塘里网了许多鱼，到街上卖掉，割了几斤肉，又杀了一只不生蛋的老母鸡。在天龙上学前，把这事给办了。母亲体弱，做事不利索，父亲只会出苦力。高兴就替父母操起了心。家里穷，要不然要放一场电影，犒劳乡亲。马洼有个孩子考上了南开大学，请吃流水席，还放了一场电影《孔雀公主》。那天晚上场基上人山人海，摩肩接踵，好不热闹。他家是大户，比不得的。天龙家没这条件，操办不起来。高兴觉得对不住天龙。天龙一笑，算是回答。

高兴在砖瓦厂拉水坯干了两年，烧窑干了三年，对砖瓦厂里的一草一木都很熟悉。烧窑是技术活，弄不好出半窑老虎砖。这算是事故，谁

第一章 上　榜

也讨不到好。20世纪90年代，改革开放正如火如荼，外出打工正当其时，外出做生意也方兴未艾。农民手头逐渐阔绰，市民手里也攒了不少票子。城市建设一日千里，农村盖屋需求旺盛，砖瓦消耗数量惊人。砖瓦厂日夜开工，灯火如昼，机器轰鸣。刚开始烧窑，高兴要师傅带着，手把手教。几个月下来，他就摸出了门道，可以独立上岗了，对火候的掌握恰到好处。还是高兴肯钻，经常请教师傅，还捎带包子油条给师傅吃。师傅也不保守，倾囊相授。刚好他也准备另起炉灶。他在烧窑岗上干了七八年，技术一流，经他手烧制出来的红砖落地有声，清脆响亮，每一窑红砖废坯率不足3%。算是很好的了。

高兴勤学苦练，很快就掌握了烧窑的全部流程和技术要点。他终于熬成了师傅。两年时间，烧窑成功率95%，这对一个新手来说，很是了不起。他的收入也大幅提高。

说句实在话，烧窑比拉水坯更累。人从窑洞里出来，一身汗。在窑洞里像蒸桑拿，身上就没干过，而且还脏，灰头土脸。

难怪师傅说，这不是人干的活，他已受够了，所以决定转行。高兴只要有钱挣，不怕苦。

天龙考上大学，高兴觉着长脸。村里至今只有两个考上大学的，都是本家。第一个考上本省的，家里人就觉得很了不起，走路都杠杠的，说话也粗门大嗓。别人都让着三分，敬着七厘。天龙没考取前，许多人都戴着有色眼镜，看人分等级。有人还在背后小声嘀咕，天龙要考上大学，我把王字倒着写。高兴听了不高兴。天龙知道了，心里也憋着气。他头两年没考取，村里什么样难听的话都出笼了，听着叫人很不爽。天龙复读时，就暗暗地憋着股劲，一定要考上。他很用功，早晨五点准时起床，晚上十二点准时就寝，时间规律得像机器，任何风吹草动都不能轻易搅扰他。等到放榜那天，看到自己的名字赫然在列，他长吐一口气。

高兴二十七岁了。十八岁开始学炸油条，卖早点，一开始生意不错，慢慢外出人员太多，也没挣到钱。后来学卤菜生意，干了几年，也是赚头不多。二十二岁时就到砖瓦厂上班，已贡献五年青春。在砖瓦厂练就一身腱子肉，脸色黧黑。他除了去过几次县城，就啥地也没走过。去县城还是给天龙送被服。天气冷时，照母亲的嘱托和安排，他专门送被服，还有小菜和米面。

天龙一个人出远门，一家人到底不放心。母亲去不了，父亲也不行，这个重担就落在了高兴的肩上。高兴也真高兴。第一次坐火车，第一次去大城市，他一宿都没睡踏实，一会看看钟，一会起来喝水。折腾几次天就亮了，他穿衣洗漱。

天龙除了在县城读了几年书，也是哪里都没去过。虽然没去过，但天龙读书多，见识广，眼界就高。他虽然也激动，但到底有城府，不形于色，头天照吃照喝照玩，像没事人一样。他虽没去过西安，但似乎早就熟悉，知道有城墙，有钟鼓楼，还有碑林，等等。那都是他从书本里得来的。他从容，有度。在火车上，高兴东张西望，看看这个，摸摸那个，新奇得很。天龙就坐着，守着行李。其实行李也不值钱，都是些被服衣物和洗漱用品。学费天龙揣在最里面口袋，上衣兜里只揣点零花钱。他第一次出远门，捎带着小心。高兴也闷着谨慎。

绿皮车里满满当当的，好多都是农民工，外出打工的，但更多的是学生和家长。大家都大包小包，有的拎着帆布包，有的背着蛇皮袋。农民工上车就睡觉，学生聚到一起，玩纸牌。空气里灌满方便面的味道，

第一章　上　榜

掺杂着人体散发出的腥味。过道里都是人，走不开。高兴只买到站票，俩人就轮着坐。最重的东西总是高兴扛，天龙只拿轻便的物件。到站后，高兴跟着天龙，同其他乘客一起鱼贯而出。天龙早到校一天，没赶上接站的学长。

放好行李，天龙带高兴去转转，在城南饺子馆吃了两盆饺子。高兴长这么大，真没吃过饺子。说来令人难以置信。天龙在学校吃过，已不是第一回。高兴那馋憨劲，天龙看了想笑。笑也是苦笑，都是贫穷惹的祸。要是生在好人家，哪至于这样？然后在红专路闲逛。逛晚了，俩人又各吃了碗汉中米线。麻辣味使他们额头冒汗。高兴吃完抹抹嘴，蹦出一句话，从没吃过这么好吃的东西，大城市就是好。第二天，天龙又带高兴吃了肉夹馍和老孙家羊肉泡馍。都是天龙掏钱的。高兴要付，说读书要钱，可不敢瞎花。天龙说没事，花不完。

天龙的学费是东拼西凑的，多数是亲戚的份子钱，你五百，他三百，就这样凑了两千元。天龙看到通知书上说了，学费一千二百，住宿费两百。交了这些，还剩不少，于是就胆肥起来，敢请高兴吃小吃。

高兴回家前，特地和天龙到小寨买了锅盔、黑米和小米。他从来没见过，新奇得很。临走，高兴硬塞给天龙五百块钱叫他别抠着用，照顾好自己。天龙推拉了半天，才接了。高兴眼里漾出不舍。高兴回去时，天龙没送。本想送，高兴不让。好好读书！这是高兴给天龙的临别赠言。细心的天龙将写着电话号码的字条递给了高兴，有急事就打这个电话。那时电话稀少，高兴还是揣下了，没想到后来真派上用场了。高兴出生时不哭，脸上皱纹一道一道，看上去像在笑。接生婆提着俩腿，倒挂着，在屁股上紧扇了两巴掌，他"哇哇"地哭出了声。于是父亲就喊高兴，

泊长安

大名高天雨，上学时用。平时都叫高兴。如果哪天父亲不高兴了，就叫他大名，高天雨，在干吗？高兴撅着屁股从草丛钻了出来，身上沾着草和碎末。高兴长大时，村里兴起了打工热，半大孩子也不上学了，跟着父母兄弟外出讨生活，要么进工厂，要么收破烂，没一个正经营生。农村人也不在乎，挣到钱就行。年底回来，大包小包背着行囊。回来过年也是歇脚打尖，过了年又作鸟兽散。过年时，挣了些钱，于是穿着起褶的西服，打着皱巴巴的领带，到处晃荡。你甩我一根烟，我扔你一颗糖，三句话没聊完，就上了牌桌，酣战起来。一上赌场，钱就不是钱，是一堆草纸，擦屁股都不管用，戳人。有的输急眼，鼻子上冒着油汗，还要押注，押大注。烟一根接一根，屋子很快烟雾缭绕。有的老烟枪，从上赌桌就没断过火，嘴里始终叼着烟，火也从未灭过。高兴手头紧，胆子小，不敢赌。就那点家当，攒着准备讨老婆用的，输了钱就等于输了老婆。他有些小精明，手痒时，就在旁边钓小鱼，一会儿押个五块，一会儿押个十块。时间不长，也小有进账。再大点就不敢玩了，赚了些零花钱及时收手，他满意得很，回去时，吹着口哨"浪奔，浪流"。二懒瞧见了，赢钱啦？高兴点点头。三豆看到了，过瘾了？高兴"嗯，嗯"两声。有时技痒难耐，也上牌桌赌几把，往往手气和运气都不错。

　　高兴也算比较顺当。小时候陈巷闹黄疸肝炎，一起玩的伙伴几乎无人幸免，唯独他啥事都没有。他长这么大，很少生病，人也显得壮实，只是脸膛黝黑。唯一遗憾的是家里太穷了，供不起他上学，他也没念几年书。犁田打耙的本事一学就会，捉泥鳅逮黄鳝的技能驾轻就熟，是个做农活的好把式。随着时间的流逝，岁月的推移，会做农活已不再吃香。村里的青壮年纷纷背井离乡到城里打工去了，会些手艺的，比如泥瓦匠、

第一章　上　榜

木匠、漆匠等，都在外挣了不少钱，过年回来也是西装革履、油头粉面的，喝起酒来吆五喝六，声如洪钟；打起牌赌起博来也是出手阔绰，输个三百五百不在话下。有的还从外地带回了女朋友，到处走亲访友，借以炫耀。没带回女朋友的，也有许多媒人上门提亲，络绎不绝，踏破门槛。

高兴也到了男大当婚的年纪，由于没有手艺，又不会在外面混，只守着几亩薄田，外带在砖厂做点事，过年时自然"门前冷落鞍马稀"，更别说有上门提亲的了。打牌赌钱时其他的"款爷"高档香烟甩来甩去，就是没有高兴的，眼里还不时露出轻慢、鄙夷的神色。高兴也没觉得不高兴，他打牌手艺还不错，只想从这些家伙口袋多赢些铜板，其余的他一概不管。

每当过年看到儿时伙伴从外地衣锦还乡，高兴就高兴不起来。做惯了农活的他一度思想动摇了，也想出去闯闯，但割舍不掉这份浓浓的乡野之情。听说外面世界很精彩，但也满含无奈，弄不好鸡飞蛋打，颗粒无收。在迟疑不决中度过了几年，在陈巷瞎混了几年，还是不甘心踏踏实实做个泥腿子。他自忖没有一技之长，也不会耍嘴皮子，到哪都吃力气饭，与其到外面受人管束，还不如经营好自己的一亩三分地。生不了金，生不了银，也种不出花，只收获些水稻和小麦，感受过一阵"稻花香里说丰年"的喜悦，也享受过"周村皆闻麦饭香"的快乐，使高兴黝黑的脸膛多了层油光。

送走高兴，天龙回到523寝室。寝室有阳台，有卫生间，还有一部壁挂式201电话。寝室是新的，电话也是新的。天龙有些喜欢。后来到外校参加老乡会才知道，他们寝室在西安高校中算是好的，没几所学校有独立卫生间。天龙上过厕所，爬到上铺，窝在床头看书。他第一个报到，床铺任他选。他喜欢高处，不容易受打扰。晚上一人躲进蚊帐，打开台灯，可以读书到凌晨。正在他看书时，有人推门进来。天龙滑下来，跟他打招呼。

天龙打量着同学，他大概一米八多，瘦瘦高高的，留着二分头，头发乌黑油亮，脸庞俊朗，线条分明。通过攀谈，天龙得知他来自山东，叫张玉峰。聊着聊着，张玉峰掏出包石林牌香烟递一根给天龙。天龙直摆手说不会。他就自己点着了抽起来。

天龙第一次碰到有人递烟，有一种被尊重的感觉，好生感动，也十分新奇。从来没抽过烟，要说抽烟，那还是小时候，和伙伴们玩耍时，有人好玩，用草纸卷着棉花当烟抽，天龙尝过一口，呛得直咳嗽，从此再未碰过烟。今天有人主动递烟，说明自己是大人了。在天龙印象里，只有成人才会抽烟，小屁孩是不能抽烟的，也抽不起。

儿时和小伙伴玩耍时，同伴捡大人抽剩的烟屁股抽着玩。天龙一次没捡过，觉得丢人，不好玩。

张玉峰的举动让天龙平添好感。张玉峰睡他下铺，天龙满心欢喜。

第二天，523寝室的人基本到齐了。彼此都简单地介绍了自己，算是认识了。

吃过晚饭后，华灯初上，约好了一起出去逛逛，看看古城夜晚的风景。他们从长安南路出发，经过了纬二街来到了小寨。小寨是小商品市场，各种物品应有尽有，琳琅满目，让人目不暇接。人也多，你挤我，我挤你，多数是新来的大学生，尤以女生居多。女生们成群结队地赶来，摸摸这个看看那个，一副恋恋不舍的样子。

523的男生们在小寨逗留了一阵，就向钟鼓楼进发。

第一章　上　榜

路上发生了一个小插曲。高天龙第一次到大城市，很新奇，看什么都好玩，像个孩子似的，东张西望，走神了。就在横穿马路时，后面突然来了一辆摩托车，撞向天龙。天龙还算反应快，疾跑，还是没跑过去，被带倒了，当场趴下。摩托车一个急刹车，"嘎"的一声，划破夜空。大家离了一截，纷纷回头。一看高天龙被撞，都跑了过来。张玉峰最快，第一个赶到。他看到骑车人戴着头盔，在车上没下来，对天龙骂骂咧咧。张玉峰眼疾手快，迅速拔下车钥匙，慌忙扶起高天龙。天龙一瘸一拐，弯腰拍去身上的浮尘。张玉峰检查了伤情，天龙手心蹭破了皮，膝盖磨破了。他问一句，没事吧，兄弟？天龙点点头。他心里有数了，然后走到摩托车跟前。那人已下了车，站着发愣。看到张玉峰人高马大，有点怯了。张玉峰转过来与肇事者交涉。肇事者摘下了头盔，原来是一光头。他横眉怒目，说高天龙不走正道，是有过错的。张玉峰不理这一套，要带伤者去医院。周华强搀扶着天龙。天龙愣在那里，表情木木的，估计是吓的。张玉峰勒令光头带天龙去医院检查。光头见人多势众，自知理亏，也不强辩，就载着天龙和张玉峰去附近医院了。医生检查后，说无大碍。张玉峰手里一直攥着光头的车钥匙。他叫光头掏五百元营养费和精神损失费，否则就扣下摩托。天龙受了惊吓，哪晓得维权？在张玉峰的交涉下，光头掏钱了事。天龙自感摔得不重，他不想要这个钱。自己不富有，五百元很重要，但不能讹人。如果有事，该赔则赔；没事的话，还要这个钱，就有点不厚道了。天龙制止了张玉峰。张玉峰眼都瞪圆了，他不明白，也不理解。

张玉峰母亲是医生，他从小耳濡目染，知道天龙摔得不重，谅无大碍，帮高天龙买了药，大家就回学校了。回去的路上，张玉峰安慰，没事的,就一点皮外伤,擦点药,几天就好了。天龙脸色有点发白,还没从惊吓中回过神来。张玉峰的安慰,让他感动。他点点头,轻声说了句"谢谢"。天龙觉得张玉峰这个朋友交定了。

张玉峰是山东曲阜人,孔子故乡。也不知那里离水泊梁山有多远。山东人豪侠,出了名的。水浒英雄都来自那里。中学时,天龙读不懂《水浒传》,全是打打杀杀,三句话不对头,就动拳头,使刀子,一个个火气旺得很。现在真切地与山东人交往,感到一股侉劲。

张玉峰智救高天龙,同学们看在眼里,天龙也看在眼里。他们都认为张玉峰仗义。也不知他可是受水浒英雄的影响。

曲阜是孔子故乡,文脉兴盛。山东既出武人,又出文人。孔子是文宗,一生周游列国,生前受尽磨难,痴心不改,教出门徒七十二人。几千年来,孔子学说影响一代代人。张玉峰也应受教,理当斯文儒雅。张玉峰确有几分文韬武略。

到校没两天,班干部还没选好,组织还没成立,孙家旺代理班长,等正式开学再选举。晚上突然接到电话,说女生罗瑛眼睛受伤了。

张玉峰又站了出来。他和孙家旺送罗瑛去校医务室,先做了简单包扎,又打车把罗瑛送到市医院。

还好医院离学校不远,大家可以轮流值班照顾罗瑛。孙家旺安排一个男生带一个女生。晚上要走夜路,怕有闪失,男生可以壮胆,关键时刻可以冲上去。女生们首肯,男生雀跃。这是他们第一次与女生走夜路,心里难免激动。张玉峰和文纤弱在一组。文纤弱是浙江人,纤细文弱,脸部闪着光辉,眼里射出温柔。她脸部像大理石一样光滑,眼里透出的光彩像蓝宝石一样柔和。她头发卷曲,身材苗条,只是个头矮小。和张

第一章 上 榜

玉峰走一起,只到他胸部。张玉峰走得快,文纤弱走得慢,很快就被甩开了。张玉峰一回头,人落了好远一截路。他只有等。文纤弱气喘吁吁地赶来。你走得太快了。张玉峰脸唰地红了。那我走慢点。他小声嗫嚅着。一个满是豪情的人在小女生面前,显得那么腼腆。张玉峰想拉着她走,但文纤弱不肯,到底保守。那时风气未开,男女授受不亲的思想犹在。张玉峰心中激动,也一阵失落。文纤弱心里也怦怦直跳。中学时,大家都闷头学习,没时间谈感情。即使碰到心仪的人,也都埋在心里,谁也不提,只是偶尔抬起疲累的眼睛,看上几眼,就心满意足了。正是少男钟情,少女怀春的年纪,学业负担重,都潜藏着,秘不示人。到了大学,应该放开了,但谨小慎微的惯性犹在,不敢轻谈感情,而且还是初来乍到,彼此都不了解,怎么就能轻易把手交给别人?文纤弱不是大家闺秀,论起来,算是小家碧玉。她还不想将第一段感情交给一个还不太信任的人。张玉峰听说孙家旺把他和文纤弱分在一组,他差点跳了起来。他就喜欢小女生,个子小小的,说话细声细气的。第一眼见到文纤弱,他就说不出的喜欢。这个妹妹我曾见过的。这是宝玉对林黛玉说的话。张玉峰想拿来一用,不算剽窃,只在心里想着,没说出口。若是说出了口,孙家旺恐怕要换人了,张玉峰就没有这样的福气了。

近人情更怯。虽说喜欢,但不知怎么相处。他大步流星惯了,一时没收拢好。文纤弱赶上来时,就觉得张玉峰不会怜香惜玉。她心里有气,但嘴上不吐一字。自来卷头发覆着额头,额头亮晶晶的,嘴唇略翘,腮帮鼓了起来。她长吁一口气。两人一前一后,保持适当的距离,既不落得远,也不靠得近。张玉峰不时地回头,照看几眼。

到了病房内,张玉峰手心都是汗,额头也是汗。他顾不得擦,赶紧搬了个凳子,请文纤弱就座。毕竟是女生,张玉峰插不上手。他高高地矗立着。俩女生心里安适了。文纤弱拉着罗瑛的手,问长问短。罗瑛就把受伤的过程复述了一遍。

她在寝室拿水瓶倒水时,刚提起水瓶,水瓶突然爆炸,啪地一响,碎片四溅。开水烫了手,她赶紧缩回手,水瓶落地了,又是一声巨响。第二次受伤。眼睛突然就睁不开,似乎有东西飞进去了。用手一摸,满手的血,她吓得尖叫。寝室里刚好没人,大家都出去玩了。她不喜欢逛街,喜欢宅着。她爱好看书,特别是琼瑶的书,一本不落。

她还穿着睡衣,头发蓬松着,人也显得慵懒。事故发生时,她又惊又怕,不知怎么办好。刚好文纤弱回来了,看到这一幕,赶紧打电话,请求援助。她也不知怎么处理,虽然慌,但心不乱。女生陆陆续续赶回来,孙家旺和张玉峰第一时间赶到,将罗瑛架着送到了医务室。

眼睛要是瞎了,那我就要退学了。罗瑛刚到医院,心里害怕,也有点失落,说话是哽咽的。文纤弱攥紧了她的手,似乎给她传导力量。

没事的,听医生说,只是眼睑受了伤,没波及眼球和视网膜,还算幸运,住几天院就好了。文纤弱安慰道。然后就削苹果给罗瑛吃。罗瑛表示没胃口。文纤弱不从,罗瑛只好接了,勉强啃几口。

张玉峰母亲是医生,他耳濡目染,也学到了点皮毛。知道罗瑛伤得不重,他也接过话茬,这是小毛病,看好就好了,不会有后遗症的。

罗瑛只顾着和文纤弱说话,把张玉峰冷落了。她歉意地说,坐吧,坐吧。我刚来就给你们添麻烦,找不自在,心中惭愧啊!

张玉峰呵呵一笑,在家靠父母,在外靠朋友。我们是同学,就不说客套话了。都是自己人,哪能见外。

第一章 上 榜

　　文纤弱听了，顿生好感。她扭过头来，略微深情地一瞥。张玉峰捕捉到了，脸忽然就红了。到底是个大男孩，在心仪的女生面前还是有点羞涩。文纤弱莞尔，算是肯定。张玉峰心里就暖了，手心都攥出了汗。他为了打破沉默，也为了多待一会，就谈起那晚男生的事——高天龙被摩托撞了。文纤弱也听说了，只是细节不详。她侧耳倾听，偶尔插话。张玉峰到底来自城市，想法多，反应快。他绘声绘色的描述，让人感觉身临其境。说到激动处，张玉峰快要手舞足蹈了。文纤弱的眼睛睁大，再睁大。躺在病床上的罗瑛也暂时忘记了疼痛，听得仔细，听到紧要处，有时也大张着嘴。峰回路转，罗瑛就长呼一口气，文纤弱脸上绽出柔和的微笑。张玉峰神气活现。文纤弱看着他，眼神有点异样。罗瑛还沉浸在惊险中。张玉峰突然意识到，有点夸夸其谈了。过了，他醒悟了，然后借口打开水，溜了。打来开水，将水瓶放在拐角。罗瑛现在见到水瓶，怀着本能的胆怯。张玉峰也意识到了。文纤弱投来赞许的目光，给了他无限鼓励。张玉峰沉浸其中，心里美滋滋的。

　　文纤弱又和罗瑛客套了几句。罗瑛手有点笨，脑子不笨，就叮嘱他们回去吧，时间不早了。于是就坡下驴，他们顺理成章地离开了。

　　回去的路上，张玉峰自认为有点熟络，也不怯场了。有了来时的教训，他再不敢迈长腿，跨大步，而是和文纤弱并排走路了。

　　有坑坑洼洼的地方，他都搀一下文纤弱，生怕她跌跤。文纤弱也不拒绝，坦然接受。一路闲谈，都是中学里的奇闻趣事。说到有趣处，两人都哈哈大笑。陌生感消除了，亲近感增加了，快到寝室时，俨然一对好朋友了。

　　开班会，选干部。晚上进行的。军训那时还不流行，不是所有高校

泊长安

学生都要军训。西京学院就没搞军训。或者说，只是简单地搞了个仪式，很快就结束了，刚开个头就杀了尾。天龙一阵失落。到底是小学校，对体格要求并不严格。军校一年都在军训，如果身体素质不过硬，撑不下来，最后就被淘汰了，文化素养再好也不行。天龙有个同学，家里条件差，掏不出钱上大学，只好考军校。军校不仅不收费，还有生活补贴。只是军训熬人，有些意志薄弱的就被刷下来；有些体质不过关的，也遭淘汰。天龙同学说过，如果体能训练关过了，文化课不在话下，毕竟身经百战，无坚不摧，但体能课不好过。天龙其实也渴望军校生活，希望经过严格训练，成长为一个阳刚帅气的男生。可惜，天不遂人愿，军校没上成。一半因为同学的描述，一半因为自身条件，他最后填的都是普通高校。可笑的是，估分下来后，他竟然报考中央财大，在北京。他做梦都想到北京去，在那上学，在那就业。可惜的是，他没那个福分。分数下来后，他差了十多分，重点一志愿就落空了。他最后就来到了西安。

西安他也喜欢，虽然在大西北，但文脉兴盛，也是大城市，十三朝古都，文化积淀深不可测。随便一个戴着黑框厚边眼镜的人从身边走过，嘴里谈起的，不是历史就是文物，再不然就是古玩。天龙听了，一头雾水。

天龙初中就考上师范，在那时乡村也是凤毛麟角，稀罕得很。但天龙要强，喜欢读书，非要上高中，考大学。本来功底是扎实的，但几次都发挥失常，让他数次与大学擦肩而过，败北而还。

那时考大学，录取率很低，虽然不比20世纪七八十年代考大学，但竞争也是白热化。学生学得苦，老师教得也累。天龙焚膏继晷，夜以继日，就差头悬梁、锥刺股了。夏天蚊蝇特别多，就是暑假，别人闲着，他也不得空，一有时间就钻入书堆里。看书学习时，还不时想着法子对

第一章 上 榜

付蚊蝇。蚊子特别招人，一到晚上，也不知从哪儿来的，成群结队，嗡嗡嘤嘤的，就像成心与天龙过不去，想着法子叮咬，吸血。天龙身上一会儿一个包，一会儿一个血印，痒得钻心，疼得难受。他还是手不释卷，泰然自若。父母看他这样，想了一个点子，除了点蚊香，还用冷水泡着脚。这样蚊子叮咬就少多了。有人说，上完中学皮包骨头，上完大学花样翻新。中学是畏途，还是有人涉足。大学是象牙塔，许多人求着入室。正因为有大学的诱惑，才有那么多人打破头也往里挤，掉桥下，落水里，也浑然不顾。华山够陡，仍有万千人涉足；大学纵稀，抵不住学子成群。一进大学，一年不到，从前土老帽都改头换面，或美丽可人，或壮实潇洒。行头的改变，带来气质的提升。读书多了，也在慢慢装饰着肌体，丰满着精神。

整个人由内而外地美丽，丑小鸭嬗变成白天鹅。这是一生最美的华年。天龙没意识到，张玉峰也没意识到。

刚开始天龙还微微不适应，主要是气候。这里干燥，少雨，多风。风也不知从哪儿来的，那么有耐心，不眠不休，执着热情，熏得人昏昏欲睡，提不起精神。

张玉峰却如鱼得水。他是北方人，习惯这样的天气，饮食也差不多，一餐几个馒头，吃得津津有味。天龙从南方来，饮食和生活都有点不适。他从农村来，中学习惯老师填鸭教学，到了大学，一旦脱离老师的严管，就像被松绑的人，忽然就没了奔头。但现实逼迫他要想法维持生计，不像城里的孩子，父母双方都有工作，或一方有工作，供一两个大学生，问题不大。天龙父母都是泥腿子，面朝黄土背朝天，一年劳碌下来，也攒不了多少，还要交公粮。那时，能混到城市，有个固定工作，是多少乡村人梦寐以求的事。天龙拿着录取通知书和农转非户口本，心里灌满了感慨。奋斗多少年，才有这薄薄的两张纸。

开班会了。天龙从沉思中回过神来。天龙在班上算是个子高的，自然坐在后面。前面都是女生。女生刚从中学走来，还不懂打扮，自然本色。只有几个大城市来的女生略为招展，一看就能分辨出，很明显。天龙一会看黑板，一会视线转移到女生背影。女生们在交头接耳，窃窃私语。天龙转过头，看到张玉峰也在看女生。他眼睛专门聚焦文纤弱。也不知文纤弱是否背部生暖。

过了不久，来了一个小个子女人，三十来岁吧。天龙眼睛一亮，不会是班主任吧？来人往黑板前一站，自我介绍起来，院宽恕。同学们哄堂大笑。她不笑，等同学们笑够了又继续。不出意外，我将一直担任你们的班主任，希望能与你们交朋友，推心置腹。愿咱们共同努力，平安度过大学时光。

院老师其实挺美的，在天龙看来，只是有点娇小，看着让人着急。张玉峰笑着提了个问题，老师结婚了吗？又引来哄堂大笑。张玉峰没笑，一本正经的样子，又让人发笑。

院老师很客气，请张玉峰坐下。个子太高，我要仰视你。你这算是欺负我。院老师的玩笑又引来笑声一片，气氛立马活跃了。

院老师闲谈了几句，就进入正题，选班干部。有人站起来反对，说都刚来，也不了解，怎么选，那不是糊弄人吗？

院老师做了解释，没有组织就没有纪律，没有纪律就没有班集体。现在选，也是初选，临时选，等大家都熟悉了，互相了解了，再改选。

老师指名孙家旺当班长，同学们无异议。张玉峰成为文体委员。高

第一章 上 榜

天龙什么也没捞着。在中学他可是当过班长的。只是，来到大学后，本来优秀的人就显得不那么优秀了。天龙被扔在集体的熔炉中，烤得热烘烘的。他不知该干啥，也不知能干啥。跟着走呗，前面纵然不是坦途，也不会是悬崖绝壁，只管走着。

泊长安

第二章 邀 约

张玉峰是城里人,能玩,也会玩,比从乡下来的同学点子多,想法也多。为了拉近与女同学的关系,他撺掇班长孙家旺。孙家旺来自大城市,举手投足都四平八稳,很有范,很招女同学喜欢。张玉峰也是。经管96班里的干部都任命过了,天龙啥也没捞着。回到寝室,孙家旺提议让高天龙当舍长。张玉峰同意,周华强也不反对。大家就都附和。

周华强也来自浙江。浙江自古能人多,文韬武略都不在话下。鲁迅是浙江人,秋瑾也是浙江人。要数浙江名人,那真是太多了。天龙对浙江人天生有好感,对周华强也不排斥,甚至谈得上喜欢。他愿意和他们交往。天龙踏实、稳重,话不多,句句精要。周华强侃侃而谈,语出机锋,是523的赛诸葛。

寝室八人,四人来自城市,四人来自农村。周华强来自小城镇,离农村不远。在20世纪90年代末,农村的教育还不错,从考学上来的人就能知道一二。天龙知道农村考上来多不容易。

班主任的讲话,言犹在耳。

第二章 邀 约

大家都是来自天南地北的，能够聚到一起是前世修来的缘分。我希望你们当中任何一人都不要掉队，都健健康康、平平安安、顺顺利利地走到毕业。这是我的祝福，也是我的期盼。

我建议大家在搞好学习的同时要多交朋友，多发展兴趣爱好。大学不同于中学，不能只满足于读懂几本教科书，考试得个高分。这远远不够。你们还要广泛涉猎课外书，大力发展兴趣爱好，争取一专多能，到毕业时成为复合型人才，广受社会欢迎。虽然我们学校不大，只是个专业性的学院，而且以工程技术为专长，但你们在这里的一言一行同样能够得到学校的重视。你们要多参加社团、兴趣小组，不仅要和本班、本系的同学交朋友，还要和本院的同学交朋友。有条件的话最好到我市各大高校转转，到他们那里去学习。比如说，师大的外语角搞得不错，你们当中有兴趣的人也可以参加啊。总之，任你们才华似海、豪情满山都能在这举世瞩目的腾飞中得到充分展现。我们国家正处在一个大发展时期，小平同志南方讲话给我们指明了方向，要我们国家继续加大改革开放的步伐，要敢闯敢试。现在正处在掀起发展高潮的时期。当然了，下海热对我们大学生朋友也产生了不小的冲击。有人就不再安心学习了，认为小小课堂能给自己带来多少收益？自己也要下海小试牛刀。我敬告大家，做学生就要安分守己，能坐得住冷板凳。不是有句话吗？板凳要坐十年冷，文章不写一句空。这是做学问应该具有的精神。当然了，你们以后到社会上了，眼界宽了，见识广了，结交的朋友多了，有条件的话也可以经商啊。以你们以后的学识，经商可不是摆地摊。这其中的学问大了去，我也就不啰唆了。我在说这话的时候，兴许在座的就有家里是做大生意的呢，那我可就班门弄斧了。

泊长安

在大学里要努力增加自己的阅历、经历和学历。

张玉峰不理那一套。他自有一套，周末就想着到处玩。他对文纤弱有意思，可又不好明说。几天没见了，他想得慌。怎么才能见面？怎么才能交往？他颇费心思，很伤脑筋。

天龙晚上上自习去了。张玉峰撺掇孙家旺和周华强留下来。三人在一起喊喊哝哝，商量了好一阵。

晚上卧谈会上，孙家旺就宣布明天请323女生来寝室做客。大家兴致很高，都拍手叫好。张玉峰宣布了想法，孙家旺宣布了纪律，周华强宣布了搞卫生。周华强是劳动委员。有点屈才了，对他来说。周华强无所谓，他才不想当什么班长。他就没当过班长。他口才好，可以脱稿讲几十分钟，当着大庭广众，在中学时就有名了，只是大家还不太了解。周华强拿出奖状，天龙终于佩服起来。

第二天一大早，大家就起床搞卫生，中午去买水果瓜子。忙得差不多了，就等同学了。

晚上七点，几个同学准时到达。蓬荜生辉，金碧辉煌。有女人的屋子才叫家，有女生的寝室才叫干净。开学以来，这是他们第一次大扫除，宿舍干净得不沾一丝灰尘。女生进来，首先"哇"的一声，眼睛亮了。

肖美微拉着文纤弱，黄穗牵着邓如丛，一起拥了进来。寝室空间立马有了生气，活跃起来。

张玉峰和周华强喜欢搞笑。他们站在门边，拍着手大喊，欢迎，欢迎，热烈欢迎！其他同学也跟着起哄。

黄穗是支部书记，她是头。她笑靥如花。别瞎起哄！同学们就乖了，闪到一边，请她们入座。

第二章 邀 约

张玉峰看到文纤弱,眼睛一刻不停地在她身上转来转去,视别人若空气。肖美微有点吃醋。张玉峰好色,想把文美女勾走,没那么容易。我攥着呢,跑不了。说完就笑了。别人也笑了。

肖美微第一个落座,毫不客气地抓起瓜子就嗑。你们不吃可亏大了。孙家旺就招呼大家吃瓜子。

张玉峰削了一个苹果,讨好地递给文纤弱。文纤弱摆了摆手。张玉峰手继续伸着。黄穗说接着吧,她才接住。黄穗解释,张玉峰是纤弱的护花使者嘛。大家一听就明白了。张玉峰为了掩饰尴尬,又给其他几个女生都削了苹果。大家才肯罢休。

孙家旺给大家分哈密瓜,人人有份。吃过后,大家开聊。张玉峰提出朗诵或唱歌。这两样他都拿手。

文纤弱已加入校广播站,张玉峰这样说,显然是投其所好。大家都表示赞同。朗诵或唱歌就开始了。

刚开始,大家你推我让,都不肯第一个朗诵。张玉峰耐不住了。他是急脾气,首先站出来。这个活动是他张罗的,理应带头。他也不推脱,当仁不让,朗诵了一首《雪花的快乐》:假如我是一朵雪花,翩翩的在半空里潇洒……消溶,消溶,溶入了她柔波似的心胸!

黄穗鼓掌,大家都跟着鼓掌。张玉峰看看文纤弱。她脸酡红着,羞赧地低下头,绞着手指。

孙家旺道,轮到女生了,有谁上,要自告奋勇。黄穗指了指文纤弱。文纤弱个子小,她站了起来,朗诵《再别康桥》。这首诗也是徐志摩的。那个情种,一路播撒情爱,也一路写诗,留存下来的诗歌相当可观。那时流行徐志摩,稍有学问的,都愿意读他。他是浙江人,文纤弱的老乡。

泊长安

　　文纤弱没理由不喜欢。她曾在广播里多次播送了。这次朗诵也是驾轻就熟，张口就来。她稍作酝酿，就开始了磁性的诵读。一屋醇音，满室飘香。男生们陶醉其中，久久不能自拔。

　　张玉峰看着文纤弱大理石般光滑的脸，看着她纤纤玉指，看着雅黄T恤，还有微微鼓突的酥胸。他醉了，醉得彻底，醉得深沉。两眼定了神，一动不动。

　　高天龙低着头，谁也不看。他揣百分的羞涩，十分难为情地坐在床边，泥塑木雕一样。其实他内心翻江倒海，波涛汹涌。天底下就有这么美丽的可人儿，穿上花衣，像孔雀一样；亮起嗓子，像百灵鸟一般。这飞在头顶的灵雀是什么风儿把她招来，要让我们领受，感知她的春心萌动。

　　天龙听着妙音，心中大愧。都说艺不压身，早知道，多学几门。现在这个样子，太单薄了，拿不出手。虽然热爱文字，喜欢文学，可五音不全。

　　朗诵完毕，文纤弱又被怂恿唱一首。她说了句，勉为其难，便亮开嗓子，唱起《百灵鸟》。婉转悱恻，高音高到顶，低音低入尘，转换自然，吐纳流畅，有金石之声，无断弦之憾，惊云裂帛，气冲斗牛。一曲歌罢，现场安静极了。过了足足十秒，突然掌声雷动。不知是谁带头鼓掌的，也许心照不宣，同时拍手。

　　女生心中涟漪翩翩，嫉妒之火大炽。男生胸中爱意满满，艳羡之情激燃。孙家旺坐不住了，周华强坐不住了，高天龙也坐不住了，张玉峰更坐不住了。大家跃跃欲试，都想展示才情。

　　黄穗激动了，肖美微激动了，高玉银也激动了。她们投去异样的眼

第二章 邀 约

神,里面似乎掺杂着不忿、不服和不甘。她们也想表现,风头绝不能被独占。

大家开始抢着发声,你不让我,我不让你,一时热闹开了。文纤弱的朗诵和歌唱就像一瓶陈醋,惹得大家心中酸酸的,总有什么掐着喉咙,堵着胸口。

下面的节目大家虽然踊跃,但都差强人意,没啥亮点。要不是张玉峰和文纤弱的表演,那就等于砸了。同学们立刻就觉得文纤弱不再矮小,而倍感高大。她雅黄的T恤穿在身上,显得多么得体,衬得身材越发苗条,楚楚动人。尤其是那一双眼睛,沉静如水,秋波流慧。也许前面的人唱得太好,后面的有压力吧。总之,其他人发挥不佳,乏善可陈。压轴戏还是交给了张玉峰。他来一首《掀起你的盖头来》,将晚会推向高潮。大家沉浸了好久,才拉亮了灯,吹灭了蜡烛。同学间的距离马上拉近,近得可以贴身,近得可以感受彼此的呼吸。吐气如兰,让人觉着幸福。幸福就在眼前,就在身边,就在一颦一笑中,就在拱手道别里。

天龙他们送走女生后,望着夜晚的天空。天空如洗,繁星满天。九月的大地不冷不热,涌动着沁人的芬芳。天龙感动极了,也幸福极了。

张玉峰也有同样的感觉,只是感觉深浅不同,感受轻重不一。

来的不是客,是花,馥郁繁华;走的不是人,是仙子,飘飘如梦。

天龙做了一个梦,梦里有丽人走近;张玉峰也做了个梦,梦中有玉人在怀。

523寝室的卧谈会开得热烈。大家围绕着前几天女生来寝室献歌,重点谈文纤弱。男人的一半是女人,女人的一半是感情。尽管有学业压力,大家还是忍不住要谈,卧谈起于女生,也终于女生。

27

泊长安

  他们首先商量给女生起外号。黄穗叫黄花菜，外露中空，恰。肖美微叫啥呢？芍药，因为她勺道。人不算美，却爱臭美，也恰。高玉银干脆叫玫瑰，因为带刺，沾染不得。文纤弱就叫白玉兰吧。她纤尘不染，白如凝脂。大家起过外号，都哈哈大笑。有才，不带这么有才的。也是张玉峰起头的。没有他掺和不了的事。

  时间过得快，几周就过去了。学习上了正轨，除了聊女生，大家聚到一起偶尔也聊学习。大家各自忙开了。

  天龙加入了新野文学社。张玉峰加入了乐天鼓乐队，当吉他手。

  周华强喜欢经济，干脆办了一个《经济视窗》报纸，转载经济方面的文章，无关文学。他们在校内社团里活动，结识了很多人，触角伸得远，不断地猎取新东西，摒弃旧观念。

第三章 遇 见

高兴回到陈巷，好久都沉浸在兴奋与快乐中。说不上原因。吃了肉夹馍，汉中米线，余香绕口，回味悠长。好几天他都舍不得刷牙，生怕嘴里美好的味道消失了。他希望保留得长些，再长些。坐绿皮火车要二十多个小时。他受得住，念兹在兹。平生第一次坐火车，感觉不一般。人生有许多第一次，每个第一次都令人回味，割舍不下。

陈巷是地图上一个最不起眼的小地方，早已存在，也不知繁衍了多少代。人们就一直生活在这片土地上，离长江不远，周围小河环绕，没有高山，多是丘陵。这个地带在北纬35°左右，四季分明。听说这个纬度，气候适宜，环境舒适，最适合人居。高兴回到陈巷，邻居们很羡慕，围着高兴打听，大城市是啥样，高楼多不多，美女多不多。高兴都给肯定的回答。说高楼多得闪眼，寝室都有六层楼，密密匝匝地住着人，一到晴天和周末，阳台上晒满被子和床单，像万国旗，五颜六色，好看得很。

他还绘声绘色地描述吃过的小吃，比如肉夹馍和汉中米线、岐山臊面。小虫兴奋得直叫唤，让天龙下次回来，也给他带几份，尝尝鲜。

泊长安

一千多里，怎么带？带回来就坏了，吃不得。高兴的话像兜头凉水泼下来，小虫噤口了。小虫也在窑厂做工。他拉板车，拖水坯，一天下来，脏得恨不能扔进臭水沟。他习惯了，无所谓，比出窑强。出窑是最脏最苦最累的活，整天烟熏火燎，累得手都蜕皮。冒着五六十度的高温，从窑里往外出砖，热气熏人，汗就没断过。出窑的人都穿着大裤头，光着背，从火红的窑里抢砖，一天下来简直要虚脱，回家话都不想讲一句。

高兴知道，在窑厂干的都不是好差事。烧窑就很脏。为了挣钱，他也顾不了许多，先干着，如果有合适的营生，再想辙。

烧窑都是三班倒，每个人八小时，轮换着来。砖窑烟囱一旦点着，再不能断火。点火是非常郑重的，是头等大事。窑厂自20世纪80年代中期点火成功，火从来就没熄过，至今已燃烧了十几年。高兴也贡献了快五年的青春了，是否还继续干下去，他心中也没谱。只是从西安回来后，他心思多了，想法也多了，有时夜班回来，就瞎琢磨：能否去外地做个小生意，弄个小买卖？也许可以发家致富。更关键的是，活动圈子大了，也许能找到合适的对象。这才是最关键的。二十七八的人了，还光棍一条，再耽误下去，估计要打一辈子光棍了。

介绍过几个，也没正经谈过。母亲曾经帮他物色了一个丫头。那女子是母亲淘米洗衣认识的。母亲有个癖好，要到五里外的双塘淘米洗菜、捶衣服。双塘水面大，像小湖，碧波万顷。周围村里的小媳妇大姑娘都喜欢去，扎堆，一边淘米洗菜，一边张家长李家短，吐沫横飞。聊着聊着，就聊来了信息，周围十里八村的琐碎事情就掌握了。王圩有个女伢，比高兴小几岁，经常出现在母亲眼前。她更频繁地来去双塘汰衣服。一个女伢拎着一大桶衣服，来来回回，也够累的。母亲故意搭讪，问了几

第三章 遇 见

次，互相就熟了。女伢叫高兴母亲干妈。母亲高兴得待她像亲闺女。回去就怂恿高兴，阿妈给你找下一门亲事了。高兴嘴就合不拢了，笑得口水都掉下了。

但是高兴胆子小，真当女人是老虎。母亲撺掇他去见见，他直往后缩。他想见，又不敢见。大哥天晴已成家。那就是一层窗户纸，迟早要捅破。晚捅破不如早捅破。天晴的话不错，可他还是不敢。天晴就叫他喝酒，喝得七分醉了，胆子就大了。天晴特地整了几样小菜，备了一瓶散装高粱大曲，喊上高兴。高兴也不客气，猛灌一气，菜都没叨几筷，人已醺醺了。天晴就鼓励他，去吧，说错话，办错事，也不打紧。高兴趔趄着就去了。在双塘周围绕了几圈，试图偷看。女孩就见一个人，绕着塘走来走去，走路还崴来崴去，站不直扶不稳的样子，像要被锯倒的油松，像要被偷砍的杉树。女孩突然惊觉，衣服还没汰干净，拔脚就走。她以为碰上醉汉了。高兴急了，跟着追。女伢拎着竹篮，里面一大包衣服，走路晃来晃去，很不服帖，走一阵歇一脚。高兴紧赶慢赶，很快就赶上了，赶上也不说话，睁大眼睛直觑。他不知该说啥，就只能看。女孩受了惊吓，以为遇到歹人。刚要叫唤，高兴发话了，我不是坏人，我是来相亲的。

女伢看他嘴喷酒气，一定以为是胡诌，满含戒备地问，都不认识，相的是哪门子亲？我已有对象，过年就成婚了。

高兴一听，酒醒了一半，汗也不争气地从额头冒出，淌到腮边，像蚊子咬，像毛毛虫爬过，怪不舒服，很不服帖。

他抹了一把汗说，我阿妈叫我来的。她说你没对象，跟我般配。我就是来看看。果然漂亮，好女子。说完就要替她拎篮子。女孩退后几步，

泊长安

胡话呢。我真要结婚了,你不要蛮缠。哪有你这样找对象的?你阿妈是谁啊?我不认识什么大婶。

高兴一着急,脸涨得通红。太阳刚好当头,更觉燠热,他一个劲擦汗。女孩就走远了。他愣了半天,不知该干啥。等女伢走远了,他才回过神来。

有了第一回,高兴就不怕了,一有空就守在塘边,等女伢过来。女伢再也没出现。高兴等得不耐烦,直奔王圩。村子很多人家,高兴找来找去,就是没找着。回来问母亲,母亲说就是王圩,她亲口告诉我的。那她叫啥名字?母亲愣了,这个还没问呢,她也没说,我只叫她丫头,她喊我婶子。高兴又折返过去,向人打听一个叫丫头的女伢。王圩的人都摇头,没叫丫头的。高兴还不死心,继续追问。有人说,叫丫头的多着呢。女伢没长大的,都叫丫头,你到底找哪个丫头?高兴没词了。这个事就黄了。回到家,向母亲报告,母亲直拍屁股,怪我死昏了头。

第四章 定 亲

那时农村已掀起打工热。许多十七八岁的女伢跟着老乡到广州深圳打工,或到上海浙江打工。刚去时,灰姑娘一个。再回来时,就洋气得很,喇叭裤也套上了,呢子大衣也穿上了,口里也飘着普通话了,听着好生分。熟悉的陌生人。更重要的是女伢二十多岁时,在外地就找了对象。村里闷头做事的嘎小子她们再也看不上了。

高兴这类人,只能落单,不得不落单。俊俏点的女伢都嫁到外地去了。每出嫁一个,高兴就叹一口气,也不知叹了多少口气,还是孤单着,找不到合适的女伢了。看着村里游走的都是老年男女,高兴就提不起精神。同龄女伢都出去了。

高兴定亲也非常偶然。一晃二十七八了,高兴急得团团转,拳头打进棉筼里——有劲使不出。人是单纯点,老实些,但不代表傻。高兴望巴着心,等不到。冬天被头冰冷,心里燥热。夜里醒来,盯着油烟熏黑的天花板,在晨光熹微中,迎来日出。冬天的太阳光芒万丈,看上去暖和,移到屋外,冷风嗖嗖,寒气逼人。三间砖瓦房已盖好,像鸟雀一样巢已筑好，就差女主人。屋子没有生气，即使烤着火，心头的冰碴也不消融。

到了娶亲的年纪，娶不上，怪窝火的。高兴一点也不高兴。自从去了西安，他心中起了波澜，有点不太安分了。

小时候，谁家多了女伢，被人瞧不起。农村人就想要男伢，生了女伢，头都抬不起来。有的连月子都不想坐了，哭哭啼啼的。

那时谁家男子多，在村里势力就大，说话也粗门大嗓。陈巷有个大户，生了六个儿子，最后一个是女儿，在村里强横得很，许多人家都让着。他家圈塘占地，没人敢龇牙。男子多，干活也卖力，家里粮食堆满谷仓，用芦席圈着。邻居串门，啧啧赞叹。家主脸上就洋溢着红光和满意。最重要的是，在陈巷，男伢多，可以打群架，不受欺负。

谁家只有一两个男丁或没有男丁，那就只能佝偻腰走路，低头做事，唾沫吐在脸上，都不吱一声。不是不想，是不敢，如果强辩，只有挨揍。

男子少的家庭，女人最遭罪，在家里一点地位没有。白天烧锅做饭，洗洗抹抹，还要下田劳动，犁田打耙，割稻除草样样能来。晚上累得澡都不想洗，还要伺候一家子吃喝，夜里还要受男人折腾，一个不字，巴掌就扇过来。女人心里苦，只有对一堆女儿发作。女儿吃不好，穿不暖，不梳妆，不打扮，一个个灰头土脸，面有菜色。

全县都这样，陈巷也不例外。高兴这事见得多了。女伢很少有受教育的，好多都是睁眼瞎。嫁人后，也延续着老传统。

高兴在心中暗骂，个孙子的传统，害得老子娶不上。

高兴在十里八乡相亲不下十次，没一个成的。嫌家底薄，嫌高兴老实，嫌这嫌那，没有一个中意的。

第四章 定 亲

做田做地,要那么精明干什么?精明能当饭吃?高兴在心里嘀咕,我有腿有手,还怕饿着婆娘?

自从邓小平南方讲话后,全国掀起经商热,打工热。白猫黑猫,抓到老鼠就是好猫。老鼠是什么,是铜臭,是金元宝,是银锭。高兴没有,一样都没有。

媒婆和姑娘看着高兴家里只有几样家具,简陋得很,没说几句话,在姑娘的眼色下,拔脚就走,饭都不吃一口。

好在弟弟天龙考上大学了。这是硬通货。周围虽然没有提亲的,但高兴处境要好点,来人不敢招呼不打就走人,总留点面子。

高兴还是剩着,心里不是滋味。

春天来了,柳树发芽,杨树吐绿,花花草草都探出了头,该绿的绿,该红的红。天空也格外给力,蓝得心颤。蓝色印在水中,水也被染绿了。清波微漾,鱼虾嬉戏。各种鸟儿也飞来了,有白鹭,有灰燕,有画眉,还有布谷鸟,叫声清越,在田畴里飞舞,觅食。

春天来了,冬天揪缩的心也慢慢舒展了。一天高兴下班后,回到家,听母亲说到一件喜事。有个云南人自称是媒人,专门给人牵线搭桥。高兴不甚相信,怕不是骗子吧?现在骗子多,城里人精,骗不了,就跑到乡下来了,专骗老实人。妈,别上当。

母亲身体不好,痔疮严重,经常屙血。她虾着腰告诉高兴。高兴兜头一瓢凉水浇下,母亲无奈地叹了口气。

是妈不好,拖累你了。要是我身体好,你也不会熬到今天,早娶上了。高兴一边准备晚饭,一边说,妈,你就别自责了,我会找到的。

这有个媒人,你看看再说。高兴不想拂母亲意,也不想让她担心和

泊长安

生气,就点了点头,死马当活马医。

他抬头一看,外面松树上有一只花喜鹊从一个枝头跳到另一个枝头,嘴里发出叽叽喳喳的声音。高兴的左眼又突突地跳着。兴许是好事来临?高兴在心中嘀咕着。

高兴以为媒人是四五十岁的女子,见了原来是男的,很年轻,估计不到四十,戴着旅游帽,穿着夹克,一副潮相。嘴唇上留着两缕小胡子,下巴有点尖,一双小眼骨碌碌转动,一刻不闲。

高兴心中疑惑,嘴上客套。请上座,喝茶。母亲就端上三颗溏心蛋泡炒米。媒人也不客气,坐在上首,稳稳地吃着茶点。

你们家比较寒碜,条件一般。我就直说,也不怕得罪人。媒人边吃边说,吃完一抹嘴,话像机关枪一样冒出来。

我去了周围几户人家,条件要好得多,给的价格也高。看在你母亲诚心实意的分上,我再来一趟。

这么跟你说吧,那家请我吃饭,还包红纸包,里面有五百块。事还没谱,他就出手大方。咱走江湖也不是一天两天了,上到河北,下到海南,全国差不多跑遍了,像这么大度的人不多见。我心动了,我要给他家儿子介绍一个。人心都是肉长的,我不能昧良心。

母亲听了,赶紧到房间去了,她也要包一大红包。高兴冲进房间,制止了。八字还没一撇,就撒钱,要是骗子,那不是空欢喜一场?

母亲就作罢。出来时,拎了一篮子鸡蛋。没什么好孝敬的,一点心意,大恩人不要见怪。

高兴也无可奈何,兴许有戏。他尽量往好处想。媒人也不客气,收了鸡蛋,连个谢字都没有。然后双方谈价格,开始要价五万,人来了就

第四章 定 亲

结婚。女伢十八,自身硬件不错,没谈过恋爱。高兴三分信,七分疑,都没见过,谁信呢?糊傻子还差不多。高兴知道自己笨,但不呆,更不傻,看上去憨厚,就像绵羊,性格温和,但惹急了,绵羊也会蹭人。

高兴不同意给五万。家底都亮了,拿不出那么多。最多给三万。愿意就见面,不愿意就算。媒人史用说,路费都花不少,不够意思。

史用掏出香烟,高兴急忙给点上。他猛吸几口,又吐了出来,似乎要将不满与怨怼都吐掉。

高兴不善言辞,知道不是对手。他借口上厕所,喊来了大哥天晴。天晴也是泥腿子,没见过多少世面,但他能讲,比高兴强。高兴到底憨厚,脑子不好使,总缺点什么,闷头干活一点没问题,要动脑筋,上谈判桌,不是所长。

天晴来了,直接砍价。天晴好烟,史用也是。天晴先递一根,接着甩过去一包。史用还要客套,天晴将他堵回去。

史用收下烟,两人就慢聊起来。

晚上备饭,割了肉,杀了鸡款待。

父亲不主事,一切听从母亲的。母亲小事可当家,大事就乱了方寸。这种事,真不好说。也许有,也许无。就听史媒人在叨咕,她也插不上话。插话也是白搭。干脆跟老伴学,躲进灶间,烧火做饭。

天晴指派高兴去买了两瓶洋河大曲,晚上要好好喝,陪好。高兴飞也似的去了。

酒席间,大门一关,灯火如昼。天晴端杯就敬,一口干。史用也不客气,满杯回敬。喝到酣处,吃到半饱,划拳行令起来。什么事都不谈,搁在一边醒醒。

泊长安

谈到喝酒，高兴特来劲。真要碰杯，高兴更痴癫，一杯接一杯，就没停过。这下把客人豪兴挑起。史用放胆一搏，喝得酒酣耳热，醺醺欲醉。

最后在残羹剩炙边，将事情谈妥，三万成交。双方讲好，三天后女方来人，相亲。

在喝酒中，史用讲到邻居，高姓本家，那家人不厚道，钱出得再多，我也不干。他撬你家姻缘。那是见不得人好的人。他家老婆远房侄子，三十多了还没娶亲，要我介绍。说句不中听的话，他家招待真没话说。我还是看人。那小伙子，不顶龙，真是脑子缺根弦。女伢嫁给他，迟早也会跑路的。这个钱，能不能赚，我有数。但我不昧良心。虽然我们初次见面，但你就知道我好什么，要什么。我跟你投缘，一见如故。我做媒人也不少年了，成了几十对，没离的。

不是我说大话诳你，处久了，就知道我的为人。天晴烟一根一根地递，火一次一次地点，就没断过。话也没断过。烟在手上就是摆设，他也不吸，只是就那么点着。烟雾在屋里缥缥缈缈，缠缠绕绕，如神仙洞府。今晚大家是豪情的，快乐的。尤其是高兴，心里像装着神鹿，就要从嘴里溢出，飞掉了。他一直抿着嘴，瞪着眼，看对方嘴唇在不断地一翕一合，像脱水的鱼，翻滚跳跃着。

高兴长这么大，没碰过女人，手都没牵过，更不要说亲嘴了。对象都没有，跟谁亲热去。夜里跟史用同床，他心里燥热，欲火难忍。恨不女子立刻就在眼前。史用睡得深沉，打呼噜兼带磨牙。

三天后，果然见到了女伢，皮肤黝黑，个头适中，略微肥胖，肉乎乎的，看着就令人喜欢。女伢很对高兴胃口。高兴马上对天晴说，我相中了。

女伢也不说话，就只顾站着，或靠在门边。跟着一道来的，自称是

第四章 定 亲

她婶子。

婶子一看就精明，个头不高，身材瘦削，但一双眼睛毒辣，滴溜溜直转，看看这，摸摸那。她也不说话，就听史用介绍。该她说时，她也三两字就打发了，全凭史用做主。

照例要吃饭。高兴见到女伢，比上前天更激动，买鱼买肉，杀鸡，炖菜，忙得有条理，做得有思路。

一顿饭下来，婶子觉得时机成熟，抛出了话头，提出了条件，要高兴带七千元钱，去云南，住半年，劳动半年。如果彼此都能相处，没有矛盾和冲突，半年后就嫁过来。给女方三万，媒人三千。

大哥天晴说，高兴没出过远门，不合适。再说他还有工作，离不开。高兴不服尿，他要跟着去。婶子说，成家大，还是工作大？天晴就望着高兴，心说这个主意你拿，对了错了，都自己承担。我也没辙了。高兴迟疑了一会，表示愿意同往。高兴心说，西安都去过了，也算是见过世面了，怕什么。世间到底好人多，不信就是火坑。就是火坑，跳一回试试。

天晴无话。父亲知道了，要阻止，才见一面，就答应？这不是闹着玩的，出了纰漏找哪个去？喊堂哥来！

父亲于是叫来了堂哥。堂哥是乡镇干部，见过大世面，有深厚的人生经验，看人也准。家里一般大事，喊天晴；更大的事，就叫堂哥了。堂哥来了，听了原委，说可以试试，叫高兴路上多留个心眼。既然是撞到的姻缘，错过了可惜。堂哥看了女伢，不像坏人，更不像骗子，是个正经过活的人。

高兴临走时，堂哥对他说，留心她身边的婶子，再无多话。

泊长安

第五章 暗 恋

天龙没当上班干部。他以为可以的。第二学期开学不久,就宣布竞选班干部。经过半年的交往和交流,大家都该熟悉了。

第一学期来时,大家热情很高,学校的啥活动都参加。天龙参加系里演讲比赛,准备是充分的,特地写演讲稿,一改再改,直到满意为止。还背诵了,滚瓜烂熟。他想一炮打红。底下一定坐着文纤弱。他心仪她。张玉峰喜欢,就不准天龙喜欢吗?那一双黑豆似的眼睛勾人得很。天天在广播里听到她磁性而柔美的声音。下午放学后,文纤弱就一头钻进广播站,影子都见不着。只有在上课时偷瞄几眼,还不能大意,生怕被发现,抓个现行。班上男生都有想法,谁都埋在心里,不吐半个字。

只有张玉峰大胆,堂而皇之地盯着看。上课走神的人一准在盯着文纤弱。她的背影好美,纤瘦苗条,让人沉醉。她不仅身材好,学业也好。只要上课,都非常专注,老师说的每个字她都能记住。高数课上,许多同学还没弄懂,她就举手回答问题。她的笔记也记得好,工工整整,干干净净。男同学都不大记笔记的。张玉峰就是其中之一。他常找借口,

第五章 暗 恋

问文纤弱借笔记。文纤弱莞尔一笑,大方地出借了。张玉峰得胜似的回到座位,摘抄起来,还拿鼻子像狗一样不停闻来闻去。香着呢!他自语。惹得别人妒火大炽,噼啪直响。

天龙内秀,生性腼腆。他不敢明目张胆地去借,一没胆量,二没勇气,三没条件。

那晚朗诵后,天龙虽然没发声,但内心激荡不已。天底下还有这样优美的声音,还有这样美丽的可人儿!这样优美的声音和美丽的可人儿居然就近在眼前。但天龙不敢造次,只在心中翻江倒海,踢腾不已。

相爱容易,相处难。他连爱都没闹清,更别谈相处。天龙视张玉峰为情敌。张玉峰太高调了,什么事都做在明处。

天龙尽量克制着,只要能听到她的声音,就心满意足了。他不敢奢望。

院里先后组织演讲比赛和辩论赛,愿意参加的同学都紧张地准备着。天龙本不擅长。张玉峰报名了,他也不退却。他心里在抗争。他参加演讲比赛和辩论赛都是为一个人。别人不知道,他心里最清楚。他不能落得太远。他还想竞争班干部呢。在中学自己当过班长,在大学也应该有个一官半职的。当班干部还是为了一个人。这是他的动力源泉,不能输了去。

在演讲比赛和辩论赛期间,一定有很多同学在看着,包括文纤弱。她坐在前排,双手托腮,安安静静地看。两只眼睛会说话,眨一下,一个意思;再眨一下,又是一个意思。那钻石一样闪着幽光的眼睛让人沉醉。她坐着很美,站着也很美,走着也照样美,穿啥都美。朗诵那天,穿着雅黄T恤,脖颈细长,脸部光洁,像大理石微雕。看着就赏心悦目,

41

泊长安

喜从中来。

那天朗诵时,天龙清楚地记得她多看了自己几眼。自己还怪不好意思,头低了几次,不敢稍抬。

他要争取在演讲中获奖,就为那一眼,也值得。如果获奖了,她一定拍手叫好。她的浅笑,是醉人的;她的举手投足,是勾人的。每个钟情的少男都想打她主意。哦,那个曼妙的少女。

演讲那天,天龙站在台上,目光四处搜寻。刚开始落在前台,前面都是姿色平平的男人或女人。他们可能是评委,一脸严肃。天龙觉着无趣。他的目光又落在后座,也没有熟悉的身影。天龙一阵失望,演讲都快进行不下去了。他讲到了一半,卡壳了。他只知道汗水像蚯蚓在脸上和腮部不断地爬行。他也知道脸一定红透了。他觉着好热,浑身难受,不舒服。每一双眼睛就像毒箭射来,射得他体无完肤,射得他神魂颠倒。他脑子是空的,像被删除的文件,像被打扫的战场。他就这样愣在台上。他快要哭了。

突然从外面进来一个人,熟悉的脚步,熟悉的身影,熟悉的味道。当天龙看到这个人,精神大振。他抹了一下脸上的汗,重新投入演讲。他知道,自己的救命稻草来了。只要她坐下,他就来劲,就有源源不断的动力。记忆瞬间被激活,沉睡的腹稿重新苏醒,涌进大脑,灌入喉管。他又流畅自如地演讲下去了。他还夹带着手势,大气磅礴。他以为自己就是一个伟人,一个纵横捭阖的人,一个气吞山河的人,一个指点江山的人。他活了,从僵化和垂死中突然活了。

就在他停顿卡壳的时候,台下喊喊哝哝,小声嘀咕。有人叹口气,有人摇摇头,还有几个起身离开的。更有甚者,有人讲了一句:瓜娃子。

第五章 暗 恋

天龙听到了，也看到了。他还是在愣神。

文纤弱救了他。也不知文纤弱知不知道。天龙是知道的。也许她知道，装作不知吧。

结果不重要。演讲能继续下去，天龙好感动。他怀着深深的眷恋，深情地一瞥。文纤弱头扭向别处。窗外阳光明媚，鸟雀和鸣。

虽然只获三等奖，他也是欣慰的。

再接再厉。辩论赛天龙也参加了。理由也很单纯，他就是为她而去的。胜与败全在她，不在我。天龙是这么想的，也是这么做的。

那天辩论赛进行到酣畅时，有人指天划日。读书有用论与读书无用论针锋相对，互不相让。天龙是正方辩手，任何时代任何人任何时候，读书都是有用的。辩得脸红脖粗，差点没打起来。

文纤弱就坐在台下，一刻未离。当要理屈词穷时，瞄一眼她，便精神百倍，斗志昂扬。她抬着头，有时摆弄一下柔波似的秀发，有时轻咳一声，都给天龙注入能量。他不需要别的，够了。如果她还轻叫一声好，他会更加卖力，更加有激情。

可惜中途，在辩论快到尾声时，她被同学叫走了。天龙觉得精神支柱轰然坍塌，像雷峰塔的倒掉，像旧金山大桥的垮塌。辩论虎头蛇尾，草草收场。功亏一篑，遗憾殊深。张玉峰回到寝室，对天龙一顿埋怨。说天龙银样镴枪头，扶不起的阿斗。天龙默不作声，时不时捶一下自己的脑袋。只有他知道是怎么回事，他不能讲。

已是第二学期了，班主任认为班干选举火候已到，该熟悉的也熟悉了，该了解的也了解了，趁着热乎劲还在，抓紧办。

在此之前，班上又发生了一件大事。为了增加了解，孙家旺组织了一次秋游。三十六个同学都参加，没人愿意掉队。去的是翠华山，离学校近，山还不高。华山太远，既陡又险，不好组织。翠华山在长安县，风景不错，周围都是平原，赫然一座小山，茂林修竹，苍翠欲滴，是秋游的好去处。全班三十六人都去了。有些走在前面，有些就落在后面，三三两两，成群结队。

第一次集体出游，同学们很兴奋，也很激动，都攒着劲跳，迈开腿跑，热闹得很，喜庆得很。山东妹子朱丽娜中途小解，落了单。孙家旺前后照应着，自己也没往深处想。登山到了平地后，一点人数，少了朱丽娜。大家分头去找，结果在山坳里发现了。她躺在地上，头枕着石头。石头上一摊血迹。朱丽娜已昏迷。这下出了纰漏。人估计是滑下去的，后脑勺碰着石头。秋游草草结束。大家七手八脚抬着她，送到了医院。还好去得及时，再晚一时半刻，人就很危险了。

孙家旺牵头组织的，是第一责任人。班主任知道了，心都揪起来。她也难逃干系。孙家旺是向她汇报过的，征得她同意的。现在出了这档子事，要打板子了。到底打得多重，就看朱丽娜伤情有多严重。还好，脑部淤血，抽掉后人就醒了。听大夫说不是很严重，但要静养。朱丽娜伤好后，就没再上课，办了休学手续，回老家烟台疗养去了。

孙家旺很自责，主动提出不当班长。其实这事也怪不着他。大家都是成人，应该对自己的行为负责。有人不这么看，说孙家旺爱出风头，好表现。班上有几个觊觎班长宝座的幸灾乐祸，偷着乐。有人就想这下班长就轮到我来当了。于是新学期一开始，班长改选来了。

晚上灯火如昼。经管96班像往常一样，却略显不同。人人正襟危坐，但不是上课，也不是自修，是来投票选举的。

第五章 暗　恋

　　天龙本不想蹚浑水，禁不住张玉峰的撺掇，也报名参选班长。报名参选的有五个，天龙是其一。当然，张玉峰也参加了。

　　天龙想通过竞选，试探一下自己在同学们心目中的地位和威望。他是不抱希望的，绝无可能。

　　还有一个小秘密，如果当了班长，更有理由接近文纤弱。这才是主要的。但他不敢抱着志在必得的神气。

　　威望真不够，声誉也不够。不管是硬件还是软件，都不具备。听说孙家旺的姐姐和班主任是大学同学，睡过上下铺的。这份感情牢不可破，不会因为孙家旺犯了些小错，就撤换了。之所以进行班干选举，就是为了堵住一些人的嘴，蒙住一些人的眼。好搬是非的人嘴被堵住了，不明就里的人的眼也被蒙住了。孙家旺得票最多，其他几个都是陪跑。天龙一阵失望。失望的不是落选，而是落选带来的机会的减少，特别是亲近文纤弱的理由和借口大大减少。可有办法弥补呢？

　　对文纤弱的竞争同样火热和激烈，丝毫不亚于竞选班长。张玉峰是头号情敌。长得帅就算了，还有钱；有钱就算了，还特仗义；仗义就算了，还相当潇洒。一般人能忍其一其二，不能忍其三其四。包括文纤弱。

　　张玉峰一副浪子形象，长发披肩，烟不离手。走在校园里，吹着口哨，旁若无人。他的别致招来很多青眼和艳羡。他有文体特长，篮球打得好，足球也踢得好，排球更不在话下。有这些特长也就了不起了，他还会唱歌跳舞。这就非常吸引女生。他一出现在操场，系里的女生嗷嗷叫着，帅哥来了，帅哥来了！

　　张玉峰就当没听见，也当没看见，依然故我。一个三步篮，一个弧旋球，潇洒而自如。

天龙在心中暗叹，城里人就是跩。他自愧弗如。自己在中学只知道死学，哪有什么体育课？连篮球就没见过几回，不要说打球了。足球更是踢得少，只在电视上看过，欧冠，一群人围着绿茵场跑来跑去，大家争抢一个球。天龙心只在学习上，觉得看球赛简直浪费时间。他不感兴趣。等到了大学，城里学生基本都有几样特长，他才觉得寒碜，没有一样能拿出手的。他只有拼命学习。

　　好在他学习不错。高数和线性代数，同学们听得一知半解，天龙却了然于胸。天龙因学习好，受尊重。张玉峰因文体特长被青睐。他们都喜欢文纤弱。张玉峰喜欢她是司马昭之心路人皆知，高天龙喜欢她别人不晓。也许包括文纤弱自己都不知道。演讲和辩论赛，文纤弱只认为是偶然，跟她扯不上半点关系。

　　一次自修课，文纤弱被张玉峰明目张胆地叫了出去。他们在绿园闲趣亭待了好久，嘀嘀咕咕半天。后来都回来了，一个前，一个后，进了教室。教室里人已不多。天龙还在熬着。

　　自从文纤弱被叫出去，他就一个字也看不下去，用笔在纸上胡涂乱画，然后将废纸扔进纸篓，画了扔，扔了画，好半天心都静不下来，只得窝着心外出放风。他其实想看看俩人在干吗，是否发展到卿卿我我的程度，是否勾肩搭背。如果看到这一幕，他就死心，从此就不再胡思乱想，踏实搞好学习。

　　绿园里杨柳依依，即便深秋，也挡不住秋色的绚烂，菊花的静美。

　　他转了一圈，没发现蛛丝马迹。原来他们出去了。

　　校园里原则上是禁止谈恋爱的，有看门的大爷大妈专门巡视。如果有在图书馆、操场上、公园里，搂搂抱抱的，这些"清道夫"就会出面

第五章 暗 恋

制止。

　　天龙正在失望,低头漫步时,迎面走来俩人。他躲闪不及,差点撞个满怀。张玉峰和文纤弱。他头嗡地一下,脑子就糊涂了,连招呼都没打,擦身而过。他们还互相牵着手。天龙在心里暗暗叫苦。

　　他的精神支柱轰然垮塌,他的梦中情人支离破碎。他的心在滴血,还没开始,就已结束。他喜欢她,可惰性和懦弱击溃了他。他乱了方寸。第一次暗恋,就这样胎死腹中。他不想夺人所爱,就让她去吧。我在心里深深祝福她。

　　但她的影子挥之不去。每次在教室撞上,他都红着脸,低着头,擦身而过。只有当她走过身边,他才有勇气回过头,偷瞄几眼。就这几眼,他就觉得心满意足。只要能常见到,我就安心了。

　　在图书馆碰上,也假装不识,偷偷地溜掉。他不想招来更大的痛苦。就让那心里的酸水跟泾水一道流走,就让胸中的郁结与雨水一起冲净,不留半点污痕。一切清爽干净。什么都没发生,也就什么都没有。只是白纸一张,未来可以尽情涂抹,何必沮丧,何必失落?山还在,青葱碧绿;水也在,清波流淌。他挂着随身听,戴着耳机,播放着《寒鸦戏水》。他听了一遍又一遍,心情慢慢就好了些。

　　周华强躲进地下室的《经济视窗》办公室。各个社团的办公室都在地下室,一到晚上,这里人来人往。周华强自创了经济报刊后,一有空就钻进地下室,然后把门一关,在里面捣鼓起来。

　　天龙加入了文学社,办公室离《经济视窗》不远。天龙最近不太高兴,常眉头紧皱,心事重重。别人也不当回事。

　　自从张玉峰与文纤弱恋爱,他就成了众矢之的,许多人就看他不爽。

他抢走了大家的所爱。周华强心里也酸溜溜的,只是他藏着,没露出来。周华强上厕所时,要经过天龙那边。他看没人,上完厕所后,就踅进了天龙办公室。天龙正在校对文稿。

  他也不客气,拖了把椅子就坐下,聊着八卦,最后扯到张玉峰身上。告诉你个好消息,大个子吹了!周华强凑近天龙耳朵,小声嘀咕。这是今天天龙听到的最好的消息。天龙脸部慢慢舒展,像蓓蕾绽放。他还是不太敢相信,进一步求证。你怎么知道的?天龙好奇地问。说来话长。我听老乡说的。她不是浙江的吗?我有个老乡也在广播站,她告诉我的。她跟同在广播站的另一个男孩好上了。听说那男孩是宁夏的,好像是银川的。男孩子死缠烂打,第三者插足,完胜。

  天龙笑了,有点得意,也有点失落,又被别人抢了,看来他还是没戏。他有点替张玉峰惋惜,轻轻叹了口气。难怪最近张玉峰不怎么上自习课呢。文纤弱也异常。原本在教室上自修,现在改到图书馆了。

  张玉峰晚上一个人到操场上,在草坪上弹吉他,唱老狼的《模范情书》:我像每个恋爱的孩子一样,在大街上琴弦上寂寞成长……然后又唱起张楚的《孤独的人是可耻的》:孤独的人是可耻的……最后唱《姐姐,我要回家》:姐姐,我要回家……声嘶力竭,听着让人泪目。然后就有哭声,稀里哗啦。

  天龙知道,张玉峰失恋了。周华强没说假话。他突然心生怜悯,忍着复杂的心情走过去。张玉峰很好摇滚,对老狼和张楚尤其喜欢。他们好时,张玉峰经常在宿舍弹唱《睡在我上铺的兄弟》。那时在校园里就流行这样的歌曲,广播里循环往复地播放这些歌。还有《白衣飘飘的年代》,一到下课,就从广播站里就发送出来。走在路上的人,有的侧耳

第五章 暗恋

倾听，有的边走边听。文纤弱就在广播站，张玉峰以为那就是在向自己表达，表达一种另样的情感。他照单全收，心里喜洋洋的，胸中暖洋洋的。

张玉峰和文纤弱好时，他经常为她唱《模范情书》，深情款款。周末晚上在绿草茵茵的足球场上，牵着文纤弱，就唱这首歌。我像每个恋爱的孩子一样，在大街上琴弦上寂寞成长。有时背着吉他，带着小女友，旁若无人地游走在校园里。有时又在绿园闲趣亭里石桌边唱。大学真好，自由自在，无拘无束，可以吹牛，可以闲谝，可以恋爱，也可以游荡。

天龙既羡慕又妒忌。同学们既羡慕又妒忌。

周华强心里尤其不爽。他抢了我的老乡，自己近水楼台先得月，却被他人抢了先。他想抗议。但这个事不好操弄。

春天来了，海棠开了，樱花开了。即使是在大西北，在春风的濡染下，该绿的还要绿，能红的照样红。虽然比不得江南山水，到底有可人处。从阿拉山口吹来的西北风也停歇了，取而代之的是东南风，温和轻柔。人们身上的冬装褪尽，线衫裹身。苗条的尽管苗条，葱碧的照样葱碧。青春似火，恋爱如潮。

天龙不甘心。他也要有爱。校园里游走着大把的青春女伢，他也该分享爱情。冷板凳不能坐久了，坐久了会生痔疮，也生痦子。

人就该活泼些。活泼是年轻人的天性，也是青年人的本分，过分点也没啥。

张玉峰的爱情在冬天来到，却在春天夭折。谁也没想到。天龙没想到，周华强更没想到。春天里，文纤弱牵手的已另有其人。那个宁夏的，银川小伙子。

天龙偶然见过那人一面，生得清癯细弱，用周华强的话说不像北方汉子，倒像南方奶油小生，脸如傅粉，唇若施朱，一副娘娘相。

据周华强的情报，小伙子追得苦。最主要的错在张玉峰，是张玉峰推走了文纤弱。文纤弱爱交际，总想有点私人空间。张玉峰总是缠着，不许文纤弱与别的男生交往。有个男老乡在财院，文纤弱去见了人家一面。那个男孩是文纤弱中学同学，两家离得很近。张玉峰不干了，怪文纤弱瞒着他。两人吵了一嘴。文纤弱拂袖而去。张玉峰追过去，拉着不让走，愣在路上，好尴尬，也好丢人。俩人的感情裂纹就这样产生了。

张玉峰也不道歉。文纤弱就不高兴了，慢慢疏远他。银川男孩钻了个空子。

天龙问周华强，你怎么知道得那么详细？周华强说，我有个老乡也在广播站。她打听到的。也不是打听，文纤弱告诉闺密的。

大家都剩着，周末也百无聊赖。天龙是室长，觉得生活应该有趣点。在卧谈会上提出了问题，可否找个联谊宿舍。

这个提议，得到大家一致赞同。当然，邬有妙不感兴趣。他是523的怪人，喜欢独来独往，不愿成群结队。上课如是，放学也那样。胳肢窝下面总夹着本书，在校园里踽踽独行。回到寝室，也不太爱说话。他很少洗澡，从甘肃敦煌来。他说大学毕业要研究敦煌壁画，所以，课外总找飞天来看。还喜欢打坐。周末不出去，就一坐半天，眼睛微闭，双腿盘曲，嘴里念念有词。向佛的人，对女人貌似不感兴趣。寝室谈得最多的是女人。男生青春勃发，雄激素满溢，荷尔蒙饱胀。三句话不离本行。也只能过过嘴瘾，都像缩头乌龟，只会纸上谈兵，真刀实枪时又打退堂鼓。张玉峰好不容易恋爱了，结果以惨败告终。本来经常深夜才回的人，这时也早早龟缩在寝室，唱着老狼或张楚。意思很明显，求安慰，

第五章 暗 恋

寻寄托。衣服泡在盆里,几天也不洗,都臭了。

天龙和周华强就看不下去了,建议一定要找点乐子。乐子本也多,就看会不会找。张玉峰放下吉他,也加入卧谈会。

当天龙首先提出找联谊寝室时,周华强第一个表示赞同。其他人附和。邬有妙继续参禅,不为所动。

天龙问在本校找,还是外校找?激烈争论了一番,最后达成意见,去外校找。财院、外院、政法学院都是文科学校,女生多,漂亮女生概率大。大家犯了难,虽然都在附近,大家议论了半天,最后决定还是到财院找。财院更近,女生更实在。他们自己也学财经,这样更有话题。外语学院女生太浪漫,管不住,收不拢。政法学院女生一肚子法律,中规中矩,不好玩。于是周六下午,一行五人就去了财院。

真是瞎猫准备碰死耗子,谁也摸不清道门。全凭运气。

泊长安

第六章 远 行

　　天麻麻亮，高兴一行人就从陈巷出发。高兴算是第二次出远门了，到底有些经验的。他按照父母的叮嘱，大哥天晴的安排，顺利上路了。高兴心里揣着小激动，也带着些许憧憬，脚下的路到底啥样，走走才知道。不过一下离开亲人，离开土地，离开熟悉的工作，踏上异乡，他心里还是有点惴惴。如果是坏人，那就命运多舛；假设是好人，就会风平浪静。交通本来就不便，只有先坐汽车，再坐大轮，再坐汽车，再坐轮渡，跋山涉水，走了七天七夜才到了虎妹家。轮船就坐了三天两夜。在船上百无聊赖，除了看江水滔滔，就是看河风阵阵。江鸥围着轮船上下翻飞，嘎嘎叫着，不肯离去。高兴任务在身，他不敢稍有大意，也无心欣赏风景。闲暇时，就找虎妹聊天。在家时，虎妹一句话不说。到了轮船里，站在甲板上，江风一吹，话就多起来，脸上也有了笑容。这是高兴一大发现。毕竟是女伢，没出过远门，看到别样的风景，还是心动的。虎妹高兴，高兴也高兴。高兴的快乐都在虎妹身上。虎妹的高兴在江风和鱼跃中。在聊天中得知，虎妹这"虎"字在姓中不念"虎"而念"猫"，

第六章 远 行

至于为什么这么念,她也搞不清。虎妹在家中是老大,下面有两个妹妹,一个比一个小,父母都已过世了。她们和六十多岁的爷爷相依为命。爷爷身体不好,有晕眩症,不敢出远门,也干不来重活。虎妹在家是全劳力,也是一家之主。她高小毕业,认识一些字。妈妈在生最小的妹妹时难产去世,爸爸就意志消沉,借酒浇愁。爸爸不让虎妹上学了,逼迫虎妹上山砍柴,背到集镇上卖掉换酒给他喝。由于酗酒过度,爸爸身体每况愈下,最后酒精中毒而死。爸爸一死,她们的生活就更难以为继了,全靠亲戚接济。婶子是远房的,平时来往不多。媒人她也不认识,是婶子介绍的。媒人走南闯北,见多识广,据说到过安徽、河南、山西等许多地方,当红娘牵线成就了好多对。婶子叫她心放肚里,一切听从安排。

你身份证上的名字叫谢晓婷,十八岁,对吗?高兴终于提出了疑问。假的,全是假的。这几天,高兴对虎妹照顾得很周到。他吃最差的,却给虎妹买上等盒饭,有鱼有肉。连婶子和媒人也跟着沾光。虎妹只要觉得闷,他就陪着去舱外放风,还逗她开心。虎妹觉得高兴不仅像长辈,更像大哥哥。爸爸在世,很少给她好脸色。她在委屈和痛苦中长大。长这么大,没有男人对她好过。她从心里感激身边的这个男人,虽然粗糙,像土旮旯,像石子,但实诚,不欺。她不能昧心。这个男人她还谈不上多喜欢,但绝不至于讨厌。她要告诉他实情,不能骗他。

虽然出门时婶子和媒人都交代过她,尽量不说话,一切由他们做主。虎妹从高兴身上嗅到男人的气息,感受到男人的力量。她需要,迫切地需要。虽然高兴脸膛有点黑,但身板结实,觉得他像大哥哥,又像父亲。她需要主心骨,婶子不是,媒人也不是。虎妹还是有心机的。不是用来对付高兴的,是冲着婶子和媒人的。

53

泊长安

　　当然了，这些话她都是背着婶婶和媒人偷偷告诉高兴的，她叫高兴不要对外声张。高兴递给虎妹一块方糕，虎妹深情地看了他一眼。方糕真甜，虎妹咬了一口，对高兴耳语。高兴出来时，父母在包里塞了干粮，还留了方糕。虎妹没见过，也没吃过。甜味化入胃里，钻进心里。她想生活就该这么甜蜜，以后不要再吃苦了。有了男人，就有了倚靠，也有了奔头。她目视远方，大江苍茫，江燕翻飞。

　　起先虎妹不被允许和高兴在一起的。他们防备着。只有婶子和媒人在船上嘀嘀咕咕，很是亲近。说的是云南土语，高兴一个字听不懂。他除了看水，什么也看不到。船舱里塞满人，叽叽喳喳，吵闹不休。虎妹也无话，除了看人，就是闭眼打盹。太没劲了。舱里人再多，跟他没关系。他只盯着虎妹。虎妹即使闭着眼也能感受到高兴如电的目光在身上游走，轻轻抚摸。她有点脸红，也有点心怯。无声使旅途变得漫长，似没尽头。长途跋涉，疲惫而艰难。

　　不仅高兴的目光落在虎妹身上，婶子和媒人的目光也须臾不离。在众多目光的笼罩下，虎妹很难堪，只有假装睡觉。她心里清楚得很。实在熬不下去，只有假装上厕所，才逃离视线和监管。她希望在厕所里多待一会，然后又想着法子到甲板上溜达。

　　江潮大，江浪涌。站在甲板上的人都握着扶手，享受阳光的沐浴，江风的洗礼。江风带着咸味，吹在身上热辣辣的；江潮夹着腥味，溅在脚下，滑腻腻的。

　　高兴不知啥时也偷偷溜了出来。他也不想被目光封锁。那不是镣铐，解冻只需勇气和毅力。他借口小解，趁机溜号了。

　　虎妹身上披着外套。高兴加上去的。外面凉，小心感冒。虎妹转过身，

第六章 远 行

旁边站着高兴，突然就有了安全感，有了温暖。她不看他，只看江，看翻飞的江燕，斜插的江鸥。江鸥落在舷上，对着俩人鸣叫，似乎发出信号，似乎提出交流。他不看鸟，只看人，身边人，目光盯着眼前人的背影。背影在光照下不断地拉升，随着船的晃动，背影在漂移。高兴踩着影子，就像抓住了人。他什么也没抓住，手里握着空气和虚无。高兴递给了她一块方糕。她塞入嘴里，甜！这是她上船来跟他说的第一句话。还有。高兴又塞了一块。两人就开始熟络起来，于是有一句没一句地攀谈着。

高兴不经意地一回头，婶子与媒人已站在身后，谈话结束，交心告罄。他们的眼光像刀子一样，闪着寒光。高兴一个寒噤，虎妹低下了头。

进了船舱，虎妹被拉到一边，婶子严厉地训斥，计划没泄露吧？你以为真是来相亲的？都是幌子！没有你这个饵，怎么钓到鱼？大海中鱼很多，长江里鱼很多，哪一个是你的？

我不要鱼，只要生活！虎妹第一次反抗。我不想犯法，迟早会被发现的。这个男人，你们不能动。

做我们这种事，不能动感情。感情就是臭狗屎，换不来金子和票子，你就吃屁屙风吧，继续当穷鬼！婶子的严厉呵斥让虎妹如芒刺在背，很难过，也很难受，泪水在眼眶里打转，就要掉下。

得不到他的钱，爷爷和妹妹就要喝西北风了，你也只能砍柴背草。虎妹的眼泪终于掉下来，砸在脚面上。婶子转换了语气，哄着说了。

虎妹再到高兴身边时，眼睛是红的。高兴发现了异常。他不动声色，既没走过去安慰，也没看婶子，只扫了一眼媒人。显然，媒人也在看他。媒人的目光跳脱，四面闪烁。

泊长安

船有时颠簸得厉害，左右摇晃着。轮船就是摇窝，舱里的人像一群婴儿，被摇得昏昏欲睡。许多人都靠在舱沿，双眼紧闭，打着盹。

虎妹才十六岁，心智不见得多成熟。婶子与媒人嘀咕一阵后，放松了看管。在船上，能有什么大事？虎妹看着是大人，但在他们眼里还是小孩。双亲故去，重担压在她一人肩上，说来也挺可怜。尽管生活艰苦，她终究像山间春笋蹿了起来，身体逐渐饱满，脸上也有些红晕。以前做过，在湖北，骗了一个傻子，到手两万，他们得手后就开溜。虎妹至今还心有余悸，想到就不安，不是雪中送炭，是雪上加霜。傻子家七拼八凑了几万块钱，被骗一空。她不想在高兴身上故伎重演，她想过正常的日子。他是个知冷热的人，不是木头，更不是傻子。媒人和婶子叮嘱过多次，不能动真感情，千万不能！

虎妹毕竟大了，他们也不太敢莽撞，绳索不能捆得紧，镣铐也不能锁得牢。如果逼急了，蹈水而死，就不堪收拾了。

我们有招。在船上飞不了，就让他们喊哝去。

虎妹坐在船舱闭着眼睛胡思乱想。爷爷在家晕倒的一幕幕浮现眼前，她哭着请人送去医院。老头子醒了，呆呆地望着她，眼里汪着浑浊的泪水。接回家，又忙东忙西，砍柴劈柴，烧火做饭。两个妹妹跟在爷爷身边，叫着饿。虎妹一想到这头就大，她不知该咋办。她有过几次不好的经历。骗婚，差点失手，被一个四十多岁的男人骑在身上，就要破身了，还好没得逞。男人像饿虎一样，像几辈子没见过女人，一上来，就扒衣脱裤。那个傻子，幸亏不会男女之事，跟他睡了几觉，毫发未损，白得了两万。想起这事，虎妹心里就难过。

高兴跟他们不一样。虽然也和高兴睡过了，高兴懂得疼人，不莽撞，

第六章 远 行

下手也轻，直到兴趣满满，才行房事。高兴憨厚，却是好人。她不能再骗。再说他也年轻，有的是力气，家里招一个这样的女婿，兴许是福气。她有过不多的几次经历，都没动感情。买卖人都拿她当商品，一头骡子，一匹马，一个小叫驴。总不至于是一头猪，一头专门交配的母猪吧？她不敢想象。在买卖人的心目中，当她是马和驴，那是对她的高看。高兴不同。这个男人当她是人，一个女人，还是一个有点姿色的女人。这就不容易，在买卖婚姻中，有几个人能做到？

虎妹想着后路：必须找个适销对路的，金盆洗手。眼前人可能就是心中人。她想到就微微激动。她不能太狠。父母都死了，再不能作孽。前世没有报应，今生一起还给你了，要让你遭罪。

突然有人碰她，她猛地睁开了眼。高兴递给他盒饭。你婶子和媒人喝酒去了。

夕阳从大江尽头淹没，黑幕渐渐拉开。

高兴递给虎妹的是十元盒饭，最贵的，有鱼有肉。他自己只吃五元的盒饭。看到高兴碗里只有豆芽和青菜，虎妹挑出一块肉，拨给了高兴。高兴又拨回去，最近肠胃不好，不沾荤腥。虎妹看了他一眼，开始扒拉起饭来。

虎妹担着任务。这是婶子和媒人交代的。虎妹和婶子吵架后，婶子和媒人在旁边嘀咕了一阵，就放松了警惕。好可以，但要有分寸。你们必须要好。刚才我有点过分了。但别忘了自己是来干啥的，不是游山玩水，不是过家家。你要设法从他身上将钱弄到手，这才是本事。到底怎么做，你心里清楚。

高兴身上至少带了七千块钱，拿钱后远走高飞。他一个大男人，相

泊长安

信饿不死,冻不坏,会找到回家的路。

　　虎妹刚开始心惊肉跳,接近高兴很不自然。高兴也没察觉,一如既往对她好。他除了对她好,就没事干。高兴也有小九九,尽快培养感情,消除陌生感,拉近距离。人与人之间是有距离的,不管是熟人还是生人都有。远到啥程度,说不准;近到什么上,也说不准。身体的亲近不在话下,几天甚至几个小时就能做到。心理的距离到底有多大,一个在山那边,一个河这边,一个对鸡说,一个对鸭讲,卯不对榫,钥不配锁。现在的问题正在这里。高兴每餐都给虎妹买最好的盒饭,自己只吃最孬的。几日下来,虎妹看他的眼神就有点那个了,用高兴观察的情报,就是虎妹眼睛带电了。只要眼睛一交流,电流就淌入高兴的五脏六腑、四肢百骸,高兴骨头都有点酥了。

　　自从得了这样的指令后,心忽然刚硬起来,藏在肺腑里的柔软在慢慢收缩,越变越小,取而代之的是刚硬和邪念在渐渐膨胀,越变越大,越过肺腑,快要撑破脸面了。她脸上一阵红一阵白。想到爷爷也许正卧床不起,妹妹嗷嗷待哺,她的心不得不硬了。爷爷想吃肉包子,妹妹想吃大米饭,只要掏到钱,一切难题都迎刃而解。

　　她的眼里射出光,沉浸在向往中。高兴只顾着看她鼓胀的胸脯,胸脯肉鼓鼓的。他喜欢。偶然看一下脸。脸是瓷实的,他并未察觉到异常。

　　高兴和虎妹贴身坐着。坐了很久,虎妹一直沉默,只是眼睛在闪烁,投射来别样的光芒。虎妹慢慢站起,伸了个懒腰,还跺了跺脚。脚坐麻了,很难受。虎妹随口一说。高兴也感到腿麻了。她伸懒腰时,高耸的胸脯似乎要撑破衣衫;跺脚时,胸脯也上下不住地颤动。高兴喉结抖动了几下,咽了下口水。夕阳下,甲板上,女子很美,比饭香,比茶甜。

第六章 远 行

他不禁有了反应，但不敢造次。

我脚还麻得很，不能走路了，你扶我一下好吗？正中下怀，高兴求之不得，马上托住了她的胳膊，并搂住了她的腰。胳膊有点僵硬，腰好柔软。高兴屏住呼吸，心怦怦地跳，第一次搂女人，靠得这么近。女子吐气如兰，身上飘来暗香，像家门口的栀子花，一到春天，开得蓬勃，香气十里可闻。久违的味道，难得的香。高兴手心出了汗，额头也浸了汗，一半是害怕，一半是激动。

高兴搂着一瘸一拐的虎妹慢慢进了船舱。虎妹柔情似水，柔若无骨，水蛇一样缠着了高兴。她依偎在高兴的怀里，有点坏坏地笑着，你喜欢我吗？从幽暗的灯光里看出她眼里的脉脉深情。

喜欢，喜欢！高兴的回答虎妹很满意。

你喜欢我什么？

都喜欢，都喜欢！高兴傻愣愣地说。

说得具体点，喜欢我哪点？虎妹不依不饶，在高兴的怀中蹭来蹭去，高兴就快把持不住了。女人撒起娇来真让人受不了。

那我就直说了。高兴指了指她的胸脯。虎妹装作没看见，哪里嘛？这里！高兴同时用劲捏了一把。

你真坏，不要脸！虎妹粉拳轻轻地砸在高兴身上。

高兴看她不是真的生气，胆子大起来，手也不安分了。乘船的人陆续下船了，船上的人已稀稀拉拉，在舱里的人就更少。婶子和媒人已找床铺睡觉去了。船舱里只有不多的几个人，多数闭目，也不知睡没睡着。高兴和虎妹在幽暗的角落。他有点大胆，忘我。虎妹还很配合，小心地迎合他。当进一步深入时，手被虎妹挡了回去。

泊长安

家里有生病的爷爷，你不嫌弃？还有上学的妹妹，你不讨厌？

高兴一边上下其手，一边嘴里嗯嗯着。虎妹也没闲着，她的手也在高兴身上摸来摸去。高兴激动得快要叫出声了。

挣了钱给我保管吗？高兴还是嗯嗯着。你的钱放在哪里？虎妹摸到了他的敏感处，没发现机密。高兴就要醉了，就要不省人事。他脸火热，身体火热，心也火热，心脏在胸腔里怦怦乱跳，快要跳出喉咙了。

出门在外要小心，免得遭了贼。虎妹的细弱的声音。高兴一阵感动，他说钱很安全，不要担心。这是跟天龙学的。去了一趟西安，知道世界好大。高兴在她耳边细说，把天龙考上大学的事跟虎妹说了。我还送行了，去了趟西安。西安好大，好多好吃的、好玩的。

听说他家有大学生，虎妹肃然起敬，心中已有个大概，坏不到哪儿去。但婶子和媒人的交代，她也要遵守。

钱在衣服口袋里，人安全，钱就安全。高兴吐了真言。从现在开始，他对虎妹是不设防的。虎妹趁亲昵时把手伸进高兴衣服里，摸到了塑料袋。还是春寒料峭，高兴衣服穿得多，在靠里面一层夹衣缝了个布口袋，钱安然躺在那里，拉链封锁，口袋密闭。

虎妹发现了秘密，知道钱在哪了。她应付了一阵激情高涨的高兴，就借口说自己有点累，整理了散乱的头发和凌乱的衣衫，就溜到婶子那里。婶子是她信任的人，虽然在家交集不多，但出门在外，婶子就是她的倚靠和主心骨。婶子偶尔照应她家，毕竟是亲戚。爸爸去世后，婶子来帮衬过几回。爷爷要虎妹记着。婶子是个跑江湖的人，家底殷实，有时给虎妹捎带点小东小西，虎妹从心里感激。后来大了，婶子就给她支招，让她跟着自己和媒人一起闯世界。挣了些钱，家里有所改善。爷爷

第六章 远 行

常问虎妹在外做啥,虎妹说正经事。爷爷就不吱声了。

虎妹匆匆来到婶子舱室。舱室光线幽暗,只见婶子和媒人搂搂抱抱,亲昵得很。她的脸腾地红了。婶子和媒人有点不清不楚。她偷偷地躲开了。婶子和媒人是穿连裆裤的。她听婶子的,婶子听媒人的。看来打听高兴藏钱处兴许就是媒人的馊主意。她不想告诉婶子了。

待到婶子和媒人亲热过后,虎妹才出现。婶子劈头就问,事情办好了吗?虎妹说,他家有个弟弟考上大学了,正在西安读书。

有关系吗?山高皇帝远,谅也查不到。媒人插了进来,做事不能瞻前顾后,要果断,懂吗?媒人的声音。设法弄到钱,我们打道回府。真带回家做女婿?想得也太天真了!媒人教训道。

她良心未泯,善意犹在。她要保护他,决定让他免受伤害。他不仅善良,还细心。个头虽不高,但结实;人虽不富有,但有爽气;话虽不多,但有分寸。不是愣头青,也不是莽撞汉。他能跟着来,是有极大诚心,不能辜负他,更不能伤害他。虎妹做不到。她正憧憬着未来的美好生活呢。跟着婶子和媒人一直招摇撞骗下去,迟早会东窗事发,到那时吃不了兜着走,后悔不及。家里爷爷咋办?两个妹妹咋办?她想了又想,掂量了再掂量,觉得该收手了。

婶子和媒人掂量了虎妹的话。那小子有个弟弟在上大学,说明他家是书香门第,不好骗的。骗到一次,骗不到二回。且行且想辙吧,等回到云南,到了家,再做打算。

媒人两眼直勾勾地盯着虎妹看了几眼,从牙缝里挤出一句,回去吧,看紧了。

一会水路,一会陆路;一天轮船,一天汽车。一路上颠颠簸簸,曲曲折折，风餐露宿，总算到了家。在途中，高兴几经危险，几次波折，都是虎妹救了他。她知道婶子和媒人沆瀣一气，合伙来坑骗高兴，在她的阻挠下，均没有得逞。她有股山里人的犟劲，只要不合意，怎么劝都不行。高兴似乎也察觉了蛛丝马迹。既然跟媒人喝过酒了，知道他是豪爽人，总不至于半道使坏，中途下手。到了家，高兴放心了，虎妹也放心了。到了家，高兴第一件事就是挑水，第二件事就是劈柴。

高兴的心说细也细，说粗也粗，他认定媒人和婶子不是坏人。虎妹不敢告诉他，如果将俩人从前的勾当都抖搂出来，高兴一准不愿来往，兴许会逃之夭夭。这样的人怎么处？

晚上在一起喝了酒。高兴忙里忙外，真是一把劳动的好手。虎妹看了，微微一笑，从心底喜欢。

休息了几天，高兴才有意四处转转。山里的风景就是好，天空高而蓝，白云在山间飘荡，野花在田野招摇，山前屋后就是森林，到处是竹子。竹子高大挺拔，苍翠欲滴。山鸡野兔奔来蹿去。

远处隐隐地有一座雪山，雪山苍茫，人迹罕至。这里景色真美，可惜交通不便，弯来弯去，转得晕头转向。

这里人说一种土语，跟外语似的，压根儿听不懂。高兴四处转悠，很觉新奇。

父母一定惦记了，天晴一定惦记了。不知天龙可知道，他上学后才有的好事。也许天晴给他写信了。

我成为这里人的女婿，少不得要常来的，一想到这，他就有小小的激动。他想写信告诉家人，他想写信告诉天龙。可信邮递不出去，要投递到很远的县城，从这里出发，要走三天三夜。

第六章 远 行

高兴想打个电话，可找遍了村镇，没有一部电话。他还记着天龙寝室的号码呢。都不行，他的寻找就终止了，安心干活。

高兴到了这个鸟不拉屎的地方，看到在山脚下零零星星地住着十几户人家。这些人家住在用竹子和树干搭成的茅棚里，条件好点人口多点的就搭个两层，屋顶都是用茅草盖起来的。虎妹家是用竹子围起来的两间茅屋，高兴进门还得低着头矮着身子。他觉得不习惯。

这里人个头不高，扎着头巾，腰上系着腰带，身上别着柴刀，在山里进进出出。一个个皮肤黧黑，身材瘦小，但看上去结实、沉稳。

媒人算是这里的异人，长得不太一样，个子高，皮肤白皙，不像做农活的，一副走南闯北的神气。后来听人说，他也不是本地人，是湖北人，做了这里的上门女婿，不安心农事，就靠给人家牵线搭桥，当月老，做红娘维持生计。后来做大了，跨省经营，合法营生里夹着非法勾当。大家睁一只眼，闭一只眼，打着马虎眼就过去了。几年下来，小有收成。谋财可以，害命不敢。

高兴真想留下来，与虎妹一起生儿育女，打柴狩猎。说到狩猎，高兴就来劲。这是他拿手的活计。家乡在丘陵地带，大山没有，小山处处。小时候经常有兔子出没，黄鼠狼串门。高兴十几岁时，辍学后，就没少打猎。打兔子准得很，还掏鸟窝，打麻雀。那时麻雀算是害鸟，常吃农家稻子和麦子。穷家薄舍的，架不住折腾。麻雀于是跟老鼠一样成为"四害"之一。高兴打麻雀拿手。

这里不仅有麻雀，更有兔子和山鸡，正好可以试试身手。但高兴初来，不知规矩；高兴乍到，不敢乱来。

将息几日后，虎妹领着高兴四处拜揖，算是亲戚朋友认识了。然后高兴就与虎妹住到了一起。当然也没办证件。那时作兴事实婚姻，没许多讲究。打结婚证只在城里施行，乡野之地，不太看重。乡村许多人孩子老大，也没有结婚证，但大家都认。

虎妹出去一趟，就带了男人回来。爷爷和妹妹很高兴，心里也有点犯疑。爷爷看到高兴忙前忙后，手脚勤快，眉头也舒展开来。两个妹妹不久和高兴混熟了，一有空就围着高兴问这问那。头一阵，她们只肯喊他叔叔，任姐姐怎么教就是不改口。高兴够得上叔叔的称呼。如果不是虎妹嫁给他，她也可以叫他叔叔了。他们相差十二岁。高兴二十八岁，虎妹才十六岁。虎妹显得老成，高兴看上去成熟。虎妹自称十八，高兴能接受，但有时她略显幼稚的言行暴露了年龄。

高兴和虎妹一家在吃早饭。说是早饭，其实已经十点多了。高兴这几天有点贪，有了第一次，后面就刹不住车了，一晚上好几次，累得狗喘，还不肯罢休。虎妹也很配合。

正在他们端碗喝粥时，媒人出现了。高兴赶紧起身让座。虎妹脸冷着，没表现出应有的热情。高兴递烟，媒人推挡。抽我的，抽我的！然后给高兴递了烟。高兴平时不大抽烟，为了不扫兴，也为了撑面子，就接了。俩人边抽烟边聊天。高兴要给媒人盛粥，媒人说吃过了。饭后，媒人说要请高兴喝酒，他带来了猪头肉和一包花生米，让虎妹回家搬个桌子出来，就在外面喝起来。

高兴不反感媒人。没有媒人的牵线搭桥，高兴到不了这里。媒人是红娘，是月老，是生命中的恩人。

虎妹对媒人有所提防。高兴回家拿板凳和餐具时，虎妹悄悄告诉他，这个人不是什么好货，少跟他掺和。高兴已经娶了虎妹，心想生米都已

第六章 远行

成熟饭了,还真多亏媒人,要不然哪来千里的缘分呢!自然没太把虎妹的话放在心上,并叫虎妹现炒了几个小菜下酒助兴。酒酣耳热时,他对媒人说了一番感激之词。媒人喝了酒,口中吐起狂言。

不瞒老弟说,我是见过世面的人。这多年北上南下,结交了一些人物。我不甘心窝在这个小地方,在这里待久了就变成井底之蛙了,外面的花花世界太美了。你在这里成家了,是我们云南人的女婿,我今天跟你说实话,我有个朋友在外面做大生意,据说生意横跨好几个省。他们那里严重缺人手,希望从家乡带些人过去。这次主要是去浙江。你也知道的,虎妹的叔叔,就是她婶子的男人也在那里。据说能挣大钱。

媒人看到高兴眼里露出了一丝光亮,继而黯淡,就转变话锋说,不好意思,结婚不久就离开新人,去外面遭罪。虎妹即使不同意,你也要为这个家想想,上有老下有小,正是花钱的时候,你那点钱不够花的。你就不想去外面闯闯?

说得高兴有点动心。他想与虎妹商量,也许能成。

喝酒,喝酒!高兴见到酒,比见到女人更上心。他不好烟,最好酒。有了女人后,就不再东想西想,踏实过日子。媒人提起,才勾起沉睡着的小小的野心。

媒人诡邪地一笑,仰起脖子喝干了杯中的酒,攥了块猪头肉送进嘴里,用手抹抹油腻腻的嘴说,不打扰了,希望早日成行。起身扬长而去。

灌多了黄汤,高兴满脑子的兴奋,他很想到外面长长见识,学个一技之长,好挣钱养家。

晚上睡觉时,高兴趁着酒劲还未全散去,又和虎妹云雨一番。事毕,坐直身子,聊起这个事来。

虎妹听到是媒人的主意，她一口拒绝。她信不过他。换作别人兴许还成，媒人就不行。

你不想要我了吗？才三个月你就腻味了？看到这个穷家你是不是动摇了？虎妹一迭连声地问，眼里射出几许幽怨。再过三个月，你就可以正式娶我了，你等不得吗？

我就想多挣点钱，改善一下生活，其他没多想。高兴点着她的脑门，我还没要够，要不够，一辈子都要不够，怎么舍得撇下你？既然想过好日子，就要走出去，离开深山。这里一到晚上黑灯瞎火，静得可怕。我要去闹市，去大城市。高兴点着虎妹的额头说，挣钱了，然后接你过去享福。

你要多想，想少了，恐怕会落入圈套，掉进陷阱。虎妹正色道。她也不提媒人的过去。过去就过去了，但过去还深深扎在心里，挥之不去。怎么能挥去呢？她没那么大度。

不是不放心你，而是不放心他。记住我这句话，对你有好处。

高兴一心想外出挣钱，但低估了风险系数。

我一个大男人，还能把我怎样？混不好，再回老家，再进窑厂，就是拉板车，烧砖窑，也干了。但我想先出去闯闯，水深水浅，让我试试。

媒人是婶子领过来的，我也不知道他是哪里人。叔叔外出打工好多年都没回来，婶子一个人寂寞，就带回了媒人，说是专门给人牵线做红娘的。我看这几年他们确实也做成了几对，我才信他的。但路上他想对你不轨，我又不信他了。虎妹不无担忧地说，人心难测，见财起意的不在少数。

高兴又爬到虎妹身上动作起来。虎妹尽量迎合着。完事后，高兴太

第六章 远行

累了,说完我会小心的,就倒头呼呼睡去,任虎妹怎么唠叨,他丝毫不觉。

第二天下午,婶子赶过来了,网兜里拎了些土特产,是一只山鸡和几片菌菇。一向吝啬的婶子今天如此大方,虎妹有点受宠若惊,她不知道婶子葫芦里装的是啥药。

婶子提到要高兴外出的事,虎妹立马就晓得她的来意。

你叔来信了,让我在家多找些青壮年,一道去做工。信里说干得好要挣大钱的。你是我侄女,高兴是你男人,也是我亲戚,有好处第一个想到你。你看十里开外,青年劳力也不少,我一家都没讲。

你就把心放肚里,你男人不会丢,也不会跑,更不会损失一根毫毛!年底回来我会交给你一个活蹦乱跳的人,外带许多票子,你就等着数钱吧!

第七章 联　谊

　　太阳当空，金秋别有暖意，和风徐徐，游人如醉。西北的空气与江南不同，干爽，通透，不像江南，烟雨弥漫，天色朦胧。就是金秋，说来就来一场豪雨，都不带商量的。西安不这样，天空晴朗，雨水稀少，走在路上的人不必担心一场豪雨倏然而至。

　　天龙他们一行，走在财经学院的校园里。牡丹花已谢，蔷薇花早枯，只剩下菊花一蓬蓬一簇簇在路边招摇，似乎要迎接大人物，又好像寂寞开无主，未到黄昏暗自愁。天龙采了一朵大团波斯菊，送到鼻子底下嗅了嗅，一股暗香扑面来。张玉峰阻止了他，公共财物，慎勿沾手。天龙将花藏在背后，强作掩耳盗铃之举。

　　来到女生宿舍，看门老头从眼镜后瞟出余光，找谁？天龙是寝室长，他要带头。他走在最前头，老头自然是问他。他挠挠了头，我找人！哪个嘛？我要找人！天龙再次声明。老头摘下眼镜，伸长脖子瞅了几眼，进去吧！于是一群人鱼贯而入。

　　没有刁难，天龙有点受宠若惊，有些喜出望外。进了宿舍，就开始

第七章 联 谊

乱敲门。第一次敲门颇费周折。天龙迟迟下不了手,到底有些怵。如果敲错门咋办?如果敲的高年级的女生门,就难堪了。天龙刚要敲,周华强出头了,还是问一下老头,低年级女生住哪儿。

周华强挤出人群,一会返回来,就在这里。天龙才开始试试手气。敲开的是金蛋、银蛋还是臭鸡蛋,就看这一锤子了。咚咚几下后,毫无反应。再咚咚几下,门依然紧锁着。天龙有点泄气了,脸都挣红了,想要退去。忽然门吱呀开了,出来一个胖姑娘,穿着裙子,身材臃肿。天龙看着就想快溜。找谁啊?胖女孩边拿书边问,还用手在裙边擦了擦。天龙扭过头,敲错门了,对不起!

正往前走,张玉峰喊住了他。你看,你看!天龙一回头,一个靓丽美人近在眼前。她微笑着,好像蒙娜丽莎。她额头点漆,面色酡红,像朝日,又似晚霞,脸庞光洁如玉,散发着圣母的辉光。几个大男孩都惊呆了,一个个蹑手蹑脚,你看我,我瞅你,像被电焊焊住了一样,像木桩被钉牢了一般。

你们找我吗?脆生生、甜腻腻的声音,好悦耳。他们才反应过来,齐刷刷地说,是的!

进来坐吧。于是大家鱼贯而入。空间还是太小。女生的床铺都用帘子拉着。刚一进寝室,首先一股清香扑面而来,映入眼眸的是各色布帘,像万国旗。男孩们第一次进女生寝室。这是多么私密的空间,竟然有人大度到开放。胖女孩请他们就座,男孩子们有些拘谨;靓丽女生喊着,坐吧,坐吧,男生更局促,双手直搓,显得特别多余,不知该放哪儿。

还是张玉峰胆大,首先坐下。其他人都跟着坐下了。张玉峰曾经沧海,而今巫山不见云。文纤弱算得上小家碧玉,那眼前的女生就是大家闺秀。如果文纤弱是含香的蔷薇，那眼前的女生就是带刺的玫瑰，自有一种袅娜之态，确有一番风流之姿。张玉峰是过来人，也吃了一惊，被眼前美色电倒。月庵，你们聊，我去打点水招待客人。胖女孩很知趣地要离开，月庵未允。孙家旺连连摆手，不必，我们坐坐就走。天龙也打圆场，坐坐就走。

胖女孩留下了，她张罗着请吃瓜子。桌上躺着一袋瓜子，刚拆封的。大家嗑起了瓜子。他们象征性地嗑了几口，就再也不嗑了。

龚月庵对付这么多人，毫不怯场，全无惧色。她一会对天龙笑笑，一会对张玉峰点头，又一会扫视全场。她始终居高临下，掌控局面。男生们甚觉满意，谁也没慢待，谁也没轻视。男生们无话时，为掩饰尴尬，就你看我，我看你。一群憨人！龚月庵看着他们，笑了。

男生们也笑了。笑是好东西，陌生跑了，尴尬没了，气氛活了，话题有了，于是东一句西一句聊了起来。

当天龙最终说明来意时，龚月庵扑哧笑了，你们真有趣，也没人引荐，就闯女生寝室，胆子够大的嘛！

我们怀着诚心和善意，不怕耻笑。来而不往，非礼也！初次登门，算是认识了，有机会到西院走走。龚月庵爽快地答应了。

不过，今天人不齐，室长不在，不好做主。她们出去打球了。孟寒秋，去叫室长回来。于是胖女孩溜走了。

一会进来两个女孩，一个个高，一个个矮，长得都不俗。个高的自称李静宜，个矮的名叫吴月朗。她们一进来，人气更旺，气氛更醇，聊兴更浓。谈到建联谊宿舍，大家兴致很高，没人反对，踊跃支持。

高天龙和李静宜都是室长，他们首先握手。这个提议是孙家旺提的。

第七章 联　谊

孙家旺说，为了联谊成功，也为了友谊长存，两个室长要表示一下。他们都红了脸，谁也没主动。龚月庵说，室长，来一下。于是李静宜伸出了手。天龙激动，赶紧将右手在衣服上蹭了蹭，然后伸了出去。当两手相握时，一股情感的暖流四散开来。天龙觉得好柔软，好温热。他抓住的不是手，是希望和美好，是真情与未来。万语千言都化在两手相握中，千姿百态也淹在两手相握中，百折千回也浸在两手相握中，响起了热烈的掌声。

接下来的谈话是轻松的，戏谑的，甚至有点彩色。张玉峰的爱情去了，张玉峰的爱情又似乎来了。他盯着龚月庵，相谈甚欢。

高天龙只找李静宜。在他心中，李静宜算不上多美，甚至有点土气，但全无俗气：淡白线衫穿在身上，撑得胸部饱满；略微修长的脸镶嵌着几颗麻点，但瑕不掩瑜。她站着婷婷，坐着娟娟，虽无大家风范，却有菩萨心肠；面色相当柔和，身心非常沉静；唇不施朱而赤，面不傅粉而润；脸如晴空中的朗月，眼似夜空中的繁星。自从一握手，天龙的心就收紧了，再也不复当初。孙家旺说，你在他心田种下情花，雨落风飘，气候适当，季节适宜，就生根发芽，破土冒尖。

联谊寝室，给张玉峰和高天龙带来了几多欢喜，也捎去了几多愁绪。从此就有人住在心里，牵挂上了。

第二次约会来了，比第一次要晚上两周。天空还是晴朗，一如天龙的心。自从与李静宜有握手之谊，再也不敢轻易相忘。他期待着重逢。天公作美，秋意渐深。他们还是群聚，地点在植物园。植物园里名花多，即便深秋，也挡不住花开的脚步，有的花只开一季，有的花常开不败。植物园里总少不了花花草草，美丽如春，温暖如春。天龙的心在小风的裹挟下，越发跳荡。即便是群聚，天龙却当作二人的约会。张玉峰、周华强和孙家旺也不过陪衬的草，长在路边，生在盆里。他和李静宜是最好的一对，别想拆开来。他们像邮票与信封一样粘得紧，仅有的秘密也飞不出去。

植物园里奇花缤纷，灿烂芬芳，香气逼人。每个进园的人都脑洞大开，醍醐灌顶，豁然开朗。他们就是花，正在盛开的向阳花，饱吸露珠，深浴阳光，在五色斑斓中氤氲，沉醉其中，陶醉其里。他们说着，笑着，开着半真半假的玩笑。玩笑像鸽子一样在晴空里扑闪，像杜鹃一般在大地跳跃，跃入花丛，跳进灌木。奇花提神，异草醒目。

周华强跃入花海，叫人拍照，手摘玫瑰，却被刺着，嗷嗷叫着，从花海里逃出，身上沾满花粉，溢满花香。蜜蜂追着他跑，他追着风跑。张玉峰追着龚月庵，鞍前马后。龚月庵那天梳洗一新，浑身喷香，还未进园，蜜蜂就在她头顶嗡嗡地飞来飞去。张玉峰替她驱蜂。龚月庵只是笑，笑得花枝乱颤。进了园子，花香也被比下去，蜜蜂不再采花，成群结队绕着龚月庵飞来飞去。只抹了点法国古龙香水，就招来大群蜜蜂，害得蜜蜂不再采蜜授粉，专门打龚月庵的主意。龚月庵散开飘逸的丝巾，红色丝巾在空中翻飞，蜜蜂不得近身，无奈远离。张玉峰充当护花使者，张玉峰一靠近，蜜蜂就远离。他得意了，贪天之功。

李静宜默默地走着，低着头，看着花，看着人，忽然会心地笑了笑。天龙捕捉到了，也笑了笑，算是回应。她比不上龚月庵。如果说月庵是贵妃，她只是宫娥；如果说月庵是小姐，她就是丫鬟：从不强出头，只是存在着。存在别是一番情趣。

周华强不知啥时又冒了出来。两个室长要合个影，留作永久的纪念，

第七章 联 谊

当年老色衰时,回忆青春岁月,保不齐会流下激动的泪水。

周华强的建议得到附和。高天龙正有此意,只是不好主动提出。周华强的主意正中他下怀。他捶了一拳,馊主意!

李静宜很不好意思,脸忽然就红了,淹没了雀斑。那浅浅的斑纹反而使天龙更加着迷,在他看来不是缺陷,而是大大的优点。没人跟我抢了,反而往我身边推,有了助力就有可能成功。

爱情的滋味,是苦是甜,是辣是咸,只有亲自品过才知道。

在周华强的建议下,大家拍了一个合影。天龙和李静宜并排站在中间,享受了一把上宾待遇。他心里好感动,也很激动。他平抑着心情,不让情绪从眼神里冒出。到底眼神还是出卖了他,他无所谓,喜悦像天空中的鸟,就该飞起来。

在花海里嬉闹了一番,天色将晚,暮霭沉沉,互相道别。在花丛里戏耍时,李静宜追着吴月朗,一个不小心,摔了一跤,刚好手按在玫瑰丛里,刺着了。她疼得额头冒汗,连连甩手。天龙眼疾手快,急忙赶到,将李静宜拉了起来。她眼里漾着泪,也漾着感激。天龙带了湿纸巾,抽了几片给她擦了。然后他飞快地离开园子,找到药店,买了一打创可贴。伤口处理好后,她又生龙活虎了。

天龙长出一口气。

他们分别时,恋恋不舍,意犹未尽。来日方长。他们都在心里说。李静宜瞟了天龙一眼,天龙刚好回头,也瞟了李静宜一眼。两人就痴了。

莫名其妙。爱一个人会是这种感觉,吃饭时想着,走路时想着,上课时也想着,脑子里满是身影。李静宜到底美在哪里,能跟文纤弱比吗?比不了,文纤弱素雅、恬淡,怀着本真,虽不超凡,却也脱俗。从这方

73

面来说，李静宜比不了。李静宜脸上还有几颗麻点，像麻雀蛋上的斑点，确实有碍观瞻，不能尽美。天龙当成是保护色，有了这些斑点，许多男子就望而却步，退避三舍。正好，别人不要，我捡着了。不是捡到篮子就是菜，天龙也挑剔。她身上有一股气息吸引人，说不清是什么气息，闻着醒脑，吸着灌顶，整个人神清气爽，妙不可言。

也比不了龚月庵。龚月庵是天上人，天龙自忖够不着，于是也不去想，不去够，没有精力也没时间花在一个并不可能的地方。但对李静宜就不同。她朴素，有乡村人的淳朴和良善，也有明显的缺点。她就像璞玉浑金，虽然粗粝，未经打磨，只要通过巧匠雕琢，就会散发夺人的光芒，比夜空中的星星明亮，比月亮还要皎洁。有了这些就够了，他不能再要更多的，太多了，会撑坏的。

龚月庵不同。她已是成品，热烈而华彩。天龙喜欢小夜曲，而不是万人空巷的大合唱。他配不上，有自知，也有觉悟，于是干脆就不去碰。她是城里人，总隔着点什么，说不上来，发现不了，不等于没有。张玉峰不同，他也是城里人，从小就受过严格的技能训练，有不少特长和专擅。他有资格也有理由去追龚月庵。他愿意，愿意花时间和精力，甚至是金钱。这些他都不缺。那就由他去好了。

要发扬连续作战的精神，更要发挥锲而不舍的品格。又是一个周末，张玉峰叫上天龙急不可耐地向财院赶去。

天已擦黑，霓虹闪烁，路灯明亮。一提到财院，俩人就不约而同地激动。能不激动吗？都有牵挂的人，都有小九九埋在心里，藏入肺腑。一旦被挑动，小心脏就跳动得格外欢实。

当张玉峰鬼鬼祟祟地蹿到天龙跟前，向他耳语，去财院吗？天龙脸

第七章 联 谊

忽然就涨红了。他真想去，可一个人不敢去，正在踟蹰去是不去，心情难安时，张玉峰像肚子里的蛔虫，揣度出他的心思。

俩人一拍即合，同去，同去。你为我壮胆，我替你遮羞。毕竟相处不多，来往不密。张玉峰在文纤弱面前吃了败仗，心中抑郁，疙瘩缠搅，到底信心不足，有天龙跟着，似乎就平添了些胆气，增长了些豪气。两人勾肩搭背，开着半荤半素的玩笑，来到105寝室。

天龙心怯，不敢敲门。张玉峰怂恿他，给他鼓劲。天龙还是不敢。张玉峰一句，尿包，亲自叩响了105寝室的门。

过了不久，门户洞开，一股清香扑面而来，很快伸出一个头来，找谁？

正是龚月庵，头发飘散，睡眼惺忪，好一个睡美人！张玉峰俩眼直勾勾地盯着，愣了足足十秒，才缓过神，说了一句，可以聊聊吗？

她不拒绝，也不肯定。你们稍等！然后就关上门，等了将近十分钟，门再次打开。龚月庵做了一个请的手势，俩人就先后进入。

屋子收拾得干净、整洁，纤尘不染。进到里面，天龙觉得犹如跨入神仙洞府，心里妥帖极了，安适极了。

六张床铺都用帘子拉着，帘子色彩各异，像绸子，像缎面。龚月庵显然经过修饰了：脸上的睡痕褪去，头发蓬松不再；扎着马尾辫，又黑又粗，甩在脑后；头发又黑又亮，闪着辉光；脸上也搽了香，不知是什么香，直往鼻孔里钻，并不刺鼻，而是清爽；暗香扑鼻，幽香徐来；鹅蛋脸亮白而柔和；往当中一站，身材恰好，胖瘦均匀，个头适中。造物主咋会产下这样的天外尤物，凹凸有致，深浅适中；妙不可言，喜不自禁。张玉峰看了，就血脉偾张，气喘微急。

75

泊长安

她戴着金边眼镜,从眼里射出一缕清光,照着俩人。两人脸红,喘息微微,不能自持。

龚月庵知道他们在看自己,自己也在看他们。她在捕捉他们脸上表情微妙的变化,适时搭话。张玉峰刚要开口,龚月庵先发声,坐,请坐!于是俩人就坐下。张玉峰个子太高,必须要坐下来。龚月庵不想仰视。她从来都是俯视人间,看透人性。人性中的暗昧和亮色都揣在心里,只要对方稍一动作,她就能窥见一二。

张玉峰扫视了一下周围,轻声地问,就你一人?她们都自习去了,吴月朗回家了。吴月朗是西安人,就在城里,周末回去很方便,坐两趟公交就到了。我昨晚有事,睡得很晚,今天补觉。

睡美人!张玉峰油滑的一面复活了。他要滔滔不绝了。龚月庵呵呵一笑,掩饰了快要笼在脸上的尴尬。天龙想着李静宜,但又不好正面打听,显得不太自在,一会东看看,一会西看看,有些心不在焉。张玉峰却眼睛一眨不眨地盯着龚月庵。月庵春色满脸,鲜嫩如花,起初是蓓蕾,慢慢氤氲,幻化作花团锦簇,雍容华贵,开在张玉峰眼里,也开在张玉峰心里。不是荷花,是牡丹。荷花虽好,毕竟出自污泥;牡丹不同,长在大地,经雨露滋润,受和风照拂,由暖阳沐浴,香味有余,气色不同,十里可闻,百日不衰,闻之赏心,观之悦目。

张玉峰醉了。他没喝酒,只听她说话,话里芬芳,言中馥郁。张玉峰脸上渐渐染上酡红,像落日余晖,像晨起朝日。他的心情奇好,心中细水潺潺,泉音淙淙。他不知日月经天,不知江河行地,不知海阔天空,不知山青草茂。

待他醒来,龚月庵在喝茶。茶里冒着嫩头,一个个竖立在玻璃杯里,

第七章 联　谊

清晰可辨。张玉峰咽了口唾液，话送出口，落在地上有金玉之声。出去走走，请看电影。邀约是隆重的，也是谨慎的，他觉着火候已到，烧了这么久，钻石也该熔化了。

龚月庵欣然接受。天龙跟在后面，像个小丑。天龙想借口溜开，说自己肚子疼，要上厕所。张玉峰说，忍着！天龙就忍着。天龙觉得自己多余。张玉峰认为可有，不可无。他们谈兴很浓，天龙觉得别扭，插不上话，也不想插话，就跟在后面，慢慢踱着步。他们并肩而行，说着说着就忽然冒出了笑声，笑声像银铃，笑声像撞钟。张玉峰今晚表现得特别积极，话很多，说不完，似乎攒了一辈子话全撒在这里了，淹没了月色，带走了清风。地上躺着薄薄的清霜，微寒。

来到影院，天龙什么也不想做，只呆呆地站着，陪着。他不想显出大方，更不想伸头。他知道今晚只能乖乖当个配角，千万不能抢戏。男主是张玉峰，一切由他张罗。张玉峰显得活跃，过分地活跃。龚月庵沉静，非比寻常地沉静。

天龙堪配其位，就那么站着，或扭头看人，或低头看物。他不看龚月庵。在华灯下，月庵更加楚楚，细腰纤纤，脸白如玉。那是属于张玉峰的，他不能剥夺。今晚张玉峰如是红花，他就要当好绿叶，不能凋零。

电影是《一个和八个》，不如今晚的一个和两个。具体看什么电影不重要，重要的是要俩人在一起，说说笑笑，谈谈闹闹，有时夸张，有时谨慎。说什么也不重要，重要的是在说话。话里有温存，有柔软，有清风，还有明月。明月在天，他们也不管不顾。只要心中的明月，肺腑里的花花草草。

电影开始放映了，里面出现了花花绿绿的人影。张玉峰眼睛盯着幕

77

布，心却在游走着。他全心扑在她身上，她身上有朱砂梅的清香，跟文纤弱一样，甚至更浓烈。文纤弱细小，月庵略壮，更加柔润，更加饱满。文纤弱还没长透，像青涩的苹果，泛绿的香蕉；龚月庵已经完全长开，像大朵的玫瑰，像饱绽的月季。舒心爽目，怎么都觉得美，如果说真有西施，她不差分毫；如果说真有貂蝉，她不逊色半厘；如果说真有杨贵妃，贵妃出浴，牡丹花开，那她也不遑多让。

张玉峰心痒痒的，肉痒痒的，终于没能忍住，手轻轻搭在她肩上。月庵穿着酒红色风衣，美得让人招架不住，使人欲罢不能。天龙能忍，心动时掐着肉，肉陷入指甲缝里。张玉峰忍够了，不能再忍，再忍就是对自己的残忍，对青春的亵渎，对美好的漠视。他手搭在她肩膀上，看上去很自然，毫无造作之嫌，绝无亵渎之意。龚月庵没有反抗，唯一的反应就是扭过头看了看他。他无声地微笑着。她也笑了，浅浅的酒窝荡漾在脸上，盛放着醉人的神秘。

她的呼应就是最大的奖赏，也是最好的鼓励。本来小心的张玉峰胆子渐大，手开始游走了，不仅落在身上，也伸到脸上。脸是光滑的，像摸着乳酪。心开始激动，身体微微发抖，他想抱住她。他终于抱住了她，脸贴脸，心交心。电影里的人晃来晃去，人影憧憧。他们一点不受影响，水乳交融，如胶似漆，像用了黏合剂，粘得紧，粘得牢，你中有我，我中藏你。天龙吞咽着口水，吞咽着空气，也吞咽着另样情绪。情绪惹来，搅扰着平静的心，像石子扔进平静的水面，荡起层层涟漪，阵阵清波。他有点不能自已，快要撑持不住了，于是转身离开。张玉峰陷入情网，天龙啥时离开，他浑然不觉，身心全在龚月庵身上。他已不需要天龙了。天龙的存在委实多余，离开正中下怀。他更加肆无忌惮了。

第七章 联 谊

天龙的离开是悄悄的，没惊动天上的明月，也没扰动空气中的清风。明月依然普照人间，清风仍旧抚摸大地。他只打扰了守门人，说自己有急事，需要马上赶回去。电影只放到一半，守门人听了惊诧地盯着天龙看。电影不好看？为啥中途溜号？不用买票的，浪费了不心疼？天龙点点头，又摇摇头。老头花白着胡子，黑黢着脸，给天龙开门。天龙像脱兔，像飞鸟，突然从笼子里钻出，觉着天地广阔，乾坤硕大。他快步向前，好像逃兵，急着甩掉后面的追客。

他觉得他应该拥有自己的爱情，拥抱自己的女人，而不是像现在这样看着别人卿卿我我，热乎缠绵。李静宜，你在哪？为何没有看到你？看到你留在寝室的余温，看到你的花格子衬衣，看到你的筒裙，看到你放在床下的拖鞋。这些物件堆放在一起，就组成了你。你的影子在晃动，你在教室还是操场，到底思念谁，想着什么？

多想见到你。张玉峰如意了，甩给我的就是失落外加失望。我注定今夜无眠。天龙快步来到操场。操场上有夜跑的，步伐杂沓，也有成双成对的恋人，肩并肩，迈着小步，在窃窃私语。天龙独自踟蹰，逡巡不去。草已开始枯黄，就像花也已败落。即便是天女散花手，撒落的也不再是鲜嫩的花瓣，丢下的可能是枯枝和残叶。

天龙疾走，似乎追赶风，也好像在追赶岁月。风拨弄着树，树在风的支配下，招摇着。枯枝有时不胜其力，忽然折断，摔落下来，躺在地上发出沉闷的声响。岁月紧随着时光流泻着，擢拔着儿童成长为少年，少年婷婷，逐渐至于青壮。天龙从污泥浊水里爬出，洗干净一身泥淖，清爽地走来，走到都市，走向学府，在这里浸淫，在这里受教。西安的天空昏黄着，像流出的蛋黄，洒得满地都是，透着清芬，蘸着蜜意。世

泊长安

界究竟是横着走,还是竖着淌,他闹不清,有时好像是横着走,有时又好像竖着淌。到底走到哪里才是尽头,淌到何处才是终结?也许走到海边就结束,也许淌到汪洋才是归宿。这只是天龙的臆想,也许是错的,也许是对的。

  明月西斜,天空惨白,操场上的恋人渐渐散去,天龙才觉寒意。他打了个冷战,迈步向寝室走去。八里村灯火如昼,从窗户里透出星星点点的微火,朝寝室辐射而来。他看了一眼,再看一眼。夜深沉。告别子夜,迎接黎明。黎明就在东边,东边泛着微光。微光里传来些许神秘。思念人的心总是焦灼的,滋滋作响。思念人的心又是透明的,像玻璃,像玛瑙,像水晶。心里装着人,影子里也嵌着人。那个影子若有若无,在眼前晃动,他想伸手,想捕捉,抓住的只是一团空气。两滴泪水洒落大地,在枯草间跳动,和露水混在一起,一滴为文纤弱,一滴为李静宜。女子勾人,像吸铁石,吸着肉身,也吸着魂魄。女子勾人,勾着心,也勾着肺腑。女子勾人,勾着向往,勾着神情。让人情愿付出,付出时间和精力,付出梦与异想。天那边传来歌声,清越。

第八章 寻 人

　　班主任院宽恕召集班会，宣布了一件大事——余雪莲不见了，已经一周未到校上课，寝室里没人，班级里也没影。院宽恕说这话时，显然焦躁，火烧眉毛。同学们一片惊讶。余雪莲是新疆和田人。和田产玉石，也产美人。她长得玉石一样珠圆玉润，穿红色滑雪衫进教室，引来不少倾慕的眼光。男生们眼瞪大了，撑圆了，就想一睹风采。她是插班生，也是留级生，从上个年级留下来的。她跟在班主任后面，低着头，几分羞涩，几分腼腆，脸蛋红红的，眼神脉脉的。为何留级，大家不晓得。班上突然多了个女生，还是一个漂亮的女生，大家兴致很高。

　　余雪莲坐在前排，手支着下巴，静静地听老师讲课。她也不看人。天龙看了她两眼，她回敬一个明眸。张玉峰觑了她一眼，她给予一个善睐。周华强敲着桌子，想引起她的呼应，她沉静如水。

　　院宽恕说，她有疯病。这是大家没想到的。那么清纯的一个女孩，怎么会得这样的病？她留级是回家看病了。病情好转后，她就吵着要回到西安，回到学校好好读书。她有几个闺密，可以交心的那种。但她有

泊长安

时把持不住自己，跟同学起了冲突，她不肯反省，没学会。后来感情受挫，越发自闭，于是就胡思乱想起来。她想到了出家，想到了拜佛。慈恩寺去过了，兴善寺也去过了，都没有收留她。她就想着法子去法门寺。法门寺路途较远，交通不甚方便，她还是克服困难，辗转去了。在法门寺待了七天，长跪不起，要住持答应她出家为尼。后来她母亲知道了，从法门寺将她揪住，带走，回到了和田。她手中攥着玉石，那是母亲的陪嫁。母亲希望她能好转。她玩着玉石，很快厌烦，将玉石一丢，就要跑。母亲不得已将她送到精神医院，治疗了一阵，就接她回家。她埋怨母亲，认为母亲伤害了她，从此不肯与母亲交流。母亲流着泪，喊她的乳名。她不答应，也不理睬。母亲不忍心看她受苦，也不想让她遭罪，每天亲自配药监督她服下。她开始勉强愿意，后来就不肯服药，神情渐渐涣散，眼神显出苍白和空洞。母亲要让她眼睛明亮起来，要显出神采，要有这个年龄该有的活泼。可惜她没有。母亲要唤醒她。经过一年的救治，她似乎可以自主了，于是就来到了学校。同学们刚开始不知，都善意地迎上去，有人拉话，有人摸手。她不答话，也缩着手。于是大家无趣地走开。

　　院宽恕发动大家找人。人不见了一周，也没打招呼，更没请假。人丢了，家人要是追究起来，麻烦大了。同学们都被调动起来。

　　孙家旺知道张玉峰和文纤弱闹掰，为免尴尬，就分配别的女生给他。天龙和文纤弱在一组。他喜出望外。他知道孙家旺不知道他暗恋文纤弱已久。但他胆怯，下不去手。文纤弱现在名花有主，他更怂了，只把对她的一腔情愫揣在心里，埋入脑中。谁也发现不了，包括她。他从不给予暗示，也不给予明言，就让那段情泡在肺腑里，长成花也好，生成树

第八章 寻 人

也罢,绝不沐浴她的风雨,也不沾染她的光亮。他就喜欢着,能和她同行,就是幸事;能与她并往,就是快乐。他不苛求更多。她和张玉峰本可以常来常往,就因为没做成朋友,最后只好形同陌路,再无交集。这样一想,天龙赚了,赚到和她同行,赚到与她并往。他觉着不亏,自知不可配伍,何必招来无趣?于是两人一道,从红专路出发,走过纬二街,走向小寨,来到钟鼓楼,绕了很长一段路。一路几乎无话。有话也在余雪莲身上。这么大个人,咋会丢掉呢?会丢到哪里去了?他们来到兴善寺,寺门已闭锁,两对石狮子端坐如磬,一个昂首,一个低眉,一个蹲守,一个俯卧。它们没有告诉他们什么,他们也不寄望于它们。他们又来到慈恩寺,慈恩寺边游人多,也没给他们留下余地,满眼都是陌生人。他们两手一摊,表示无能为力。剃尽三千烦恼丝,迎来百年好日月。她很想出家为尼,青灯古佛相伴,木鱼蒲团随身。人为何有情,情到深处不自持,看山有情,看水也有情。梦里不知身是客,几晌贪欢,到头来,人去心空,万物不入法眼。天晴总觉日毒辣,天雨又感身淋漓。花开虽美,不几日便香消玉殒,零落凋残不忍视。如黛玉痴,似宝玉傻。荷锄葬花吟伤诗,多病身心无人理。盼只盼春风濡染,大地骨清奇。来的都是须眉浊物,去的皆为牵绊连理枝。

都是女生,文纤弱听说过余雪莲。她好古否今,屋里藏有瓷玉观音。没人时,喜欢独坐拜揖,有时嘴里念念有声,有时口中叽里咕噜。他人虽听不懂,看不惯,但她有自己信仰的自由,谁也不能干涉。可能在宝相寺。文纤弱突然醒悟。她曾经听余雪莲说过这个地名。应该在的。可宝相寺在哪里,文纤弱不知道,天龙更不知道。在茫茫人海中,寻找一个人,不亚于大海捞针。人山人海,到处流动,到底在哪里,谁也说不

泊长安

清。也许在宝相寺，也许在法门寺，也许在更远的地方。人要隐藏自己，天王老子都找不到。找不到，世界就大了。找到了，世界才显得渺小。找不到，兴许能撞得到。

天龙一筹莫展，两眼一抹黑，只有乖乖地听文纤弱分析，也听她调遣，毕竟都是女生，女生心里如何想的，也许能猜出一二。看着白云在头顶自在游弋，天龙真想跳上去，驾起筋斗云，居高临下地打探人间琐事。可不能，也不会。只有呆呆地看，看了也是白看，脑子里空空的，似乎什么也没装下。

文纤弱和高天龙找了几个来回，无功而返。院宽恕接到一个又一个情报，没找到，没找到，没找到！她拽着头发，陷入沉思，也掉进苦恼。只有给她家人打电话，叫她母亲来。怎么这样不省心？都像她那样，还要不要办学了？

院宽恕问同学，余雪莲平时都跟哪些人来往频繁些？女生都回答，少有来往。只有文纤弱去过她的寝室几次，她都在念经或拜佛。世界就这么大，还能钻到哪里去？一定在法门寺。她曾经就去过，连课都不想上，也不请假，说去就去了。真弄不懂余雪莲是怎么想的，大学不是好考的，从农村考上更难，怎么就不知珍惜，不懂善待？善待自己就是善待别人，不操事不惹事就是天下无难事。她不是给人添堵吗？难怪留级了。再要这样，会被开除学籍的。几年光阴耽误了是小，前途就更加渺茫了。

天龙对文纤弱的情愫虽然浓烈，像醇酒，但他克制，没有丝毫逾越之举，没有半点不轨行为。文纤弱能感受到他的温存，也许从眼神和步态里捕捉到一星半点，但她以为那是男生对女生的尊重和爱护。谁也不

第八章 寻 人

会联想到别是一种情愫，男女私情。她一点儿都没往这上面想。两人纯净得像蒸馏水，干净得像矿泉水，不带半点污染。文纤弱跟着天龙，天龙始终像谦谦君子，像邻家大哥哥，表现得体，举止有当，找不出爱的蛛丝马迹。如果说尊重是爱，那是博爱；如果说保护是爱，那也是博爱。文纤弱以为，天龙不仅对她是这样，对别的女生也是如此。所以，不曾引起她的联想。

天龙自知不配，即使美色近身，他也不手忙脚乱，心慌气怯。他就那样不卑不亢地跟着文纤弱。文纤弱步伐沉稳，心中有定见，不容易被左右。天龙乐意为她效劳。他不想捅破窗户纸，如果她不答应，连转圜的机会都没有；如果答应，以后怎么相处，他还没想好。答应的可能性很小，拒绝的几率很大。与其被拒绝，还不如沉默，这样还可以做个好同学。同学友谊不一定要爱情来填补。没有爱情的友谊也许更长久，更牢固。张玉峰唐突了，俩人的关系微妙后，彼此见面都有点生分了。没有集体活动，他们几乎不单独相处。即使有集体活动，能请假的尽量请假，避免相对无言、尴尬和难为情。

天龙在心中祝福文纤弱，学业有成，爱情甜蜜。他能看到她，就觉得很满足了，不能苛求太多，不能。再说他已有所爱，是李静宜。

李静宜谈不上美，也有几分姿色。女人在青春时，只要是健康的，都很美。只有不懂欣赏，没有不靓的青春女子。只是人到中年，每个人都显出不同，曾经的美貌不再，变得啰唆，婆婆妈妈，为柴米油盐奔波，为一日三餐操劳。但有年轻时姿色一般的女子，到了中年反而滋润，越活越有味道，越过越有神采。他想李静宜就是那样的人，在稠人广众中，她并不出色，但单独挑出来，也不见得多差。

泊长安

　　几天后，余雪莲的母亲来了。与院宽恳谈了一阵话，然后就动身找人。所谓母女连心，只有母亲亲自出马，才能找到余雪莲。母亲头发花白，脸上皱纹密布，看起来比实际年龄要大出许多。女儿不省心，考上大学后，还这样吊儿郎当。她几天后就将余雪莲带了回来。余雪莲既不在法门寺，也不在宝相寺，却在青龙湾。这是一座小庙，几乎要关门了。她就在那里打坐修行。母亲的到来，并未引起她的惊喜，反而招来指责和谩骂。余雪莲说母亲多事，自己并无毛病，却被遣送入院，遭受非人的折磨。母亲就哄，先回学校，你现在的身份是学生，学生的职责就是好好学习，没事别乱跑，有事情必须先请假。老师和同学在到处找你，你却躲着不见，你可知道，我们多担心你？你究竟受了什么蛊惑，为啥窝在这里？在法门寺我找过了，没有你；宝相寺也找过了，没有你。我找得好苦！

　　余雪莲漠然地看着母亲。母亲泪水挂在腮边。余雪莲眼睛也红了。氯丙嗪还在吃吗？交代过多次，每次写信都说，每次打电话也说，你怎么就记不住呢？不是你主动的，是病纠缠的，不怪你，怪病。生病了就要医治。这不是丑事。人吃五谷杂粮，谁能不病？只是你现在病得不是时候。等你工作了，有家了，那时生病还有人照顾和安慰。你听懂了吗？既然现在病了，也没关系，看就是了。咱们回家调养去，学习还是放一放，你现在的状态不适合学习。

　　余雪莲被拉扯着回到了学校。她看人的眼神确实不太对，眼光里已无神采，更无神气。天龙瞅了一眼，就觉着不对劲。文纤弱也觉得是，她和同学都持这样的看法。余雪莲眼里只有空洞和虚妄。她也许活在另一个世界，少与人沟通和交流。文纤弱叹了一声，多美的丫头，就这样

第八章 寻 人

毁了。

大学虽不完美，但有一群朝气蓬勃的年轻人在一起，总比宅在家里要好，总比在工地上要好，总比在流水线上要好。有人说，读大学后悔一阵子，不读大学后悔一辈子。有人挤破头要进高等学府，有人却在神圣殿堂里瞌睡打盹。这不是年轻人应该做的。我们担不起更大的责任，但可以对自己负责。读好大学，顺利就业，也是为家庭和社会减负。更高的旨趣可能没有，但最起码的尊严还是要的。读过大学和没上过大学，就是不一样。文纤弱这样认为，高天龙也这样认为。周华强这样看待，张玉峰也这样看待。他们是珍惜大学生活的，尽管有的学业不太理想。但年轻人在一起交流碰撞，会有智慧的火花诞生。当若干年后，你我都变作中年人或老人了，回忆起那段岁月，定会感慨万千，后悔当初没能把握好，没有规划好，就这样稀里糊涂地过着，随波逐流。大浪淘沙，一个浪头涌过，许多人就被拍在岸边，成了白花花的生鱼片。许多看风景的人在岸上观望，看到的也许令人发笑，也许令人发指。时间会过去的，无论悲伤或喜悦。只要经历过，就不后悔。青春不是拿来挥霍的，是用来珍惜的，要像爱护自己的眼球一样，爱护这段岁月。短暂却充满了意义，无论辉煌或黯淡，都是你拥有过的。天龙喜好文学，张玉峰喜欢唱歌，文纤弱爱好朗诵，周华强热爱经济。都很好。有爱好为什么不好呢？艺不压身，艺能出彩。

男生邬有妙也爱参禅，但他能自控。他的目的很明确，就是要研究敦煌。敦煌博大精深，他曾经和父亲去送货，顺便游览一番，自此心中种下种子：有朝一日，自己有能力时，就去研究敦煌。每个人都有自己的爱好，都有自己的理想。但在能力还不具备时，就要学会沉潜，不能胡来，乱跑。那样不仅不省心，也会带来很多负面的东西。鸟雀从西伯利亚飞回南方时，带来寄生虫，也带来病毒，但它们能控制住，尽量不让病毒扩散，在有限的范围感染，影响不到人，也影响不到物。鸟安然，人也安然。观鸟的人视鸟为神物，不忍打扰。从那么远的地方飞来，要花好几个月。西伯利亚高寒地带，一到十月，天寒地冻。鸟雀觅食的地方就没了，只有迁徙。迁徙的过程惊心动魄，迁徙的过程险象环生，但迁徙的过程也乐趣无穷。它们就是在天空中制造了绝美的风景，制造了少有的生机。

邬有妙是从大西北干旱区地来的，身上还残留着沙子和灰土。他抖抖羽毛，掸掸衣袖，在宽边眼镜里折射出狡黠和粗犷。既然来到学校，以前不曾洗澡的人，也学会了洗刷。将污垢和尘埃都洗去，身体干净，灵魂也显得高尚。戴着眼镜走在大街上，就像一个斯文人，有学问的人。

听说邬有妙是家中老幺，上面三个哥哥。母亲生他时在庙里，于是就起名有庙。但又想要个女伢，生下来都是带把子的，她心有不甘，于是将名字改为有妙，聊慰相思之苦。女儿到底没有，只有四个儿。

有妙不丑，也不懒，稍大就学会了帮衬，母亲喜欢，父亲喜欢，哥哥们也喜欢。父亲给敦煌送货，刚好带上有妙。那时有妙已十多岁，懂事了。他看到敦煌壁画，飞天画得神奇，美得炫目，在心中暗暗发誓，多学本领，长大就研究飞天。敦煌自从开发出来后，游人不断，有的看新奇，有的想研究。敦煌，就是辉煌，中国文化的集大成者。他好羡慕，好想去。家离敦煌不远，但他自从去了一次，再不敢第二次踏入。他以为不配。在学识和经验浅薄时，去那里简直就是亵渎，算是白搭。

他经常参禅打坐，一坐半天。天龙虽觉有异，也不招惹。每个人都

第八章 寻 人

有自己的自由，只要不妨碍你，就不能横加干涉。

他对女生似乎不感兴趣。上次去找联谊寝室，他就没去。干脆就没喊他，喊了也不会去的。张玉峰觉得他是个怪人，不常刷牙，很少洗澡，身上有股羊膻味，特别是寒暑假回来，寝室里总飘着一股异味。叫他洗澡，他说不习惯；喊他刷牙，他磨蹭半天，用牙刷在嘴里捣鼓几下，就好了。牙如玉米，黄黄地嵌在嘴里，一张口有点瘆人。他们那里缺水，洗漱就少。吃的用的是井水，杂质多，长期饮用，牙齿就焦黄。张玉峰即便抽烟，牙齿依然保持亮白。

学校与寝室有一段距离，学生上学回到寝室要经过一个地下通道。通道经常是黑的，男生晚上都不敢独自通过，女生更不敢。有人提出建议，要在通道里安上灯，学校没有采纳。事情很快就来了，来得突然。有个女生提前下自习，从黑糊糊的通道经过，被一个男生猥亵了，衣服都扯破了。这事传了出去，传到学校保卫科。保卫科成立调查组，挨个问。邬有妙没能摆脱嫌疑。后来一打听，原来是文纤弱遭殃。高天龙胆寒，张玉峰心悸。邬有妙不是那样的人，从不招惹事端，很规矩。邬有妙没承认，但也不强辩，事情似乎就是他做下的，有人就背后指指戳戳，看不出来，这样的人还会做那样的事。

邬有妙除了参禅打坐，还有一项爱好，喜欢看录像。平时是不去的。平时上课，还要自习。邬有妙成绩不赖，稍稍用功，就赶在前面。余下时间就是回寝室打坐，一坐半天，有时嘴里叽里咕噜，有时默不作声。发现邬有妙喜欢看录像的是高天龙。天龙嘴紧，像上了锁，没有传出去。一日深夜，天龙学习累了，要去外面吃消夜。他在半路上撞上邬有妙。天龙说，我请客，陪我吃碗馄饨。邬有妙就跟着。两人坐在凳子上，边

89

吃边聊。天龙问，这么晚了，从哪里回来？他也不隐瞒，看录像去了。一到周末，大学生都拥去，里面座无虚席。十点前放《古惑仔》，王晶导演的，黄秋生主演的。这个片子只是打打杀杀，倒也刺激。十点以后还有更厉害的猛片。天龙没听懂。他一直是个好好学生，社会上许多说不清道不明的事，他不参与，也不懂。天龙其实就一书呆子，社会上好多事，他一抹黑，以为社会纯洁，人人善良，事事美好。他是抱着这样的念想走进大学的。大学也是个小社会。猛片是啥意思？天龙好奇地问。这个都不懂啊？邬有妙讶异地看着他，吞了半口的馄饨又吐了出来，也许是烫的，也许是惊的。天龙直摇头。他在中学时一心只读圣贤书，对社会上的乱七八糟的事他不关心，也不懂。与我有关吗？知道那些干吗？同学笑他呆子时，他也只笑笑。真不懂，还是假装的？同学表示怀疑。一试探，真不懂。同学就哈哈大笑起来。笑得天龙脸红了，虚汗也涌出。

上了大学，真不能这样了，有人表达了善意，给予适当提醒。天龙依然故我。读好自己的书，其他的事自有人管。他一直秉持这样的理念。邬有妙咽下半勺馄饨，漫不经心地说，就是毛片。天龙又瞪大了眼睛。他都不好意思问下去了。如果再问，估计又会招来嘲弄与揶揄。他只是瞪着惊疑的双眼。邬有妙就懂了，进一步解释，男女之事嘛。天龙脸唰地红了。男女啥子事嘛？他在心里嘀咕着，没敢发出声。邬有妙似乎猜中了他的心思，也不多做解释，反正以后你就懂了。说完继续吃馄饨。馄饨热气直冒。

发生文纤弱被猥亵一事后，天龙有时就想，也许是邬有妙作下的孽，也许另有其人。为了保护当事人，没敢声张，只在小范围做了调查。文纤弱也想息事宁人，就跟保卫处领导说，算了，算了。

第八章 寻 人

这个事情就过去了。天龙也没敢往深处想，想多了不好，人还是要糊涂点。他有更多的事情要做。

团委招募勤工俭学人员，到图书馆做图书管理员。天龙喜欢读书，这个职位值得去。他毫不犹豫地就报名了，每月有三百元津贴，快够一个月生活费了。家里就别指望了：天晴分开了过，两个孩子，负担不轻，指望不上的。高兴正是花钱的年纪，就更别指望了。母亲身体不好，干不了重活，只能干点家务。父亲在田地里操弄，一年下来也余不了俩钱。他只有靠自己。

邬有妙那天的话，让他眼前一亮——也许承包录像厅蛮赚钱的。这个念头一闪而过。他手无余粮，囊中羞涩，想干也没本钱，只能想想而已。

平时一到下课，天龙就飞也似的往图书馆跑。他要挣生活费。那次吃夜宵后，他突然萌生了想法：何不自己也进点方便面？学生下自习后，回到寝室，正好饿了。有时学校大门关得早，出不去，只有周末才锁得晚，一般也不超过十二点。有些同学是夜猫子，计算机房和通信室灯火如昼，热火朝天。下自习后，就想吃东西。那时大家都不富裕，有包方便面充饥，就很满足了。有些男同学就做起了兜售方便面的生意。天龙受到感染，他也想做，赚一点是一点，总比没有强。说干就干，他也进了方便面，晚上十点以后一个寝室一个寝室敲门，问可有买方便面的。当然还搭配了火腿肠和口香糖等小玩意。刚开始生意不好，乏人问津，慢慢地人气旺了起来。天龙想了一个点子，在寝室门上贴了个小广告，也在传达室门口黑板贴了个小广告：523寝室有方便面出售。一传十，十传百，他竟然生意兴隆。

看到天龙生意不错，有些同学跟风，也做起了小生意，跟天龙互抢

91

客户。做的人多了，价格就卖不上，有时平价出售，有时亏本销出。天龙觉得生意难做了，他想转行。

周末别人在打牌下棋跳舞时，天龙下自习后，一个寝室一个寝室兜售，有时与别的同学撞车了。王甲卖了几桶，又卖了几包，喜滋滋地往回走；李乙又赶过去，吃了闭门羹，灰溜溜地退出；赵丙也踩着碎步来到。寝室的人烦了，告诉了传达室，传达室告诉了保安，保安告诉了团委。于是整顿，不许卖方便面了。紧接着寝室下面空房子里开了小超市，一应俱全，卖方便面的就没生意了。同学夜晚饿了，要加餐，就到小超市去。卖方便面的就再不吃香，慢慢就少多了。

天龙财路被断，心里略微难过。他在想辙，也许还有别的出路。卖方便面的都是穷孩子，多是从农村出来的，家底微薄，一个个还显得生涩、土气。就是楼下不开超市，天龙也想转行。他觉得卖方便面赚得少，还耗时间。

一个周末，他从长安南路向小寨去进货。一个戴着眼镜的人拦住了他，问他可愿卖电话黄页。他眼睛一亮，电话黄页上写着各式各样单位的电话号码，对各大中小企业和单位都有很大帮助，也许是一条生财之道。天龙听了介绍，爽快地答应了。他还介绍同寝室河北同学刘显智一道。刘显智老实厚道，人也本分。都来自农村，有着相似的经历，考了几年才考上大学，生活也很拮据。他跟刘显智一说，对方立刻同意，中！于是两人搭档，进了几十本电话黄页，周末大街小巷串，到处兜售。很快就卖掉了，赚了好几百。天龙很高兴，又怂恿刘显智一道再进点，多进些，一下子进了一百多本。两人轮番卖。他们到长安县卖，到临潼卖，到咸阳卖，几个周末下来，竟然卖出了很多。尝到甜头的天龙就不肯收

第八章 寻 人

手了。刘显智在卖电话黄页时,不小心被狗咬了,打了狂犬疫苗,就不肯再出山了。天龙就单干起来。国庆黄金周,大家都在游山玩水,到处闲逛,天龙不歇着,往乡镇跑。晒得黢黑,脸色古铜样,他也不在乎,依然奔波在大街小巷。

天龙手头有了些积蓄。他省着用,手里有粮,心里不慌。他怀里有余钱,做人就大气起来。

做电话黄页生意后,他暑假也不回家,卖报纸、发传单。和军医大的学生一道,给人卖《西安晚报》,还发传单。天龙做事稳妥,不偷奸耍滑。发传单时,有的同学趁着没人,将一大摞传单往草丛里一丢,然后大摇大摆地走了,回去报告说传单发到每家每户了。

天龙实在,他挨家挨户地发,一个不落。传单就是广告,广告到了,买不买是一回事,告知的义务总该尽到了。据统计,传单有效率百分之五十,有人看到了传单,就到附近商店去购物。

天龙发传单也赚了一笔。一个暑假下来,人晒得像黑泥鳅,皮都蜕了一层。他却乐此不疲,痛并快乐着,没有比挣钱更令人高兴的了。他不需要家里供养了,他有资本,也有实力了。他腰杆直了。母亲生病时,他还寄了钱回家。母亲笑着逢人就夸,阿三有出息了。

有钱就敢想了,也敢干了。他脑中又生出了念头:别人能承包录像厅,我为啥不可以?这个想法冒出时,囊中还是羞涩的。当口袋里有了硬钞后,就助长了他的胆量。他要放手一搏。

天龙知道自己还是学生,学生的本职就是学习,只有学习不落下,才有机会从事其他工作。他一般都在周末或晚上从事第二职业。许多学生都是这样。这也是被逼的。谁不想周末窝在寝室里,看看闲书,听听音乐？他不行，没有资本。享受不了，勤快惯了，要是叫他歇着不干，等于要他的命。天龙就是再累，也咬牙坚持。好在平时功课不忙，事情不多。他很聪明，保证课堂上专心听讲，课后稍微复习，对付考试不在话下。要到期末考试时，他也会收手，一心扑在学习上。他不想挂科。这不是啥光彩的事。尽管找老师说说情，也许勉强能过关，但那是耻辱，天龙不屑。

在政法学院周围转了转，天龙就有了想法。经过与房东谈判，以较低的价格谈成了房租。天龙知道，凭自己现在的实力，单独租不下来这么大的房子。他要与老乡合伙。

参加文学社后，在地下室认识了老乡赵为禄。赵为禄比他高一年级，人高马大，戴着厚边眼镜，看人要凑近看，远了不行，近了也不行。

赵为禄周末很少能见到。一次在食堂碰见，赵为禄邀请天龙去看录像。天龙从未看过录像。电影、电视倒看过不少。那还是少年时期，农村经常放露天电影，不要钱。天龙就跟着大人，这村跑到那村，一场一场地看，看了《孔雀公主》《二子开店》《神秘的大佛》《南登保险箱》等等，至今还记忆犹新。电视看得多了。特别是《西游记》，看了一遍又一遍。后来放《上海滩》《陈真》《霍元甲》，还有古装武打片《射雕英雄传》等，看得如醉如痴，饭都不想吃。

长大一点后，特别是上中学后，电影、电视就戒了，戒得彻底。到县城上高中后，就更没看过电影、电视，成天就想着刷题、背单词、看作文。尽管很努力，但高考几次都不理想，差点让他崩溃。还好，最后一搏，让他金榜题名。

来到西安，大都市，开始眼花缭乱，看啥都新鲜，看不够。但腹中

第八章 寻 人

空空，胸无城府，让他十分汗颜。特别是和城里同学比起来，他知识面太窄了。在当图书管理员时，他一有空就钻进去读书，读了不少名著，许多经典。他眼界大开，思路拓宽。

赵为禄请他看录像，让天龙喜出望外。那晚录像放《黄飞鸿》，真好看。李连杰将黄飞鸿诠释得淋漓尽致，豪气冲天，侠气俯地。天龙目不转睛，聚精会神。十点以后，赵为禄邀请天龙继续看。天龙以为是啥好片子。十点以后，都是男学生。女孩和男朋友一道来的，十点前全部离场。大家很自觉，好像知道内幕似的。天龙浑然不觉。他看男生没走，也就跟着。然后就是猛片，画面赤裸裸的，天龙眼睛张着，喉结一跳一跳的。这是他平生第一次。

天龙看了一半，实在受不了，就偷偷溜号了。没有相当的定力，还真不宜看。一个常读圣贤书的人，面对此景此境，何以自处？第二天碰到赵为禄，他问天龙可过了把干瘾。天龙脸都红了，连连摆手，少儿不宜，少儿不宜。大家都成人了，知道些那玩意，想必也不是坏事，就当上生理卫生课了。在课堂上，老师可不敢讲那些东西。有些事做得说不得，有些事又是说得做不得。天龙想想也有道理，呵呵笑了。晚上赵为禄请天龙吃饭，天龙本想拒绝，又怕不礼貌，毕竟是老乡，相处有时了。赵为禄为人豪爽，一边读书一边在外做生意，据说生意不错，手头已攒下不少钱了。他家原来很穷，上学第一学期学费全借的，生活费也没着落。他提着蛇皮袋，装着被子和洗换衣服，揣着录取通知书一人坐绿皮火车就来了。他临走，跟父母发誓，不要家里支援一毛钱，自己挣。母亲拉着他的手，泪水涟涟的，硬塞给他几个鸡蛋，娃受苦了，还要继续受苦。妈没用！他擦干母亲脸上的泪水，妈，我能挣，您就放心吧。母

95

泊长安

亲目送了好远,直到赵为禄消失在荒街野巷。

听说开录像厅赚钱,赵为禄很想涉足,苦于囊中羞涩,没有本钱。他就周末摆地摊,卖百货,上门推销洗涤用品。大学头一年,累得跟猴子似的,瘦小干巴,脸色枯黄,到底攒了一笔钱。但由于长期在外兼职,学习顾不上。快到考试时,他昼夜突击,还是有两门挂科。他给任课老师送礼。老师语重心长,都知道你的难处,不是有意过不去。你回吧,下次注意了。礼物也叫赵为禄带回了。赵为禄寒暑假都不回家,留在西安打工,终于手头宽裕了些。有人就喊他合伙开录像厅,他拒绝了,他觉得条件还不成熟。他要先打工。于是就到录像厅打工,干些杂活,顺带了解一下套路。每个行当都有规矩和猫腻,表面看起来风平浪静,内里却风起云涌。就比如放毛片,不是每个录像厅都敢放,有的不能,有的不屑。大学生刚刚脱离父母的监管、老师的束缚,也没搞清人生的方向、将来的去处,有的拼命学习,有的就放纵自我。每到周末看录像的人很多。录像比电影便宜,适合家底薄弱,又想寻找娱乐、追求刺激的人。中学太苦了,大学相对轻松自由,只要学习搞好,至于课外干啥,老师基本不管。只要不做违法犯罪的事,没人找你麻烦。西安南郊有很多高校,不下十所,都是年轻人,对娱乐的需求很旺盛。

天龙听了赵为禄的叙说,觉得很有道理。这不啻是一条生财之道。但并不是所有的人都想做,毕竟有些灰色地带。天龙不想为了钱钻头觅缝,不想长期游走在灰色地界,他心中有个尺度。他也想如法炮制,先跟着赵为禄去录像厅打工,积攒点人生经验。经验是宝贵的,花钱都买不来。

说干就干,在饭桌上,就和赵为禄敲定了。周末来了,晚上天龙就

第八章 寻 人

去了。刚开始,天龙把把门,收收门票,也跟着看些免费录像。

那时香港古惑仔特别流行,在大学生中也有一拨人特别喜欢看。枪战的、武打的、爱情的,都有,好多都是港台电影。

一到晚上十点后,赵为禄就为学生放毛片。

天龙过了十点就回去了。

天龙生性胆小,他不愿为点小钱承担重大责任,得不偿失,不划算。他准备辞职。赵为禄知道了,劝,撑死胆大的,饿死胆小的,能挣钱就行,管那么多干吗?

干了一阵子,天龙也挣了不少。他想,该退出了。他本想自己和同学合伙开录像厅,既然摸到窍门,学到知识,他也该急流勇退。赵为禄再三挽留,他还是退出了。

天龙退出不久,赵为禄放毛片的事被举报了。公安来了一个突然袭击,抓了现行,罚了十二万,人被派出所关了半个月。以前挣的全吐出去了,他又成了穷光蛋。学校也瞒不住了,知道后,他的学籍被取消,勒令退学。

再次见到赵为禄,是天龙卖报纸时,在一家建筑工地偶遇。赵为禄穿着破衣烂衫,蓬头垢面地搬砖、和水泥。天龙眼尖,走上去打招呼,那人扭过头,装作不认识。天龙喊,赵为禄。他不理,继续埋头苦干。天龙靠近他身边,在他肩膀上拍了一下,他才回过头。

悔不该不听你的。常在河边走,哪能不湿鞋?怪自己贪心,准备再干一阵,就收手。没想到,在最后还是栽了。

天龙见到赵为禄后,突然眼前一亮:自己好歹也挣了些钱,何不将店面盘下来,雇赵为禄来管理?他在这方面经验丰富。以前为他打工,现在他可以为我打工，也算解决他的生计问题。

　　天龙也不卖报纸了，晚上请赵为禄喝酒。赵为禄好多日子没喝酒了，馋得很，见到酒，就像见到久违的亲人，自己先倒了一杯，在鼻子底下嗅来嗅去，香，不是一般地香。老子曾经吃香喝辣，餐餐鱼，顿顿肉，现在一下子沦落到这般田地，丢了先人！说完没等上菜一仰脖子就喝干了，还咂巴着嘴。

　　酒酣耳热之际，天龙提出了设想，想和他合伙再开录像厅，但要求正规经营，不触碰红线，少赚就少赚点，比没有强。一般看录像都在星期六和星期天。平时上课、学习不能耽误，也不要受影响，毕竟还是学生。天龙给自己下了死命令，期末考试，每科成绩不低于八十分，否则就关门歇业。

　　快到考试时，大家都在寝室、教室或图书馆突击复习。别看同学们平时都蔫不拉几的，像瘦骡跛马，中气不足，但一到快要考试时，都瞪着铜铃般的眼珠子，通宵达旦地复习。谁也不想挂科，到老师家求爹爹拜奶奶，丢人丢到家了。

　　干了一阵子，赵为禄嫌赚得少，要这样挣钱，挣到猴年马月？他有点失去耐心了。

　　天龙后来恋爱了，有几天晚上没去。赵为禄自行做主，十点以后又开始放毛片。这下捅了马蜂窝。这事又被公安逮着了。天龙作为录像厅主事人，负首要责任。录像厅被吊销营业执照，关闭整顿。天龙被罚款三万，好不容易赚点钱，就这样全吐出去了。天龙长叹一声，遇人不淑。他自认倒霉。还好，没进号子。

　　天龙又回到初始状态，人只消瘦了一阵，就慢慢调整了过来。

第九章 逃　跑

　　虎妹没吱声，在做思想斗争，到底人小，下不了决心。婶子看她迟疑不决，就顺势说道，你和男人好好考虑，想清楚了再回话。不过要快点，时间不等人，那边正急等着要人呢！

　　没过几天，婶子又来了，还拎了一只野兔和一个活山鸡。

　　听说爷爷身体不好，没什么孝敬的，拎了点山货。婶子突然变得热情起来，虎妹有点措手不及，意外地感动。虎妹也没往深处想，毕竟她还小，涉世不深，眼前的一点利益和别人的笑脸就容易打动她。她受够了冷眼和轻慢。趁热打铁，婶子就提出让高兴外出打工。只要他愿意我也不反对，腿长在他身上，他想去，我也拦不住！虎妹的话里藏着无奈和伤感。

　　高兴要出去打工了。临走时，虎妹塞给他三千块钱，高兴坚决不要。我是去挣钱的，哪能拿钱呢？虎妹不从。没钱也不行啊。婶子交代让你多带点。

　　高兴只好收下钱。他知道过来的路费和摆酒花销等花了不少，所剩

泊长安

不多，虎妹又塞给他这么多，高兴知道他们又要受苦了。

临走时，高兴又偷偷地放回了一千块钱。

高兴在这里还没待够三个月，就又和媒人、婶子出发了。路上高兴和媒人混熟了，不再拘谨和提防了。他们一路上有说有笑，高兴连盘缠都告诉了媒人。

他们坐了几天几夜的火车，又坐几天几夜的汽车，一路颠簸着来到一个镇上。天色已经擦黑，镇上亮起了霓虹灯。一路上看到尘土飞扬、黄沙漫漫，高兴也怀疑是否坐错了车，去错了地方。这里不应该是浙江吧，浙江在南方。南方山清水秀，很富裕。可这里很穷，人们头上还裹着头巾。他在心里嘀咕，但他没勇气提出疑问，他相信媒人和婶子。出门在外，他视他们为家人朋友，有时更甚于家人朋友。浙江他没去过，全凭媒人介绍。他信媒人，只能相信，相信他比相信一个陌生人要好。人地两生，他很依赖他们。

兄弟，到了。一路上风餐露宿，很辛苦。这顿饭我请！咱们喝个一醉方休，然后好好睡一觉。明天我带你去个好地方开开荤！工作的事先不急，休息两天再说。下车后，媒人热情地招呼高兴。他们一行三人来到了一个小旅馆。媒人要了几个小菜，打了一瓶低质烈酒招呼高兴喝了起来。平时不喝酒的婶子也很热情，劝高兴多喝点。高兴长时间坐车，又没好好吃东西，现在肚子基本是空的，架不住三劝两劝，没喝几杯就有点撑不住了，再加上酒精浓度高，质量低劣，高兴头疼欲裂起来。他很难受却又吐不出来，趴在桌上哼哼唧唧。媒人"好心"地扶他到房里躺下，服务员又端来茶水让高兴喝下。高兴又累头又疼，不一会就呼呼睡去。

第九章 逃 跑

醒来后高兴发现自己在一个黑屋子里，里面充满了尿臊味和汗臭味。他摸摸身上，身份证在，钱不翼而飞。他"哎哟"一声。

他拍着铁皮门喊叫，没人理他。他踢着铁皮门吼叫，也没人理他。喊累了，踢疼了，高兴转过身看，想看到点什么，哪怕是一点反应也好。只听得咳嗽声和擤鼻涕声，还有诅咒声。屋子里乱哄哄的，臭气熏人，味道像进牛棚，一群牯牛的牲栏，屎臭味和尿臊味呛鼻子。他不明白，这些人怎么不反抗，对他的吼叫无动于衷呢？借着从屋顶上一块明瓦透出来的一点点微光，高兴看到有的在咿咿呀呀，有的昏昏欲睡，有的在抠鼻屎，还有的在抠烂脚丫，还有一两个鼻涕哈喇子直流。他们都是清一色光头，脸上乌七八黑，好多衣不蔽体，衣服上还沾满了黑黑的油污。高兴正在观察的时候，一个黑高个从人堆里一瘸一跛地走到墙角边，朝一个大粪桶里尿了起来，一股又臊又臭的味道立刻弥漫开来。

高兴恶心不止，头痛欲裂起来。空气太污浊，快要窒息了。

在黑屋被关了几天后，高兴被蒙着眼睛带到一个地方。

把你们关进黑屋，就是要去去身上的火气、邪气和不服气，就是要让你们泄气！不然怎么会服帖，甘心替大爷做事呢？

高兴隐约听到一个大汉坐在上首指手画脚。

你们刚来一个个都像打足气的皮球，拍一下就要弹到天上去了。现在大爷要给你们放气，让你们跳不起，滚不远，永远对我俯首帖耳。如果哪天大爷钱挣够了，一高兴或许还能让你们重新投胎，滚回老家去。

下面几个附和着喝道，你们可听到了！这是我们钱如山钱老板给你们训话，能逮着这样的机会是你们的福分。都给我听好了，老老实实干活，谁要是偷懒，想逃跑，那我可告诉你们了，你们的小命就算玩完了，

101

你们的阳寿也到头了!

傻大、孬二、瘪三、笨四、愚五、蠢六,这些浑球儿要看严实了。要是发生逃跑事件,就是去阴曹地府也给我找回来,找不回来,你们就去阎王那里报到吧。钱如山又发话了。从傻大到蠢六战战兢兢、唯唯诺诺,汗都流干了。

训话在死亡的威胁下结束了。高兴依然被蒙着眼带到了一处地方,解开了面纱。面对骤然而至的亮光,高兴很不适应,晕乎了好久才缓过神来。

原来这里是砖厂。在偌大的荒漠里竟然耸立起一座奇特的土山,而不是石头山。土山已经被挖去一大截,估计砖厂经营多年了。一个大烟囱高高屹立着,显得那么孤独和颀长。从烟囱口里不停地冒着股股白烟,有时也莫名其妙地飘出一阵黑烟。黑烟里透出阵阵的焦煳味。

这个砖厂周围都用铁丝网拦起来,外人很难进来,里面的人也甭想出去。何况还有人昼夜值守,更别想轻易出去。

傻大、孬二、瘪三、笨四、愚五、蠢六等人既是打手又是监工,同时也是值守人员。他们都清一色穿着后背印着大大的极其醒目的"囚"字的衣服。而干活的劳工身上都印着数字。高兴穿的衣服上印着"16"。干活时,从不叫名字,也叫不上名字。大家都是从五湖四海或被骗或被拐来的,叫不上名字,叫名字不方便,也不好管理。再说了,这些弄来的人大多都不太健全,有的是聋子,有的是聋子加哑巴,有的是头脑不清醒,半孬不痴的。但这些人都有个长处,都是一身蛮劲,所以背板车拉砖坯再合适不过了。砖先从切砖台用机器切出来后,装上板车由这些人拉到指定地点,由专人卸下来码好等晾干,再装入板车拉到窑洞里去

第九章 逃 跑

烧，烧好后再拉到指定地方装车运出去。整个流程大致就是这样。拉水坯、烧砖高兴烂熟，在老家就干过好几年。他拉过板车，烧过窑，还切过砖坯，在技术上比较全面，且烧窑还有一手。他不想显山露水，白费气力。

高兴刚开始干活时，瘪三总跟着，稍不留神就吃鞭子。他干的活是拉板车，拖水坯。有时一颠簸把堆得高高的砖坯震掉几块，瘪三的皮鞭立马上身。有时拉得好好的，瘪三的皮鞭也毫不留情地抽下来。有次一鞭子下来，差点把眼睛抽瞎了，脸上一道深深的血痕，钻心地疼痛。别看瘪三长得瘦猴似的，一脸晦气，好像弱不禁风，可是打起人来劲出奇大。高兴给整惨了，见了他腰弓成了虾米，连头都不敢抬，生怕一抬头又招来脚踹鞭抽。好汉不吃眼前亏，该低头时须低头。高兴也学会了自保。他曾亲眼看见有几个被买过来不久的犟驴不听使唤，让好好去干活，他们头梗着，宁死不屈，结果硬生生被鞭抽和棍棒打晕了，生病得不到医治，也就一命呜呼了！

他们有一套，打人时把许多人集合起来，都看看不听话、不驯服的下场。敲山震虎，有人当场尿了裤子。许多想偷懒的家伙也乖了，跟孙子似的。

高兴可不想白白被整死。他虽憨厚，但脑子不笨。人被骗，是疏于防范，过于轻信了。一旦到了险恶的环境，便激起了强烈的求生本能和潜藏的智慧。他觉得人心就是黑洞，摸不清，抓不着。他自己善良，以为别人跟他一样。吃了苦头，遭了罪，才幡然醒悟，世界大了，啥样人都有。

经过一段时间的观察，他发现傻大和瘪三为了得到钱如山的更多宠信，互相在暗中较劲，相互在明里拆台。他觉得这是个可用的好机会。

高兴刚开始拉水坯，现在已改成拉砖了。他发现烧好的砖有好多瑕疵，还有不少老虎砖。老虎砖就是废砖，是不能用来砌墙的，只能用来箍院子或猪圈，是卖不上好价钱的。

一次，瘪三去别处拉屎离开的时候，刚好傻大巡视过来。他趁机向傻大进言，说自己有改进办法。傻大一听，心想，这可是向老板邀功的好机会。老板正为这个事苦恼呢，骂他们"屙的屎比石头硬，长的脑子比豆腐嫩，一餐仨馒头全喂狗了。烧出过多的废砖白白损失了好多钱。这个问题不解决早晚要被弄死"。

傻大为此事苦恼不已，正四处想点子呢。他听了高兴的阐述觉得很有道理，烧砖的火候和时间都掌握不好，势必会产生大量的废砖。他们也知道问题可能出在火候和烧制的时间上，但怎么掌握火候和时间，都没搞太清楚。傻大看高兴一下就说到症结上了，觉得他可利用。他千叮咛万嘱咐别告诉瘪三，临走时不忘说，问题解决了，老板会重赏你！你也不用再受瘪三的气，挨他的打了。

第二天，高兴正在拉板车，被赶过来的傻大叫停了。瘪三鼻子气歪了。这是我的人，他是死是活挨得着你管吗？瘪三气冲斗牛，趾高气扬。正要扬鞭向高兴抽去，傻大断喝，住手！老板要找他，你还打吗？瘪三的手愣在半空中，吃惊地看着灰头土脸的高兴，心里暗忖，这羔子还忒有福气了，竟然受老板亲自接见。这王八啥来头？

高兴在瘪三惊异和疑惑的眼神中被带走了。

这次总算是看到老板的庐山真面目了。没有他想象中凶神恶煞的样子，也没有想象中威严无比的样子，长得不高大，甚至有点猥琐。办公

第九章 逃 跑

室很简陋,没有豪华的陈设。站在旁边的两个跟班倒是气派和威严。愚五和蠢六也被安排旁听。

高兴用余光扫视了一下周围的人赶紧低下头。

知道吗?你是老子花了重金买下来的!老子是从梅如意手中硬留下的。为了得到你,花掉了老子一万块啊!他说你牙口好,人健全,有技术。扯他娘的淡,谁信啊?他向老子保证买下你绝对物有所值,不给那个数他就要转给煤老板。他说周围小煤窑多的是,要的就是这样的人!老子以为被他骗了,狠狠心就把你给弄过来了。嘿,看来有用的嘛!他从桌上抽出一支烟,愚五赶紧给点上火。他深吸一口,又继续训话。有用没用还得看你表现,你真要将老虎砖降低几个点,你的人身就自由了;要是你拿大话唬老子,你的小命就留这里了!老子要让你变成一堆白灰,化成一阵青烟从我的烟囱里冒走,懂吗?最后一句话恶狠狠的,血淋淋的,高兴不禁打了个寒战。然后钱如山又坐到椅子上,跷起了二郎腿。蠢六急忙给他擦皮鞋,还哈气。

钱如山都没给高兴说话的机会,叫傻大安排他去烧窑。傻大以前受老板器重,但在和瘪三的争斗中落了下风,反而不太受待见。现在他发现高兴也许能帮他赢得机会,对高兴也算是客气。如果高兴解决了这个废砖率过高的问题,就等于帮了老板的一个大忙。高兴是傻大发现的,也是他向老板推荐的,那么他也变成了有功之人,老板还会像从前一样器重他。

高兴对解决这个问题也没十分把握。以前烧窑师傅向他传授了不少经验,他也掌握了不少技巧。但是地方不一样,土质不一样,甚至是烧窑的煤产地不一样都影响着最终的结果。高兴以前烧窑时跟师傅闲聊,师傅告诉他用黄土、黑土、灰沙土等制坯应该添加什么，他隐约还记得。这个火候和时间问题，他也只能依靠经验了。

他通过询问傻大，摸清了一些基本情况，然后告诉了傻大，就按照这办法去做。其实，高兴心中也没底，死马当成活马医。他建议在黄土里添加适量的煤炭和制剂，煤炭不能多，有比例的，多了就容易过头。

根据高兴的建议，钱如山派人做了试验，在火候和烧制时间上也做了一些微调，果然废砖率降低了不少。试验的成功使钱如山对高兴好感大增，傻大也在一旁呵呵直乐。钱如山将文明棍交给了傻大。这是权杖，谁拥有它，谁就拥有无限权力。傻大再次赢得老板的信任。

为了留住高兴，钱如山破天荒地要请高兴吃饭，傻大全程陪同，并许诺要给高兴发工资。这是史无前例的事！被买来的人从来都是义务劳动，一日三餐能吃饱肚子就谢天谢地了，能不挨打受罚更是许多人梦寐以求的事。高兴今天能受到如此待遇，傻大对他刮目相看，不敢有丝毫怠慢。

傻大通过高兴排挤了瘪三，并进一步打击了瘪三。瘪三在一次事故中被傻大抓住了把柄，他在钱如山面前添油加醋，煽风点火，激起了老板的愤慨。他大骂，这犊子，娄子捅大了，关进黑屋，饿饭三天！三天后瘪三被放出来，形容枯槁，几近虚脱。接着瘪三被罚做苦工，拉砖坯。监工是孬二。孬二曾经也受过瘪三的欺侮，现在他要加倍奉还。瘪三在棍棒和皮鞭的调教下，很快乖得像小狗。孬二皮鞭一举过头顶，他就吓得直哆嗦，裤裆立刻湿了一大片。

钱如山承诺给高兴开工资没有兑现，高兴被调去烧窑，不再拉砖坯。老板说得好，等你干满三年，工资一起结算，并礼送出境，决不食言。

第九章 逃 跑

高兴知道这完全是空头支票，钱如山想通过这个把自己套牢。但眼下又无逃生的机会，守门的看得很紧，稍有风吹草动就如临大敌。现在可以说连只老鼠都别想轻易钻出去。他虽然表面上自由了，但有无数双眼睛在暗中盯着。他还不知道，老板特地交代对"16"号要外松内紧，绝不能让他私自外出。现在他觉得唯一的好处就是没人对他呼来喝去了。傻大也似乎成了他的朋友，经常可以在一起聊天了。私底下傻大跟高兴说老板是个文盲、法盲加流氓，为人充满匪气、霸气与傲气。他的发家过程血泪斑斑，刚开始为了争这个土山，不惜置人于死地，后来又买通村里、乡里以及县上的人物，平安无事，还坐上了这个山头，条件是招附近的村民来务工，解决一部分人就业和生计问题。可是那些人来干活后，他拼命压低工资，并一再拖欠工资。好多老实巴交的泥腿子敢怒不敢言，只有一走了之。他通过道上的狐朋狗友从外地骗进或低价买进不要工钱的人来干活。来的人首先关黑屋挨饿，有些体质差的不堪折磨，在第一道关口就报销了。就这样一天天坐大。高兴听了毛骨悚然，感到万分害怕，一边烧窑，一边寻思脱身之计。

　　傻大又匆匆赶来，与正在烧窑的高兴小声嘀咕了几句。高兴脸色大变，手脚不停地颤抖。这事不做也得做，你不要害怕，习惯就好了。傻大面色沉重地安慰高兴，老板交代的，必须处理干净，否则你我都要报销！

　　高兴步履艰难地走出洞外，帮忙把雨布裹着的沉甸甸的东西抬了进去。一会儿一阵刺鼻的焦煳味从关着的炉门里钻了出来，呛得高兴咳嗽不止，恶心得几乎要把肺都咳出来了。他头晕目眩，几乎站立不稳。傻大将高兴扶出洞外，将刚才帮忙的笨四打发走了。他们就在洞外找个空地坐下。傻大眼泪扑簌簌地掉下来了，都是我害了瘪三，要不是我在老板面前告状,他不会被关黑屋,不会被罚做苦工,也不会遭棒打鞭抽,更不会生病不治而死。本来我们都是好兄弟,都是跟着老板混的。但是他有野心,一次次地跟我过不去。我也是一时气不过,没想到会这样!看到傻大兔死狐悲的样子,高兴心中也不好受。今天瘪三的下场也许就是傻大明天的归宿,他心里门儿清。

在滚烫的近五十度的炉窑边,高兴还穿着厚衣服,头上红彤彤,脸上热辣辣,身上汗津津,一锹一锹地铲煤,饲喂着火炉。大火燎着,卷着毒舌,大张着吞噬的嘴巴,火星四溅,火花缭绕。他戴着厚手套,望着熊熊炉火。湿煤喂进去后,先是一阵青烟,接着就是火苗乱窜,火越烧越旺。高温煅烧,铁石也能融化,梦想即刻成灰。火贴身撩拨着,汗如雨下,一个夜班下来人几乎虚脱了。在老家就干烧窑的事,工作还没辞呢,出了虎穴,又入狼窝,现在又跳进了火坑,逃不掉,走不了。更苦的是,干了一夜,身上又脏又臭却没个热水洗澡,最多给一小盆泥浆水抹抹身子。他难受极了。饮食也不习惯,吃那些又干又硬的烙饼,也没个下饭的蔬菜,更别说荤菜了。一段时间后,高兴嘴角和舌头都磨破了,连吞咽都困难。他想如果不设法逃离,不久也会葬身火海,尸骨无存。他在苦苦寻思逃离的办法。

有时深夜烧窑时,实在热得不行,闷得要死,他就偷出来喘口气。当看到场面上那些堆得高高的红砖似乎还在滴着血,他的心就抖动,胃就翻江倒海。他强忍着恶心和憋屈,又看到几挂大卡车停在场面上,刚刚的喧嚣和烦躁才褪去。卡车上的砖已经装得满满的了。司机估计是去吃消夜或去小睡了。反正这会儿场面上静悄悄的,只有几盏大灯照得如同白昼。

第九章 逃 跑

　　高兴蹑手蹑脚地走到几辆车前，试图在它们身上寻找突破口，获得一线生机。他查看了前几辆车，都觉得无机可乘，无隙可钻。检查了最后一辆车后，觉得这辆车有点特别，车身大，车肚也很大，下面还有两个杠，像保险杠什么的，高兴也弄不清，反正他觉得似乎可以在这上面动动脑筋。高兴爬到车肚子下面观察之后，突然心怦怦地狂跳，一个大胆而冒险的想法在他脑海里产生了。他觉得这是个逃生的绝佳机会。这些车队一般都在凌晨三四点就出发，这个时候天都还没亮，检查人员也是最困的时候，最容易麻痹大意，这个时候浑水摸鱼也好得手。他决定立即行动。他哆嗦着跑回了窑洞。

　　回到窑洞，他对烧窑的搭档说今天吃坏了肚子，难受得不行，到外面再躺一会。高兴是师傅，搭档尽管一百个不愿意，但也不好顶嘴，似乎听他在说，等老子熬成师傅了，看怎么整你！高兴没理睬，拿起脏衣服——自从来了之后就没换过没洗过，一溜烟小跑着来到那辆大车前，迅速钻进车肚里，两手抓住两边的保险杠，把身体悬起来。但转念一想，这样靠手劲能撑多久，弄不好掉下来就会被碾个粉碎。他赶紧下来在场面上想找一些绳子，能把自己和保险杠拴在一起，这样才会安全些。但匆忙之间到哪找呢？他也不敢太大意，万一被巡更的发现，就栽了，之前的努力全白费，就再也别想出去了。就暂时委屈一段时间，这个车是常来的，如果真的不来了，他也就认命了。

　　此后几天，高兴秘密搜索绳索和麻袋。东西收齐后，就等那辆车出现了。这几日高兴天天要求值夜班。大家知道高兴老实、勤快，乐得换班。高兴来了之后，很少说话。除了傻大有时找他聊天时，他才有一句答一句，从不多话。高兴总是埋头干活，很少心事重重的样子。自从高兴将过高的废砖率降低后,看管人员对他的态度也有所好转,看得不牢了。傻大都时常套近乎,别人还能不给面子吗?

据说务工人员进来后,就没有逃跑成功的,高兴不信邪,他想试试。被坑蒙拐骗来的人多是脑瓜子不灵光,智商有问题的。与他们相比,高兴算是厉害的了,他办法要多些。就是死也不能窝囊死。高兴在一次次地等待机会,一次次地捕捉机会,一旦得手,前途大亮。他更沉默了,干活更卖力了,对监管人员也更殷勤和客气了。

一次夜班后,一大队卡车停在场面上。高兴又是照例借着到外面喘气的空当,偷偷查了货车,发现了中间有辆大货车就是自己久久等待的那辆。他迅速地穿好衣服,将藏着的绳索和麻袋拿过去绑在保险杠上,然后自己艰难地挤了进去。没过多久,开车的人休息好了,就听他们或说着粗话或打哈欠地踏步走来,一会儿,车就呜呜地发动起来了。高兴拼命地抓住保险杠,生怕被开动的车甩掉碾死。

车在出口处经过例行检查后,就被顺利放行。高兴终于逃了出来。在灰尘纷飞的路上,高兴被呛得难受,强忍着不咳出声。不知车开了多久,终于停了下来,司机都纷纷下来吃消夜。等这些人都进到屋子里后,高兴十分艰难地从绑着的绳索里慢慢地钻了出来。

他成功地逃脱了。危机还未散去,险情尚未解除,他在黑灯瞎火中摸索了好久,天才渐渐地亮了。

第十章 牵 手

秋风飒飒，夕阳斜斜，西北的秋天别有情趣。树叶开始凋零，从枝头脱离，随风飘散。风带着哨音，留着若许从容，将梧桐的叶子赶下来。叶子委地无声，在脚底安歇。

这一天，高天龙一个人走在红专路上。他从汉唐书店出来，新购了一本哲学史《苏菲的世界》和一本文学书《平凡的世界》，低头踱着步，忽然与一个人撞了满怀。他一抬头，愣住了，赫然立在眼前的正是李静宜。他突然脸红了，讷讷不能言，就这样傻傻地看着，足足有十秒钟。李静宜也不说话，脸上始终带着笑。微笑像和风，吹得心痒酥酥的；微笑像时雨，浇得心头湿润润的。他被这笑感染了，浑身说不出的舒服。刚从书店出来，左眼没来由地跳，天龙在心里寻思，难道地上有钱？他本能地低头迈步，下意识地想捡钞票。钞票没捡着，却邂逅心上人。他一阵战栗。

那一次和张玉峰去财院，只看到龚月庵。龚月庵和张玉峰打得火热，就没有天龙什么事了。天龙陪张玉峰、龚月庵看了场电影。电影还未结束,天龙提前溜号了。电影好看,人更好看。他不知该看谁,索性退场。心里存着小小的遗憾,没见着李静宜。要是她也出现了,两对新人,各得其所,一起看电影,多浪漫。可天龙只当电灯泡,燃烧自己,照亮别人。说得不恰当点,是折磨自己,成全别人。天龙被张玉峰搭救过,他心中感激。但张玉峰这样做,不够厚道。他心里空落落的,一则没见到李静宜,感觉苦苦的;再则当电灯泡,感觉酸酸的。

相请不如偶遇。天龙红着脸说,你好!李静宜没回应他的话,转开话题。买了什么书?可以翻翻吗?天龙就把袋子交给她。李静宜认真地翻看书。天龙打量她。她上身穿着粉红T恤,腰身包裹恰好,下身蓝色牛仔裤,衬得屁股浑圆,脚上凉鞋,干练清爽,披肩长发,脸上略有雀斑。这身段就叫人着迷,天龙忽略了她的缺陷。李静宜抬起头,大方地迎接天龙的目光。俩人的目光里都含着情,眼睛里漾着羞涩。天龙怕她不好意思,赶紧扭过头,顾左右。不错啊,都是好书。你要是愿意,借一本我看看。天龙心中一喜,赶紧迎合,没问题,你想看哪本?《平凡的世界》吧。这本书是路遥的心血之作,听说写得好,好多人都在看。天龙点头,嗯。话匣子打开,羞涩退却,尴尬隐没,两人都活跃了。天龙提出了邀请,不介意的话,一起吃个饭。李静宜笑了,正想晚上在哪吃饭呢。去吃凉皮,或者汉中米线。她提出了想法。刚好快到城南饺子馆了,他抬头望了望。饺子馆里人声嘈杂,食客盈门。

这家饺子馆很不错,味道正,量也足,不如就在这家了。李静宜看了看,没有反对。好吧,你喜欢就行。天龙心里一阵微波荡漾。他强压着激动与兴奋,和李静宜一起进了城南饺子馆。

城南饺子馆是红专路上一家名小吃,专做大学生的生意,已经开了

第十章 牵 手

好多年，顾客盈门。许多情侣在这里开始，向别处延伸。这是一个窝，承载着许多美好的回忆。饺子馆不大，也就几十平米。一对对情侣相对而坐，眉来眼去，饺子吃下了，情感加深了，变浓了。他们要了五两饺子，三两荠菜，二两芹菜，蘸着醋，卷着葱，一起吃下，又喝了两碗面汤，晚餐搞定。

趁热打铁。高天龙与李静宜吃完了水饺，情感的暖流像毛毛虫在身上爬来爬去，钻入肉里，嵌入心中。他们四目相对，相顾无言。无言胜有言，眉目间情意满满。

天龙说要不去溜旱冰。刚吃过饭，先走走。李静宜并未表示反对。于是俩人压着马路，往小寨方向逛。走得很慢。时间也变慢了，慢到像爬行的蜗牛。走了好一会，快到小寨了。李静宜说，回去吧。天龙就说好，于是又折返回去。在纬二街，有一家杰杰溜冰场，闪烁着霓虹。天龙停下来，抬头盯着看，进去不？李静宜有点犹豫，她不会，没溜过。天龙为了打消她的顾虑，挺身而出，我教你！李静宜就点了头。两人一同走进溜冰场。里面好多人，都是年轻人，也有不少女孩。有的溜得好，旋转，起跳，非常顺溜潇洒。有的显然刚起步，连基本走步都害怕，弓着身，一步一挪，旁边就有小男生帮扶着。

天龙已不陌生。他基本要领已经学会了，虽不会旋转，起跳，但站着溜一点问题没有。他是在老乡会上，和老乡一起来溜的，第一次也害怕，摔了好多跤，才有所长进。他刚开始也打退堂鼓，老乡说，不会溜旱冰，怎么约女朋友？天龙就醒悟了，豁出去了，溜了几次，越溜越顺，甚至有点上瘾，都偷偷来溜好几次了。

换了冰鞋，两人互相搀扶着进了冰场。李静宜胆小，死死拽着天龙衣角。天龙托着李静宜胳膊。两人离得特别近，李静宜的呼吸他都能感觉到，那轻轻的呼吸声，像鹅毛掸在身上，扑在脸上，痒酥酥的，甜腻腻的，香喷喷的。这种香来自天然，并无外饰。天龙第一次如此近距离面对一个女孩，心脏怦怦地跳，脸热辣辣地红。他真想就这样一直搂着她，永不放开。搂着一个妙龄女生，感觉多好，像三月的风，像四月的雨。风拂着，轻如鸿毛；雨淋着，富含诗意。李静宜一会一个趔趄，一会一个摔趴。天龙都挡着，拉着，拽着，扯着。几次李静宜都抱着天龙，死死不放。天龙快要窒息了，幸福死了。他牵着她的手，慢慢放开。在她就要跌跤时，又迅速收拢，拽住，使她不至于跌趴。几次三番，李静宜也会溜了。虽然溜得不远，但总算敢独自溜冰了。这是成功的第一步。天龙跟在她屁股后头，生怕她又要摔跤。有人促狭，故意撞她。她躲闪不及，突然摔倒。天龙一个箭步冲了上去，人就在怀里了。李静宜喘着气，粉拳轻轻捶着他肩膀。天龙凭她任性，毫无反抗。他微微笑着。

在溜冰场，天龙看到一双眼睛在看自己。他开始没在意，等李静宜独自溜冰时，天龙才有工夫四处打量。原来文纤弱也在，一身黑衣黑裤，衬得腰身紧致。好美的一个人！她和一个高个男生也在溜冰。俩人牵着手，在冰场里滑来滑去，像泥鳅，像鲫鱼，逮不着，抓不住。天龙现在有了李静宜，心有所属，对文纤弱感觉不再强烈。

如果早点认识李静宜，他的演讲就不会砸锅；如果早些遇到李静宜，他的辩论就不会败北。他现在认了。他觉得男生需要鼓励，哪怕一个眼神。文纤弱没有给他。当他最需要鼓励时，文纤弱把头低下了；当他最需要激励时，文纤弱把头扭过去了。她的眼光不想与自己碰撞。碰撞的结果是什么，天龙不知道，文纤弱恐怕也不知道。他心里有她，她心里

第十章 牵 手

却没他。天龙暗暗神伤过。

天龙在溜冰时,故意冲到文纤弱跟前,她看了他一眼,他也回了她一眼,谁也没说话,都装作不认识。

天龙冲到李静宜跟前,拉着她的手,带着她快溜起来。手是绵柔的,香糯的。两人相爱时,处处含情,时时生意。他的手捏得轻重,她都能感受到。手心微潮,手心微热。牵着不忍放开,不肯松开,不能离开。他与她的手合成一人的手,一对手。牵手就意味着牵情,将身心就要交付对方,对方的喜怒哀乐要担待,对方的贫富贵贱要撑持。他或她不能再选择,不能再抛离。

回去的路上,在黑灯瞎火中,天龙第一次吻了李静宜。初吻的感觉真奇妙,四肢百骸都调动起来,身上每个毛孔都张开,吸附着深情,咀嚼着厚意。初吻湿湿的,黏黏的,糯糯的,香香的,甜甜的。他想告诉星星,星星眨着眼睛回赠一个调皮的闪烁;他想告诉月亮,月亮洒下一缕清辉。清辉笼罩着他和她,天地间只有两个深情的人,一个男生,一个女生。大学真好,爱情真好!这是天龙咂摸出的感觉。

女人香多半来自体内。这是年轻女孩最独特的地方,不是洒香水搽雪花膏能解决的。那是一段天然芬芳,用心体察才能感受到。有的女孩浓些,有些女孩淡些。李静宜身上的幽香要轻得多,淡如薄纸,味道更勾人。和她在一起,特别舒服,神清气爽,精神抖擞。醉汉为之清醒,莽夫为之细腻,糊涂为之开窍。那一段香氛,那一截馥郁,像牡丹一样扑鼻,像芍药一般清芬。天龙醉了,迷糊了,魂被勾走了。他深陷其中,欲罢不能。文纤弱也有,那不属于他。他想过,但够不着。

当真的近在眼前,不期而遇,他有那么一刻是恍惚的,怯怯的。脸

115

泊长安

红得像西天的晚霞，动作僵直了，语言收缩了，像个木偶，活似痴人。直到李静宜笑了，才打破僵局，缓解了尴尬。他才重新投入活泛，拥抱自然。

又一个周末。上午，天空晴朗。菊花满地，满城尽带黄金甲，冲天香阵透长安。天龙梳理着头发，也梳理着心情。今天又是约会的日子。约会总是令人神往，叫人开心。他看什么都美。张玉峰还在睡懒觉，周华强也刚起床，孙家旺已早早梳洗完毕。阳台上有一盆水仙花。天龙趁着刷牙的间隙，给花浇了水。花越发娇艳，神气透窗棂。临走前，他又在镜子中照了照，然后背起书包，与周华强道别，和孙家旺寒暄。早点回来，晚上要开班会。孙家旺的声音飘出来时，他已走远。

步履是轻盈的，心情是放松的。穿着旅游鞋，格外合脚，走起路来虎虎生风。出了八里村，来到红专路，走到翠华路，来到财院。在门口等，看看时间还早，就买了一个肉夹馍，两个油饼，揣进双肩包里。双肩包里有英语书，也放着《苏菲的世界》。等了半刻钟，李静宜出现了。她打扮精致，却不落窠臼，没有斧凿之痕，看不出打扮的半点迹象。但分明是打扮过的，不然不会有那么清爽，那么跳脱。她的双肩包上挂着一个微缩的毛茸茸的松鼠，煞是好看。她穿着白色旅游鞋，穿着紧身牛仔裤，雅黄线衫，脸色素净，雀斑似乎不见了，不细看，真找不着，明眸皓齿，一笑格外诱人。天龙不敢直视，看了几眼赶紧掉过头去，然后递给她肉夹馍，递上餐巾纸。李静宜很自然地接了，就像自家人，没有丝毫生分，也没有半点犹豫，就像商量好了的，也像约定俗成了的。

边走边吃，边吃边说。来到长安南路，再走一程，就到了。中间经过外语学院。外语学院门口站着一拨人，叽叽喳喳，似乎是准备秋游的。

第十章 牵 手

后面一辆大车，泊在门口。他们看了几眼，就过去了。

师大的外语角比外语学院弄得好，名气大。本来是想去外语学院的，听同学说不咋地，老师水平有限，组织也不好，太松散，于是俩人一商量就去师大了。李静宜是财院外语系的，主修英语。她将来是要从事翻译工作的。这是饭碗，不能马虎。学校鼓励学生外出学习。毕竟财经学院是以财政经济为主的。她们学校的学生多分到各大金融系统，各个银行。银行工作在当时被称为金领，拿着高工资，干着不太累的活，多少人羡慕，无数人眼馋。但财院分数很高，一般二般的人考不进去，比外语学院分数高，比政法学院分数也高，跟邮电学院差不多。天龙复读，就想考到省外学校，走得越远越好，本来想到东北去，听说那里高寒，怕受不了，于是就填了西北的学校。

李静宜也是。她是河南南阳人。南阳诸葛庐，西蜀子云亭。孔子云，何陋之有。三国诸葛先生就躬耕南亩，读书不息，方有隆中对。南阳出名人，南阳有历史。李静宜来自南阳乡下，家里节衣缩食供她读书，最终她不负众望。陕西与河南是近邻，离得不远。西安高校多，选择余地大。学子们来自天南海北，最南的有海南，最北的有黑龙江，都很远。学子们千里迢迢，坐几天几夜的火车，往这里赶。西安是十朝古都，历史悠久，文风鼎盛，物华天宝，人杰地灵。

来到外语角，早有多人在候着了。外教丽萨好美，个头很高，快要超过天龙了。她自我介绍说自己来自美国，羡慕西安的悠久历史，来中国走走看看，一边教书，一边远足，已经到过成都、南京、重庆。中国的大城市真多，每个都充满神秘，蓄满沧桑。她还到过扬州。今天的扬州已不是古扬州，文物在，人文在，历史在，就是有些东西不在了。听

泊长安

说唐朝时，扬州无限繁华。现在还行，可不是想象中的样子了。这些城市天龙都没去过，也说不好。通过丽萨的嘴，知道了中国许多大城市的样貌。丽萨英语真好，偶尔还夹杂着中文。天龙听不懂，李静宜频频点头。她显然技高一等，学进一步。天龙只有呆呆地看着，傻傻地等着。幸亏有李静宜，看到天龙蒙圈的样子，李静宜就附耳小声翻译。天龙只会点头。按说英语考试，天龙也不弱。可一到听和说，他就傻眼了，半个字说不出，一句话翻不圆。他额头浸着细细的汗珠，慢慢积聚，挂不住了，就淌进脖颈。李静宜莞尔一笑。

他觉得在英语角简直受罪。别人叽里呱啦聊个没完，他就像听天书，啥也不懂。好容易挨过去，天龙长吁一口气。

离开英语角后，天龙情绪有点低落。他高数学得好，西方经济学也学得不赖。英语按说也不差，可临阵就怯，上场就尿，听不懂，不会说。原来自己学的都是哑巴英语。在中学根本就没有口语这一说，也没有听力，全靠刷题，读起来不成问题，背起来也没啥，真到应用了，才知道自己差得远。这对天龙是个不小的刺激。他回来时，心情烦闷，郁郁寡欢。李静宜拉着他去吃老孙家羊肉泡馍。直到碗端到桌上，香气飘散时，他才舒展眉头。李静宜知道他饭量大，自己一碗吃不完，就拨了些到天龙碗里。碗是大海碗，很丰盛，羊肉、泡馍、蒜头，还有葱姜等作料。天龙闻了一下，胃口大开，扒开碗狼吞虎咽起来。李静宜小口吃着，一边吃一边静静地看着天龙。天龙偶尔抬眼，也瞅瞅她，接着继续扒饭，吃得满头流汗。李静宜拨了一大半给天龙，天龙都吃光了。你真能吃！李静宜说完这句话，笑了。

李静宜的笑真美，天龙看不够。第一次见面，天龙就觉着她面善。

第十章 牵 手

第二次偶遇，天龙在李静宜的微笑鼓励下，才有勇气向她靠近。如果她当时冷着脸，正经八百，天龙可能会退却，退到拐角，然后趁机溜掉。就是李静宜的笑，替他解了围，他才敢发起进攻。原来那不是堡垒，也不是深壕，可以跨越的。天龙尽管有意，但自尊心很强，将自己内心包裹得严实。如果他涎皮赖脸，向文纤弱发起攻击，死缠烂打，左冲右突，也许事情能成。自己只投递过眼神，送去秋波，没得到人家的回应，他就心中不爽，意欲难平，再不敢莽撞行事，生怕被拒绝了，被拒绝是一件不光彩的事。与其被拒，不如转头。文纤弱一个无意的转头，就让天龙心灰意懒，再无攻取的决心。

李静宜的笑太迷人了。就因为她的笑，让天龙欲罢不能，恋恋不舍。她给了他更进一步的机会，也让他得寸进尺了，就这样，毫无悬念地恋爱了。天龙自认为长得帅，个头高，身材好，要貌有貌，要才有才，他觉得不能整天围着女生转，太伤自尊了，要愿意就愿意，别磨磨唧唧的，不好玩。

天龙在李静宜面前也不装，该装的时候已过去了。女生还要装一下，吃饭小口抿，喝汤小口啜。他不能，也不屑，男人嘛，就该有点男人的派头，如果也像女生一样，小口吃饭，小口喝汤，每餐吃得少，喝得少，那不是有问题了？

李静宜欣赏天龙，不单长得帅，有股逼人的英气，更重要的是天龙爽气、大度，本真不做作。跟他在一起，她觉得踏实，也舒心。

天龙虽然口语不行，但可以学啊。从农村考上来的没几个口语好的，不是听觉差，是条件不够。因为高考不考听力，学生也就不练听力。到了大城市，遇到老外问话，只有张口结舌，讷讷不言。

泊长安

李静宜虽然也出自农村，但专业是英语。她早早做了准备，买了随身听，一直不懈地听着，也在不断地操练英语。老师上课都要求英语回答。潜力是被逼出来的。

饭后手牵手去钟鼓楼。城墙好高，砖石好古老，青苔郁郁。他们先在城墙根下转悠了一圈，然后登上城墙。天龙文学功底不浅，会填词。在李静宜转身的一刻，他灵感突袭。

青春好美，我带着你飞。你沉醉，我沉醉，时间也沉醉。
即使天地化为灰，爱情永相随。

李静宜听了，飞跑着拥向天龙，在他脸上留下一个深吻。天龙激动了，一把搂住李静宜。两人缠搅在一起，天地已小，世界混沌。

钟鼓的梵音忽起，他们才分开。悠扬的钟声传得很远很远，他们的思绪也被带到很远很远。

他们觉得时间快如白驹，倏忽而过，刚刚还是白天，魔术师一挥手，黑幕打开，夜晚悄然降临，太阳躲起来，星星和月亮登场了。该回去了。依依惜别，来日再聚。天龙的脸上留下一个深吻。回到宿舍，脸还热乎乎的，好香，好糯，比蜜糖甜，比兰花香。

在食堂，天龙很少吃猪肉，猪肉很贵。天龙一餐的花费也就两块钱，一份饭，两个素菜，很少吃荤的。

谈了朋友，有了爱情，突然大方起来。天龙知道自己家底浅薄，根基不深，没有更多的后援团。虽说是家中老小，也不太受宠爱。宠爱不起来。父母耕田地，不做生意，无外快。大哥天晴已成家，有孩子了，

第十章　牵　手

也顾不上他。高兴在窑厂卖苦力挣钱准备娶老婆，也帮不了他。他大学的费用都是七大姑八大姨东拼西凑来的，不敢乱花的，得算计着花，一旦超标了，以后就得喝西北风。

这是天龙最为头疼的事——爱情需要，面包更需要。他虽享受着爱情，但也多花去了些面包。这时谈爱情是奢侈的，在经济不独立的情况下。天龙一想到这个，就忒煞风景。他不愿意想。

其实在李静宜身上花费很少。他回到寝室，周华强和张玉峰正在下象棋，津津有味，酣战不止，激烈交锋，互不相让。

天龙观察了一阵，心中知道胜负了。他故意不点破，一直看。孙家旺也回来了。双方胜负已定，终于鸣金收兵。天龙正要去洗漱，周华强叫住了他。浪漫去了？见色忘友的人，不配待在523。我们到处找你呢，正要发寻人启事，你冒出来了，很是时候嘛！

他一本正经，也不笑，一脸严肃。天龙倒先笑了，他一拳打在周华强的肩部，你小子，拈花惹草，别以为我不知道。你搞《经济视窗》是假，醉翁之意不在酒。周华强哈哈大笑，你小子精着嘛，这事也让你知道了。接着又是一阵哈哈哈。

老实交代，去会哪个情人了？不声不响地就恋爱了，还偷偷摸摸的，倒像地下交通员。

你和万竞雄的事别以为我不知道。除了你以为别人不知道，所有人都知道了。班长也恋爱了，张玉峰也有了。你们都可以有，我为啥落单？

我们找的都是本校的，你找外校的。难怪死活要找联谊寝室，原来包藏祸心！

天龙从李静宜口中得知，张玉峰已和龚月庵散了，原因不详，好像

泊长安

是龚月庵太漂亮，追的人太多，成串成把。张玉峰毕竟不在财院，总不能两眼一直盯着。盯得再牢，也架不住本校男生的狂轰滥炸。龚月庵投向一个北京男生怀里。北京男生有钱还跩，长得一表人才，是女生杀手，男生克星，只要他出手，没有搞不掂的。本来他有相好的，在一次舞会上认识了龚月庵，惊为天人，感慨以前眼睛瞎了，没看清，然后踩着前任找后任。前任哭哭啼啼，寻死觅活，要双宿双飞。龚月庵听说是北京人，自然不敢怠慢，在人家的疯狂追求下，举手投诚。张玉峰再去时，常吃闭门羹。三番五次，张玉峰打听清了，她在跟一个北京男生拍拖，气得跺脚，几天都没上课。还是班长劝诫，他才回归正常。

今天张玉峰有心情跟周华强下象棋，真是太阳从西边出来了。也许太阳真要从西边出来了。

天龙悟出一个道理，太漂亮的女生不能沾，谁沾谁倒霉。你想啊，人一漂亮，追的人就多，女生就容易挑来挑去，这山望着那山高。今天遇到一个好的，她答应了。明天遇到一个更好的，她又答应了。弄不好，祸事上身。这不是开玩笑的。

天龙，退而求其次，追求不甚美丽，但很可人的李静宜。她像一朵静静开放的野花，在田间地头，采摘的揩油的就少。众香国里，她不算突出，也不冒尖，虽无十分姿色，也有动人之处。她不如牡丹，牡丹高贵典雅。她也不像茉莉，茉莉花香馨逸远，招蜂引蝶。她只是山茶花，甚至只是路边的一朵小野花，不显眼，不招摇，自然躲过荼毒，才能安心就学。

万竞雄是西院一绝：貌如西子，才比相如，家中大富。浙江生意人多，有钱人也多。万竞雄跟周华强是老乡。老乡会上，周华强被迷住了，不

第十章 牵 手

能自拔,想着法子靠近,可追她的人成排。他也不着急,有条不紊地办着《经济视窗》。万竞雄学财会,将来要回家执掌财务。她对文学不感兴趣,对艺术也陌生,独对经济有悟性。周华强出了《经济视窗》,每次都要到女生寝室散发。别的女生不屑,万竞雄却看得津津有味。周华强心中有数了,他做得更仔细,更耐心。

一次在《经济视窗》上刊登广告,要招编辑和勤杂人员,去的人寥寥,周华强一阵失望。女生多喜欢文学和艺术,一窝蜂往那里钻。真不知怎么搞的,这东西能挣钱吗?能当饭吃吗?经济就不同了,直接跟钱打交道,弄得好,身家巨富。你们知道张维迎吗?知道厉以宁吗?连这些都不懂,还想知道中国经济走势,做梦去吧!周华强将一摞报纸往桌上一掼,都糊涂,看不清形势。路遥是厉害,可他连领奖的路费都掏不出。你们还一窝蜂去爱好那个。时代已经过去了,不需要文学了,需要经济,需要市场。邓小平南方讲话没几年,全国掀起打工热,下海潮,一拨比一拨热。

正在他发牢骚,一个人在办公室指天划日时,忽然有人敲门。周华强收起抱怨,迅速打开门。自从开办《经济视窗》以来,乏人问津,少有光顾,他觉得寂寞而冷清。总算他坐得住冷板凳,没有放弃。

现在的问题很奇怪,学经济的对经济漠视,学财会的对财会无知。真搞不懂,那些人怎么想的,一窝蜂去学电脑,学英语,背单词,好像全国大学生都想出国。既然不都出国,为啥学得那么勤?连主课都丢了。学中文的对中文不感冒,学政法的对法律也陌生。这叫什么话!

周华强开门时,一个女生站在他面前,吐气如兰。他一阵心慌,脸忽然红了。这不是别的女孩,是万竞雄,肤白如雪,发黑如瀑,个子高挑，身材适中。他以为看花眼了，又以为在做梦。这是真的吗？是真的，没错。万竞雄就站在他面前，带着微笑，含着真情。周华强深吸一口气，强行让自己镇定下来。

不欢迎吗？万竞雄轻声细语，周华强骨头都酥了。他突然醒悟，赶紧做出一个请的姿势。万竞雄进了房间。你的报纸办得不错，我很喜欢。若是其他人这样说，周华强以为奉承，也不会当回事，但话是从她嘴里吐出的，不能不重视。她是自己心仪的人，做着梦都想接近的人。他不能不重视，赶紧拖了椅子，请万竞雄坐。她略示客套，就坐下了。

我是来应聘的。你做的招聘广告我看了。我想来想去，觉得应该报名。我喜欢经济。我家是做生意的，全家对经济信息都很留心。国家将来怎么发展，对民营企业如何关照，与我们息息相关。

周华强一阵激动，找不到，却送上门。他两手不知该放哪里，放口袋里不尊重，垂在胯部不自在，抱在胸前不礼貌，现在才感觉两只胳膊有时很多余，甚至碍事。为了掩饰尴尬和冲动，他迅速拿起一张《经济视窗》，在她眼前晃动着。这样才觉得好受些，放松点。

周华强红着脸说，当编辑大材小用，给个副总编吧，协助我一起办好报纸。万竞雄站起，笑靥如花。谢谢老乡关照！

我以为报纸没人看。现在报纸杂志那么多，谁愿意看这劳什子？没想到你一个女生在默默关注，我也算没白忙活。

万竞雄说，不只我在看，我寝室好几个女生都在翻呢。

要不要做个调查？看有多少人在看，多少男生关注，多少女生关注，对内容有什么期待。万竞雄话一出口，周华强眼睛一亮。他连说三个好字，算是采纳了她的意见。

第十章 牵 手

很快万竞雄走马上任，报纸按部就班地运作起来。这个事情很快传出去，许多男生也来报名，说要当《经济视窗》的编辑。人一多，周华强就挑剔起来。他们也是醉翁之意不在酒，周华强门儿清，这些馋猫野狼，一个个眼睛滴血，鼻子冒火，都是冲着万竞雄来的。周华强想了想，心中就有了主意。他不选帅的，酷的，潮的，只选孬的、丑的、老实的。孬的丑的，没竞争力，老实的好指挥，好干活。周华强更有一个心思，也不选家庭条件好的，只挑家底贫寒的，拮据的。没有好的经济条件，约女友不成立，也不成功。考虑周全后，开始选人。挑了几个长相粗粝的小伙子，也选了几个家境贫寒的小男生，其他的一概筛掉了。

有几个又帅又多金的男生被刷，他们很是气不忿，说要到团委告状。周华强不吃那一套，爱折腾就折腾去，你们的小心思，以为我不懂？不给点厉害看看，还不晓得马王爷几只眼。

女生就没选了。女生本来报名就少，再加上万竞雄不想要女生，说女生多了麻烦。周华强自然采纳。

架子搭起，平台造就，他开始想有番作为了。办报纸不能没钱，只好伸手向团委要。团委书记是浙江老乡，大学毕业就留在西安。经过申请和一番操作，团委拨款下来，足以应付一阵子。周华强拿到钱的一刻，觉得天空瓦蓝，白云飘飘。

那天万竞雄来应聘，穿着粉衣黑裤，脚蹬皮鞋，油光锃亮，能照见人影。长发梳到脑后，额头突出，辉光闪耀。戴着玳瑁眼镜，从眼镜里射出柔和的光。鼻子坚挺，嘴唇殷红。长长瓜子脸，要多美就多美。如能一亲芳泽，定然甘之如饴。这是物质丰盛的时代，而精神相对贫乏。所谓精神恋爱法，那是阿Q，只有到土谷祠做春秋大梦。大梦谁先觉，

泊长安

  平生我自知。近水楼台先得月，向阳花木易为春。周华强抢得先机，利用手中的权力，顺理成章地拥有了初恋。初恋是迷人的，也是多汁的。像仙人球，虽然多刺，到底肉味十足。周华强春风得意，夏风得凉，秋风送爽，整个人腌在蜜水里，泡在蜜罐里，捞出来，甜得鞠人。

  高天龙听了，羡慕不已。周华强出生中资之家。哥哥在国税部门，也是多金的，只要他想要，总能伸手的。他常常和万竞雄去看电影，还出入高档场所。这是天龙不敢想象的，他没有资本，也不知高档场所门开在哪里。

  恋爱后，天龙才觉得捉襟见肘，钱不够花，有时连买包爆米花，来几根冰棍都觉得烧手。他没有后援团，只能自己想辙。

  冬天走了，春天大踏步地赶来。春天让人喜欢，从骨子里喜欢。南方的春天多雨，北方的春天多风。风吹到人脸上，像鹅毛掸着，痒酥酥的，格外舒坦。孙家旺作为班长，又开始组织班集体的活动了。

  这个时候班长的权威就彰显了。他心中也有小九九。但他是班长，学校规定不能谈恋爱，这在学生手册上明明白白地写着。别人可以，他不行。他要带头遵守，但又不甘心。天龙、周华强与张玉峰每到一起，就交流恋爱秘籍，分享经验和心得。他听着好不自在。其实，他有喜欢的女生，本班的。

  春游在长安县。烧烤，一片开阔地。三人一堆，五人一组，各自为伍。孙家旺和林若岚在一起。林若岚早就对孙家旺倾心，孙家旺何尝不知？本来孙家旺和周华强、张玉峰、高天龙一组的。林若岚临时将他叫过去，说不会烧烤，让他教教大家，于是孙家旺顺理成章地过去了。过去就没回来，他像邻家大哥哥一样被几个女生围着。林若岚其实很会烧烤，不

第十章 牵 手

停地翻鸡翅、干鱼,一会递一串,一会又递一串。孙家旺来者不拒,吃得津津有味。他心安理得地享受着,同时也给林若岚烤韭菜。林若岚也享受着他的好、他的细致和他的耐心。

回去时,林若岚就和孙家旺落在了后面。俩人嘁嘁哝哝,不时耳语。公开化了,地下的恋情终于曝光了。

周华强不时回头,班长,亲一个,亲一个!张玉峰也跟着起哄。大家都跟着喊,班长,亲一个,亲一个!孙家旺弄了个大红脸。他低头看看林若岚。林若岚仰着脸,含情脉脉地看他。孙家旺迅速在她脸上亲了一口。还没"平息众怒",大家齐刷刷地喊,班长,再亲一个,再亲一个!孙家旺就搂着林若岚,将嘴对准了她的唇。

大家笑着,叫着,闹着。孙家旺一个皱眉,都别过脸去!春游成就了孙家旺,促成了一对。终于是本班的。本班的女生并不丑,要貌有貌,要才有才,可就是不成。张玉峰下苦功,追求文纤弱。文纤弱却不领情,倒向宁夏的男生。张玉峰很受伤。他发誓,不找本校女生。遇到财院的龚月庵,他追得也苦。虽然到手,不久也散去,他更受伤。他发誓不找漂亮女生。漂亮女生是毒药,是蓑衣草,是马齿苋,沾不得,惹不得。他本以为追到漂亮女生,可以长脸,撑面子,但弄丢后,更觉丢人,丢到姥姥家了。这是无能的代名词,没用的替代语。他不甘,万分不甘。

他好踢球。为了发泄落单的苦恼,经常下午去操场踢足球。和场上的人起了冲突,为判罚不公,他气恼地将怒火泄在矮胖的男生身上。矮胖男生受了气,也憋足劲踢球。在争抢中,矮胖男生一个俯冲,一脚踢在张玉峰脚踝上。张玉峰突然倒地,抱着脚翻滚着,嘶吼着。

不知矮胖男生是否故意,场面一度失控。裁判吹了停止哨。矮胖男生犯规,被罚下场。张玉峰腿受伤,被搀下去。

那天下午,高天龙刚好没课。他在露台上观战,刚好看到这一幕,迅速下场,去看望张玉峰。张玉峰一只脚不能着地,蹦着离开了绿茵场。

天龙蹲下摸着张玉峰的脚,肿得像馒头,嘴里发出啧啧的声音,满含惋惜和怜悯,然后搀着张玉峰回到寝室。天龙主动照顾张玉峰的饮食起居。张玉峰左脚打了石膏,躺在床上动弹不得,每顿都是天龙送吃送喝。天龙受过张玉峰的恩惠。刚来时,被摩托车撞了,张玉峰立马奔上去,与人理论,还得了五百元营养费,只是没要。天龙记着呢。虽然在女生问题上闹了点不愉快,但天龙不计较,都是过去的事了,该忘还是要忘的,能记住的也一定要记住。

张玉峰一人在寝室,就弹吉他,唱歌,有时忧伤,有时纵情,唱《流浪歌手的情人》,反复唱,不断唱。

第十一章 逃 离

在微光中，高兴误打误撞来到了一片坟地。看着新坟旧茔，他头皮发麻，两眼发直，也不知道害怕。或者是害怕过度，加上满身疲惫，他有点崩溃了。那一座座隆起的坟堆，像鬼魅一样缠着他。不知他是忘记害怕，还是过于害怕，瞪着血红的眼睛凝视着，站在坟堆边发愣。他不知道该去哪里，或不去哪里。他找不到方向，寻不到目标。脑子被清空了，啥也没装下，或者装着太多的东西，害怕惊悸缠绕着他。他不敢回头，又不时回头。生怕有人跟着，似乎有人跟着。脑子转不动了。像泄了气的皮球，一点动力都没有了，像没了油的破车，怎么也拉不动了。他绕着坟堆打转。脑子里钻入瘪三的影子。瘪三举鞭相向，凶神恶煞的样子犹在眼前，瘪三抽打他的凶狠劲在脑中盘桓，挥之不去。瘪三被傻大死命整治的样子也在跟前闪过。瘪三生病无力地躺倒的形象也在面前晃动。瘪三病死，被装入麻布袋，丢进焚烧炉的情形，一直在眼前晃动。高兴害怕了，害怕极了。那新坟里埋的就是瘪三。高兴汗毛倒竖，越不愿想，影像越清晰。脑子钝了，怎么胡思乱想，他阻止不了，脑子像马达一样轰鸣，突突突。他快要爆炸了，突然发疯般地狂奔，试图逃离鬼门关。任他怎么跑，都无法远离，似乎到处都是坟场。终于停了下来，他太累了，轰然倒下，呼呼睡去。

　　高兴醒来时，太阳暖暖地照在身上。他睁开眼睛，发现自己睡在一座坟边。这座坟还是新的，土是刚培的，旁边新烧了不少黄表纸，还有没烧尽的纸在灰堆里。风吹来，灰乱飞，纸也乱飞。

　　高兴一身冷汗。怎么会睡在坟堆边？他竭力回忆，却什么也想不起来。印象中他好像逃离了凶险，由于太累就在一棵树边睡去。怎么会在坟场呢？他摇摇头又拍拍脸，真真切切，不是在做梦。他想起了逃跑的事，觉得危险还在，于是就寻最偏僻的路走，最坎坷的道行。肚子饿了，叽叽咕咕，响个不停。

　　走了好久才看到村庄，也看到炊烟。他活下去的勇气倍增，慢慢向村庄靠拢。

　　村里孩子看到一衣着邋遢、污垢满身的人走过，以为是叫花子或是傻子，朝他吐口水，扔土块。高兴瞪着眼睛，孩子们一哄而散。接着碰见一些大人。大人头上扎着奇怪的毛巾，牵着驴从身边走过。驴忽然哼叫几声，高兴吓一跳，赶紧躲到一边。长这么大，只在电视里看到过毛驴。他觉得新奇，也不敢吐露。赶驴的人望了他几眼，鞭子抽在驴身上，驴嘚嘚地走了。突然一条黄狗蹿出，追着高兴狂吠。高兴对付狗有经验，他猛地往地上一蹲，似乎要捡起什么。狗掉头就跑，边跑边汪汪不止。待回过头时，高兴又站起朝前走了。一群毛孩子又出现了，唆着狗追高兴。狗又掉头追来，龇牙咧嘴，穷凶极恶的样子。高兴有点胆寒，少许心惊。他故伎重演。狗精怪了，似乎识破了诡计，依然靠近，不住地汪汪着。狗仗着一群屁孩撑腰，越发张狂，不仅龇牙，还要咧嘴，样子凶

第十一章 逃 离

极了，恶极了。一群屁孩还砸来土块。狗更得意了，越发汹汹。高兴为了摆脱纠缠，他再次蹲地，这次没空手，抓住了一颗石头，向狗掷去。黄狗落荒而逃。毛孩嘴里唱道，叫花子，打狗子。狗不理，一口子。高兴气得要跳脚，又不敢。这是人家的地界，弄不好不被狗咬，也被人打。认厌吧。他捡起一根树棍，既当拐杖，又可防身。有了棍子后，安全些，也踏实些。毛孩还跟着，黄狗却呜呜着掉头跑了。毛孩还捡土块砸高兴。高兴本来就脏，土块弄到脖颈里，更脏了。衣服是破的，一阵风过，一个寒战。他不惧冷，畏饿。肚子饿得一直抗议，咕噜咕噜地叫。他非常想吃东西。多想讨一口。毕竟不是叫花子，拉不下脸，张不开口。他就这样一瘸一拐地往前迈。赶驴的回来了，腰系白布带，头上缠着白布帽，嘴里含着旱烟。高兴实在饿得难受，几乎快走不动了，要不是毅力支撑，早就倒下了。赶驴的看见毛孩跟着高兴掷土块，一声断喝。毛孩呼啦就散了。高兴投去感激的一瞥。他踽踽独行着，像风中的老柳，像将倾的大厦，眼看着就要坍塌。赶驴的吼了一嗓子，大兄弟，有事冇？高兴站住，转过头，虚弱地回答，饿，饿！赶驴的没听懂，啊？高兴指了指自己肚子，又摸了摸自己肚子。赶驴的彻底明白了，从口袋里掏出一块干饼，塞到高兴手里。高兴饿极，狼吞。他不仅饿，还渴。干饼噎着嗓子，直打嗝。大兄弟，慢点，慢点。赶驴的叫高兴坐在驴车上，拉着进村了。高兴噎了半天，才有气力跟赶驴的说话。不说话很闷，必须说话；不说话，让人起疑；不说话，气氛不好。他解释说自己走错路了，外出打工被骗，自己不是叫花子。赶驴的答话，瞧你是个老实人，不会诳我。到家了，好好给你吃一顿，喝一顿。吃好喝好，再慢慢寻活。大兄弟，是来进煤窑的吧？有力气饿不着。高兴点头，不住地嗯嗯。驴车到家了，

131

泊长安

一个破平房,老旧沧桑。赶驴的端来剩馍,叫高兴坐下吃。又从缸里舀来凉水。高兴一看水,泛着浑。他也不计较,啃着馍,喝着水。水有点碜牙,有些涩嘴,他还是忍住了。馍吃完了,水也喝尽了。高兴的老家,在长江边,春季花红柳绿,莺歌燕舞,到处一片碧绿,满地青草茸茸,河湖塘汊,鱼虾满池。生活虽不富足,倒也饿不着肚子。可来到高坡,黄土遍地,沙尘漫天,气候干燥,皮肤干裂。水很少,也很金贵。那一碗水,比馍要贵多了。弄不到水,要到很远的地窖去弄。赶着驴车,驮着吊桶。赶驴的回来,听说水已取尽,改天再去。他半道折返。就那泥浆水,沉淀沉淀也是宝贝,金不换,银不收。赶驴的人身上像驴一样的味道很重。高兴虽然脏,但还不臭。赶驴的不仅脏,身上还飘来阵阵异味。水在这里就是金子、银子和票子,有水就有家,有水就有财富。有些富裕的人家在自家院子里打井,井深好几十丈,一眼望不见底。

高兴听到这里,心里涌起莫名的感动。赶驴的是大好人,救了自己。他想磕头,赶驴的拉起,不作兴,折煞人。高兴只作了几个揖,拜别而去。

顺着土路,踏着灰尘,高兴走了半天,又来到一个村里。天将黄昏,残阳挂在西天。风将息未息,呼啦啦地吹着,钻进衣服,渗入脖颈。高兴撩起领子,缩着头,想找个落脚地,碰到一个山羊胡子的老汉。老汉见了他,劈头盖脸地问,你是逃犯吗?老汉说着土语,高兴似懂非懂。他缩着脖子回答,我不讨饭。一个年轻在外务过工的后生刚好经过,他替高兴解围,用普通话翻译。高兴明白了,老汉当他是逃犯。高兴用半生不熟的普通话回答,我不是逃犯,我逃难!高兴把遭遇简单地复述了一遍。有人同情,有人存疑。有人塞给他锅盔,有人塞给他干饼。都是硬邦邦的,啃不动。高兴有了上次的经验,不敢大口吃,只掰碎了,小

第十一章 逃 离

口报。还有人看高兴穿得单薄,缩着脖子,知道他冷,就从家里拿了件又破又脏的军大衣给高兴穿上。高兴千恩万谢。大衣虽然破还脏,总算能御寒。有人指点他去派出所报案,那个年轻后生陪同。

高兴去了才知道,不是派出所,只是联防队。他一阵失望,但还是把情况直说了,工作人员也做了记录。高兴受到了一阵抢白和奚落,无奈地走了。

高兴踽踽独行,艰难跋涉,晓行夜宿,来到了一个城市。城市繁华热闹,整洁干净。高兴才觉得自己裹着破旧的军大衣,踟蹰在街上,格外刺眼。他觉得自己是城市的一口疮,一个隐约的痛。他不敢张扬,仅有的资本被骗光了。鞋袜破成大洞,不是潮,是寒碜,是酸楚,像人们额头的包块,身上的巨创。他弓着腰身,低着头,能躲则躲,能藏则藏。这一身行头,与叫花子无异,和流浪汉雷同。自卑、自怜与自怯同时涌上心头,他看人也就贼眉鼠眼起来。来到干净整洁的城市,从大街上走过,显得格格不入,分外扎眼。在他眼里和心目中,渴望一座窝棚,一个茅草屋,凄风不能近身,苦雨无可奈何,还有一箪食一瓢饮,足以喂活肉身,养壮精神。然而他看到的却是高楼,还有大厦。行人眉目俊朗,衣冠楚楚。他自卑地趑进了一个破旧的小巷里。高兴在小巷中徘徊,偶然听到行色匆匆的路人说,最近搞创建,摆摊设点都禁止了,如果抓到了就没收,还要关禁闭七天。咱们还是歇息吧。无关闲杂人员都要被清理。等过了这阵风再说吧……

高兴很紧张。他是一个贸然闯入者。就像大观园,亭台楼阁,诗词歌赋,不欢迎流浪汉。若不慎走进,是大煞风景的。那些西装革履的人,一定看不惯的。高兴是一摊浑水,搅扰了一池清波,必然是要被引流的。

泊长安

高兴有这个自知。他担心自己影响市容市貌，又担心自己被抓。他像个土拨鼠想找个地缝钻进去。钻进去就安全了，钻进去就踏实了。再也找不着，抓不住。眼前没有地缝，自己也不是土拨鼠。他还得在地面上行走。他想方设法东躲西藏，专找偏僻和乏人问津的地方去。无意中来到了一个深井边，他好奇地探头往里看，发现里面似乎有人。高兴大惊，是土拨鼠变的吗？是地头蛇幻化的吗？哦，不是，原来是幻觉。是人，确实有人。他转念一想，可能是掏井的，也许是失足者，大概是想不开。他正要脱衣下去营救，突然听到身后"嘎"的刹车声，他猛地回头看去，看到车头上写着"行政执法"四个字。高兴身体一抖，他们当自己是逃犯了。正在张皇失措之际，车上下来两个膀大腰圆的汉子，凶神恶煞地扑过来，不容分辩将高兴反剪双手推搡着带到面包车上。高兴这才想起反抗，在车上大吼，有人落井了，快去救人！

一个大盖帽不屑地回敬，没你的事，管好自己吧。

高兴在面包车里被摁着头，强行低着，不许看窗外。头低久了梗得难受，想抬起，又被摁下去。高兴委屈地嘟囔，把我带哪儿去啊？我不是罪犯，你们不能这样对我！

闭上臭嘴！不准说话，不许看窗外。到了就知道了，哪这多废话？左边的大盖帽在他头顶狠狠地敲了一下。高兴疼得眼泪都出来了。他再也不敢问东问西了，只在心里胡思乱想。眼泪里既是疼，又是伤心。

车在行进途中，俩大盖帽聊了起来。听口音好像不是本地的，也不像精神病人，我们这样做合适吗？

啥不合适？上面不是有指标吗？咱任务完成了，到年底还有一大笔奖励呢。任务完不成，奖励拿不到还要倒扣。

第十一章 逃 离

计划快超了，还要这么干吗？右边一个似乎有点不忍。

超了，奖励就更多。这你就不懂了。

反正我觉得这样干不太好。

叫你偷听，叫你偷听！左边的大盖帽劈头盖脸地几巴掌甩过去。高兴脸上立刻肿起了一大块。

不能打得太狠，打伤了打残了不好交代！右边的担心地说。

不教训不知道乖！

高兴在心里暗忖，再乖就离死不远了，乖死了。在全盘监视下，连挠痒都要报告，擤鼻涕都要首肯，他已经乖够了。还要怎么乖？还能怎么乖？

车在市区兜转了好一会，高兴被带下车，径直来到一处地下室。高兴被反剪着双手带了进去。

高兴享受了单间，莫大的荣耀。外面是带格子的铁栅栏，其他房间的人员都看得一清二楚。被抓进来的人大多耷拉着脑袋，席地而坐。高兴看不清脸，但看到年轻女人的背影。高兴好奇也迷惑：这是哪里？监狱？看守所？都不像。他虽然没待过，凭直觉，否定了。那是啥地方？他愣神的时候，有个女的转过了头，他看到了脸，很漂亮的那种，就更不理解了。关着脏人龊人，也就罢了。还关女人，而且很年轻，很漂亮。难道是招嫖的？尽管高兴没见过世面，也听说过。

这是什么鬼地方？放我出去！我没有犯罪！犯罪的不去抓，却抓平头百姓，这算什么？高兴大声呼喊，就想弄明白咋回事。

闭嘴！再喊叫你好看！一个看守过来厉声制止。

倔得很，看来要多关些日子！他对另一个看守说。

泊长安

　　傍晚的时候，其他人都转移了，包括那几个漂亮女人。高兴一人和衣在阴暗潮湿的地下室睡了一觉，醒来就在破军大衣口袋里掏烙饼啃啮着，烙饼干还硬，一是充饥，二是打发无聊。黑暗催生瞌睡，无聊滋长倦怠。他又倒头睡去。早上醒来，发现这里又关满了人。傍晚，他有幸和这些人一起被转移了。

　　转移后的地方叫收容所，他第一次听说。随着时代发展，许多东西有了新的叫法，实质没大改变。收容所咋还强制收人呢？我没主动去找它，它找上来了，还免费坐车，免费观光。可惜城市风光虽好，他无暇欣赏。

　　收容所里不全像他这么脏和破的，穿着体面的不在少数，有几个还戴着眼镜，像斯文人。他们也进来了？高兴迷惑不解。但多数是寒碜的、蹩脚的。还有小孩，十来岁的样子。高兴偷偷塞了块烙饼给小孩。小孩像见了宝贝，一口塞进嘴里，嚼得仓促而急迫，就像有人要抢。确实有人抢，不是抢吃的，而是抢钱。这里也有"牢头"。利益有大有小。大的不好说。小的半个馒头，一点清水，都会成为争抢对象。有个"牢头"强行搜人腰包，零花钱都被顺走了。被抢的人敢怒不敢言，只有瞪着血红的眼睛，发泄不满和郁闷。零花钱是命根子，就靠它买零食糊口。被掠夺了，只能挨饿。向弱者下手的人是更弱者，给强手递刀的人注定不得翻身。搜身的人气势汹汹，来者不善，无人敢惹，没人敢言，眼睁睁地看着他们将身上仅有的血汗钱掏去。这不亚于掏心掏肺，不异于撕肝裂胆。高兴没有反抗，也不敢反抗。口袋里一文不名，就算损失点空气吧。连空气他们都想抽干，让人活活憋死。

　　许多人闹哄哄地睡在一起。四五个人合盖一床薄被子，地下就铺些

第十一章 逃 离

稻草或烂席子。被子太臭了，已不觉得臭。被子很薄，棉花结团。一块实，一块空。实的也体会不到暖，空的更透着寒。许多人的脚脏且臭。厕所又在旁边，粪便外溢，小便横流。脚臭气、尿臊味铺天盖地，浓烈呛人。高兴已经习惯了，经历了窑厂的苦难，还有啥不能承受的？他睡得踏实而香甜。

收容所铁窗外有卖吃的，华龙方便面、苏打饼干，还有烙饼和干馍。价格是外面的两倍，有钱可以多吃，无钱没得吃，只好咽口水。对待病残的老人才稍有优待，可以免费吃到方便面和咸萝卜。高兴带的饼快吃完了，他没钱，眼看着方便面和干馍。他不咽口水，口渴已久，连买水的钱都付不起，只能忍着。没有水的滋润，身体是干枯的，心灵也是枯竭的。他就是头晕，想呕吐。想病倒，可身体结实。想装病，又不会演戏。所有的优待与他绝缘。他不孬不傻不痴，只是脏和臭。脏和臭是这里人的标配，算不得特殊，优待的条件不够。高兴舔着嘴唇。嘴唇已经皲裂，干皮脱了一层，又脱一层，仍然没有得到水。

待了几天，才有人过问。家是哪里的？高兴说安徽的。高兴没有身份证，是被当作盲流收容的。高兴说有个弟弟在西安上大学，叫高天龙。他们就不再问了。又过了几天，就把高兴遣送到去西安的火车上。

泊长安

第十二章　纠　缠

　　天空高邈，万里澄澈。下午没课了，许多人在操场上。打篮球，打排球，打羽毛球。人声鼎沸，热闹异常。年轻人在一起，活力四射，豪情满怀。天龙也喜欢打球。他特别好打羽毛球。看到操场人群激荡，他深受鼓舞，很受刺激，也想加入战阵，于是噔噔往寝室跑，去拿球拍。

　　寝室里空无一人。张玉峰坐久了，很想到外面活动。他拄着拐自己溜下楼，看踢足球去了。他对足球的爱好与痴迷丝毫不减，腿瘸了，也挡不住任性的心，飞舞的念头。他待不住，也闲不了。闲着比要命还难受。寝室本来邬有妙在，要么打坐，要么看书。天龙推门进去时，空无一人。刚进门，就看见一本小册子掉在地上。他顺手捡起，随手翻了翻。看到一首小词，吸引了天龙的眼球。

　　　　红尘俗事多烦恼，欲将此生付柴烧。
　　　　怎愧对万千父老？羞作邬家年少。
　　　　紫苑芳菲香萦绕，踏春归来眼波俏。

第十二章 纠 缠

伤心事多快乐时少,依旧不改昔日貌。

我辈本是蓬蒿人,得热闹处且热闹!

天龙一看,还有点意思,只是写得太消沉了。翻了一下封皮,写着邬有妙日记。天龙想,邬有妙也许太苦了,小时遭受过不少磨难,养成了与世无争、沉闷无语的个性。他在别人看来无聊、无趣。文纤弱遭受猥亵,最后查到邬有妙,也不知是真是假。这个事后来就不了了之。学校的意思,为了保护当事人,家丑不可外扬,这个事就了了。但邬有妙被查,实出意外。他从来不近女色,漂亮女人走到跟前,他看都不看一眼,低着头趔过。他真以为女人是老虎,摸不着,沾不得。也许心里藏着秘密,但不露蛛丝马迹。别人也不知他怎么想的,天龙也不知道他的想法,没法走近他的内心。他包裹得深。

这首小词里隐藏着不少故事。他是有故事的人。他曾经说过,要研究敦煌。他看佛经,钻研古籍。天龙对佛经也略有兴趣。他们聊过几回。聊得多了,又觉得浅薄,再聊一阵,改变看法,感觉深奥、诡谲,捉摸不透。有时觉得他飘忽,有时觉得他愚痴。天龙正在傻想愣神的当口,突然电话嘀铃铃地响了。天龙吓了一跳,寻思这时候谁打的电话?又是找谁?肯定是城市人打的,找城市人。农村几个从来就没接过电话。农村没有电话,上哪打电话去?天龙心想反正不是找我的,或许是找张玉峰。张玉峰腿摔伤了,也许家人打来安慰的。电话响了四五声后,他才慢吞吞地走过去接了。

高天龙在吗?电话里一个女声,粗门大嗓的。天龙又一惊,我就是!来长安收容所一趟。声音冷冰冰的,一副公事公办的样子,听着瘆人,寒着心。天龙刚要问,啥事?电话就挂了。他连"喂"了几声,都无回应。听着从里面传来的忙音,天龙又思量开了。谁打的电话呢?长安收容所跟我有关系吗?莫名其妙!兴许打错了,真的打错了!那里跟我八竿子打不着。也许是某人的恶作剧。

天龙就没太放心上,寻找羽毛球拍子,接着就下去打球了。打球是重要的事,不能马虎。天龙爱健身,喜欢跑步,喜欢打球。他也好踢足球,可惜玩不来,去也只是凑热闹,混个脸熟。一般本班同学踢小场,他有资格参与,一到踢全场,他就没份了。水平不够,能力不行。他只好当替补,一般也就坐冷板凳。开始他不习惯,慢慢就习惯了。习惯就好了。他也甘心情愿。上大学前,他从没摸过,更没踢过足球。上了大学后,也是被张玉峰带起来的。在上选修课时,老师说过艺不压身,他才硬着头皮尝试新东西,包括足球。足球是圆的,实际上是圆滑的,脚控制不住,掌握不了。想盘带,几下就丢了;想射门,一脚抡空。好失望。失望之余,只好去当守门员。脚驾驭不了圆滚滚的家伙,就用手对付。没一脚,有一手。可踢球的家伙更狡猾,球斜射出去,飞着落入球门,想够够不着,想扑扑不了,只好眼巴巴地看着球飞进球门,望之兴叹。还有更绝的,踢球的人离球门不远,自己正要扑上去封堵,对方一晃,躲了过去,起脚一射,球轻松进去了。每每被骗,经常受欺。他守门的资格也被取代了。他唯一保留的就是呐喊助威的资格。呐喊劲大,助威声响,观众情绪就被调起来了,球员情绪也被调起来了,喊声雷动,热闹异常。球员踢球更卖力,更花哨。

天龙在体育上是有爱好的,也是有专长的,那就是羽毛球。他从十岁起接触羽毛球,和小伙伴们一起打球,练了一阵子。后来虽不打了,

第十二章 纠　缠

但童子功在。肌肉养成了记忆，一旦启用，很快苏醒、恢复。练了一段时间，打羽毛球的感觉就找回来了。在球场四处奔走，或东或西，左冲右突，打得热汗淋漓，满身爽劲。有时赢球了，扔下拍子，躺在地上，大呼小叫，痛快至极，幸福至极。

天龙打球还有个小九九，他知道李静宜也喜欢打。原来爱好是这样缠人。李静宜有时没课，就邀请天龙去打羽毛球。和心爱的人一起打球，是一件无比幸福的事。场上观众投来的艳羡的目光，可以烧死人。特别是文纤弱，她不会打球又想打球的样子很逗。他本来可以教教她的，但他是保守的。不是技术保守，而是思想保守，甚至可以称得上古板。既然不是男女朋友，就不要走得那么近。近了生嫌疑，远了有罅隙。他们就这样不远不近，若即若离。天龙曾经对文纤弱是痴迷的，一度到了要死要活的地步。幸亏李静宜出现了，拯救了他。不仅肉身获得解救，灵魂也得到解脱。他不再自卑。自卑是从穷窝里冒出的怪胎，是从旮旯里走出的异形，抓不住，捕不着，但就是结结实实地存在着，跟肉身一起遁形，与灵魂一道出没，肉身在，它就在；灵魂在，它也在。当人生的某些条件具备时，可能会减轻点；当人生的某些条件消失时，也许会有所膨胀。当李静宜在身边时，他就觉得自信、笃定。当李静宜消失时，他就感到沉闷、忧郁。天空阴沉时，忧郁更甚。忧郁是自卑的孪生姐妹，双宿双栖。自卑遁形时，忧郁不见；自卑强大时，忧郁饱满。天龙是有忧郁因子的。从家里出来时，只带了几千元学费，他要上学，还要吃穿，更高的精神享受，他也需要，也在渴求。特别是交女朋友，这在他看来是最高等级的精神享受，他也要拥有。张玉峰有，他不能无；周华强有，他也不能没；孙家旺有，他也想要。虽然他们都是城市人，提前享受了。

他也要追上。他没有别的精神追求。勃拉姆斯和李斯特的音乐会，他享受不了，也无钱享受。在他听来，都是些嘈嘈切切的东西。国乐琵琶也享受不到，只在语文课本感受了。大珠小珠落玉盘。在他听来，那是落雨的声音，下雪都算不上。

当打了一记好球，文纤弱投来热烈的目光，就是精神享受。他们不是男女朋友，但有人关注，特别是女生，尤其是漂亮女生，鼓掌欢呼，这样的时光能有几回？他特别陶醉。陶醉在那一组目光里，陶醉在她浅浅的微笑中。于是越打越猛，越打越来劲，浑身有无穷的力量，爆发出惊人的能量。

即使没有文纤弱，有李静宜的陪伴，也是愉快的，幸福满满的。她发来一招，他回过一式。你用一个扣杀，我来一个吊角。你一个前抻，我一个后仰。接过来传过去，感情的天平越发倾斜，就要倒向一边。天龙含着深情，给了一个斜杀；李静宜蘸着浓烈，送去一个直挡。打球已不是打球，情感的丝线越缠越紧，爱情的木桶越箍越实，就要勒着脖子了，就要掐着腰了。他畅快淋漓地呼吸着，吸进去香芬，呼出去细腻。他走过去，低下头，弯着腰，给她系着鞋带。她满面红光地吐纳着，纳入豪兴，吐出柔情。她走过去，昂着头，给他轻擦脸上的热汗。

文纤弱当然不在场。在场她定会红着脸走开。她有男朋友，那个宁夏的小男生。从河套平原，骑着枣红马一路狂奔，穿过毛乌素沙漠，穿过戈壁险滩，来到关中平原，就为了一个心爱的女人，从江南水乡摇着乌篷船过来的，身上滴着翠色，含着烟雨。从覆盆子下钻过，在苦楝树下耍过，在淡青色的雨幕下，撑着油纸伞悄悄来到关中平原，也是为了她心爱的男人。他不是她最前面一个，也不是她最后一个。成与不成，

第十二章 纠 缠

都在两可之间。她曾经是张玉峰的心爱。张玉峰来自孔孟之乡，也来自八百里水泊梁山，身上既有文气，也有匪气。文气受孔孟濡染，匪气被梁山浸淫，交替闪烁着，或明或暗，时现时隐。

他的文气帮了他，追到了文纤弱。他的匪气毁了他，很快失掉了文纤弱。文纤弱在广播站，用金嗓子、甜嗓子播报着一句句广播词，送入每个学子的心里，像种子渐渐生根，慢慢发芽。他们都记得，一个卷曲着头发的小女生一坐到席台前，面目立刻生动起来，嗓子像蘸了蜜，声音透着甜，灌进耳膜，送入内心，让心潮澎湃，让心丝缠绕，剪不断，理还乱。那是一段意乱情迷的时刻，没有男生不瞩目，没有女生不矫情。他们想听就听，她们不想听也听，直接往心坎里钻，干脆朝肺腑里入，搅得心潮难平。

那个宁夏的小男生咬着一口普通话，也咬着文纤弱的耳朵，将西夏国李元昊的铁蹄唱响在汉唐的广场上。他们威风凛凛，他也威风凛凛。只要一拿起话筒，他的小没了，他的大来了。他雄风烈烈，霸气冉冉。一个刚，一个柔；一个辣，一个甜。一个是水乡采莲女，一个旱地胡杨风。他们配合得天衣无缝，水到渠成，走到一起也是必然。上天的安排总不错吧。刚与柔，猛和烈，强加弱，就这样组合了。互补到严丝合缝，不差毫厘。一个凸起，一个凹陷。一个雄浑，一个阴柔。李元昊的铁蹄践踏在西夏白高国，诞下的后裔也威猛刚烈。他不再剃头，留着乌黑的毛发，证明着青春，见证着活力。他是舞场高手，冰场另类。在他的引领下，文纤弱也表现不俗。

体育可强身，体育也练胆。天龙忙过了一阵，忽然想起那个电话。他以为是恶作剧，是某人的一个不大不小的玩笑。一天正在上自习，张

泊长安

玉峰走近。张玉峰的伤腿已基本痊愈，可以自由溜达了，上课也正常了。正常就好，天龙可以不用照顾他了。一个宿舍的，天龙觉得应该帮忙。到底是农村出来的，有点势孤。周华强是城郊人，也算城里人。孙家旺干脆来自市中心，举手投足都有范。周华强与张玉峰合不来。一个周末，闲着无聊，张玉峰也不知从哪弄来了一架望远镜，可以站在寝室阳台上看远处。远处就是八里村，一批批民房趴在那里，里面进进出出一些不三不四的人。一些年轻女子，从乡下来城里讨生活，也住那里。八里村租房便宜，于是涌入了大批三教九流的人。张玉峰拿着望远镜一点一点地扫，突然眼前一亮，镜头里出现了年轻女孩脱衣的画面。窗帘没拉，看得很清楚。张玉峰忍不住兴奋，叫天龙看。天龙看了一眼，激动了。尽管有女朋友，但从未碰过。女人还可以这么美丽。但本能觉得这样不好，看了几眼，就转过脸去。这是偷窥，让人不齿的。张玉峰还是津津有味地看。周华强也在寝室，正在看《中国经济史略》。天龙捅了捅他的胳膊。周华强放下书，走过去，看啥呢？这么入神？张玉峰不愿跟他分享。就是一点春色。张玉峰故意逗他。周华强来劲了，叫我也看看。我还没看够。周华强不高兴了，见色忘友的家伙！有啥好看的！

　　张玉峰看得差不多了，对面窗户里的女子已经穿好衣服，正在梳头。张玉峰略有不舍地让了出来。周华强对着镜头啥也没看着，他气得将望远镜朝地上一摔，浪费时间！

　　你想看，看自己女人，还没看够吗？张玉峰对周华强追到万竞雄醋劲十足。他连找几个女朋友，都铩羽而归，不欢而散，心中憋着气。看周华强如此做派，很是不满。你丫算什么东西，竟敢摔我的望远镜？周华强硬气，摔算是轻的，弄火了要砸掉。你敢！两人你一言我一语互呛

第十二章 纠 缠

起来，越来越不投机，越来越生硬，再不调停就要发生肢体冲突了。

张玉峰不仅对他追到万竞雄有意见，在下棋上也有看法。周华强处处压着他，还用语言挤对他，说他癞蛤蟆想吃天鹅肉。虽然是玩笑话，张玉峰也知道是在奚落他。他下不来台，十分难堪，一时着急，下棋走子过快，又接连被周华强吃了几子，心中懊恼。不中听的话又甩过来，简直是欺负人，根本就是不屑。张玉峰多要面子，竟然被戏弄。他又要发作，天龙在场，给解了围。但梁子就此结下，两人面和心不和。天龙想调停，可他们不买账，裂纹眼见着越来越深。天龙夹在中间很不好受。他两边讨好，两边都讨不到好。他又不能跟其中任何一个走得太近。走得太近，会引来妒火，弄不好就遭受语言攻击。

张玉峰脚踝受伤，别人不理，他不能不管。张玉峰已够遭罪的了，再无人帮助，可能连饭都吃不上。他勇敢地承担起照顾的责任。周华强虽然不言，但看在眼里。他不吱声，心中已有数。他在心中给天龙一个赞。他其实也想帮忙，只是拉不下脸，不知怎么开口。人家都这样了，总不能还落井下石？女朋友谈一个崩一个，怪可怜的。当然，张玉峰才不要同情呢，谁要是把同情与怜悯写在脸上，挂在嘴上，准保招来怒呛。他是男子汉，吃点亏，遭些罪，能挺住，没啥大惊小怪的。爱情本也简单，也许水到渠成，也许瓜熟蒂落，只是张玉峰强按了牛头。张玉峰大张旗鼓地要爱文纤弱，搞得众人皆知。结果又没下文，这个丑算是丢大了。他找联谊寝室，与龚月庵谈情说爱，也很高调，从不遮遮掩掩。那不是他的风格。依然无果，他很惆怅，也很气恼。他在同学们心目中的形象一落千丈。多情总被无情恼。有人暗地里说他是多情种，到处拈花惹草。花没拈上，草没惹得，反而弄得一身骚。张玉峰反省了。吃了两次亏,遭了二茬罪。他学乖了。他不敢找漂亮女人,不敢公然示爱了,也学着天龙和周华强,在地下进行,秘密行动。好歹也算找着一个了。这个他不说,许多人都不知道,包括天龙。

张玉峰在天龙自习时,问了几个高等数学问题。他对数学实在不上路,迟钝得可以。高数对他就是天书。老师在课堂上讲得口干舌燥,他听得云遮雾绕,不知所云。课下只好请教天龙。天龙学得不错。高中时,天龙数学底子就好。他能举一反三,见微知著。张玉峰好羡慕,脑袋咋长的,里面都是些稀奇古怪的东西,想都想不到。他就经常凑到天龙跟前请教数学问题。数学令人头疼,让人伤神。天龙也不保守,倾囊相授。张玉峰还是听不大懂,急得额头就要出汗了。

说起来张玉峰是学文艺的料。他吉他弹得不错,歌唱得好,有音乐细胞,一教就懂,一听就会。就是对数学不感冒,这个公式,那个定理,弄得人好心烦。心烦了,就躲在寝室弹吉他,唱歌。嗓子天然好,学张楚一学一个准。他都是从磁带里听来的,或是从学校高音喇叭里听到的。高晓松的《恋恋风尘》《睡在上铺的兄弟》等他耳熟能详,唱得深情款款。一到晚会,就是他最出彩的时刻。他在舞台上一展歌喉,唱得女生大呼小叫,下面嘘声不断,嚷声不止。不是倒彩,确实是由衷的赞叹。他收获了喜悦,赚取了神采,见了人,面带微笑,很有绅士风度。

听张玉峰说过,他本不想报考普通院校,他想上艺术学校。他妈妈是医生,说艺人辛苦不说,也不好听。在母亲的强逼下,张玉峰硬着头皮学。数学始终短腿,拖着后腿。他想放弃。母亲高价请来市里的名师,一对一教他。他家条件不差,双职工。张玉峰其实小时候在乡下跟着姥姥生活。母亲和父亲工作都忙,没空带他,就把他送到乡下姥姥家。姥

第十二章 纠 缠

姥也就一文盲,露天散养。他像鸡鸭一样,跟着小伙伴一起打打杀杀,冲锋陷阵。到了上学年龄,母亲将他接回城里,他才恋恋不舍地告别了姥姥,那个他依恋的人。他一度想念姥姥,想念乡下,和母亲关系不好,不怎么喊她的。过了好几年,才有所转变。但一到寒暑假,就吵着要回乡下看姥姥。他看姥姥是真,想念小伙伴也是真。小伙伴一见到他,就像久别的亲人,热情得不得了,高兴得不得了,都围着他转。他分给伙伴们零食。伙伴们一窝蜂追着他。他觉得有做老大的感觉。感觉很好。他不想待在城市里,太拘束了。姥姥只好被接到城里,照顾他。张玉峰慢慢心收拢了,开始了艰难的学习旅程。数学一直不好,越到高年级越难。听说艺术不学数学,他好心动。报考绘画,不需要;报考音乐,也不需要;报考书法,更不需要。绘画不会,书法也不行,但音乐感觉不错,没事经常哼歌,一首歌只要听个两遍,准会唱,还一点不跑调,准得很。他好想报考音乐学院。母亲死活不同意。唱歌弹琴做个爱好可以,要是当专业,全不是那么回事,别给耽误了。张玉峰其他课还行,就是数学飘红。他急得抓耳挠腮,毫无办法。母亲找来名师,一对一教,他才有所起色。高考时,数学刚好及格,已经尽力了,他不后悔。他母亲后悔,要知道早请名师多好,可惜晚了一段时间。张玉峰就来到了西安,与高天龙做了同学。

  高天龙数学好,得益于遇到一个好老师。高中时,他的数学老师是班主任,也是高中所在年级的学科带头人,带了天龙三年。天龙本来学理,可惜物理拖后腿。物理正赶上课改,上课用新教材,只有一些概念和一些简单物理题。考试却是老教材,深度和广度,新教材不能比。天龙老实,信了传言,说会考是新教材,高考也是。快到高三了,才得知全是假象。高考题目很深，很难，学了新教材，不学老教材的学生，根本做不了。每次考试，天龙物理垫底。数学老师教得深，却不太深，只要用心听讲，还是能消化的，对付高考一点不成问题。在数学老师的悉心教导下，天龙数学进步很快，学得也很扎实，该做的题基本都会，不该做的题也有些能对付，应付高考不成问题。他信心满满。到了高三，物理突然上老教材，天龙就跟不上了，只好想法改科，于是很快就转到文科班。他语数外都很棒，应该问题不大。其他科目都是背背抄抄，更应该不在话下。那年高考天龙败北，不是他没学好，而是学得太多了，没有足够的时间放松，整个人拧巴着，像上得过紧的发条，一不小心就可能断的。他没断，但神经绷"过"了。天热汗多，蚊子多，虫子也多，怎么也睡不好觉，人处于亢奋状态。到考试时，就没了精神，昏昏沉沉，懵懵懂懂。他几乎全凭感觉答题，都不知道思考了。看题也很慢，整个人完全不在状态。考完一对答案，才知道问题严重。靠感觉答出的题，好多都是错的。没经过大脑嘛。

  第二年复读，又状态不佳，发挥失常。老师说以天龙的实力，考个九八五高校一点问题没有。高五高考，天下大雨，燠热稍减，经过调整，睡眠也不错，终于正常发挥了，他才有资格坐到大学教室。天龙珍惜。张玉峰不同，尽管事先不被看好，结果出人意料，考试不赖，一次即中，于是就和天龙做了同学。他自然有点得意，可能还没忘形。

  张玉峰请教了天龙几个数学问题后，就说，有天晚上我在寝室弹琴，接到一个莫名其妙的电话，说是找你的。我问啥事，能说吗？我转告。她说叫你到长安收容所去一趟。具体啥事，她就没细说了。天龙听了，觉得不是恶作剧了。他想不明白，我跟收容所有啥关系？为何叫我去收

第十二章 纠 缠

容所？真是荒唐，莫名其妙！他还是找了一个周末下午，去了趟长安收容所。

天龙怀着忐忑不安的心情四处打听才找到了收容所。

找谁啊？一个富态女人冷漠地问，头都不抬一下，在忙着自己的事——织一件很厚的毛衣，都快织成了。她那针在上下翻飞，不一会儿一朵小花就镶嵌在毛衣里，显得格外生动。

天龙呆呆地看了一会，接过话茬，你们打电话叫我过来的！

你叫啥名？依然不拿正眼瞟一下，针还在上下翻飞。

高天龙。叫我来干啥？天龙仍然一脸疑惑，是不是电话打错了。他非常希望如此。这个鸟地方，真不是人待的。刚进去，一股扑鼻的霉味飘来，一阵恶臭散发。他捂着鼻子。

好，跟我来。这个戴着眼镜的中年女人停下手中的活，抬眼看了一下天龙，叫他过去。

天龙来到一个大铁门前，看到里面许多衣衫褴褛、蓬头垢面的人，异味就是从这里钻出来的。

看到有人来了，里面的人都凑过来。大哥有吃的吗？大哥有钱吗？大哥接我出去的吗？大家七嘴八舌。有几个戴着眼镜的斯文人，转头看了看，又独自踱步去了。天龙扫了一眼，都是陌生的面孔，有弯腰驼背的六七十岁的老人，有精神委顿的八九岁的小孩，更多的是装扮怪异的二三十岁的青壮年。他们有打耳洞穿耳钉的，有烫红头发的，也有留长发扎小辫的。他们满嘴污言，一口秽语。几个戴眼镜的斯文人，冷眼看世界，偶尔投来冷漠的一瞥，又转过脸去，继续闲庭漫步。天龙的眼光往深处搜寻，看到一个穿着破旧棉大衣的蹲在墙角，低着头，一副心事重重的样子。

叫我来干啥？天龙不解地问，隐约觉得不对劲。

喂，蹲在墙角留长发的，你站起来，转过身。胖妇女尖着嗓子高叫道。她连喊了好几声，那人才懒洋洋地站起来，转过身，慢慢踱到铁门边。

天龙看这人好像熟悉，在哪儿见过，但又想不起。他在心里直打鼓。这是谁？跟我有关系吗？

但直觉告诉他，应该是高兴。天龙收到过大哥高天晴一封信，已经有阵子了，将家里发生的事都告诉他了。信的末尾提到高兴，说高兴到云南媳妇家去了，已经好久了，至今音讯全无，家里着急。要是他给你去信了，记得告诉大哥一声。父母很着急，坐卧不宁的。

天龙到底涉世不深，不知外面的凶险。他到媳妇家还能有啥事？过段时间自然回去。再说，他一个大男人，有手有脚的，能说会道的，还怕丢了？没事的，没事的。他在心里宽慰自己，也在信中宽慰天晴。

由于学业和恋情，他也没太将此事放在心上，一忙起来，就丢在了一边。

高兴！天龙喊了一嗓子。那人眼睛突然睁大，露出亮光。天龙，你终于来了！天龙眼泪夺眶而出。此人脸上黢黑，头发披到脖颈，像野鸡窝，结着团，灰尘满面，污浊不堪。人也瘦了很多。比送天龙到西安上学时，要瘦一半。穿着破军大衣，军大衣上都是乱草浮尘，一拍灰飞烟舞。是从野鼠洞里钻出来的吗？还是从煤灰堆里爬出来的？怎么那么脏！天龙眼睛起了云翳，脸上泛了潮红，心里涌出悲哀。他真想骂娘，可一个字也吐不出，就愣愣地看着，足有十秒。他脑子空了，胳膊颤动，双唇嚅动，就是说不出一句话。

第十二章 纠 缠

高兴嘴唇焦干，乌紫，一看就很虚弱，显然他好久没吃东西了。我饿，我渴！高兴的话如一声惊雷，似一道闪电。他惊到了，忽然醒悟。你等着！噔噔下去了。很快回来，带了饼干、矿泉水，从铁门缝里递过去。高兴不吃，先喝水，喝够了，才拆开饼干，递一块进嘴。

天龙再度凝视。高兴脸膛黢黑，颧骨高突，两颊深陷，目光里满是犹疑、迟滞和惊悸，头发又长又乱又脏，活像野人。

天龙深深自责，要知道早来多好。自己沉浸在温柔乡，漫步在象牙塔，哪知外面雨横风狂，雷电交加？哪晓得人间疾苦，水深火热？苦难不降临，不知从前多幸福；疼痛不近身，不懂眼前多美好。天龙觉得自己太天真了。世界多丑陋，只是没呈现在你眼前；人间好肮脏，只是因为被遮掩。现在一下赤裸裸展现出来，天龙来不及消化，也来不及思考。世界难道真是恶的？人间究竟还是凶的？他好像忽然长大了。作为家中的幺儿，从来不愁衣食，也不担心钱钞，被大人一直灌输，念好书，上好学，天塌下来都别管。幼稚至极，渺小无限。他真想钻入地缝，永不现身。太丢人了！

胖妇女对着天龙吼了一嗓子，你，过来办手续领人！

天龙安慰几句，就跟胖妇女去了。

交五百元钱。他在这里住了将近半个月，伙食费、住宿费加交通费总共这么多。胖妇女装模作样地在算盘上噼里啪啦地拨着。

怎么这么多？你看他饿成啥样了？瘦成啥样了？再晚几天，人就没了！再说我也没钱。一个穷学生，全靠父母供着。能不能少点？

天龙开始大声，慢慢音量越来越小。胖妇女从眼镜里投射出鄙夷和不屑的光芒，刺得天龙越发矮小。他没辙了。

泊长安

没钱甭想领人！胖妇女撂了句狠话，拍拍屁股走了，撇下天龙在那里发愣。世界真他妈残酷！天龙刚想张嘴，又生生咽了下去，只好腹诽。

天龙又返回去劝高兴先安心待着。他解释了几句。高兴吃了喝了，精神稍足。知道天龙为难了。他说，再买几桶泡面，几包榨菜。十足的穷人思维。以泡面为美味，以咸菜为佳肴。天龙听了一阵心酸，他使劲点头，去了。他怕再多逗留一刻，会忍不住淌下大滴的泪珠，甚至控制不住号啕大哭。走在路上，天龙强忍着，没有号啕，终究还是掉下了眼泪。太不争气了！

身上只有零花钱。天龙揩掉泪水，思索着怎么才能筹到这笔钱。周华强是浙江人，惯有的精明，要想从他身上打主意，必须从智力上进行较量。如果你打败了他，让他心服口服，他会乖乖掏腰包；要是让他不齿、鄙夷乃至不屑，那门都没有，免开尊口。天龙不知自己在他心目中的分量，也不好度量。那就先试试，碰碰运气。如果不成，就找张玉峰。他豪爽、大度，但最近不太开心，好像霉运缠身。

回到寝室，刚好周华强在。天龙装作没事人一般。他看周华强似乎不忙，就提出要下棋。周华强笑了，奉陪。

天龙知道周华强现在比较"富有"，但蛇大洞大，花钱也厉害。向他借钱不知胜算有几成。

周华强自从办了《经济视窗》，床头经常放着凯恩斯、萨缪尔逊、科斯的书。这些都是西方经济学的经典。别人一无所知，他却侃侃而谈，津津乐道。听得人瞪着俩眼，透出羡慕的神气。在寝室的卧谈会上，周华强给大家恶补经济学知识。新中国成立后，执行的是计划经济，跟苏联学的，一执行就是好几十年。改革开放后，计划经济让位，市场经济

第十二章 纠　缠

登台，西方经济学就成了显学，开始登堂入室。凯恩斯、萨缪尔逊、科斯之流在中国逐渐流行。学经济的不懂这些，是要被嘲笑的。无论宏观还是微观，都能用上；不管国家层面还是地方层面，也能用上。

作为听众，天龙算是长见识了。写作，其实最后就是写知识，写思想。只有广泛涉猎，才能产精品，出力作。大学就是跟中学不同，一群热情洋溢、精力充沛的年轻人在一起，他们各有所长。有人擅文，有人长理，有人爱音乐，有人懂书法。各种思想互相碰撞，多样理论彼此触碰，灵感的火花就诞生了。人不再单一，变得复合，综合。

他的这套理论卖弄出去，也为他赢得了许多赞誉，不少好评。虽然看上去高深，听上去艰涩，但只要有一个人听懂，他就是成功的。

这个人不是高天龙，不是张玉峰，也不是孙家旺，而是万竞雄。万竞雄个头一米六五，身材窈窕，姿态婀娜，脸似凝脂，肤白如玉。谈不上仪态万方，但也落落大方。她是西院一枝花，开在绿园里，和春色竞妍，同秋草争艳。桃花比不了，杏花比不了，樱花也比不了。百花齐放时，她独占鳌头；万花纷谢时，她俏立枝头。她是牡丹，天香国色，妖娆多姿。许多人想打她主意，在她身边转来转去。好些人想吃"天鹅肉"，在她周围趸来趸去。她高挑着眉毛，凝视着远方，对身边的一拨人视若无物。

既然她入了周华强的"彀中"，他就不会轻易松手。一些想接近她的人想要通过接近周华强，达到目的。周华强知道卧榻之侧不容他人酣睡。他率先下手，抢得头筹，一来二往，顺理成章地"勾搭"上了万竞雄。她就是在他的"圈套"下，中了埋伏，心甘情愿，死心塌地，不离不弃，不舍不去。

泊长安

她是千万富豪的女儿，名副其实的千金，一般人不好靠近，也不敢靠近。胆大点颤抖着接近，她一瞪眼，一皱眉，就自然被吓退。有一两个老脸皮厚的涎皮赖脸地凑近，她一颦眉瞠目，白眼有加，来人只得喏喏而退。

她还小时，家里贫穷。父亲有五金手艺，在给人敲敲打打中，勉强度日。改革开放后，浙江人率先起步。他们做了领头雁，第一个嗅到了另样的气息。于是走街串巷，贩卖自己的拿手活计。积攒了一些资本后，就开始建厂。刚开始都是手工作坊，干着干着，就慢慢大了。原来钱不难挣，不但不难挣，还像鱼一样纷纷向网里钻。钱就像天上的雨，说下就下，多得数不过来。于是扩大再生产，雇用销售员，全国各地跑销售。同时建实体销售店铺，在大城市。占领制高点后，买卖好做得很。竞争也不激烈，生意跑着送上门。原来让一部分人先富起来，是真的。万贯财，总算认识到了，就看你敢不敢闯。为什么经商叫下海？海里鱼多虾多，螃蟹多。江海、河湖塘汊多年休渔，养了很多年的鱼虾长大了，长肥了，长壮了，也该到下网捕捞的时候了。全国兴起一片建设热潮，五金少不了。他敏感地意识到这是一个极好的契机，于是贷款建起大厂房，扩大产能。

万竞雄对父亲的绰号耿耿于怀。她不喜欢爸爸这个绰号，充满铜臭味，赤裸裸的，不留余地。万竞雄也知道家族历史。爷爷万有恒，本名万担良，是个不折不扣的地主，从名字上可以望文生义，一览无余。在万担良之前，最多只是富农。说起家族，太爷爷是贫农，如果划分阶级的话。太爷爷会折腾，除了做田，还有手艺，靠着手艺赚了些铜板，于是买了些水田。给爷爷起名时，就自然想到万担良。这也是他的理想，

第十二章 纠 缠

他的抱负。从给爷爷取名字，即可窥斑见豹。万担良给儿子取名时，也照着老子的套路来，希望儿子家财万贯，衣食无忧，子孙兴旺。解放后，分田到户，地主日子不好过。万担良还算敏感，在解放前夕，将水田变卖了，只剩几亩，还改名万有恒。解放后家里没被划为地主，只得了富农。这个像紧箍咒，有人翻旧账，说他是大地主，剥削人民。万担良的生活就一落千丈。万贯财就没机会念书，只认得一些字，回家偷偷干手工。在万贯财心目中，靠手艺吃饭，不是剥削，是正当的。他家日子才稍微好转。他也是靠着手艺和勤劳，娶得女人，安了家。

万贯财头胎生了女儿，二胎也生了女儿。那已快要改革开放了。天不再是从前的天，地也绿油油的，充满生机。内心也绿油油的，充满生机。他觉得机会来了。特别是白猫黑猫抓到老鼠就是好猫。他嘴里含着饭，念叨这几个字，琢磨来琢磨去，琢磨出道道来。于是也敢于走街串巷了，售卖自己的手工艺品。后来竟胆大包天，敢第一个吃螃蟹，在村里建起五金厂。这要多大的魄力，多厚的雄心！妻子第一个站出来反对。想想爷爷吧，别瞎折腾，一家跟着喝西北风。万贯财说，现在是实现爷爷理想的时候了。如果不成功，就对不起我这名字。开厂容易，运作难。春风吹拂时，第一个嗅到春的气息的树长得最壮，第一个迎接春风的花也是最美。我要做那株树，也要做这朵花。

一家子跌跌撞撞，摸爬滚打，好不容易有了起色。在上海开了店，卖断了货，才知道开厂的正确性。

小时候，万竞雄就跟着妈妈经常到厂里，一起干活，日子也紧巴。她吃过不少苦。上中学时，家里条件突然好了，她可以上好学校了。不是因为她成绩好，恰恰相反，她成绩很不好。父亲背了一包钱，找到重点中学的校长,要他收下竞雄。竞雄以前底子没打好,成绩不稳定。在重点高中,竞争激烈,同学们一个比一个刻苦,一个比一个过劲。她在里面很难受,考试经常垫底。她不怕。她有个好爸爸。

上了大学后,她还是照样不怕,也是她有个好爸爸。从中学开始,虽然她成绩不好,但对学习好的不歧视,学问大的不轻视,眼神里匀出佩服,面色中掺入仰慕。将来的夫君要有学问,不仅限于有学问,还要有本事。有本事就能挣来面子,也能挣来里子。当然,挣来票子不在话下了。

长大了,觉得爸爸名字很土,很俗气。万竞雄劝爸爸改个名字,含蓄点,有点底蕴。万贯财找测字先生一算,果然改了名字,叫万为冠。于是名片上就印着万为冠。私底下,熟悉的人还是叫他万贯财。

周华强属于有学问的那种。对西方经济学,有自己的一套。万竞雄自然佩服,也仰慕。她的佩服和仰慕落实在心中,也化作了行动。她不加入演讲学会,不加入写作协会,也不加入朗诵协会。她首先选择加入经济学会。

周华强放出的"饵",终于钓到了"鱼"。不是鲤鱼,不是鲫鱼,也不是胖头鱼,而是美人鱼,摇头摆尾向他游来。清澈的水面泛起了浪花。

有人说周华强是"黛玉葬花——美死了"。他呵呵一笑。自从周华强谈了女朋友,他的脸上经常绽着小酒窝,笑就没断过。他的笑是畅快的,爽朗的,发自内心的。于是跟他在一起的人,也变得开心了。

周华强晚自习没去,一人待在宿舍看闲书。天龙也磨蹭着没去上自习,借口说要找周华强好好聊聊,好久没单独相处了,也好久没拿彼此开涮了。

第十二章 纠　缠

杀一盘。听说你棋技不错，想来讨教讨教！

嘿嘿，谁怕谁呀？！我不但象棋手艺不错，围棋也是相当了得的。你就不怕被杀下马来丢了面子？周华强轻松地说，一副志在必得的自信。

好，好，先下几盘象棋，再来切磋切磋围棋，比试比试，看谁才是真正的高手！天龙也被激起了好胜心。

天龙知道，像周华强这样精明的浙江人，就要战而胜之，才会向你学习，也才会甘心为你付出；比他们弱的、尿的，往往招来白眼和不屑，别想从他们口袋里掏出半个子。他们对于窝窝囊囊、婆婆妈妈、抠抠索索的人就压根儿瞧不上，甭提借钱的事。此战必须胜利，不仅是面子问题，更是生计问题。只有战胜了他，才有资格向他提借款的事，否则免谈。

天龙揣着这样心理与周华强杀了起来。天龙取胜心切，出手仓促，一不小心丢了奔腾的马，后来又在挣扎中失了一炮。在厮杀过程中，天龙险象环生，几次差点被将死。天龙脸都红了，托腮思考了好久才化解了危机。真是绝处逢生！在天龙处于明显劣势的情况下，周华强扬扬自得，也麻痹大意起来，以为必定稳操胜券。天龙用丢卒保车的办法，利用周华强贪吃的缺点，一举将他击倒。周华强很不服气，我疏忽大意了，本可以轻松打败你，没想到让你反败为胜。你小子用计引诱我上当，我钻进你设的陷阱里出不来了。全怪我贪吃，考虑不周。这局算你侥幸得胜。咱们再来，三局两胜！

天龙也觉得这局胜得侥幸，钻了他疏于防范的空子。其实两人水平旗鼓相当，就看谁更稳更能沉住气，想得更深远些。天龙对下局能否取胜不敢抱信心，但必须硬着头皮应战。

果不其然，第二局周华强就稳多了，再不贪吃，处处设防，把自己保护得泼水不进。天龙进攻艰难，久久打不开局面，在急躁中误丢一子，导致全局都处于颓势。一招不慎，满盘皆输。后来在防守中又节节败退，被打得落花流水，丢盔弃甲。回天乏术，只好缴械投降。

第三局，天龙吸取了教训，变得沉稳起来，不敢冒进了，在稳扎稳打中，以微弱优势战胜了对方，差一点就和棋了。

胜利后的天龙一点高兴不起来。他谦虚地说，我俩水平在伯仲之间，有点胜之不武。今天累了，改天下围棋。

喊，我也只会点皮毛，这点三脚猫功夫不敢在人前显摆啊！共同进步吧。周华强口气也柔和了许多。

一向自信的华仔也变得低调了嘛！这不是你的风格啊！

自信要靠实力做后盾的。没有实力的自信就叫自吹、自负和自欺。

有美人相伴，还与金钱为伍，这不是实力吗？

我哪有钱，有钱也是人家的。我们只是朋友，仅此而已。出去玩，消费我买单。我有时还问老哥伸手呢，不够花啊！

天龙听周华强这么一说，到嘴的话又强行咽下，憋得脸都红了。看来借钱的机会化为泡影了。他心里一阵失望。

万竞雄家多有钱，消费还要你掏钱？这是叫花子和龙王比宝哎。你也别打肿脸充胖子。

这个你就不懂了。该付出一定不能省俭，否则钓不到。她大方，我绝不能小气。出入高档场所，也不能反对。其实跟有钱人在一起，也怪累的。好在我哥哥在税务局，隔三岔五地汇点费用给我，不然早就山穷水尽鹅飞了。

天龙一迭声地"哦哦哦"。

第十二章 纠 缠

就说暑假去敦煌、青海、西藏，总共花了一万多。主要费用是机票，往返都坐飞机。食宿、景点门票倒不多。这钱本来我想掏腰包，她说，得了吧，当好护花使者就行了，其他不用操心。我就没争了。说实话，如果全让我掏，我掏不起。周华强说了大实话。

对万竞雄来说，九牛一毛嘛！你每月生活费多少？天龙问得有点露骨。他一阵心虚，这个是秘密，不能轻示于人的。

两千吧。以前够，现在差远了，经常捉襟见肘，入不敷出。一到资金告急，就向我哥求援。一般是有求必应。不过也不敢经常要，他已成家，担子也不轻。

周华强很坦诚，天龙有点感动。他沉默了一会，在心里酝酿了好久，才鼓足勇气说，我最近手头很紧，想问你贷个一千块，可行？

话出口后就有点后悔了，如果被拒绝，多难为情。他的眼睛不敢直视周华强，转向了床角，脸上的表情明显不自然，神态也有点忸怩起来。

周华强呵呵一笑，没问题。不过最近手头紧，余钱不多。我身上还有五百块，你先拿去急用。

天龙接了钱，投去感激的一瞥。谢兄弟，我现在是有难处！你不会把生活费都给我了吧？

饭没得吃，西北风有得喝。周华强幽了一默，打破了有点凝重的气氛。天龙在他肩头轻轻捣了一拳。

晚上继续听你讲凯恩斯、科斯和萨缪尔逊啊！

天龙再接再厉，又问张玉峰借了五百块。第二天，他就急匆匆赶去收容所，交了钱，把高兴接了出来。

天龙有过钱，但操作不当，又失去了。他努力学习，也努力挣钱，可事与愿违，一个不留神，钱就流失了。要不然这样的尴尬不会有。

高兴从收容所出来后，衣不蔽体，消瘦不堪，憔悴不已。天龙将高兴的破军大衣脱去，简单地洗了脸，洗过手，拉着他去吃了顿热腾腾、香喷喷的饺子。高兴狼吞虎咽，吃得特香。吃完后，又带他到地摊上买了一身过冬衣物，在公厕里把衣服全换掉。最后是理发、洗澡。一收拾，一捯饬，相貌出来了，精神回来了。洗澡是在学校公共澡堂。身上的黑水流不尽，洗不完。旁边洗澡的学生，纷纷避让，捂着鼻子跑了。天龙帮着搓背，污垢去了一层，还有一层，黑水流了一茬，还有一茬。洗了一个小时才算洗干净，身上终于无异味了。洗干净后，天龙看到高兴的后背青一块紫一块，后脑勺还肿个大包，淤了血，大腿根部和小腿肚也伤痕累累。天龙心里一阵难过。

疼不？不疼！不疼才怪！天龙心疼极了。好像伤疤不仅在高兴身上，也烙进自己心里。这样想着，身上的肉也似乎在吱吱作响。他一个激灵，赶紧回到现实。现实既不冷漠，也不热情。

天龙刚搬了新寝室，只住了三人，还剩一个空床。他就安排高兴住了进来，暂时栖身。看门老头很宽容，同学们也很同情，你给一桶方便面，他给一包花生米。高兴忸怩极了，像个小媳妇。

第十三章 争 竞

春天来了，校园里桃花开了，玉兰花开了，樱花也开了，姹紫嫣红，争奇斗艳，惹得蜜蜂、黄蜂、马蜂、细腰蜂蜂拥而至，蝴蝶扇动着彩色的翅膀翩翩起舞。空气中弥漫着醉人的芳香。假山上的喷泉汩汩而流，似在唱春天的赞歌又似在奏舒缓的小夜曲。

池子里的金鱼在悠闲地游着，不时三三两两追逐嬉闹，泛起浅浅的涟漪，像跳动着的音符。它们是那么自在惬意，令观赏者也被感动了。

在绿园，在闲趣亭，不时有恋人来此拍照留念。

天龙和李静宜也来个双人合影，将时间和美丽定格！

记得有个诗人说过：

> 你站在窗口看风景，
> 看风景的人在桥上看你；
> 明月装饰了你的窗户，
> 你装饰了别人的梦。

泊长安

他们也是一道风景，走在校园里，招来艳羡的目光。李静宜算不上美，但有动人之处。有人说年轻女孩都很美，在男孩眼中都是天使。不美的话，就怪打扮。不会装扮，就丢了印象分。李静宜也不特别打扮，只要稍稍一拾掇，样貌就有了，神采就有了，气质也就有了。毕竟是大学生，气质还是好一些。虽然出身农村，不像城里人勺道，但在大学里，看也看出点名堂，学也学到些技巧。再说，她身边有龚月庵。她从洛阳城里来，天生就会打扮。洛阳是数朝古都，出了多少美人，龚月庵应该知道。从小耳濡目染，从小道听途说，美对女人意味着什么，她们都懂。相貌是先天有的，也改不了。李静宜没有龚月庵天生丽质，也没有她柔若无骨，更没有她招人。李静宜私下里觉得也挺好。一天到晚被别人追，其实也烦，还痛苦。一拨一拨男生候着，等你点头，等你露出笑脸。男生都很优秀，既有才，也有财。舍不得这个，放不下那个。选择就变得痛苦了。抉择不了，割舍不来。选这个，就意味着甩掉那个，也意味着进了这个门，断了那条路。用经济学术语叫沉没成本。和每一个男生相处都很愉快，也很舒心，但不能脚踩几只船，弄不好鸡飞蛋打，十分危险。男生醋劲上来，就是一头发狂的公牛，能将对方抵入绝境。如果男生为了她，互相角逐，彼此打斗，两败俱伤，这是龚月庵不想看到的场面。她不愿意，也不乐意。真会发生的。这样鲜活的例子不少。她之所以疏远张玉峰，也是为他着想。她不想看到张玉峰卷入是非，对他不好。比他条件好的多了去，无论软件还是硬件，张玉峰都比不了。更重要的是，他还性情用事，沉不住气。看到自己和男生在一起，他就醋劲大发，不给面子。这是一盆火，接不住就烫着自己，甚至会烧着自己。她不能

第十三章 争 竞

犹豫,更不能善心,那样会害了他。说白了,他降不住她。与其这样捆绑着,不如早点结束,对双方都好,长痛不如短痛。尽管对张玉峰不公平。但在感情面前,哪有公平可言?他只能退出。

龚月庵知道自己的分量,也懂得装扮。即使她不装扮,素面朝天,也有追捧者。何况她还懂得装扮,而且装扮起来,比啥都美。同寝室的女生都嫉妒,嫉妒得发狂。她也没办法,一任群芳妒吧。

洛阳出牡丹,全国闻名。有人就给她起外号——牡丹。她一出门,男生就窃窃私语,牡丹来了,牡丹来了!她旁若无人。

李静宜跟她在一起,再不会打扮,也能学点什么。吸引男生注意,她更是有一招。龚月庵还偷偷教了些小伎俩,李静宜心领神会。

女孩就怕打扮,本来就美,一打扮就更美。走在路上,漫步在校园里,回头率超高。虽然她跟龚月庵不能比,但还是有一定的回头率。李静宜身材美美的,心里也美美的。暖风吹在身上格外舒服。再说她恋爱了。恋爱的女人就更美了,由内而外洋溢着青春的朝气,生命的活力,整个人看上去特别精神,非常有范。问题来了,烦恼也来了。有人青眼有加,有人暗送秋波。青眼如深潭,像风拂过水面,荡起层层涟漪。秋波似江面,浪花翻涌。一般人把持不住,心旌摇荡,像乌篷船在水面颠簸,像舴艋舟在河谷摆动。她不想心猿,也不能意马。高天龙那一双乌黑的眼珠在瞅着呢。不在天空,也不在大地,就在眼前。她喜欢高天龙。人生得一知己,足矣。高天龙虽然家境贫寒,但并不影响彼此的感情。她觉得天龙是潜力股,没找错。她相信自己。每当有丝毫的杂念轻轻涌来,她立刻否定了。爱情到来得突然,消逝得也迅疾。慢火清炖的煲仔,揭开盖子香甜可口。她不能背叛他,也不想背叛他。

泊长安

　　连君璧追得紧。他是她的老乡，两家相隔不远。连君璧高一个年级，是学长。每次来回，他都像哥哥一样关照她。一来二往，连君璧发动了攻势。一开始是文火，慢慢剧烈，变作武火。她不能拒绝，也不好拒绝。和老乡一起回家，她向天龙报告过。天龙心里咯噔一下，但不形于色，装作大度地说，有个男生保护，回家更安全。天龙心里何尝不苦？这样的事情做多了，就可能擦出火花。火花遇到干草，就会大火熊熊，到时想扑灭都不容易了。

　　李静宜相信纯友谊。她从心里当连君璧是学长、兄长，其他的没想更多。什么叫日久生情？什么叫夜长梦多？此时此刻，也许是最好的证明。连君璧和李静宜寒暑假同去同来，高天龙听说了，心里很不是滋味。李静宜说完后，补充一句，只当他是哥哥，别想多了。天龙不淡定了。他心里暗潮汹涌，颇不宁静。

　　小心眼了吧？李静宜还是察觉出一些异样。她想阻止天龙不当的想法。天龙刚想变色，李静宜的嘴就堵了上去，任他有千言万语，一句也说不出，只好囫囵吞进肚子。肚子气鼓鼓，圆滚滚的，暗暗地放了一通屁也就过去了。

　　后来，听李静宜说，连君璧的攻势越来越猛，友谊的界限已被彻底打破，跨前一步，想更进一步，摘取快要到手的爱情。李静宜也不隐瞒，在一次操场漫步中，她和盘托出。高天龙更不淡定了，也淡定不起来。他说，你一定给了暗示，男女间的友谊界限很模糊，一个笑，一个皱眉，也许就跨过了界。我没有，完全没有。我见了他，是笑过，也皱眉过，但都在正常范畴。只有一次，我走路崴了脚，他搀扶过我，也牵过我的手，从此就不肯松开。他一直黏着，不肯远去，也割舍不下。我都不知

第十三章 争 竞

咋办了。远离他！天龙支招。李静宜歪着头想了一会，都在一个学校，又是老乡，抬头不见低头见，怎么远离？

李静宜和天龙商量，说明她心中还有他，割舍不了。要是偷偷摸摸，啥也不说，问题就大了。

天龙懂得这个道理，但还是不放心。那你选择，要么选择他，要么选择我。李静宜在星星满天时，离开了。她是不高兴的。高兴的时刻已经过去。师兄连君璧是学校宣传部长，文字功底不错。她想远离，却做不到。人家一缠，她就投降。虽然仅仅是散步聊天，最多也就吃个饭，但已经偏离友谊的轨道了。这个李静宜自然没说。她不是啥都说的，说也要经过甄别，经过淘洗。过滤后的话，虽然甜，却掺着假。天龙似乎知道，又似乎不知道。他揣着信心，认为她的话没注水，只流露出空泛的成分。

他们情到浓时差点没把持住，马其诺防线就要攻破了。李静宜还在挣扎，有半推半就的意思，有欲拒还迎的味道。天龙能体察到。如果稍作强势，她就彻底奉献出来了。天龙似乎良心发现，进攻中止了，伊甸园里的禁果没偷吃成。说心里话，他非常想突破禁区，可一旦李静宜中了彩，那就对不住她了。花钱是小，伤害是大。天龙爱着她，就要懂得保护她。他还是做了最大的克制和忍耐。欲火焚身的感觉很难熬，像洪水猛兽冲击着心扉，在肺腑间穿梭。他脸憋得通红。后来李静宜还是离开了天龙。天龙只有钻进往日里回忆。温柔销魂的时刻不断萦绕脑海。

裂痕的形成是由连君璧引起的。天龙口中说不在乎，心里在意得很。他没事就往财院跑。财院不远，只隔着红专路，横着翠华路，一转身就到了。连君璧横在天龙心中，挥之不去。他变得疑神疑鬼，几天不见，就怀疑李静宜出轨了，跑路了。他想看着点。虽然想法很没出息，但他控制不住，念头时时冒出来。

不知不觉到了李静宜宿舍楼了。他犹豫了，又徘徊了。他怕受到冷遇，他怕遭到讥讽。他更怕遇到熟人，不好解释。他心中团着阴影，斜阳穿枯叶而过。他慢下脚步，又停止踟蹰，心中的小鹿冲撞得格外欢实。

天龙在宿舍周围逡巡。爬山虎爬满院墙，绿叶在风的撩拨下，上下翻飞。他在院墙下守株待兔。周围的人来来往往。情侣勾肩搭背，搂搂抱抱地走过来。天龙装作不见，他躲在一边。不想见，却见到，龚月庵朝他走来。一个高个男生搂着，不时在她香腮上亲一口。两人十指相扣，衣香魅影。天龙低下头，看着脚面。一对对一双双人走过，没见到李静宜，他正准备佝着腰身回去，就听到细腻清脆的女声传来。熟悉的味道，熟悉的感觉。天龙一惊也一喜，心脏就怦怦地狂跳起来。

众里寻她千百度，蓦然回首，那人却在灯火阑珊处。伊人近在眼前。身边跟着一个男生，个头跟自己差不多，模样不难看。他就是传说中的连君璧？李静宜口中的师兄兼老乡？

天龙妒火熊熊。他眼里噙着别样的光，含着另样的深意。

被耍弄的感觉，被辜负的失落，被欺骗的痛苦一起涌向心头。他强忍着怒气，近前几步，语气尽量平和地说，静宜，我等你好久了！

她和连君璧正在谈事，没顾得上看周围，突然被一叫，她本能地抬起了头。

才几天的工夫，就不认识了？天龙看到李静宜愣在那里，半天没说话，他讥讽道。

君璧，你先去吧。我和他有话要谈。连君璧老大不情愿地走开了，

第十三章 争 竞

临走时甩下一句话，李静宜家里出了事，希望你能替她分担点！

李静宜一跺脚，显得很生气，我不会说，要你饶舌！

恐怕真的有事。已经好久没见到她了，找也找不见，见了就躲。天龙好生奇怪，不至于吧？还没说分手，突然就避而不见？难道真为连君璧？距离拉大了，成见就出现了。天龙心里冒出了古怪的想法，也有些不祥的预感。难道真的要分手？分手是必然的选择？即使不能长久，但这样迅疾，也有点出乎意料。自己也够大度的了。她嘴里多次提到连君璧，他反应也不太激烈，以平和的语调搪塞而过。心中波澜壮阔，嘴里细雨潺潺。凭本能，李静宜知道天龙在装，在回避。他不能不在意。难道多日不见，她想让时间回答吗？时间是个杀手，毫不留情地剿灭盛情。一切不能了却的滥情都让给时间，只要日子一久，啥都会冲淡，灰飞烟散。她家真出岔子了？莫不是分手的借口？

有事一起商量，为啥避而不见？

李静宜没有正面回答他的话，提议去个安静的地方。他们就来到了校园中的树林里，李静宜刚要在石凳上坐下来，天龙阻止了她，迅速地从背包里掏出了一本书垫在石凳上，请她坐下。

女孩最好不要直接坐在凉凳上。天龙粗中有细，她心中一阵感动。他们有阵子没见了。各自都忙，忙得连爱情都似乎忘了。究竟谁在遗忘，恐怕责任不能推给天龙。李静宜似乎在有意回避。到底是哪里出了问题，难道是彼此都没了激情？他们曾经约定要到半坡去看古人类，去乾陵看奶头山，去临潼看兵马俑，去法门寺烧香礼佛。一样没实现，怎么就要分手？即使不能一道爬华山，不能一同看日出，也要继续在师大英语角听丽萨说英语。才去了几次，忽然就中断了，好像没来由。也许是天龙不感兴趣，李静宜迁就他吧。曲江春晓园曾经留下过他们的身影，动物园和植物园也有稀疏的华彩。多日未见后，天龙还算有所表示。他给李静宜写过一封信，没有收到回信。天龙知道，自己家境贫寒，最大的需求就是金钱，最迫切的需要就是读书。但读书不能直接创造效益，也不能带来面包和黄油。他身心窘迫。

他知道此时恋爱有点奢侈，那是有钱人的情调，小资的调料。自己面包馒头都吃着困难，实在有点超前。感情虽然是精神的，但迫切需要物质填补。纯精神的恋爱是柏拉图的，十分稀缺。天龙本可以轻易冲破阻力，进入李静宜的身体，表达旺盛的情意，但一想到囊空如洗，精神就变得疲软了。他有退却的念头，只在心中一闪念，就让她捕捉到了吗？可他舍不得。这是一段纯粹而纯真的感情，像荷生污泥，藕出烂沼，本该好生维护，设法呵护。看到许多人一边学习，一边勤工俭学，他心动了。

他在图书馆谋取了一个兼职管理员的职位，一下课就帮着整理书籍，一个月换取三百元的补贴。他十分珍惜。干了一段时间，图书馆来了新人，他被顶替了。于是他就夜间兜售方便面和小吃，一个寝室一个寝室地跑，跑到夜里十一点熄灯，竟然也有些收入。

挣了钱就邀李静宜出来下馆子。城南饺子馆去得最多。饺子馆里各种饺子都有。李静宜最喜欢吃荠菜饺子，每次必点。天龙则喜欢汉中米线，放着油渣和辣子，既解馋又过瘾。重口味的感觉很带劲，浑身冒汗，通体舒服。一般都是陪李静宜吃过饺子后，送走了她，再返身回去，吃汉中米线。李静宜似乎不喜欢，除了饺子，就是岐山𰻝面。天龙也陪着吃过几次，也一起尝过老孙家羊肉泡馍。一个人吃，寡淡无味，两人吃，情状不同。吃只是形式，最重要的是俩人可以在一起。在一起吃啥都香。

第十三章 争　竞

一起在红专路逛街的感觉，值得回味；一起在小寨采买的行动，让人留恋。毕竟这样的机会不多，这样的时刻很少。刚开始，觉得平常，当有些日子没见了，天龙才觉得宝贵。即使去师大，去外院，去政法学院，都弥足珍贵。去哪里似乎不重要，重要的是俩人能在一起。这就够了。天龙每每回想，心中漾满了甜蜜。随着时间的拉长，距离的延伸，俩人在一起的次数越来越少。天龙约过，李静宜说没空。她要考四级，要考六级，还有许多功课要学，匀不出更多的时间填补约会。约会就这样胎死腹中，于是爱情摇摇欲坠。两情若是久长时，又岂在朝朝暮暮？反过来说，若不在朝朝暮暮，两情岂能长久？何况天龙心中横着一个连君璧。

天龙忙于俗务，没能很好地经营，感情像珠峰的氧气，稀薄了。山丘上长出了荒草野稗，想铲除都难了。

按说一段时间没见，话应该说不完，聊不够。恰恰相反，天龙发现李静宜话明显少多了，对自己也不冷不热的，感觉不太舒服。天龙还是从李静宜嘴里掏出了情况，但从她眼里看不出丝毫期待和求助的神色。

天龙终究没忍住，他就是连君璧，你新处的对象吗？他突然意识到问得蠢，慌乱时往往口不择言。

不是对象，是学长和老乡。这个我应该告诉过你吧？李静宜反问道。

你俩很亲密，谁信呢？天龙有点阴阳怪调地说。

李静宜没好气地说，信不信由你！

天龙心中不是滋味，咱俩的关系还没断，你就脚踏两只船。

李静宜本不想说，听到天龙这样说话，她只得将家事和盘托出。原来她母亲得了尿毒症，病情危重，必须尽快换肾，否则有生命之忧。他心里惭愧，知道需要大笔的钱，却爱莫能助，看来错怪她了。连君璧到

169

处为她想办法，出点子，还准备在学校为她募捐。李静宜也开始责怪天龙。她觉得天龙不明事理，不该胡乱猜疑，随之眼神也游离起来，态度不冷不热。天龙心凉了半截，想安慰却找不到合适的词。李静宜没收到一句安慰同情的话，心中老大不快。就是榆木疙瘩也该有所表示，即便呆头鹅也该叽咕几声。她生气了，扭头要走。天龙一看情况不对，一迭声地道歉，都怪我这臭脾气，心胸不够敞亮，看到你和陌生男孩在一起，亲密的样子，吃醋啊！我喜欢你，爱你！天龙觍着脸说，用一种乞求的口气。当他看到李静宜和连君璧在一起压马路，心中不能不升起怒火。真是打翻了醋坛子，胸中别提有多酸了。心想自己撞到的是一回，没撞到的不知有多少回呢。待稍微冷静下来后，觉得刚才的话有失水准，这是明摆着把她往别人怀里推。天龙悔意顿生。

我现在烦着呢！男人都不是好东西，乘人之危，乘虚而入。我家里那堆事还不知咋办，你倒好，跑来兴师问罪了。李静宜气得不轻，手脚都有点哆嗦了。

天龙能有啥办法，只能看着李静宜冷冽的脸孔。他心里直发毛，安慰不是，不安慰也不是。他手足无措，六神无主了。

天龙暗叹一声，在心里说，女人要是变了心，十头牛都拉不回来。天要下雨，娘要嫁人，随她去！

天龙默默地尾随李静宜，看着她回到了宿舍，才悒悒不乐地踽踽而去。

快出财院门口时，一个人突然拦住了他。你是高天龙吧？西院的那个乡巴佬？

天龙心中一惊，以为遇到坏人了。待他镇静下来，打量了一下对方，

第十三章 争 竞

发现是连君璧。

都这么晚了,老兄有何指教?天龙不客气地说。

明人不说暗话,响鼓不用重敲。你知道我找你啥事!连君璧语带讥讽。

把李静宜让给你,我退出!天龙干脆挑明了。

啥叫退出?她说过你是她的唯一?除了你,她就不能有爱了?你也太天真了。最近她家里出了许多事,都是我在跑东跑西,你当时在哪里?她母亲的医药费你能筹到吗?她母亲的健康你能保证吗?这些都做不到,你凭啥说爱她?人要有自知之明!

这些话深深刺激了天龙。天龙一无人脉,二无金钱,从哪方面都帮不上忙,凭啥要死要活地爱人。天龙脸红了,汗下了。但他不服气,男子汉该有的气概不能丢。他虚怯地说,我会想办法的。

只要你退出,我保证她母亲周全。连君璧跩跩地说。

就凭你两片嘴皮子一张一合我就退出?想得美!天龙也寸步不让,针锋相对了。

我告诉你,她是我老乡,也是我师妹,我俩关系近着呢!我再重申一遍,你退也得退,不退也得退,这事由不得你!如果三天后你还不一刀两断,来文的武的,由你选,咱们做个了断!连君璧说话像个道上的大哥,天龙听了心头不免发怵。头掉了也就一碗大的疤!他不想当懦夫,也不想当逃兵。遇到困难绕着走,这不是他的风格。他不知连君璧是啥来头,但为了心爱的女人即使受伤也在所不惜。

天龙想了下,很豪爽地说,悉听尊便!你选个地址吧,三天后我一定奉陪!

泊长安

连君璧嘿嘿冷笑了两声,到时你会死得很惨!你也不要外传,如果泄露了机密,就自动出局。

骑驴看唱本——走着瞧!天龙不甘示弱,硬硬地顶了一句,掉头就走了。

这小子头不大,却老得跟瓢似的!走远了的天龙隐约听到连君璧在骂他,他也懒得回了。什么大学生,也就一地痞流氓!天龙恨恨地暗骂。

三天后也就是周六傍晚,月出风高。天龙按照约定来到了曲江春晓园。这里小桥流水,亭台楼阁,别有情趣。要是和李静宜来该多好,现在却跟一个不相干的人,天龙想想就觉得没趣。同时也想连君璧蛮有眼光的,了却风月之事也得选个幽静的去处,看来不是一介武夫嘛。天龙满怀戒备地东张西望,腰里别着的家伙怪硌人的,也让天龙胆气十足。在这宁静优雅的地方会发生流血械斗,有辱斯文啊!

连君璧出现了。他头发梳得纹丝不乱,手上也没带任何家伙,也是只身一人。天龙心中奇怪,他好像不是来械斗的,倒像是来幽会的。

天龙心中惭愧,把人家想得龌龊了点,卑鄙了点,阴暗了点,有啥解不开的结非要动刀动枪的。天龙正在傻想,连君璧迎上来,伸出了手。天龙也只好虚与委蛇,虚情假意地客套了一下。这就是那个骂"头不大,却老得跟瓢似的"家伙吗?今天像换了个人。

高天龙,咱们之间结的梁子,咱们来解决,与旁人无干。来文的还是来武的?连君璧转入正题。

天龙忽然觉得连君璧不很讨厌了。都是男子汉,并非手无缚鸡之力,但真要耍枪弄棒估计也不是所长。毕竟都是读书人,也算是小知识分子吧,真的动武难免受伤,也不是解决之道。年轻人难免冲动,连君璧却

第十三章 争 竞

在关键时候克制住了自己,想出了这样的主意。那天晚上听了他的话,天龙还惴惴不安呢,想着到时他会不会找来好多人将自己摆平,不把自己打个头破血流,也弄个鼻青脸肿的。天龙在忐忑中特地带了件家伙,以防不测。但现场并无草木皆兵的气氛,反而风和日丽。

来文的咋说?来武的又咋说?天龙凛然发问,他还是心存疑虑。

文的嘛,就是对个对子猜个谜接接诗唱唱歌呗!连君璧的话,让天龙差点笑了。他还是没笑出声。

那来武的呢?

你带家伙了吗?没带家伙就纸上谈兵,赵括败长平,马谡失街亭;孙膑与庞涓斗法,苏秦同张仪拌嘴,反正都是军事上的人与事。

无论来文来武,天龙都不怕。对对子猜谜接诗都是他的长项,可惜唱歌老走调。对于东周列国之事他也是烂熟于胸,从初中时就喜欢读《上下五千年》,里面的故事可以说如数家珍,张口就来。这个难不倒他。

那就先来文的吧。天龙故作谦虚地说,我这人简陋,不知深浅,错了,还请你担待!

都不是专业的,错了就错了。连君璧头一扬大度地说,我听李静宜说你文学功底可以。今天就来会会你,看看到底是谁了得!他又有点不服气地说。

这个静宜,啥话都跟你说,看来关系真不一般嘛!我还是退出算了。连君璧听了嘿嘿一乐。

公平竞争,如果你输了,自然出局。如果我输了,我绝不碰她一下。哪怕我孤独终身!有点血性,像个汉子。天龙在心里有点喜欢他了。

因火成烟夕夕多。连君璧冷不丁冒出了这句,并指了指天空中飘过来的一朵白云。天龙知道云为烟之魄，烟为云之身。他指指天上的云就代表是烟。

天龙小时候就喜欢看人家门上写的对联，有次哥哥不知从哪弄来了一本对联选集，他看得津津有味，也记住了不少精彩对联。

连君璧上联一出，天龙脑子飞快地转起来。他打量了下四周，看到一棵落叶松正傲然挺立。

此木为柴山山出！天龙突然记忆苏醒，脱口而出，并指了指远处的那棵松树。

好，算你答对了。连君璧有点不甘心，又出了一句，烟锁池塘柳！

天龙知道这是绝对，凡是对对联有点爱好和研究的都知道迄今为止无人能对出非常恰当、合意的下联。上联暗含"金、木、水、火、土"五行，下联也要求如此。天龙只好勉强对答，灰填镇海楼。连君璧一听就明白他也知道其中的典故，也不道破，点头算是通过。

该我考考你了。

问：东风入春化雨。

答：汗水落地生金。

问：独立西窗，轻唷月圆月缺。

答：躬耕南亩，闲看云卷云舒。

连君璧对答如流。

提锡壶，游西湖，锡壶掉西湖，惜乎锡壶。这个上联相当于数学上的哥德巴赫猜想，能对出的人还没出生。天龙有意想难倒连君璧，对了几句后就使出了撒手锏。

连君璧大骇，头上的汗涔涔而出。这个联他曾经也听说过，不过由

第十三章 争 竞

于太难,好像没人对出过。他急得抓耳挠腮,脸红心怯。

寻进士,遇近视,近视中进士,尽是近视。天龙看他憋得难受,就有点不忍,说出了下联。这个也不是很完美,但勉强还凑合吧。天龙为了给连君璧面子,借个台阶让他下。

这个是对联史上的绝对、孤对,就是苏东坡在世,纪晓岚重生,恐怕也未必对得好,对得恰。这个算你赢了吧。连君璧为了找回面子,辩解道。他不太情愿地服了回输。

元好问问好!连君璧从嘴中又冒出了一句,显然他不甘心落了下风。

金圣叹叹圣!天龙应答。

元好问向孔丘问好!连君璧步步紧逼。

金圣叹为老聃叹圣!天龙的答对连君璧也无可奈何,虽说不是很工整,但也凑合。

天龙觉得不能老被提问,要主动出击。他略加思索,冲口而出,沧海粟落无觅处。

恒河沙数难穷估。连君璧略有迟疑,张口便答。天龙觉得在平仄上虽不是太恰,但也够难为他的了。这个连君璧真不愧是财院的宣传部长,不仅写得一手好字,文章口才也不赖。天龙总算领教了,对他突生惺惺相惜之情。

  文人素来两相轻,口诛笔伐多诬行!
  铮铮铁骨难再觅,耿耿忠心似已摒。
  有奶是娘唱赞调,无德为豕哼腐经。

泊长安

> 精诚一致勿糟践，干戈玉帛国之幸！

天龙激情之下，口占一律《文人相轻》，朗声而出。

连君璧听了自愧不如，同时也很佩服天龙才思敏捷。他觉得眼前这个高高个子、黑黑脸膛的年轻人真的很有才华。虽然他看上去忠厚、憨厚甚至有点落后，但这些都掩盖不了他的才气。

好，好，好！咱们交个朋友，咋样？你我也算是文人吧，不是大文人，起码也算个小文人。我们不能互相挤对，而要学会互相欣赏！连君璧由衷地说，他的脸上露出孩子般的羞涩和笑容。

好得很！不打不相识，不打不成交啊！天龙也爽朗地笑了。

他们也不再比试背诗、猜谜，更不谈什么孙武、孙膑之事了。

一场本来充满火药味的"战争"或"决斗"就以这样奇特的方式结束了。天龙本来以为是要披红挂彩的，做好了挨揍被扁的心理准备。他临来的头天晚上碰到张玉峰时还说，如果明天晚上没回来，你就报警。张玉峰丈二和尚摸不着头脑，天龙也不做解释，任张玉峰怎么追问，他就这句话。他还特地备了一把防身弹簧刀，如果到时真的遭到围攻，只有靠它自卫脱身了。

在回去的路上，天龙好奇地问，你怎么想到用这个办法呢？那天看到你放出狠话，我腿肚子都抽筋呢，害怕得想退缩了。天龙的话不无打趣调侃的成分。

那是我一时激愤之语，也想吓唬吓唬你。后来冷静下来后，我觉得没意思。还有我把这事跟我一要好的哥们说了，他说你傻呀，已经大三了，都快要毕业了，闹出事来你可吃不了兜着走！我本来是想纠集一帮

第十三章　争　竞

哥们教训你一顿，但听了我那哥们的劝，就改变想法了。连君璧道出了其中的原委，然后嘿嘿笑了两下。

现在大学周围都是录像厅，放的多是港台古惑仔系列，打打杀杀的，弄得大学生也摸不着北了，以为酷、帅、好玩，纷纷跟着模仿。周星驰的电影充满戏谑、搞笑，所谓无厘头吧，我们许多人也跟着游戏人生，搞怪生活。中学生、大学生最容易模仿一些新奇的东西，这个无疑对咱们产生了很大的影响。这无可厚非。但那些古惑仔电影，对一些年轻人消极影响可大了。我不敢说就不受它的影响。你恐怕也看过不少这样的录像吧？看你有时说话的口气和腔调，十足一个古惑仔的样子。天龙一番分析，让连君璧连连点头。

刚上大学时，我贼喜欢看那些片子，觉着那些人穿着奇装异服出来混世，看谁不顺眼就扁，觉得很过瘾。拳头下面出真理。连君璧边走边和天龙解释。后来进了学生会，当了宣传部长，看录像的时间和机会也少了。再说，也长大了，不该如此做派的。

其实没这必要。我和李静宜差不多已经分手了，我不再是你追求她的障碍了。你就大胆地去追吧！天龙推心置腹起来。

就是没你的参与，我恐怕也没那么好的运气。人家高低看不上我，使再多的劲怕也是白搭。我告诉你，李静宜是个不错的女孩，她的组织能力相当可以。她英语说得可溜了，我想你是知道的。她是个很优秀的女孩。以我跟她相处来看，她有出国留学的心思，估计她打算去美国深造。连君璧也说出了心里话。

我倒没听她提起过。不过看她那么努力，我想有这个想法也不奇怪。天龙接过话茬。

她既然存有那样的心思,你我还是省省吧。

不过也不见得,我只是瞎猜。最近她母亲得了尿毒症,估计耗费了不少精力。也许这个会改变她的想法。连君璧又提出了相反的结论。

他们一路走一路聊,不像情敌,倒像久别重逢的老朋友。曲江春晓园离财院不远,转眼间就快到学校了。临分别时,连君璧拍了拍天龙的肩膀,大度地说,很高兴认识你,有空我们再聊!如果你不反对,我愿意当你的情报员,当你的电灯泡,照亮你的爱情之路。然后哈哈大笑起来。

天龙有点羞惭地说,谢谢!不敢当,不敢当!你近水楼台,方便不少,我想你的成功率比我要大,你就放开手脚吧!

他们互相留了对方的联系方式,然后郑重道别。

天龙在回去的路上,将腰上的弹簧刀摘了下来,狠命地扔进了垃圾桶。

第十四章 抄　袭

张玉峰对高数不感冒。这是他的阿喀琉斯之踵。上帝造人，总不能尽善尽美。给你美貌，就拿去智慧；给你聪明，就摘走丰颜。瞎子的耳朵比正常人灵醒，聋子的眼睛又特别聚光。上帝开了一扇门，常常关上一面窗。张玉峰帅气，有才，能歌善舞，体育好，文艺棒。理科就显得短腿，特别是高数。对他来说，难比天书。每次上高数课，他都觉得在受刑。

高天龙的数学学得轻松，轻而易举，像玩似的，老师讲一遍，他就会了，还能举一反三，类似的题目都会做，更难的题目，经过思考，也会做。简直是魔术嘛！在张玉峰眼里，高天龙是神品，有着特异功能，在数学上禀赋高人一等。张玉峰特别佩服的是，他不仅高数学得好，文科也不弱，特别是文学，才华横溢。真服了，还有文理全通的人！一般人理科强，文科就弱，文科强，理科就差，没想到高天龙竟然是通才。

一次闲聊中，张玉峰问天龙，你这么强悍，为啥不报考理科？无论就业和前途都更好。天龙也不护短，更不遮掩。每个人都有欠缺，天龙就说自己物理不行。到了大学,特别是学财经,高等物理就不再学了,所以天龙的短处暂时隐藏起来。他看上去很全面,其实也有弱项。比如音乐和舞蹈,甚至还有体育。他在篮球、排球、乒乓球上就显得拙手笨脚。相反,张玉峰却得心应手。

大一下学期,眼看考试将近,张玉峰傍上了天龙。天龙在地下室复习,张玉峰也跟过去,一会问一题,一会又问一题。天龙也不保守,毕竟同寝室,相处得不错。他不想看到同学掉队,队友落伍。张玉峰已有两门补考了。如果高数再不过关,他就要留级了。张玉峰特别紧张。

兄弟,高数就全靠你了!我上课你也知道,听得稀里糊涂。对于二重积分、三重积分,我压根儿就搞不清哪个跟哪个,看到题目眼前就一抹黑。你要是不帮我,我就死定了。

天龙也不好拒绝,大包大揽起来,拍着胸脯说,到时能帮到的绝不推辞。听说现在考试抄袭抓得紧,发现了,轻的通报批评,重的开除学籍。我有点担心。天龙又不无疑虑,提出了担忧。

这个你甭管,能给我抄就行。张玉峰大着胆子说。

于是订下了攻守同盟,做出了惊人的决定。

高数考试终于拉开大幕。这是一个平常的日子,也是一个普通的日子。在天龙看来没有任何特殊之处。张玉峰觉得既不平常也不普通。早上起来,老鸹在乌桕树上乱叫一通,还在晾晒的衣服上拉了泡白屎,黑色衣服立刻露出斑点。他心里直打鼓,连吐了几口唾沫,呸,呸!一种不祥的预感笼罩在心里,压得心情沉重。

下午拿到数学试卷时,前后一翻看,傻眼了,压根儿就没几道会的。难道交白卷?恐怕连补考的机会都没有。头上汗就密密地渗出。他坐在

第十四章 抄 袭

那里，不敢东张西望，只埋头答题，装模作样。必须要装，监考老师就在眼前晃来晃去。往日考试，监考老师都是坐在讲台上，偶尔抬头。今天好像很特别，在下面走来走去，别人一点小动作都在视线内，连飞过一只蚊子都逃不脱。老师好像故意似的，在他面前走得特勤，仿佛不是监考全班，而是只监考他一人。张玉峰急得心脏乱跳。平时高天龙就在他前排，只要用笔捅捅，对方就会意，然后传纸条，一气呵成，一条龙服务。每次都这样，问题迎刃而解。

这次高天龙却被调到他前排的前排，要想得到帮助需经二传手。坐在张玉峰正前方的是肖美微。她在埋头做题，趁监考老师溜到别处，张玉峰左手轻轻捅了捅她，肖美微转头，他递了张纸条。肖美微将纸条悄无声息地传给了天龙。这一切好像事先排练好的，滴水不漏。当老师回头时，一切恢复原状。笔在纸上沙沙响，像蚕吃桑叶。

天龙将答案转给张玉峰，神不知鬼不觉，一切都静悄悄的，一切都正常。监考老师有时还微微笑一下。她以为监考是成功的，学生是老实的，没给她添乱，更没添堵。她又从张玉峰身边溜过。张玉峰浑然不觉，他正埋头做题。

监考老师发觉张玉峰翻试卷动作频繁，悄悄地盯上他了。他做题投入，没想到有人站在他跟前。当抬起头休息时，猛然看到监考老师，近在咫尺，他心里咯噔了一下。

请把准考证给我看看！监考老师小声地命令。

张玉峰脸腾地红了，四处找准考证，一无所获，急得头上汗如滚豆。准考证就压在试卷下面。如果把试卷翻过来，他抄袭的秘密就暴露无遗。张玉峰，一米八几的大小伙，在娇小的监考老师面前显得手足无措，面

泊长安

红耳赤。

　　监考老师亲自动手,翻开了那无情的一页。张玉峰呆住了,大脑一片空白。长发披肩的他平时是多么潇洒不羁,经常能看到他牵着小女友的手旁若无人地走在校园的林荫路上,有说有笑,甚是惬意。

　　参加西院乐潮的人都知道,张玉峰弹起吉他,唱起唐朝的《梦回唐朝》特像回事,忘情,投入,很是动人。在场的女生高呼他的名字,忘乎所以。那一刻女生们都争着要做他的女友。

　　张玉峰在老师的命令下,站起身,垂着头,像挨斗的地主,被批的战犯。栽了,栽了!他相信前途俱毁,来路皆暗。

　　人是有软肋的。他这个阿喀琉斯战无不胜,无坚不摧,甚至刀枪不入,却被帕里斯无意射中脚踝而死。

　　他的脚踝就是高数,提不起一点精神,一听就瞌睡,一做就犯困。喝茶不行,喝咖啡也不灵。再浓的茶,也阻止不了奔袭而来的瞌睡;再好的咖啡,也遏制不了汹涌而至的困意。高数就是瞌睡虫,高数就是安眠药,精神再抖擞,活力再四射,沾上那玩意儿,就神疲力倦。他对什么都好,就是对数学不感冒。搞一堆数字叫他算来算去,算得头晕眼花,却还是一头雾水。本来是搞艺术的料,母亲却硬逼着学什么经济学,说什么现在是商品经济时代,不懂经济无法安身立命,音乐玩玩可以,如果真要当饭碗,绝对行不通。张玉峰苦苦挣扎过,甚至以绝食相抗。没想到母亲更狠,你绝食老娘陪你一起来!小孩不听老人言,吃亏就在眼面前。长头发的刘欢,本来也不是学音乐的,最后却走上歌唱的道路,还成名成角了。你要是丢不下爱好,上大学后可以继续发展嘛。

　　张玉峰在老娘的苦口婆心、软磨硬泡下终于败下阵来。临阵磨枪,

第十四章 抄 袭

不快也光。母亲请来了顶级的数学老师手把手、心贴心地教,才教了个差强人意。张玉峰最后以音乐特长生被录取。

他打架子鼓无师自通,他对节奏的把握不差分毫。吉他也没人教,自己买来乐谱,照着学,照着弹,越到后来越好。同栋楼的学生以为是专业老师弹出来的,过来一打听,原来是他。

音乐爱好者对他刮目相看。西院乐潮乐队的组织者,西京学院音乐界大佬王海生也禁不住对他竖起了拇指。孺子可教!当我退下来时,你就接我的班,做个音乐教主,好好带领你的团队往前开进。一次王海生当面对他说,我已经大三了,马上就要毕业了,也面临找工作的事,在组织训练和演出方面你就多费心了。

张玉峰听了感到压力,但更多表现出来的是兴奋。他想着在正式接手乐队后大干一场,既要壮大队伍补充新鲜的血液,又要多组织活动,争取参加市里的一些演出,而不仅局限在本校的小圈子里。

组织演出时,天龙受张玉峰邀请,去地下室看过训练。他有幸目睹了一切,令人震撼!外行看热闹,内行看门道。天龙虽不懂,但那架势和气势,就让人折服。到底受过熏陶,对音乐略知一二。演出时,天龙深深叹服。

张玉峰作弊被抓,情绪一落千丈。他担心留校察看,或被开除学籍。只要有其中之一,他的前途尽毁,未来俱黑。不良表现一旦公布出去,他就彻底玩完,别说接手乐队,就连正常毕业都成问题。他也再无心思玩音乐,搞演出了。

天龙知道张玉峰身处险境,辗转不安。这几天他坐卧不宁,食不甘味。天龙偷偷去找王海生。他们是有几面之交的。天龙是《绿潮》杂志的编辑兼撰稿人，在业内也小有名气。他们的办公室相隔不远，抬头不见低头见，虽无深交，倒也相互熟悉。

天龙说明了来意。王海生思忖了一会说，这小子，整出这事来，很棘手。我找院学生会主席试试看，最好大事化小，小事化了。叫他以后一定要吸取教训，不要再往枪口上撞了。

张玉峰毫不知情。他有心找人，但脸上挂不住。这种糗事，知道的人越少越好。他和团委书记有些交往，还是抹不开面子，想求又不懂咋求。他更不好意思向王海生求助。虽然他表面放浪不羁，不拘小节，我行我素，天马行空，但酷爱面子，怕丢不起人。

天龙婉转地告诉张玉峰，让他别急，事情既然已经出了，就要想办法收拾。事在人为，尽人事而听天命，结果应该不会太坏的。

都怪我心软答应帮你，反而害了你！天龙自责道。肖美微也是一番好意，都想帮你渡过难关，好让你专心一意搞音乐。现在适得其反，偷鸡不成蚀把米，赔了夫人又折兵。

没你的事！我一时糊涂，苦果必须自己吞。张玉峰红着眼睛说。他悔恨得几乎要掉眼泪了。到底没经历过大风大浪，小船还没出港，就差点在阴沟里翻了。

晚上，星星布满夜空，炙热的大地渐渐冷静下来。送走女友后，天龙约张玉峰到操场上散心。张玉峰掉了泪。这是奇耻大辱！抄袭当场被抓，跟小偷没啥区别。我是贼，偷窃别人的成果，十足的蟊贼。他深深地自责。关键不在抄袭，而是面子。这个事要是捅出去，公之于众，我就准备退学，再也不玩音乐了，也不搞演出了，丢人丢到姥姥家了。

张玉峰表面放浪不羁，内心却很传统，有好恶之心，廉耻之意。他

第十四章 抄 袭

经过音乐的熏陶,很有些"恻隐之心、羞恶之心和辞让之心",本质上是向往和追求真善美,厌恶和排斥假恶丑的。天龙曾经听过他一边弹着电吉他一边忘情地唱《梦回唐朝》:忆昔开元全盛日,天下朋友皆胶漆;眼界无穷世界宽,安得广厦千万间……梦里回到唐朝……

听来让人热血沸腾,激情昂扬。

你不是喜欢唐朝乐队吗?就唱首《梦回唐朝》吧。别憋着了!天龙劝慰张玉峰。他已好久没有听张玉峰唱歌了。

张玉峰没带吉他,没有伴奏,有点不太情愿。没有吉他,没有伴奏,就像厨师没有油盐,没带瓢勺一样。

天龙更愿意这样理解,就像抽烟的人没带火,那个难受劲就甭提了。

你等着,我回去帮你拿。电吉他效果虽好,但在操场上用不起来。就拿民谣吉他吧。张玉峰投去感激的一瞥。

吉他拿来后,张玉峰擦去伤心的泪水,停止悔恨的叹息,走了几步,拨弄几下琴弦,就忘我地唱起了《飞翔鸟》:

每个人都曾渴望成为飞行的鸟
在天空和太阳之间穿行
飞过那无穷的漫漫荒野
自由在大地上空飞扬
来吃一口梦做的晚餐
把世界放在胃里化成血
感觉到海洋的飘荡
冲垮了云和脑体心脏

泊长安

　　永远没有梦的尽头……

　　他唱到激情处又蹦又跳,声嘶力竭,让人震颤,又有些不寒而栗。要是能配上电吉他,效果更好。

　　夜深了,在操场跑步的人不多了,情侣们也陆陆续续地走了。操场上偶有几人在散步,看到这场景,悄悄地说,不知是哪个系哪个班的,肯定又是考砸了,在这里发疯。这种人见得多了,还有更狠的,吵着闹着要跳楼。唉,你说现在的学生到底咋啦?抗压能力这么差,以后到社会上咋混啊!

　　张玉峰一番抒情、一通发泄后,心情好多了,又开始活蹦乱跳了。

　　过了几天,吃过午饭回寝室的路上,天龙与王海生不期而遇。俩人寒暄了一阵,就聊到张玉峰。王海生主动向他透露,死罪可免,活罪难逃。我找到院学生会主席,他找到系主任。经过做工作,系主任同意不开除学籍,也不留校察看。这些都要记入档案,跟随一辈子的。只给他通报批评处分,给一次补考机会。通报批评不计入个人档案。系主任说,关键监考老师是院里派来的,要是本系老师监考就好办了,一点都不做处理,在院里不好交代。他这算是轻的了。你看吧,很快通报就出来了,听说全院有五个被处分了,还有一个被开除学籍,马上都大三了。由于被抓态度恶劣,跟监考老师对着干,监考老师当时气得放出狠话,宁愿老师不当,也要清除害群之马。其他几个都是留校察看一年的处分。

　　天龙听了,心头的一块石头落了地。张玉峰算是解脱了。

　　不是我给你面子,只要任何一个人及时告诉我,我都会毫不犹豫、不遗余力地去争取的。我欣赏张玉峰,是条汉子,还有才,不能就这么

第十四章 抄 袭

毁了。他在音乐上有天赋，我不想让他大好前途就没了。他还年轻，还需要磨砺！摔跟头走弯路，难免的。很高兴张玉峰有你这样的朋友，为人分忧，古道热肠。我也想跟你交个朋友！王海生伸出了有力的大手，高天龙赶紧握了上去。

张玉峰晚上约会回来，脸上有些落寞，并无喜色。天龙把喜讯及时地告知了他。张玉峰十分感激天龙，也深深地敬服王海生。他心里还有一丝小遗憾，就是要被通报批评。在大庭广众下，把鲜红的猴屁股暴露在太阳底下晒，有点吃不消。天龙劝慰了几句，结局还是不错的。他将其他几个受处分的学生的情况也告诉了张玉峰。张玉峰才转悲为喜。

天龙还答应在开学之前帮他辅导高数，并到高数老师家里去一趟，向老师求个情。张玉峰拍着天龙的肩膀，兄弟，吃消夜去。

守诺的天龙提前几天到了学校。张玉峰已恭候多时了。天龙把家里一摊烦心事暂时抛诸脑后，安下心来帮张玉峰补习高数。天龙高数成绩不错，给老师印象很好，老师给他面子。临考前两天，天龙陪张玉峰一起拜访老师，说明了来意。老师很客气，表示一定手下留情，不再为难他。张玉峰听了这句话，就像得了免死金牌，如蒙大赦，心里妥妥的，安适了。

补考后，很快成绩出来了，刚刚及格。张玉峰长吐一口气，压在心头的石头终于落地了。最好的结果就是——谁也没砸着。

他又可以自由地玩音乐了。那天晚上他带天龙到地下室音乐间里看演出。他打架子鼓激情四射，天龙能听出他的轻松、随意和洒脱，不受拘限的发挥。他是为即将到来的迎新晚会做准备的。在这样的重大活动里，张玉峰当仁不让是主角。他既会唱歌弹吉他，又会打架子鼓，这样的活动哪能少得了他。他要早早地做准备。再说考试也全部通过,完全卸去了思想负担,可以轻松上阵。他也很投入,特卖力。他希望在晚会上给大家奉献精彩。

第十五章　济　困

刚刚下课走出教室,李静宜突然收到一份加急信。她匆匆打开一看,顿时脸色煞白,天旋地转。她赶紧扶住了走廊的墙才让自己稳住。吴月朗看到她这样,以为生病了,就过来准备帮她。李静宜委婉地谢绝了,谎称没休息好,又没吃早饭,安静一会就好了。吴月朗叫她注意身体,然后就走了。

李静宜定了会神,独自一人来到花坛边,在一个树形凳子上坐下来。她理了理披在额头的秀发,也理了理混乱的思绪,调整一下极度低落的心情,又打开信仔细看起来。

小宜,你还好吧?已经有段时间没给你写信了。你给家里去信也没以前勤了。家人都很挂念你!你功课很忙吧?听说你还在外兼职做导游,爸爸知道了很高兴。你用自己所学挣钱了,也减轻了家里的负担。静适成绩很好,你不要担心。

爸爸还是要给你忠告和提醒,不要仗着年轻身体好,就

泊长安

拼命学习和工作，千万要注意休息，加强营养，勤于锻炼。

有件不幸的事要告诉你，我也是思量再三、考虑再四才下定决心的。你母亲得了尿毒症，急需换肾。以前我在信中跟你讲，家里的情况一切都好，请你莫牵挂，那是为了让你能安心学习，不被分心，不受打扰。自从你上学后，她的情况就一直不太好，但还不是很严重。现在发展到这个程度了，我想还是要告诉你。我之所以要告诉你实情，一是你已经是大学生，成人了，还有工作的磨炼，应该有这个心理承受能力；二是我想你能不能想想办法，帮忙拯救你的母亲。她现在才五十岁出点头……

李静宜看完信眼泪哗哗地流下来。她抑制住伤悲，平复一下思绪，想想该咋办。

她没有手忙脚乱，也没有六神无主。短暂的悲伤和慌乱后，思想马上飞快地转动起来。

男朋友高天龙家里一贫如洗，他自己也是靠打工赚点生活费。天龙是指望不上了。但事情必须告诉他，求得他理解。即使以后不能走到一起，也当普通朋友处。做不成恋人，也不能变作仇人。天龙也不知咋弄的，最近老说忙，也不知到底忙啥，问他他也不正面回答。要掰的迹象很明显。难道他有新欢了？不至于，他应该不是那样的人。厚道不欺，李静宜不会看走眼。她相信自己的眼光。

俩人好不容易有空到操场去溜达溜达，又似乎没话说。其实都揣着一肚子话，不知从何说起。天龙对自己没从前热情和黏糊了，好像不在

第十五章 济 困

乎自己了。女人在感情上天生敏感,一点异常举动都别想逃过她们的眼睛。在几次亲昵中天龙突然推开自己,好像感到索然无味了。她本想在情到浓时,将家里的事告诉他。遭到冷遇后,她只得欲言又止。

自尊心受到了伤害。她不想吵,也没追根究底。也许他不爱自己了,也许他有新欢了,也许有更重的心事。她爱天龙。他淳朴、厚道、勤奋、执着,还有点大智若愚的味道。这是个理想的男友,可以发展成老公,可以托付终身。虽然现在他穷,但那是暂时的。一个勤奋努力、聪明执着的人会终身受穷吗?李静宜相信天龙将来是有出息的。

眼前的燃眉之急咋办?他还有意无意伤害自己。天龙不找李静宜,她也不主动,渐渐地两人就少了来往。

天龙毫不知情,完全蒙在鼓里。高兴的事,让天龙完全乱了方寸。一个活蹦乱跳的人,竟然沦落到那个境地,他心疼至极,也心寒至极。这个事情对他震动很大。他觉得自己没资格谈恋爱。一个伸手要钱的人,没资格花前月下。只有经济独立,才可能谈情说爱,否则免谈。经济基础决定上层建筑,错不了。

李静宜着急上火,家里急需用钱,自己却束手无策,一筹莫展。她私下里只有偷偷地哭。她多么希望有个宽厚的肩膀可以依靠,并给她心灵的抚慰。天龙不在身边。

她想起母亲。小时候家里条件不好,哥哥静安,弟弟静适,都是男孩。自己是女孩,夹在中间,不上不下,姥姥不疼舅舅不爱的,独母亲对她疼爱有加,有啥好吃的就偷偷先给她分点,生怕被静安和静适抢吃了。女孩喜欢穿漂亮衣服,母亲也不吝啬,给她买新衣服,不穿静安剩下的。上高中时,母亲力排众议,坚持送她去县城最好的学校。村里左邻右舍

泊长安

和家里的亲戚都劝母亲，一个女伢，还上啥高中，能考个中专就不错了。让小宜子上个中专吧，早出来工作减轻负担啊。母亲拒绝了，她说，只要她能考上，我卖血也要供！她有本事考上大学是她的造化，不能毁在我的手里。母亲说自己没上过学，不认得字，只能面朝黄土背朝天，在土里刨食，也只能嫁给你爸那样的人。他也识不了俩字，靠种庄稼吃饭。自己年轻时多么渴望上学，可家里人认为女伢会洗衣做饭，会干农活就行了。尽管自己心气高，也只能困在穷山沟沟了。现在有了儿女，可不能走自己的老路。李静宜考上了中专，她也可以去县里最好的高中。李静宜打算上中专了，老师建议她去上高中，考大学。父亲默不作声，不置可否。母亲赞成。

李静宜心里很高兴。她考到县城最好的高中。她的中专名额被转给了别的同学，她还得到一笔不小的补偿。在她上高中时，母亲经常带些熟鸡蛋，背些粮食来。当听说有女生被侵害的事，她整天提心吊胆，生怕宝贝女儿有啥不测，一度要过来陪读。每每想到这些，李静宜眼泪就无声地流了下来。

最近她一上完课，就早早地溜了出去。龚月庵都不知她去哪里了。她的反常没能逃过连君璧的眼睛，他在暗中观察了许久。本来他们都在学生会，一个是组织委员，一个是宣传部长，有活动总找不到李静宜，去教室也不见人影，去寝室也找不着。连君璧虽有公事找李静宜，但更多的是掺杂着私心。他暗恋她已不是一日两日了，寒暑假一道回去时，他若明若暗地提出过这个问题。没有默许，她只是低着头。"最是那一低头的温柔，像水莲花不胜凉风的娇羞。"连君璧很自然想到徐志摩的诗。她是师妹，也是同乡，本该近水楼台先得月。可她心有所属，连君

第十五章 济 困

璧不甘心。一个外校兼外省的乡巴佬竟然抢走了财院的美女，从我眼皮底下偷香窃玉，想想就来气。他妒意大炽，但也无可奈何。和高天龙"决斗"后，连君璧退避三舍。他觉得高天龙不简单，可以有福气拥有李静宜，从前对他的刻板印象只得修正。

李静宜对连君璧不反感，更谈不上厌恶。他有意无意的暗示，她也装聋作哑，或顾左右而言他，把话题岔过去。谈别的事话就很多，相处还是愉快的。谈感情只有回避。李静宜觉得连君璧幽默俏皮，甚至有点油滑和轻佻，与高天龙不是一路的。

后来，连君璧再不谈感情，只谈工作。李静宜反而不适应了。

李静宜需要纯友谊，而不是爱情。她相信男女之间可以存在纯友谊，或者说是一种介乎友谊和爱情之间的东西。多一点点就是爱情，少一点点就是友谊。她在走跷跷板，她在平衡。被爱是一件很荣幸的事，也是一件很温暖的事。李静宜知道，被多个男生喜欢，能证明自己的价值。她不像龚月庵，可以三天换一个男友，五天找一个新欢。她做不来，也不屑去做。

即使我现在没谈恋爱，孑然一身，也不一定接纳你。你是我师兄，老乡，其他的没多想。李静宜说得坦白，也不怕伤了他的心。她知道连君璧不是那种脸皮薄的人。他有股劲，不达目的不罢休。在学生会里李静宜就领教过他的厉害。

只要你没结婚，我就有追求的权利。即便你已经结婚，我还是有追求的权利。连君璧涎皮赖脸地说，似乎是玩笑，又不像玩笑。

李静宜正色道，我们之间只有纯友谊，其他免谈！

好吧，只谈友情，不谈爱情。连君璧妥协了。他本想通过死缠烂打

193

赢得芳心，李静宜一再回绝。李静宜不接纳自己，爱情不在，友情在，聊胜于无。如果一再厚脸皮，惹恼了她，恐怕连友情也失去。他不想失去这个师妹，虽不倾国也不倾城，到底有才。

李静宜珍惜这份友谊，耐着性子尽量不发作。有人追求是好事，她懂得度，知道分寸，对连君璧礼貌有余，温情不足。不能有温情，温情对连君璧就是磁铁，会强力吸引他。

后来连君璧再找她时，总说工作上的事，感情一概不涉。

现在连君璧满世界找李静宜也是工作上的事。确实是公事。心中多少还有点牵挂与担心，感情如潮水，来势凶猛，去时缓慢。思念这个恼人的东西在胸中激烈冲撞，他不能表现分毫。有时他们出双入对，旁人以为是亲密无间的恋人。

原来你躲在这里打电话！我满世界找你！李静宜在IC卡电话亭刚打过电话准备转身离开时，连君璧从旁边跳出，"逮"个正着。李静宜吓了一跳，没好气地说，别盯着我！烦着呢！连君璧看她脸上似乎有泪痕，还黑着脸，就有点怯怯地问道，出啥事了？跟男朋友吵架了还是分手了？

脆弱无助的李静宜看到连君璧如此关心自己，心中十分感动，真想把满腹烦心告诉他，但天生矜持让她欲言又止。

连君璧趁机笑着说，傻妹子，啥事让你愁成那样？

他们来到了一座凉亭边。凉亭处在学校偏僻的角落，靠近人工池塘，阒静无人，本是个谈情说爱的好去处。

坐下后，李静宜欲语泪先流。连君璧安慰再安慰，恨不得替她拭泪。她别过脸去，躲过了他伸出的手。喘息一阵后，李静宜就将家事断断续续

第十五章 济 困

续地告诉了连君璧,边说边流泪。

她梨花带雨,楚楚可怜。连君璧心中无限怜爱,也无比伤神。

我家是镇上的,我爸是做生意的,我马上打电话叫我妈汇个几万过来!连君璧毫不迟疑地说,就要起身去打电话。

算了,算了!我只跟你说说,没要你帮我。再说了,这不是小数目,搁在谁身上都是负担。钱的事,再想办法吧!李静宜拉住了正欲起身的连君璧。

池塘里水波潋滟,涟漪翩翩,恰如她起伏难平的心境。塘边的垂柳也渐吐新绿,嫩芽在寒风中轻拂。李静宜愁眉不展,连君璧忽然想起一副对联:青山原不老,为雪白头;绿水本无忧,因风皱面。

他没有念出,怕伤了她的自尊。此时卖弄风骚就是亵渎。李静宜叹息一声,也没说话。

家家都有本难念的经。没有过不去的火焰山。咱们一起想办法吧,你柔弱的肩膀扛不起如许重负。连君璧除了安慰就是劝慰。

李静宜嗯嗯地点了两下头,两眼茫然地望着远方。

求助报纸吧?沉思了一会,连君璧忽然计上心来,像哥伦布发现新大陆。

不行!李静宜也想到过,想通过报纸让爱心人士捐助。但兴师动众,满城风雨,效果不见得好。有困难就向媒体、报纸求助,已经烂俗。她不想那样。

那就向学校求助,向团委申请募捐,你看咋样?连君璧又试探地问。

我不想求助社会,也不想麻烦学校!李静宜还是不同意。

要是有大老板帮助就好了。连君璧自言自语,李静宜心中一凛。

泊长安

    谈话无果而终。凉风习习，连君璧默默地送走了李静宜。

    李静宜心中有了主意。她要靠自己的力量拯救母亲。她做导游时，认识了一个广东老板。老板姓呙，斯文儒雅，年届知天命，看上去年轻、稳重、成熟，见识广博，谈吐不俗，对人生、社会的认识深刻、独到。与他交往过几次，感觉既像慈父又像兄长，还有点说不出的味道。这种感觉连君璧不曾给予，高天龙也不曾给予。

    转悠了好久，李静宜回到寝室。寝室里呼声此起彼伏。

    李静宜辗转难眠，脑子里盘旋着年前和呙老板共进晚餐的情景，挥之不去。

    一次游览时，李静宜当翻译，细致耐心的解说，呙老板特满意，很开心，真诚地邀请李静宜赴宴。她没经历过大场面，有点心怯，本不想去，但盛情难却。呙老板带着一帮外国朋友。他做的是进出口贸易，和外国人打交道多，也常带外国人游山玩水，足踏名胜古迹，眼看四海胜境。身边少个英语秘书，他觉得很遗憾，找了几个，不甚满意。今天遇到李静宜，让他眼前一亮。

    来到半坡山庄酒店。酒店从外表看起来很不起眼，给人陈旧、斑驳的感觉，一进到大厅，富丽和辉煌耀人眼目。李静宜瞠目结舌，不知如何迈步了。服务员一个个花枝招展，顾盼间秋波流慧，行动时款款有致，招呼客人莺声燕语，令人骨软筋酥，行走时开衩的旗袍让雪白的玉腿若隐若现。李静宜哪见过这种场面，心中如鼓敲，咚咚不止。一个老外伸手就在服务员粉嫩光滑的脸上摸了一把，口中不停地念叨，"漂亮""天使""好美"之类的词。

    李静宜脸红得像落日晚霞，老外的手就像摸在自己脸上，火辣辣的，

第十五章 济 困

红彤彤的。

在服务员引领下,他们进入了一个包厢。服务员说这个包厢叫半坡遗迹。两边的墙壁上画满了赤裸的原始人,钻木取火、饮毛茹血的画面,正中用大篆书写了《周易禅真》中的文字。李静宜涉世尚浅,看不懂写的是啥。服务小姐约略介绍了一下情况,对大篆文字她也不甚了了。

冎老板兴致浓厚,对着文字就念了起来。"亢龙有悔""见龙在田,利见大人""潜龙勿用,阳气潜藏"等等,李静宜听了觉得佶屈聱牙,弄不懂是啥意思,自然也无法翻译。她红着脸站在一边。

冎老板篆书都认识,令她刮目相看,崇敬有加。冎老板念过后,大家一头雾水,不知所以。秘书小鲍提议冎老板解释一下,其实是想让冎老板在大家面前显摆一下。他不仅生意做得好,学问也是一流的。他也不推辞,直接解释。李静宜想翻译,可咋也翻不好。她搜索枯肠,找不到合适的词汇,一个单词都没说,只静静地听。李静宜不能翻译,老外不知所云,都面面相觑,略显尴尬。冎老板意识到跑题了,立刻收了回来,哈哈,抱歉,抱歉! 在各位面前献丑了! 小鲍,菜点好了吗? 小鲍点点头,冎老板一声"上菜!",服务员很快就将菜端上来了。

老板一边招呼老外喝酒吃菜,一边开玩笑活跃气氛。

坐在冎老板旁边的李静宜一字不漏地翻译给老外听,老外似乎听懂了,哈哈笑了起来。冎老板十分开心。他全程陪同老外,就想把他们哄好,好日后做大生意。老外对西安的一草一木、秦砖汉瓦、瓷器古董、书画碑帖都感兴趣。西安是十三朝古都,历史、文化底蕴深厚。老外来中国,首先提出要到西安来,可见他们对古迹兴趣浓厚。美国才有多少年文明,全部历史加起来也抵不过中国一个王朝。他们历史短,文化积淀不深，就特别羡慕古老而神秘的中国。

在酒桌上李静宜也尽量用英语给老外介绍景点和典故。李静宜对三秦大地历史有所了解，但到底肤浅，哪有呙老板和小鲍懂得多。她也是现学现卖。她的落落大方和流利的翻译博得了老外好感，也取得了呙老板的信任。

酒酣耳热之际，进来几个原始装扮的人跳起了草裙舞，更将现场气氛推向高潮。老外不停地竖拇指，口中不停地叫好。

李静宜的表现让呙老板印象深刻。她的装扮，彬彬有礼的举止，得体优雅的翻译让呙老板欣喜，眼前一亮。

送走客人后，呙老板亲自驾车送李静宜回学校。

呙老板说，以后有什么事，直接找我。毕业后，如果愿意去广东发展，愿意到我公司来，我竭诚欢迎！我们是对外贸易公司，最需要外语人才了。后起之秀大有前途。

李静宜脸上臊得慌，不好意思地说，谢谢呙老板关照！去南方发展是夙愿，能去您的公司效力更是求之不得。我年轻不懂事，请呙老板多关照！

呙老板抽出一张名片给她，有事就打我的传呼，如果没回就打我的大哥大。

李静宜小心地接过名片，仔细地端详，然后轻轻地放进了包里。

她牢记呙老板的话。但她还是羞涩地说，您那么忙，怎好打扰您？

嗨，我再忙，你这个小朋友的电话我一定要接，也一定会接。你的忙一定要帮！说完拍拍她的肩膀，我喜欢上进的孩子，喜欢有才气的孩子！我女儿也有你这么大了，可一点都不懂事，我很伤脑筋。他呵呵笑

第十五章 济　困

着。李静宜很感动,心里涌起莫名的暖流。呙老板亲切和蔼,毫无架子,像长辈又像朋友。她也隐隐感到呙老板还有些别样的情愫,究竟是父女之情还是别的什么,她没弄明白,也不想弄明白。

李静宜心情放松了,眉头舒展了,几丝困意袭来,渐渐沉入梦乡。梦乡是甜蜜的,没有忧伤。

20世纪90年代末期,普通学子拥有呼机相当奢侈,如果再揣个大哥大,那就只能被视为大老板的子女。学生中拥有大哥大的还很鲜见,可拥有呼机的却不在少数,尤其是在外做生意拉业务的。李静宜在外兼职做导游,业务需要,也想配个呼机,哪怕是数字寻呼机也美死了。那次给呙老板做导游,赚了两千块。这是笔不菲的收入。本来李静宜不想要这么多,意思一下就行了。呙老板硬要给,不接就是不给面子。李静宜也就半推半就了。她想自己留点再寄点回家,但经不住师姐怂恿,狠狠心买了数字寻呼机,寄回家的钱压缩处理。师姐早就鸟枪换炮,数字寻呼机变成了中文寻呼机。有时看到寻呼机上闪烁着大段清晰、漂亮的中文,李静宜眼馋得紧,心动得很。不能比。师姐入行几年,接待了不少客户,好几个都是大老板,出手阔绰。呙老板还是师姐吃不掉,转包给她的。要不是师姐带,她也难出头。

寻呼机只对外联系业务用,知道她号码的人很少,连父母她都没告诉。告诉了也没用,他们没有电话,白搭。寻呼机平时放在包里,很少拿出来。没人时,偷偷从包里捧出,生怕摔着磕着,跟宝贝疙瘩似的。她连天龙都没告诉,更别说连君璧了。要是连君璧知道了,还不打爆呼机。

后来和呙老板还有过几次接触。他们去乾陵转转,又到法门寺走走,呙老板再度邀请李静宜做导游。李静宜喜出望外。

泊长安

　　数天相处中，呙老板对李静宜处处留心，时时关照。一次回程途中，呙老板看似无心地问，小李子，你们在外兼职做导游也怪辛苦的，拉单业务也不容易，为啥不配个通讯工具呢？有人找你做导游还要打电话到你宿舍，恐怕不太方便吧？

　　哦，对不起！我忘了告诉你，我刚买了寻呼机，号码是9934826。她无心地"泄露"了天机。

　　呙老板不动声色地记下了。走在身边的小鲍心知肚明，他赶紧帮老板掩饰，广东有到这边旅游的都会找你！李小姐长得靓，英语也说得溜，人才啊！半是赞美，半是揶揄。李静宜全当他是恭维之词，也客套一番。小鲍秘书心中也有个小九九，生怕哪天李静宜得宠，替了自己，成为老板工作和生活上的全权秘书，那就惨了。他也知道，老板腰包鼓了，都带美女秘书。秘书是掩人耳目，巧立名目的。在深圳、广州放眼望去，哪个老板身边不有三五个生活秘书？但他知道，呙老板不是那样的人，他没有随大流。他经过打拼富裕后，没有沉湎于温柔乡中，依然保持着勤勉好学的本色。这点他很佩服，也是一直跟着他的原因。人是会变的，在适当的时候遇到适当的人，就会做适当的事。呙老板对李静宜这个丫头片子表现出了异乎寻常的兴趣，这不能不引起他的担心和警惕。

　　李静宜自然不会想到小鲍秘书会对她存有这份芥蒂，也没留意他面部表情的微妙变化。在回程车上，为了活跃气氛，李静宜自告奋勇地给大家唱起了英文歌曲。老外也跃跃欲试，纷纷拿出自己的绝活。行程中是一路欢歌笑语，开心不断。呙老板笑容可掬，满意的表情在脸上展露无遗。

　　相处甚洽，李静宜对向呙老板求助多了几分信心和把握。

第十五章 济 困

上完课后,李静宜来到偏僻的公话亭边,从包里掏出呙老板的名片,拨通了他的中文寻呼机。

一段时间没联系,她也不知呙老板会不会记得她,会不会回电。挂了电话后,她忐忑地守在公话亭边。旁边过来一个年轻男孩,学生模样,怯怯地问,电话打好了吗?李静宜有点焦躁地回答,等电话,去别处吧!

男生怏怏不乐地走了。李静宜心中直打鼓,等了一盏茶的工夫,电话突然响了。她迫不及待地拿起电话,里面传出熟悉而慈祥的声音。

小李子,我正准备飞过去向你表示感谢呢!由于你的接待和翻译,老外对我们很满意,回去后就向我们厂子追加了几千万的订单。你居功至伟啊!你不跟我联系,我也正准备找你呢!

李静宜做梦都没想到,她的无心之举竟然成就了他。不过她心里也明白,其实呙老板在抬举她,旅游只是一个小项目,他们在底下做足了功课。李静宜赶紧推辞。呙老板哪肯,坚持面谢。

她有点受宠若惊了,一时沉默。

电话那头又喂喂几声,李静宜柔声地说,我在听呢!给您带来订单的不是我,是你们公司全员齐心努力的结果。尤其是您呙老板,处理得法,处置得当。还有您的人品、声誉人家信得过,才愿意跟您做长久生意。我只做了我该做的一点点!

好了,小李子,不要谦虚了,反正你是有功劳的。你说吧,我怎么谢你?电话那头呙老板声音朗朗,话语里充满了兴奋和快意。

呙老板,我正有个麻烦事,想请您帮助!李静宜听到对方很爽快地说,没问题!她就把家里的情况简略地述说了一遍。

您要是帮我,我毕业后到贵公司无偿工作五年,算是对您的报答!

泊长安

　　这个事情比较棘手，不是钱完全能解决的。钱嘛，自然没问题，问题是你母亲有合适的肾源吗？如果这个问题解决了，我想其他的都不是问题。这样吧，我过几天要去西安一趟，咱们见面再详谈，好吗？

　　谈话在依恋中结束。李静宜放下电话，心中轻松一截，压在胸中的石头似被挪开了。她脸上绽出久违的笑意，就像西安的天空，阴霾一旦扫除，阳光格外大方地照耀着每个角落，给人以温暖和春意。她突然发现校园里的柳树不知不觉抽出了嫩芽，街边的梧桐也长出了新枝。哦，春天到了！

第十六章 悸　动

高兴安顿好后，休息了几天，虽然仍憔悴，到底有所恢复，人从衰败中走出，心从魔窟里逃出。有一阵子睡觉，高兴总做噩梦，惊悸乱叫。天龙安慰了好久，才有所缓解。十多天后，阴影散去，心悸减轻。周末到了，天龙想找高兴了解情况，到底发生了啥，咋到收容所去了？冷月高悬，树影婆娑，天龙陪着高兴在操场散步。天龙一直不明白，高兴好端端的，到了云南，和虎妹成家了，却被弄得人不人，鬼不鬼，差点精神失常。中间到底发生了什么？

刚开始高兴死活不愿提这事，一提就叫。天龙慢慢开导他，还递给他烟抽。高兴本来不抽烟，出来后，睡不着，吃不香，偷偷买烟抽。天龙也不阻止，知道他心里苦，也不忍数落，有时轻轻拍他肩膀，有时握握他的手。高兴的手冰凉。风并不只吹高兴，天龙也领受寒风，但他手脚温热。高兴不然，脸冷心冷手脚也冷。天龙将棉大衣脱下，披在高兴身上。一提到往事，高兴就冷，手脚直抖，似乎有无限冤屈横亘在心中，排遣不去。

泊长安

　　高兴抽了好几根烟，还是颤抖着诉说下去。天龙听了，以为是幻觉，当作是神话。怎么可能？事实却就是这样。这种经历让高兴心寒，让天龙意外。

　　高兴是坐着叙述的。坐了好久，他一直打着寒战。天龙叫他站起来，跺跺发麻的双脚，活动活动身体。沉浸在不堪回首的往事中，高兴浑身难受。他机械地照做了，努力地扩展双臂，深深地呼吸了一下空气。这里空气清新甘甜，高兴吸不够。

　　天龙觉得不能再撕裂他尚未复原的伤口，等他情绪平静后再说吧。

　　他们围着操场走了几圈。天龙低头走路，一语不发。高兴却东看西看，似乎有莫名的恐惧和慌张。

　　这里被称为象牙塔，绝对安全。天龙开导说，都是有修养有学问的人，你的遭遇只会令人同情。

　　天龙，哪天一起踢球！张玉峰的声音。好嘞！天龙答得很干脆。张玉峰在夜跑，边跑边招呼。

　　天龙，哪天一起下棋！周华强的声音。好嘞！天龙答得很豪爽。周华强也在锻炼，见了天龙招呼道。高兴一一看在眼里。

　　这里环境真好，你的命真好！高兴投去羡慕和敬佩的眼神。

　　家里经济拮据，高兴没读几年书就辍学打工挣钱了。没事在田垄沟里扒，掏黄鳝逮泥鳅是一把好手。天龙上高中时，营养不良，面黄肌瘦。有一次周末回家，一只野兔突然从菜园钻入家里。高兴迅速关门，瓮中捉鳖，剥了红烧，让天龙吃，自己馋得直咽口水，舍不得动一筷。天龙悄悄夹了几块放入高兴碗里，高兴还推拉，说你上学辛苦，要加强营养。天龙心中暗记，有朝一日出息了，要对高兴好。

第十六章 悸 动

西北的天气变化真快，天上浮云如白衣，须臾变幻如苍狗，昨天还如沐春风，今天就寒风凛冽。冷空气一过境，树叶哗啦啦凋零。

天龙上课去了，高兴一人在宿舍睡懒觉。头几天还觉得挺美，日子一长，就觉得百无聊赖。他是个闲不住的人，虽然身上的伤口还没完全恢复，但心气回来了。他吵着要出去找事做，天龙横竖不答应。

天龙在赶写纪实文学《修理地球的人却被地球人修理》，写高兴的遭际。高兴提出打工，他反对，说快到年底了，期末考试一过就可以返程了。他不放心让高兴一人回家，也不放心让高兴一人外出打工。他还想从高兴口中挖取素材。世界是光明的，但总有些黑暗。有人不幸堕入那片黑暗，可能招致万劫不复。文艺固然要歌颂光明，文艺又何尝不诅咒黑暗，揭露丑恶？要揭开温情脉脉面纱下包裹的伪善和欺诈，揭露赤裸裸的嗜血和罪恶！哪怕是萤火，也要烛照。写出人世间普通人的心酸和悲苦，揭露血淋淋的罪愆，同时引起疗救的希望。

高兴要尽快恢复过来，好知道事情的来龙去脉。天龙知道这个伤疤不能揭，却必须揭。

哪里有苦难哪里就有文学。天龙相信这句话，也牢牢记住了这句话。天龙的文字总体阴郁、沉重，偶尔透露一点欢愉，像素菜里的一抹荤腥，像寒天里的一丝香氛。和李静宜在一起时有些宽慰，固执有所改观。李静宜好久没来了，他也好久没去看望她。他心中记着她，她心中还有他吗？在爱情这个事情上，男人永远要主动出击，稍有怠慢或犹豫就可能被别人捷足先登，抢得头筹。在感情还不太稳定的时候，尤其要倍加呵护，不然会枯萎凋零的。天龙知道，但他无暇顾及。

高兴说不想吃闲饭，不想整天待在宿舍，不想过这种猪猡般的日子。

他要出去卖菜。他已经从市场了解到了蔬菜批发和零售的行情了。哪怕赚个生活费，他也满足。高兴的执拗，天龙也无可奈何，只有任他去。他心里知道，高兴想给自己减轻负担。他还没有生活来源，量入为出，那点生活费不够两人花的。两人用了，就意味着预支了未来，寅吃卯粮了。未来可预支还好，如不可预支，岂不惨淡？这是掉份子的事，爱面子的天龙承受不来。

高兴虽然粗疏，还是知道的，庄稼人只有劳动才有饭吃，不劳而获会良心不安。他懂得这个浅显的道理。天底下许多有能力有见识的人未必能够做到这点。如果都做到了，钩心斗角、尔虞我诈的事就不会一再上演，层出不穷了。

高兴想不到，天龙却思绪翩翩。

在高兴的坚持下，一个晴朗而多风的周六早晨，地上结了层薄薄的霜冻，天龙陪高兴到土门的旧货市场买了一辆旧三轮车。高兴在家没骑过，却很快上手，摆布几下就玩转了。天龙怎么也不会，龙头掌握不好，摇摇晃晃，像醉酒的堂客。高兴动手能力还是有的，如生在好人家，培养培养，指不定也是人才。

天龙正在傻想，高兴叫他坐在车上，然后咿呀咿呀地蹬着回来了。天龙还想陪高兴去小寨批发蔬菜，高兴死活不肯，你有你的事，别管我，忙去吧。天龙离开了，心里还有点放不下。

晚上回来，高兴喜滋滋地说，赚了十块，没白忙活，脸上露出了久违的笑容。高兴两手冻得通红，却满不在乎。天龙内心一阵不安。天龙打来热水，叫高兴好好洗洗，热乎热乎。

一次，天龙去红专路陪同学逛街，远远地就看到高兴的三轮车摆在

第十六章 悸 动

路边,人坐在旁边。摊前少有人光顾。他在寒风中缩着脖子,搓着手。卖菜的多是农村妇女,头上裹着围巾,包得严实。高兴头手都露在外面,一任寒风侵袭,冻得木呆呆的。有人过去买菜,他也不知道招呼。天龙一阵心酸。他扯了同学赶紧绕过去。他怕高兴看到,心情不好。高兴将最无奈的一面暴露无遗,毫不掩饰地展示在他眼前。男人甭管在外面如何挨气受累,总想把自己伪装起来,把自己脆弱、渺小的一端收藏起来,将轻松活泛表露出来。在熟人面前如此,在亲人面前更如此。高兴也好强,从不叫苦喊累,总显得很满足的样子。天龙心里清楚,他在装。

总算挨到考试了。天龙一考完就和高兴匆忙回家了。考试前几天给李静宜写了封信,算是道别,不知她收到了没有。

一回到家,母亲一把抱住高兴,儿啊,心啊,肉啊,然后就哭。儿女不管多大了,在母亲眼里都是孩子。儿行千里母担忧,一点不假。多半年没见,失了音讯,家人担心死了。

高兴眼泪也扑簌簌地滚下来,一半伤心,一半委屈。这段时间遭的罪都化在眼泪里。男儿有泪不轻弹,只是未到伤心时。

老实在家待着,就在窑厂干活,累是累点,总之安全。

高兴抹了把泪,点点头又摇摇头。他也不知前途在哪里,未来在哪里,希望在哪里。窑厂不能久待,待久了人会废掉的。

高兴又黑又瘦,身体单薄。母亲疼在心里,逮着老母鸡就宰了,炖汤给高兴喝。这次天龙没喝一口。

将养一段时日,高兴脸上多了些容光,也略微养胖了点。亲人的呵护和陪伴,比山珍海味有疗效,不久高兴就恢复了神气。

金窝银窝抵不上狗窝。一天晚上睡觉时,高兴竟打趣起来。他俩睡

泊长安

觉合盖一床被子。

在家千般好，出门时时难！天龙接过话茬，外面的世界很精彩，外面的世界很无奈。

高兴一骨碌坐起来，拉亮电灯，我把遭遇跟你说。天龙喜出望外。他吐出悲伤，快乐就能容身。人不能没有快乐，就像天不能不下雨。

高兴点起一根玉猫，娓娓道来，好像在说别人的事。

最后聊到虎妹身上。她是个好姑娘。高兴下了结论。

地址也不清楚，字稀奇古怪，读音也稀奇古怪。高兴有点失落。

我会找云南的同学帮忙打听，慢慢等吧。

往事不堪回首。高兴眼里蒙上一层薄薄的湿雾。

高兴在家将养多日，阴影慢慢消失，信心渐渐找回。春夏之交，家乡发生了旱灾。他喜欢捕鱼捉虾，面对干涸的水塘，再也发挥不了。高兴想到了西安，想再去天龙那里碰碰运气。于是他瞒着父母，偷偷出发了，只告诉了大哥天晴。

下了车，背着大蛇皮袋，迎着烈日，吹着热风走在大街上。高兴到西安来讨生活。坐了二十多个小时的火车，他满身疲惫，一脸憔悴，黝黑的脸膛配上蓬乱的头发，打扮入时的路人纷纷避让。他踽踽独行着。

在路上，一个头发散乱的年轻女子突然横穿马路，一辆黑色轿车疾驰而来。她浑然不觉，在马路上不紧不慢地走着。高兴看到了惊险的一幕，神经紧张起来，不由自主地扔下蛇皮袋，飞跑着冲过去，一把拽住女子的胳膊，连拖带拉弄到马路边。车子唰地从身边开过，带来一阵热浪。高兴及时出手，女子逃过了一劫。女子一脸漠然，丝毫谢意没有。高兴冒着生命危险换来了冰冷的对待，他有点失望。刚放开女子，她又

第十六章 悸 动

往马路上跑。他才觉得女子是想不开，要寻短见，一把扯住，危险！

女子一脸漠然，也不答话。他感到不对劲了，女子可能头脑出问题了，同情心大起，不能让她在马路上瞎闯了，会出大祸的。他生拖硬拽将女子带到了安全的地方。路人侧目。高兴红着脸松开手，悬着的心落肚里了，头上热汗滚落一地。

在树荫下，高兴才有机会打量女子。女子站在路牙上。太阳被梧桐树叶遮住了，才觉得凉快些。他叫女子坐下，问一些事情。女子答非所问，或沉默不语，嘴里在叽咕，法门寺！我要去法门寺！高兴听不懂，不知道法门寺是什么东西。女子思维混乱，问不出东西，说话语无伦次，乱七八糟，两眼发出失神的光芒，脸色暗淡，冷漠，无精打采。看人先看眼，眼睛是心灵的窗户。心灵蒙尘，窗户就纳垢。眼光散淡，精神就阙如。

高兴不再多问。女子生病了，不能撇下不管。此时将她一人抛下，也许会遭车祸，也许会遇横灾。高兴心软了。他扯着女子来到八里村，一个半敞衣襟的女人接待了他们。她叼着卷烟，一股淡白的烟雾从紫灰色的唇齿间冒出来，冒烟的同时，话也跟着从唇边溜出，租房吗？你们啥关系？有证件吗？

高兴如实回答。老实人嘴里吐不出谎言，也长不出莲花。

心肠不坏。八折租给你，每月一百六十元，只收一百五十元。实话跟你说，房子好租得很，都排着队。一室一厅带厕所。看你这人厚道，身边还带个疯女，只好先给你了。我放下高贵的架子，给你开门。这些乡巴佬，也不知从哪钻出来的！她的话有炫耀也有讥讽。高兴不理，租下房子。疲惫的女子倒头就睡。高兴锁好门去找天龙了。

泊长安

八里村是城中村，没有拆迁，在高楼大厦包围下，显得灰暗、破败，像城市的牛皮癣，像歪斜的蹩脚汉。这里住着五花八门的人，多是从农村来讨生活的。住不起高楼大厦，租不了豪华宾馆，只有到这里委曲求全，安身立命。这里有卖鼠药的，贩菜的，炸油条的，都是一些穷苦人。治安不好，偷盗盛行。

高兴上次来这里，一眼就相中了八里村——破破烂烂，坑坑洼洼，脏不拉叽，野鼠出没，蟑螂横行，污水横流，臭气熏人。

高兴在黑砖窑待过，在收容所睡过，在粪便边睡过，在坟头歇过脚，练得皮实，练得百毒不侵。在文明人看来，八里村很不入法眼，在高兴看来，却是天然好去处。做小买卖，本来就脏，还指望住宽敞明亮的地方吗？别想窗明几净的卧室。他跟天龙不能比。天龙寝室三天一小扫，五天一大扫，地面干净得能照见人影。

高兴觉得自己没那个福气享受到，虽然也住了一段时间，心里总不踏实。天龙同学进进出出，他就感到无比别扭，十分难堪，常窝在一角，默不作声。趁天龙上课去了，高兴也到八里村转悠过，打听过租价，有点心动了。原来他想来西安，蓄谋已久，连天龙都没告诉，就先斩后奏了。

天龙正在图书馆读书写作，聚精会神。高兴到他寝室扑了空，就在同学指引下，来到图书馆。天龙埋头写作累了，就走出去，想吃点东西，刚好迎面撞上高兴，于是拉着他去吃岐山臊面。天龙要了碗炸酱面，高兴要了碗臊面。两人都狼吞虎咽地吃起来。高兴先吃完，抬头盯着天龙看。天龙头发适中，乌黑发亮，瘦削的脸庞带着书卷气，生动、充满光辉。高兴忽然一阵自卑，天龙太幸福了！

天龙吃完，就闲谝起来。来了也不打招呼，搞突然袭击，害得我像

第十六章 悸 动

做梦。

不想打扰你学习,你事多。我来就想跟你打个招呼。事情我自己找,你也别操心。你忙你的!

天龙看到高兴恢复得不错,很高兴。

什么风把你吹来了?天龙俏皮了一句。

西风。西风主旱,东风主雨。家乡发生了旱灾,我来谋生了。

高兴也幽默了一把。这句话甜似蜜,香似花。天龙完全放心了。

也不来个信,我去接站啊!

又不是国家领导人,还接啥站!我也不是三岁小孩,走不丢的。

天龙又笑了。

有地方住吗?要不然还住我那。天龙关切地问。

我已租好房了,与人合租,在八里村。你站在寝室阳台上就能看到我们。

你是合租的?合租省钱,好事。跟谁呢?

一个女子。天龙瞪大了眼睛,似乎听错了。在马路上认识的。高兴又补充了一句。

刚认识就带到房间去吗?有点随便吧?别是骗子!

能骗到我什么?我身无分文,穷光蛋一个,啥也骗不到。高兴还在卖关子。

哦,我可以去看看吗?天龙有点不放心地问。再不能被骗了,已经上过一次当。高兴大了,但也不能火急火燎的,随便把女人往住处带,不像话。天龙抢着付了饭资,跟高兴去了八里村。路上天龙脸绷着,没有一丝笑意。

泊长安

这是城中村，都是些低矮破旧的小平房或小二楼，住着各色人等。还有大学生图便宜，租房同居。八里村是个复杂的小社会，鱼龙混杂，治安堪忧。来到住处，高兴开了锁，拉亮灯。凌乱的床上卧着一个人。

女子似乎被开门声惊醒，或早就醒来，她翻身坐起，两眼茫然地望着。看到天龙，觉得熟悉，多看了几眼。天龙也觉得眼熟，一时没想起。

天龙愣神的当口，高兴嬉笑着介绍，在马路上碰到，女子想不开，寻短见，就带着来了。天龙忽然想起，冲口而出，余雪莲！眼前女子一惊，这人咋会叫出自己名字？她疑惑地盯着天龙，眼里透出几分惊喜。

你是西京学院经济96班的学生吗？这么一问，余雪莲突然苏醒过来，往事历历在目，尘封的记忆一幕幕闪现眼前。

高中时，余雪莲恋着一个男生，由于学习压力大，一直埋在心里。男生阳光帅气，很有人缘。余雪莲走到他身边，就脸红，低着头蹭过。快要高考了，男生转走了。余雪莲心里好失落，像丢了什么似的，找不回。学习又像千斤重担，压得她喘不上气。高考时，发挥失常，受了刺激。她有话也不讲，闷在心里，长期郁积，生了病。病好了，参加第二年高考，竟然考到西安。新疆等边远地区，有政策照顾，要比中原和江南省份分数要求低。放在江南，她大专都考不取。好歹上了大学，学校还不错，她很喜欢。到了学校，她看上一男生。那男生就像高中同学，她又喜欢得不得了，可性格腼腆，内向得很，不知如何开口表达，郁结在心，旧疾复发了。

在中学没真正谈过恋爱，情丝萌动，一颗滚热的心不知如何抠出、捧出。男生喜欢打篮球，她就傻傻地看。男生三步篮，一个漂亮的飞跃，性感极了。她在心里发出呼喊，可就是不敢出声，脸涨得通红。大学里

第十六章 悸 动

帅小伙子很多，看得人眼花缭乱，她想争取，又不敢出手。世上只有藤缠树，哪有树缠藤？有帅酷的男生无意看了她一眼，她就觉得他们爱慕自己，想追求自己，心里就美气。过一阵子，毫无动静，她又觉得气馁。她爱打篮球的男生。男生胳膊上的肌肉好性感，看着舒服。还有胸脯上的肌肉，鼓凸凸的。那是健康的象征，那是力量的昭示。线条美得不行，美到窒息，美到死。天底下还有这么性感的人。走近还能看到他嘴上淡淡的胡须，明净的脸膛。可爱死了！一次看篮球，篮球滚到她脚下，她红着脸拾起，捧着递给男生。男生做了个手势，也微笑一下，轻言谢谢。她激动得不行，兴奋得不要不要的，整个人都快要晕厥过去。男生和她说话了，还对她笑。友好的表示，让她心都颤了，几天几宿都没睡安稳，一有空就想。那个笑，那个手势，在脑海里盘旋，挥之不去。男生对我有意，他为啥不追我？已经好多天没见了，他在干吗？球场上已经没他的身影了。难道他生病了？难道他摔伤了？难道他出意外了？……她不敢深想，怕想出毛病，一旦思念开启，随着惯性旋转，叫不停，摁不歇，脑海里万马奔腾，在高原，在沙漠，在戈壁，在荒滩，看到秀丽风景，也领略无限荒凉。她在冷风里瑟缩，也在寒夜里战栗。她在阳光里驰骋，也在风雨里跋涉。阳光漏下，像无数利箭穿梭而来，抵挡不住。暴露在阳光里，心黑成一片；风雨洒下，像无情绳索抽打不止，招架不了。在阳光里，心燠热着；在风雨中，爱缠裹着。她既热又冷，既爱又恨，既激动又黯淡。在这些能量的左右夹击下，在这些情绪的前后围堵中，她就要崩溃了。风雨之后，天光大亮，一个闪电，一阵雷声，惊天动地，地动山摇。从闪电里钻出一条青龙，摇头摆尾，髭须俨然，清晰可辨，在空中，在云里。忽然一只彩凤从乌云的罅隙现身，羽毛张开，翅膀舞动,追着青龙,咬着龙尾,在天空旋转,在乌云间穿梭。她傻了眼,愣了神,不知是真相还是幻觉,不知是虚构还是实情。彩凤忽然俯冲而下,钻入她的怀里。她刚要抚摸,醒了。她咂摸着梦境,回想着过往,忽然浑身充满力量,周身燥热。她起身,复又躺下,来回数次。她想找什么,什么也没找到。她躺下静静地思考。那条青龙就是灌篮高手,彩凤是自己。彩凤咬着龙尾,彩凤追着龙头。第二天,她不告而别。宿舍的门一打开,她就出去了。学校的门一打开,她也第一个出去。清晨的露水打湿了她的衣衫。

早上去食堂就餐,看到灌篮高手,牵着一个女生走在她前面。好像故意显摆,他们有说有笑,好亲昵。忽然,女生在男生脸上亲了一口,男生用手在她头上轻摸了一下。余雪莲脸色通红,不久就变得煞白。她不想吃饭了,掉头就走。

连着几日,后来又隐隐约约地看到几次。她再也撑不住了。她心中的白马王子变成了小叫驴,在槽枥间推拉磨盘。

失落淹满了肺腑,绝望填塞了胸腔。她不知咋办,坐卧不宁,寝食难安。她的心散了,她的力量去了。她像软体动物,匍匐在地,蠕动着,每个动作都很迟钝,每个行为都很机械。她不像走,连爬都算不上。她是甲壳虫吗?她是毛毛虫吗?她连蛾子都不是。蛾子有朝一日,破茧而出,还能振翅高飞。她不能,她做不到。

灰心失望之余,她想到逃离。别离是悄悄的笙箫,夏虫也为我寂寞。她不告而别。谁也不知,她究竟去了哪里。谁也不知,她到底在想什么。到了法门寺烧香祷告,磕了许多头,求一个真命天子,求一个美好未来,希望梦想成真,希望好事成对。她要有个意中人,阳光帅气,风度翩翩,

第十六章 悸 动

幽默风趣。灌篮高手失去了,她不知如何自持。

老师同学都在找她。怎么会跑掉呢,还不声不响?当清醒后她就有点后悔了。她从小生活在女人的世界里,还未出生时爸爸就撒手而去,她算是遗腹女。在单亲家庭长大,她喜欢上了孤僻,喜欢独处,常常一个人躲在角落里沉思、幻想。妈妈和大姐管她吃饭穿衣,在心理上对她严重关心不够,她不时地感到孤独和迷惘。生理问题来了,青春来了,来得突然,来得迅疾,心理上远远没做好准备。她只当自己还是小女生,但已然不是。初潮来时,她弄脏了裤子,吓得躲进厕所,哭得伤心,她以为得了绝症,好不了了。她也做好了辞别人世的准备。她不想吃饭,也不愿睡觉。妈妈发现了异常,给予了警告。咆哮与呼喝是家常便饭,体贴与关心是稀世珍宝。别装病,死丫头,要不是你这个灾星,爸爸也不会走。姐姐到底长大了,偷偷给予了关切。她发现了雪莲内裤上的秘密,告诉她,你已经是大人了。余雪莲一脸懵懂。女人来那个意味着成熟,也标志着丰满,更预示着将来是能做母亲的。余雪莲才安心,吃饭睡觉如常。但大姐有自己的事,无暇顾及她;妈妈为生计而忙活,也不管她。她从未接跟男孩触过,内心渴望得到男孩的保护。

心仪的男生远离了自己,精神世界就坍塌了,像屋顶失去梁柱的支撑,摇摇欲坠。她一个人思念,一个人傻想,捂着掖着,生怕别人知道了。慢慢内心有了某种幻象,人家主动追求她,她还在犹豫,究竟该选择谁。心仪的男生跑了,她又着急了,忧心如焚。内敛的个性使她总迈不出第一步,只有祈求菩萨保佑。菩萨泥塑木雕,坐着看人间万象,顾不了恁多痛苦与愁绪。她多次前往法门寺拜佛,佛也没赐给她姻缘。当高兴带着她走过马路时,她嘴里仍念叨法门寺。

泊长安

天龙隐约记得余雪莲发病时两眼含情脉脉地看着自己，女孩心仪于英俊男孩，又羞于表达，不敢主动出击，于是压抑、胡思乱想。如果及时疏导，还能化解；如得不到疏通，闷在心中、堵在胸中就会伤及自身。

天龙忽然叫余雪莲，她突然觉醒，记忆也复苏了。她也喊，高天龙！天龙惊喜异常，他以为余雪莲退学回去，再也见不到了，没想到会在这里遇到，在这种情况下遇到。世界好小！

于是聊了起来。聊到那次为啥一人跑到法门寺烧香去了。原来她暗恋学校灌篮高手，可男孩压根儿没察觉，态度也淡薄，不冷不热的。她在焦灼中度过了一段难熬的日子，后来忍不住了，就幻想白马王子去了法门寺，他们在那里相遇相知相恋。她在佛前烧香，求菩萨保佑她能够缔结美好姻缘。她在妄想和幻想的支配下做出了出格的举动。她不辞而别，没人理解。

到了法门寺后，香火缭绕，门庭若市，哪里能找到心上人？她心智纷乱，不能自持，在涣散思维控制下做出了胡乱行为。她头脑有时清醒，有时糊涂，记忆始终存在，发生了一些不受控行为，但能记住。

她没见到意中人，失望蔓延成绝望，就想剃度出家，做个一心向佛的人。正要行动的时候，院宽恕老师赶到,独卧青灯古佛旁的梦想寂灭了。

家里来人了，母亲和姐姐一道赶来了，不容她解释，不许她分辩，毫不客气地将她送进了精神病院。

刚进到里面，她感到十分害怕，以为进了地狱。里面啥样的人都有，有长发的，有光头的；有高声唱的，曲不成调；有尖声叫的，声震屋宇；有大声笑的，高亢嘹亮；高声号哭的，凄惨不已。

余雪莲进到这样的场合，紧张害怕。正在她窝在一角瑟瑟发抖时，

第十六章 悸 动

一个五花大绑的人被抬着去电击。她更加害怕,浑身颤抖,乖乖地蜷缩在一角,像只受了惊吓的猫。当那个遭受电击的人被抬出来时,她就控制不住了。几个不三不四的人走到她身边用手摸摸她,一副同情的样子。她赶紧缩着,越缩越小,就快成一个棉花团了。来人继续摸她,她忽然大吼,滚开,滚开!几个人嘟哝着神经病,悻悻而去。

她本就胆小,能有吼叫的勇气,是被逼出来的。小时候,她经常形单影只地去上学,没有知心朋友,没有妈妈的呵护,没有姐姐的关心,养成了胆小怕事的性格,见到一只老鼠都惊恐地大叫。她畏首畏尾、裹足不前,唯一的爱好就是幻想,喜欢胡思乱想。她成绩最好的是语文。她作文好,没有的事都能让她说得活灵活现。她爱幻想。如把想象中发生的事当成了确有其事,问题就来了,最终会为俗世不容。余雪莲联想能力太丰富,把想象中的事当成真的了,才导致这样的疾病。

住了仨月,从精神病院出来后,她萎靡了很久。没人能理解,她也不指望别人理解,包括天龙和高兴,苦水只能往心里咽。

在新疆老家,有广袤的草原,高耸的雪山。将养时日,她病情缓解,在天山脚下,看白云飘散,牛羊奔驰。她躺在草地上,静静地胡思乱想。看着一朵白云飘啊飘,飘到很远的地方。她目光继续追寻,追了很远很远。那朵云忽然不见,她想一定飘到西安了。西安好大,有钟楼和鼓楼,还有城墙、慈恩寺、大雁塔。每一处都是风景,都是名胜。她去过,好美。她留恋那里,日里想,梦里思。她想等病好了,就可以去了。她还要读书。她不知道,在她去了法门寺后住院期间,母亲就为她办理了退学手续。她已经休学一年了,按照学校的规定,不能保留学籍,只能按退学处理。她已经不能胜任学习,完不成大学学业了。母亲没告诉她,怕她受到刺激，再次发病。她还想着去上学，那里有同学，有暗恋的人，有新潮的思想，还有活泼的人。她觉着美，好玩。一次趁母亲与姐姐去放羊的空当，她偷了母亲口袋里的钱，乘上了去西安的列车。到了西安后，在恍惚中横穿马路，被高兴救下了。

天龙深表同情。天龙善良，高兴也是。余雪莲正是发病的时候，咋忍心叫她离开。她与天龙又有同窗之谊，虽然短暂，到底相识。于是她留在了出租屋。天龙已是业余作家，也能挣些稿费了，他留了点钱给高兴，让高兴去开点药。高兴就为她忙活，也没去做生意。待她病情好转时，能自理后，高兴才去寻找生计。他重操旧业，继续贩卖蔬菜，俩人的生活问题勉强得到解决。

高兴睡地铺，余雪莲睡床上。余雪莲好转，她觉得不好意思，执意要走。高兴拦着不让，有我一口汤，就有你一口肉。余雪莲无奈，身无长技，出去就要睡大街。她就要高兴睡床上，自己睡地铺。高兴死活不肯。那就都睡床上。余雪莲的话让高兴一阵激动，也一阵心慌。他还没做好准备。他心里想着虎妹，有朝一日，他有钱了，还要去找她。虎妹怀着我的孩子，也许早就生产了，不知她过得咋样。余雪莲看高兴犹豫，脸上红一阵，白一阵，就轻言，你做我的男人。高兴在半推半就中睡到了床上。

高兴头几天，不敢碰余雪莲，一直小心，再小心，生怕有不轨思想，引发不轨行动，晚上睡觉，不敢伸腿，不敢翻身，蜷着，再蜷着，几乎弓成了一条虫子。余雪莲伸腿翻身，一不留神就碰着高兴了。高兴睡着还好，醒着就像触了电，一个激灵，心里就乱七八糟起来，浮想联翩起来。他尽量控制着不想，或只想虎妹。与虎妹缠绵恩爱的一幕幕浮现脑

第十六章 悸　动

海，想着想着，就有了反应，强行压制着，不让伸头，不让冒尖。夜的时空在寂静中行走着，走得静谧，走得安详。夜也静得夸张，隔壁传来的叹息声，能听到；传来的啪啪声也清晰可辨。那是诱饵，勾引着馋虫，逗引着味蕾。荷尔蒙在下丘脑来回穿梭，一会入腹，一会冲心，不得消停。他小心翼翼地伸过腿去，碰着了，碰着了！高兴心中如敲鼓，咚咚不止，叮叮不歇。他见她没反应，又将腿伸入她胯间，在她大腿间摩挲。摩擦起火，燧木生烟。余雪莲也用脚回应。四腿交互纠缠，双螺旋反应。腿脚交流了好久，隔壁啪啪声停止了。他们接上了。余雪莲终于做了一回女人。她才懂得女人的滋味。从今往后，再不是姑娘，也不是小女子，是地道的女人了。男女之防已破，男女之坝已溃，羞涩不见了，暗恋遁形了，男女之间也就那回事。心心念念想着一个人，却被一个粗笨的男人"正法"了，她心甘情愿，俯首帖耳，从此就耳鬓厮磨吧。所谓帅哥靓仔，去见鬼吧。我拥有自己的天地了，有自己的男人了。相见不如偶遇，偶遇也能生情。情到浓时，两相缱绻。事毕，两人相拥而眠，睡得特别香。

自从有了那事，高兴愉快，余雪莲也舒心。虽然日子寡淡，到底有些香艳。余雪莲生过病，心理不同常人。相处一段时间，彼此熟稔，高兴也不见外，开了几句玩笑。余雪莲愣是没听出，以为要赶她走，顿时脸色煞白，虚汗淋漓。高兴一看不对头，赶紧赔不是。掌嘴！高兴装模作样地抽了自己两个耳刮子，余雪莲的脸色才缓和下来。

高兴睡过两个女人，这是他万万没有想到的。睡虎妹时，不多久就遭了罪，如在炼狱，如入魔窟。他在绝望的深渊挣扎求生。还好，他凭着并不聪慧的大脑，终究逃了出来，也凭着不太灵光的大脑，走出了收容所。兄弟天龙是大学生。他好歹沾点光。要不是他搭救,也不知要受刑到几时。一度他灰心极了,世界在阴暗里穿行,在无序中滑过。在高兴的认知里,他前途渺茫,希望惨淡,合该受难。睡余雪莲时,他不敢大意,生怕再遭横祸,格外加了小心。女人如花,女人也似虎,沾不得,惹不得。虎妹远离,也不知今生能否再见。倏然间,另一个女人出现了,头脑不清醒,心里蘸糨糊。要是她不这样,估计没自己的戏。云开日出,阴霾散去,从此劈柴烧饭,日月如常。

  虎妹是他第一个女人。他心里记着她的话,想着她的表情。她肚子已微微凸起。他好难过,不想离开,就为了两口饭食,脱离虎穴,又跳入狼窝,出来时血淋淋,一身伤痛。身上的疤痕容易好,心里的隐痛难消除。他刻意回避。

  他不知道虎妹现在咋样了。爷爷还好吗?妹妹还能上学吗?家里的生活改善了吗?那里风景真好,空气多清新。那里究竟叫啥名字,想不起来。人们说话叽里呱啦,听不懂的土语和方言。只有说普通话时,他才听懂一些。大多数都在说方言。他想有朝一日回去走走,看看她的"结发妻子"。她还记着我吗?她一定记着我的。她怀着娃,该是我的种。每想至此,心情黯然。

  自从余雪莲初谙男女之事,她变了,变得勤快,会做家务事了,也活泼了许多。她开始拾起书本了,有空就读书学习。毕竟她有文化功底的,骨子里崇拜羡慕大学生。她曾经也是大学生。

  天龙一周来看望一次,既看高兴,也看余雪莲。看高兴多些,看余雪莲少些。余雪莲会收拾家,也会收拾自己了。她头脑活络多了。人到了一定年龄后须有男欢女爱,如果缺失,则会生出各种古怪的疾病,不

第十六章 悸 动

仅是身体上的,更是精神上的。余雪莲对男女之事的神秘感、好奇感和新鲜感在逐渐地消退,正常的情感慢慢回来了,此时才像个正常人。更有高兴的照应与呵护,天龙频繁的问候,加上药物辅助,她彻底清醒了。

她脸上渐渐红润起来,也会打扮自己了,有时给自己梳个刘海,有时扎两个辫子。人挺拔了,也活泼了。余雪莲毕竟上过大学,骨子里求上进,没事时也爱逛书店了,有时在汉唐书城一待好几个时辰。她看财经书,更多的看文艺书,特别是小说。

天龙去的次数多了,对余雪莲有所了解。以前在学校,真不熟悉,只打过几次照面,不多的接触,没留下特别的印象,只记得院宽恕老师叫他们找人。要不是找人,天龙连她名字都叫不上。她的特立独行,举动异常,让同学们记住了她,卧谈会时偶尔提起。天龙对余雪莲病情恢复表现出了惊喜。他得知余雪莲喜欢看书,就经常带书给她看。

交往多了,余雪莲心中涟漪暗生,对天龙独自倾慕,觉得他英俊儒雅、善良博学。高兴也不错,就是文化浅。他老实厚道,有点粗鲁,沟通交流只限于日常琐细,更高深的就不懂了。高兴每天卖菜回来,都要喝点小酒,切点卤肉下饭。与她只有肉体上的撞击,没有心灵上的共鸣。书读多了,她有时就觉得孤独。她想家了,想茫茫草原,想牛羊,更想母亲和姐姐。好久没见了,她们还好吗?她们也许正在满世界地找自己。

高兴卖菜挣钱不多,看菜场没有卖熟食的,就开起了卤菜店。

余雪莲就帮高兴做卤菜,按照他教的方法做。到底是读书的底子,动手能力要差些。高兴只有让她打下手,更精细的活,亲自干。

开学后,事情多了起来,天龙也无暇光顾爱的小屋了。他跟李静宜的关系算是走到头了。他不忍心,不开心。但他能忍,将满腹心事装在心里，不吐半句委屈，不诉一点心酸。

她跟呙老板的事，连君璧出于同情又出于嫉妒，全部告诉了天龙。天龙没办法，挽回不了了。苦水没处倒，怒火无处发，唯一能做的就是等待和忍耐。他晚上偷偷跑到操场上，痛快哭过。那是真正的初恋！他是投入的，用情的，一下子就没了，心里不好受。他藏着掖着，将痛苦掩埋。

实在痛得厉害时，他买了一瓶半斤装六十五度的二锅头，在操场上使劲向喉咙里灌，让大脑麻醉，使神经麻痹。他也试图大声吼叫，就是出不了声，像什么堵住了喉咙。他感到憋闷，一点力气都没有。

他沉默了，消瘦了，苍老了，却并不消沉，心中憋着股劲，想一定要做出一番成绩让人看看，高天龙是好样的。

他的沉默、成熟让人感到害怕。他把痛深深埋在心底，浮现在脸上的都是欢喜。他替高兴欢喜。高兴有事做，心情好，值得高兴。

天龙找过李静宜几次，总是吃闭门羹。天龙的心就凉了。暑期他还抱着一线希望，开学后找她好好谈谈，希望她能回心转意，但找了多次，人影都没见着。找吴月朗，她也答非所问。

他的心一度沉入谷底，振作不起来。跟高中恋人张梅不一样。那次短暂，朦胧，也没实质之举，更无肌肤之亲，只是双方暗生情愫，互有好感，点到为止，并无逾矩，也没越轨。天龙和李静宜实际发生了感情，正经八百地谈起了恋爱。俩人都陷得深，特别是天龙，难以自拔。曾经拥有的新鲜、好奇远离，陌生、疏远也消失殆尽。彼此刚刚有点热度，忽然就冷了，从零上二十度急转直下，很快跌到零下三十度。她和连君璧好上了，还可以接受。但她竟然被一个半百老头包养了，是可忍，孰

第十六章 悸　动

不可忍？不管什么理由，不管老头有多少财富，她都不该委身于他，没有气节和品格，见钱眼开。高天龙怎么认识这样的人？真是没了底线，成何体统！

在阒静无人的操场，天龙在心里喊道，天啊，你错勘贤愚枉为天！地啊，你不分好歹，何为地？硬生生将我俩拆分开，让她投入龙钟老头的怀抱，这是孽缘还是情缘？偏偏在感情浓烈时被分开，无异于揭层皮，剜块肉，疼痛殊深。她真的不在乎这份感情？说分手就分手，毫无留恋之心、难舍之意？头都不回一下，如此决绝吗？苍天啊，为何让我还爱着她？！

高天龙借着酒劲，在黑幕的遮掩下，高声宣泄失控的情绪。控诉完毕，号啕大哭，痛苦与伤心随着泪水流走，流到臭水沟，流进小水宕。

天龙擦干泪水，踩着露水，顶着星辰，回到了寝室。

第二天，照常上课学习，好像啥也没发生。张玉峰不知，周华强也不晓。一切都在悄无声息地进行着。

泊长安

第十七章　滥　情

　　每次迎新晚会，张玉峰都担纲主角。他不是唱歌，就是打架子鼓，或两者兼而有之。王海生就要毕业了，得改选一个会长了。他琢磨来琢磨去，觉得张玉峰可以胜任。经过一番商讨，并征求校团委的意见，张玉峰正式被提名为音乐协会的会长。

　　当他接手时，音乐协会已经发展壮大了，有四十多号人，不仅有男生，还有靓丽的女生。张玉峰喜欢摇滚，也会唱摇滚，还有校园民谣，唱得深情款款，忘乎所以。老狼、张楚、郑钧等人的摇滚，从他喉咙唱出，别有滋味，既像又有区别，味道十足。

　　一次迎新晚会后，新生郑小惠疯狂地爱上张玉峰。她会拉小提琴，想加入音乐协会。张玉峰考察她。一首《梁祝》拉下来，座下鸦雀无声，过了好久，大家才从音乐里醒来，爆发出雷鸣般的掌声。张玉峰点头，其他副会长也点头，于是郑小惠顺利进了音乐协会。郑小惠小提琴拉得好，人也长得水灵，两只眼睛会说话，秋波流转，顾盼生情。张玉峰心里痒痒的，好想一亲芳泽，但他已有女友何艳虹。他找何艳虹，完全出

第十七章 滥 情

于偶然。一次走在路上，他看到一个头发卷曲的女孩，穿着红裙子，从侧面看，像极了文纤弱。他快步走到跟前，仔细打量。何艳虹被看得直发毛，心说来了个流氓，但看张玉峰的打扮，也不像。她礼貌地笑笑，张玉峰也笑笑，就这样对上了眼。张玉峰追何艳虹很轻松，没费多少力气。俗话说，轻易到手的东西不心疼，也不珍惜。当他觉得何艳虹与文纤弱没法比时，已经到了大二下学期。自从张玉峰当了会长，加入音乐协会的女生格外多，吹笛子的，吹洞箫的，拉二胡的，弹吉他的，都想加入。一时间，音乐协会格外热闹，女生还特别多。郑小惠是其中之一。她不管不顾，就恋着张玉峰。张玉峰长发披肩，高大威猛，很有女人缘。郑小惠的主动追求，张玉峰心知肚明，但有小虹夹在中间，施展不开手脚。他有所顾忌。小虹没错，虽然与文纤弱不能比，但到底陪伴过他，不是一时半会，而是一年半载，在一起有些日子了。张玉峰眼里的小虹，柔情似水，随叫随到。两人一度形影不离，如胶似漆。张玉峰割舍不下。小虹对他特别依恋。

张玉峰忙学习，又忙工作，分身乏术。自从当了会长，他有一阵子没跟小虹在一起了。小虹那天晚上特地去地下室看望张玉峰。当她推开门时，眼前一幕让她惊诧莫名。张玉峰正搂着一个女生，在亲热。张玉峰背对着门，上下其手。两人脸贴脸，嘴对嘴。小虹看到这幕，脸唰地红了，浑身血液上涌。她愣愣地站着，忘记了敲门，手上拎着的鸭血粉丝，也掉地上了。张玉峰转过脸，看到这一幕，迅速推开郑小惠。小惠脸赤红，喘着粗气。

张玉峰努努嘴，示意小惠先走。郑小惠趁机抓起小提琴迅速开溜。小虹扭头也要走，张玉峰一把拽住了她。她眼睛就红了。张玉峰想搂她入怀,小虹强力挣脱了,别吃着碗里的,看着锅里的,小心消化不良。

张玉峰以为一拉一扯,小虹就会半推半就,顺从了他。之前每次闹别扭,张玉峰都这样,小虹也就原谅了他。这次不同,小虹抵死挣扎。再要非礼,我就喊了。张玉峰迅速捂住她的嘴,千万别叫,内部消化,别搞那么大动静。

张玉峰的强逼,并没让小虹就范。张玉峰把小虹拉进屋子,迅速关上门。逢场作戏,别当真!张玉峰解释,并要倒水给她喝。当杯子递过去时,小虹啪地打掉杯子,开水烫得张玉峰手一缩。他脸腾地红了。别顺竿爬,给脸不要脸。都跟你说了,只是玩玩,怎么能当真呢?

玩玩?玩几次了?你眼里还有我吗?怪不得许多天不找我,原来有相好的了。你真快活啊!小虹剑拔弩张,不依不饶。

何艳虹,敬酒不吃吃罚酒!我并不是爱你,你只是长得跟文纤弱差不多,你是她的影子。我追她不成,才找你的。要爱,我也是爱文纤弱,你只是她的替身。当咱们每次亲热时,我都把你想象成她,这样我才有感觉。你别搞错了!

张玉峰这一席话真如当头棒喝,击得小虹连连后退,眼里噙着泪。她瞪视着张玉峰。

恶心!去找你的文纤弱吧!老娘不陪你玩了!说完摔门而去。

张玉峰情知不妙,愣了会神,追了出去。小虹人已消失无踪。张玉峰两手一摊,表示无奈。

张玉峰回到办公室,抄起吉他,就唱起摇滚:这是恋爱的季节……你的舌头是美味佳肴,供人品尝……

张玉峰再约何艳虹时,总吃闭门羹。他急得抓耳挠腮,在女生宿舍

第十七章 滥情

下来来回回踱步。他想给予解释，求得小虹谅解。他央求肖美微代为传话，说晚上八点在操场等她。学校已有规定，男生不准上女生寝室楼。值班阿姨看得紧，就是恋人也不行，送女生也只能送到门口。门口张贴几个朱红大字：男生止步。张玉峰来回逡巡，不断踱步，也顾不得脸面了。小虹和他在一起，该给的都给了。

张玉峰追求文纤弱，吃了败仗，一时懊恼，周末晚上不知该如何打发，就邀约邬有妙去看录像。学生正是血气方刚的年纪，青春勃发的时刻，荷尔蒙满满，雄激素胀胀，没个发泄的地方，实在痛苦。每到周末，学校周边录像厅人满为患。张玉峰也呼朋引伴，看镭射。单身的来看，有女友的也来看。精神生活太贫乏了，除了看书学习，没别的事。一周学习下来，十分辛苦。到了周末，出来放松的人特别多。电影贵，录像便宜。最主要的是录像厅里能看到有色电影，收费还便宜，很对一部分人胃口。有了第一次，就有第二次、第三次。张玉峰带邬有妙去了一次后，再未出现。因为他找到了何艳虹，就低不就高。一是何艳虹老实，不太油滑，好控制；二是何艳虹长得跟文纤弱有点接近；三是何艳虹是专科生，在本科生面前底气不足。张玉峰一出手，就得手。小虹入了他的套，两人从此双宿双飞。张玉峰有时也带小虹去看录像，再未叫过邬有妙。邬有妙自从看了有色录像，就欲罢不能，一有空就想着。他不跟女生交流，女生见了他，也不说一句话。他内心也想，但从不表白，一有渴求，就偷偷溜出去，有时通宵。他给自己找了一个冠冕堂皇的理由，研究女人身体，为将来研究飞天做功课。

后来发生文纤弱被侵害事件，虽然这个事最后不了了之，但文纤弱心里应该知道谁是肇事者。她也没深究。事情慢慢过去了，邬有妙始终是嫌疑对象。他更沉默了，经常独坐寝室，双手合十，嘴里念念有词。文纤弱事件后，没人再见他夜不归宿了。

小虹见张玉峰见异思迁，十分恼火。她几天不吃不喝，脸上的高原红更红了，身体更单薄了，卷曲的头发更卷曲了。那天晚上，张玉峰从七点等到九点，始终没见人影。第二天问肖美微，肖美微说话带到了。那天晚上特别冷，刚下过一场大雪，地上结了厚厚一层冰，寒风歇斯底里，冷得彻骨。张玉峰在操场看台边裹着大衣，一边等，一边抽烟。地上扔下十多根烟头，也没等来小虹。他好生失望。抽完最后一根烟，已经九点十分，他打了个寒噤，就撤退了。

第三天，张玉峰听说小虹生病了，高烧接近四十度。他急忙去看望，看门阿姨就是不让进。又是肖美微传话。过了不久，何艳虹被搀扶着出现在门口。张玉峰一把搂着她，摸手又摸头，傻姑娘，怎么能这样呢？张玉峰一阵内疚，脱下军大衣，披在小虹身上，搀着她就往医务室去了。

地上结了冰，滑得不行，他们小心翼翼地行走着。去医务室打了点滴，吃了退烧药，小虹才有所缓解。她红着脸说，我不配你，你想找谁就找谁去吧！我也管不着你了。声音有点哽咽。

张玉峰制止她，好了再说，咱们先不谈这个。

小虹病好后，就快要考试了。考完试，他们来到操场，在看台边聊了很久。张玉峰想挽回小虹的心，小虹去意已决，任张玉峰磨破嘴皮，死活不松口。我只是替身，你爱的另有其人。我也不阻拦你，你有本事追谁就追谁。咱们只是朋友，还不是夫妻。你有权利再选择。我也有权利拒绝或否定。咱们的缘分到此为止。你也不必负疚，我也不敢再求你。你走你的阳关道，我过我的独木桥。相识一场也不容易，彼此珍重。我

第十七章 滥 情

还是要感谢文纤弱，是她给了我机会，不然，你怎么会看上我这个丑小鸭呢？丑小鸭就是丑小鸭，永远变不成白天鹅。变成白天鹅那是哄人的童话，咱们已过了看童话的年龄，该认清现实了。

张玉峰想搂着她，再次被拒绝。男女授受不亲，你我还是保持距离的好。好合好散，谁也不欠谁。感谢你给了我爱的机会，也感谢文纤弱。

张玉峰嘴里不断地嚷嚷着，那是气话，一时头脑发热，你不必当真。我心里有你，你心里也有我。

张玉峰没能挽回何艳虹，俩人友好分手。分手那天，张玉峰弹了一夜吉他，唱了好多遍《姐姐，我要回家》。

张玉峰现在名声在外，不愁找不到女友，有人主动登门，有人暗中思念。张玉峰经历了这件事，心中十分不忍，觉得对不住小虹。小虹淳朴，实在，没有一点坏心思。俩人在一起时，她处处为他着想，从不买贵的东西，也从不去高档酒楼，俩人一起吃个雪糕就很幸福，吃一碗炸酱面就美得不行。张玉峰没给她买过衣服，只象征性地买了几双袜子。她穿在脚上，念叨个没完。

张玉峰有时看到小虹形单影只地走在校园里，心中十分不忍。他很想走过去，拉话，想想又觉得不妥，只痴痴地看她消失在人群中。

张玉峰还是恋爱了。不是郑小惠。郑小惠受了惊吓，不敢蹚浑水，退出了音乐协会。张玉峰与文纤弱好上了，出乎所有人意料。

事情其实也不复杂，交往多了，俩人了解也加深了。文纤弱和银川男生分手了。男生有点娘娘腔，有时还跷兰花指，看着怪怪的，让她受不了。

一次，他和一个男生手牵手，文纤弱刚好经过，看到那一幕，一阵恶心。她受不了，一百个受不了，果断分手，一刻也不能耽误。

文纤弱也退出了广播站。她进入学生会，当宣传干事，和张玉峰有了接触，日久生情。在每次迎新晚会上，张玉峰的表现都非常抢眼。文纤弱看着看着，就喜欢上了。

人就是这么奇妙：有人死缠烂打时，觉得很不爽；当人家退避三舍时，又觉得可爱可心。张玉峰刚追求她时，她死活不同意，根本原因还是不了解。了解是爱的初始，也是情的牵绊。

兜兜转转，两人又走到一起。缘分就是这么怪。当张玉峰谈起爱上小虹，也是因为文纤弱，她不禁笑出了声，在他身上轻捶一拳。

本来两个人已经宣告没戏，剧情却一个反转，让人大呼看不懂。张玉峰过了高数关，心里轻松一大截，状态好，发挥佳，整个人焕发出十足的精气神，容光焕发，朝气蓬勃，唱歌有唱歌范儿，踢球有踢球招式，身旁围拢了一批女生。他那时有小虹做挡箭牌，一些人就打了退堂鼓。有两个女生不死心，认为小虹不配，跟文纤弱不能比，不在一个档次。文纤弱脸庞粉嫩，像搽了胭脂，头发虽然自来卷，却别有风致，江南水乡的俏丽一览无余。张玉峰追得早，追得急，在双方都还不太了解的情况下，就发起猛烈攻势，对方被吓住了，要是缓而取之，温火慢炖，也许汤更浓，味更鲜。应了那句老话，心急吃不了热豆腐。

张玉峰追文纤弱不成，有阵子喜欢往录像厅里钻，邬有妙也被叫去了。张玉峰谈了女朋友后，就很少光顾了。邬有妙却好上了，有些瘾，特别是夜场。一次夜场后，出来吃烧烤，喝了两瓶啤酒，有点高了，飘飘然往寝室赶，经过地下通道，黑糊糊的，啥也看不见。邬有妙鼻子灵敏，远远地就闻到一股异香，身子就燥热了。他忽然胆肥，快步走去，

第十七章 滥 情

摸到人就往怀里搂，好激动好兴奋，也好刺激。当听到熟悉的声音时，他吓得掉头就跑。这个声音像文纤弱，更确切地说，就是文纤弱。邬有妙在心里想过，在梦里出现过，在现实里不敢，借他一个胆子，他也不敢。她是他心中的女神，不能亵渎的，更不能冒犯。他及时罢手，打消了妄念，回到寝室，就盘腿打坐，一坐一夜。张玉峰他们醒来，也没当回事。习惯了。他总是这样，隔三岔五就要打坐半天。文纤弱的事传了出去，传得有鼻子有眼的，有人夸大其词，有人大加渲染。

文纤弱也许知道，也许不知道。她隐约觉得来人好生熟悉，从身材和气息上判断，她有几成把握。她到底没有报告也没有揭露。如果揭露了，邬有妙就要面临退学了。毕竟同学一场，人家也没咋样，不能过分，适可而止。在拉扯中她揪下对方一粒扣子，按图索骥，应该能抓到凶手的。文纤弱不想那样。人家及时收手了，足以说明那人良心犹在，善念尚存，给一次改过的机会。文纤弱清楚地记得还在对方脸上挠了一把，不破也有抓痕，顺藤摸瓜，准保能找到嫌凶。第二天上课，文纤弱看到邬有妙脸上真有道印子。他低下了头，她也低下了头。一个难为情，一个不好意思。

此后邬有妙再未进过录像厅，更不看夜场。一个守不住底线的人，怎么能赢得人生？他的志向就是要进敦煌，研究飞天。飞天还没研究，就栽了，划不来。他打坐更勤了。

张玉峰有时开他玩笑，喊他看夜场，他当场黑脸。天龙有时喊他聚会，他连连摆手。人有罪业，要祛除妄念，打消邪心，只有打坐参禅。

张玉峰在大三迎新晚会表现抢眼，一曲歌罢，掌声雷动。那次文纤弱是主持人。当报幕报到张玉峰名字时，她不禁有点脸红。那晚她略施淡妆，穿着旗袍，线条勾勒分明，别有风致。她主持风格温婉大方，有范有型。文纤弱楚楚动人，台下张玉峰看得越发心颤。张玉峰唱歌很投入，伴着手势，倾情演绎。文纤弱看在眼里，记在心上。

晚会不久，文纤弱发现银川男孩是个对女生不感兴趣，或对女生假装感兴趣的男人，徒有其华，而无其实。文纤弱果断分手，免得夜长梦多。空当期来了。张玉峰经常看到文纤弱一人上街，再无小尾巴。天龙去杰杰旱冰场溜冰，也再没碰到过他们出双入对，一度怀疑，只是怀疑，他们是否分手，没得到确证。

从周华强嘴里得到了准信，文纤弱和银川男孩拜拜了。周华强的消息是准确的，不容置疑，他有个老乡也在校广播站，他的消息来源是第一手的。即使是同班女生也不见得准确。肖美微和她还是同寝室，也不确定文纤弱是否单身。张玉峰受到几次礼遇，心中波涛汹涌，但还是不敢出手，心里直痒痒也不敢。肖美微是女生中的男生，男生中的女生，与男生无缝，同女生有隙，开玩笑，讲荤话，都无所顾忌，被男生呼为兄弟，可以勾肩搭背，拍拍打打，人称辣子。辣子暗恋天龙。暗得不彻底，小心思一不小心就被揣摩透了，路人皆知。她有意无意的话，有心没心的手，都针对天龙。天龙装聋作哑，也呼之为兄弟。别人可以这么叫，独天龙不行，她梗着脖子要翻脸。天龙学着别人样拍拍她的肩膀，算是道歉。肖美微就跟他急，脸都涨红了。

别人那样对我，我也认了。你怎么也照猫画虎，有样学样？真枉我对你好了。天龙就笑，憨笑。她真生气了，就知道笑！

张玉峰有时开肖美微玩笑，她也不在意，不往心里去，谁叫她成天混在男生堆里？但张玉峰托肖美微办事，肖美微有时就打折扣，办，但

第十七章 滥 情

不全办。一度张玉峰与小虹闹矛盾,就叫她去传话,肖只说半截话,听来更让人误会。几次三番,张玉峰不敢叫她传话了。

张玉峰本想叫肖美微帮忙打听文纤弱的感情生活,苦于吃过亏,又不敢叫她去,怕弄巧成拙。张玉峰就和天龙嘀咕。他和天龙算是难兄难弟,有时好得穿一条裤子,有时坏得恨不相见。但到底张玉峰是信任天龙的。不信任不行,只有他能搞定肖美微,传来的话准确度99.99%。

张玉峰躺在床上,跷着二郎腿,甩过话来,硬邦邦的,"命令"不容抗辩。天龙噘着嘴,你要的是真话,还是假话?啥意思?当然是真话。有没有得有个准信,我好出手。这次得小心,别又撞在枪口上了。周华强不已告诉你了吗?宁可信其有,不可信其无。他的话就是个屁,谁信呢?又下套子让我钻,他们好看戏,我才不上鬼子当。

天龙也不还价,做他的二传手去了。不多久从肖美微嘴里得到准信——文纤弱确实和银川男孩分手已有时日。张玉峰长吁一口气,艳福来了!

天龙好生奇怪,你不是跟小虹好着吗?咋又想打别人主意?

此中有真意,欲辨已忘言。张玉峰叼着烟,吞吐一番,冒出一句文绉绉的话,把天龙逗笑了。

大概一个月后,天龙在操场跑步,看见张玉峰已牵着文纤弱的手在操场散步了。文纤弱小鸟依人,有时直往张玉峰怀里钻。也不知他使了啥招数,恁快就搞定了,谈恋爱就像市场买菜,三言两语,成交。任你巧舌如簧,伶牙俐齿,也不容易搬动冷美人。在天龙心目中,文纤弱没笑过。这使他想起历史上的褒姒。这个女子仗着姿色,从不对人笑,连幽王都不行。幽王使尽花样,用尽招数,都不能换她一笑。只有用烽火戏诸侯的办法，才博美人一笑。也许对天龙是一个样，对别人是另一个样。在校运动会上，文纤弱既当播音员，又当撰稿人，有时看到兴起，不用讲稿，直接临场发挥，语言机智峭拔，鼓舞人心，洞察肺腑。她此时扮演冲锋号，排头兵，用激情的语言打动人，激励人，煽动人。她是演说家，她是鼓动者，短平快，少而精。运动员和看客都受到了感染，投去赞许的目光。此时，她不冷。

在广播站里，文纤弱甜美的声音直钻耳膜。此时，她也不冷。只有行走在路上，她显得冷漠，看上去高傲。冰冷的脸面裹着滚烫的心。谁说不是呢？只是天龙不了解。

这个事情不知怎么被小虹知道了，她撑不住了。小虹伤心欲绝，声称要跳楼，如果张玉峰不与文纤弱一刀两断，她就像纸片从楼顶落下。

这一出大戏竟然让天龙看到了。天龙下自习回来，走到女生寝室边，已经是晚上十点多了，天早已昏黑，只有路灯还明晃晃的，发出惨白的光。七楼，小虹穿着睡衣坐在楼顶，双脚垂下，不断地摇摆。她一边哭一边倾诉，倾诉声里有着无限凄凉和落寞。一个相似的人替代了她。本来她是B角，无心插柳，反成了A角。几次三番后，她又回到B角，成为鸡肋，可有可无。想甩就甩，想泡就泡，哪有这么轻松的事？张玉峰，你叫我难受，你也别想好过。长了本事，有专长，就轻贱人，天下有这么便宜的事吗？还记得在八里村开钟点房的事吗？才几天，就忘到爪哇国了？不长记性，不长脑子的人。

楼下围了一群人。大家七嘴八舌，乱哄哄的，有人建议放气垫，有人建议先报警。

张玉峰出现了。他在楼底昂着头喊，下来，下来说话。任他怎么喊，

第十七章 滥 情

小虹就是不睬。张玉峰急得满头是汗,直跺脚。周华强和孙家旺也出现了。天龙建议他们几个上楼,张玉峰在下面喊话,稳住她。天龙、周华强和孙家旺就上楼去了。他们慢慢逼近,趁她不备,一把捉住小虹胳膊,死劲一拖,就把她拖到了安全地带。

这出闹剧就此结束。

在操场,张玉峰让小虹扇他嘴巴。他拽着小虹的手,狠劲扇,消消气。小虹反抗着,挣扎着。她就是不肯打他。踢他咬他啃他,都可以。她偏偏不。让你的心鞭笞自己,让你的肝缠搅自己,让你的五脏六腑都淹在自责的深渊里,永远湿漉漉的、水淋淋的。

总要翻篇的。你我曾经相爱,这就够了,何必纠缠不清?没有永远的失去,也没有永远的存在。我记着你的好,你可以记着我的坏。我本浪荡,也是情种,叫我的感情倾注于一人,无异于磨刀杀人。你长得像她,但也仅限于像,毕竟不是,那段炽烈过后,自然暗淡。你不是我,如是我,你也会那样。既然她能主动示好,我不能无动于衷。我不是柳下惠,也不是菩提佛祖。我只是肉体凡胎,爱我所爱,不怨不悔。如果有一天她厌倦了我,我不会要死要活。犯不着。

感情的事就是那么奇怪,来如洪水,去如猛兽,一样汹涌。

张玉峰与何艳虹彻夜长谈。露水打湿了衣衫,浑然不觉;寒风吹皱了脸皮,在所不惜。小虹央求,最后一次抱抱我,我好冷。她真冷,只穿着单薄的睡衣。星星眨着不知疲倦的眼,望着天下苍生演绎出一幕幕悲喜剧。张玉峰紧紧地搂着她。还是好朋友,有事呼一声。

泊长安

第十八章 别 恋

　　李静宜接到呙老板传呼，她很快回过电话。呙老板说已到咸阳机场，正驱车往西安南郊赶。李静宜一阵激动，母亲有希望了。希望就在呙老板身上。

　　如果他救母亲，没准会提出条件。一定会提的。商人不做亏本的买卖。会提出啥条件？要她去公司工作几年，还是别有所图？如果他提出更苛刻的条件，自己会答应吗？比如，以身相许。李静宜不敢深想。以他的条件，啥样的人找不到，别自作多情了。李静宜赶紧否定了这个念头。他这次来绝不会单纯是为了拯救母亲，恐怕还有别的打算。来了再说，想多了，烦。

　　李静宜回到寝室精心收拾一番，就耐心地等待回音。等待是漫长的，也是焦心的，免不了胡思乱想。几小时后，呙老板把她接走了。

　　风流老树咖啡屋，装饰豪华而古典，雅致的墙壁上挂着张旭和怀素的狂草，弘一法师和启功的行书，还挂着毕加索的抽象画，梵·高的油画。这些给飘着浓香的咖啡屋平添了儒雅、小资的情调。一进屋就听到

第十八章 别 恋

理查德·克莱斯曼独奏的钢琴轻音乐，舒缓，抒情。

李静宜非常喜欢这样幽静的环境。和呙老板出来吃过几顿饭后，她感觉从前的自己土得掉渣，好没情调。与天龙在一起，只能吃炸酱面、羊肉泡馍和汉中米线，再不就是小摊上的凉粉，高档餐厅没去过一次，去不起，也想不到。贫穷限制了想象力，只会在那个圈子里打转，也只好在那个环境转悠，风情全无，浪漫皆失。

虽说小吃别有风味，但大餐也必不可少。吃的不仅是饭，是档次，是品位。与成功人士常相来往，想不富贵都难。

街头小摊边喝豆浆吃早点的多是平头百姓，有档次的酒楼宾馆都被商贾巨富包了。李静宜同呙老板一道出来，算是长见识了。

随着交往对象的增多，交往范围的延伸，她的思想也慢慢起了化学反应。氢原子和氧原子放在一起，成不了水，得有催化剂。李静宜的催化剂是环境的改变，交际范围的扩大。

在财富面前她只能俯首帖耳。母亲生病，让她觉得钱才重要。钱可以挽救母亲的生命，延长她的生存期。钱可以减少她的痛苦，带来多一点的快乐。

人来世上为啥呢？像母亲那样辛苦把儿女拉扯大，自己也老了，病就来了，啥享受都没有。

小李子，过来坐。呙老板看到李静宜在发愣，客气地招呼。呙老板也是会选，临窗的一个小隔间，既隐蔽也开阔。放眼望去，外面的世界一览无余，湖光潋滟，杨柳依依，晴空飞鹤，好鸟相鸣。

小李子，告诉你个好消息。如果你愿意的话，我帮你提供去美国深造的机会。我那边朋友不少，可以担保，也可以帮忙。落座后，呙老板

泊长安

看李静宜在欣赏外面的风景，很好奇，就挑开了话题。李静宜心中一惊，也一喜。她做梦都想去美国深造，这是她大胆而狂热的想法，没敢对人透露。呙老板咋知道的？真是人精，一句话就击中了她的软肋，她差点没喘过气来。这个想法她在父母面前没提过，在天龙面前没提过，在连君璧面前也没提过。有次和师姐聊天时感叹，要是能去美国见识见识，不枉此生。师姐就鼓励她好好表现，如果托福成绩不错，去那里并非难事。说得轻巧，李静宜不信，痴人说梦呢。可眼下机会就来了。真是想不到。

她惊喜莫名，强行抑制着激动，故作无所谓地说，我妈都病成那样了，我哪儿也去不了。同时用手捋了捋额前的几缕秀发，低头沉默起来。

呙老板怕她陷入悲伤的氛围里，张口就安慰她。服务员过来了，将咖啡放在他们面前。二位请慢用！服务员彬彬有礼地退去。

呙老板到嘴的话硬咽到肚子里，他用小汤匙挖了点糖放进咖啡里，很绅士地搅了几下，端起来呷了两口。

李静宜第一次喝咖啡，她没放糖，直接端起就喝，苦得直伸舌头。呙老板呵呵笑了，很和蔼地教她怎么喝咖啡。

喝了几口咖啡后，呙老板说话了，你母亲的事包在我身上，不过要有合适的肾源。她的手术费用你不用担心。我虽是做生意的，但也做慈善活动。我赚的钱最终还是要回归社会的。以前我都是通过慈善组织进行捐助活动，这次我要改变策略。我的捐助对象就是像你母亲一类的人。你不要有心理负担。我欣赏你的才华，很想将你纳入我的麾下。李静宜心里油然生出感激，表情有点复杂，有仰慕也有爱慕。

她想他的女儿一定很幸福，有这样厉害的老爸，真掉进蜜罐里了。

第十八章 别　恋

呙老板好像说过女儿任性，不懂事。李静宜想到他女儿心里就产生一丝隐隐的妒意。真是没来由。从来就没见过，既不熟悉也不了解，嫉妒从何说起？李静宜偏偏有这样的小心思。

感谢呙老板！如能救活母亲，小女子甘愿当牛做马。这事跟家里说了，哥哥和弟弟都争着要捐肾。他们配型都合适，爸爸死活不让弟弟捐。他还小，正在上学，很快就面临高考了，如捐了肾怕他吃不消。捐肾的事就落在哥哥头上了。但未过门的嫂子横竖不同意，她发狠说今天捐了肾，明天就分手。爸爸左右为难，进不是，退也不是。我也不知咋办。我还没配型，如配上的话，我就去捐一个。妈把养我大，供我读书，太不容易了。李静宜眼眶湿润了。呙老板递过来一片纸巾，雪白。

难得你们都孝顺，父母也知足了，他们吃糠咽菜也值得。古人说，身体发肤受之父母。父母有难，理应如此。我对你的帮助不完全针对你个人，你正好碰对了人。我公司有个宗旨，赚了钱要回报社会，回馈人民。公司每年都要拿出几十万到几百万来资助贫困山区的学生，还有生了重病亟待救助的人。你的情况完全符合我公司救助标准。

李静宜投射来感激的眼神和崇拜的目光，呙老板心里一动，表情依然深沉。

在社会上，人人都需要帮助，只是帮助的方式不同而已。我帮助你，也想赢得你的帮助。你到我公司来，为公司的发展壮大出力，也为慈善事业的发展壮大贡献力量。我公司有项不成文的规定，每年都要拿出百分之十左右的利润作为慈善基金。利润越丰厚，打入慈善账户的钱就越多，救助的对象就越多。咱赚外国人的钱，给中国人花。我们的目标是尽可能多赚外国人的钱，多让中国人花。我不仅是福鼎外贸公司的董事长,也是福鼎基金会的理事长。冏老板的一席话,让李静宜肃然起敬。她觉得面前的男人真了不起,温文尔雅,胸怀理想,有博大的情怀。他头发花白,身材瘦削,却目光炯炯,精神矍铄。李静宜脉脉含情地看着,生怕漏过每一个细节。

你上次为我争了光,也争了面子,更挣了外汇。詹姆士回国后,在电话中多次提到你,还要我向你问好,说如果愿意,他可以介绍你去美国留学。冏老板继续补充道,始终面带慈祥的微笑。李静宜好感动,脸上洋溢着幸福的红晕。

如果母亲病能顺利治好,我就去美国深造。原本也有这个打算,只是因为种种原因,也想放弃。李静宜略带羞涩地用小勺子在咖啡里不停地搅动,偶尔抬头拿眼偷看冏老板。他神态自若,甚是安详。她似乎有点失望,本希望从他脸上读出点什么,却一无所获。凭直觉,冏老板不只是单纯找她喝咖啡,应该还有更深的欲求,可从他的表情,又看不出丝毫端倪。

也许自己想多了,把他亵渎了,人家就是想帮自己,没别的意思。如果说有的话,也是爱才心切。李静宜瞬间心思斗转。冏老板略有迟疑,喝尽最后一勺咖啡,短暂的沉默后,他大声喊服务员。

快到吃午饭的时间了。咖啡好喝终究不能饱肚子。冏老板要了几个小菜,给李静宜点了虾仁比萨,要了一瓶法国干红葡萄酒,二十年窖藏陈酿。

边吃边聊起来。冏老板博学,思维敏捷,不像五十开外的人。他说自己老家也是河南的,很早就出来了,对家乡的感情很深。刚听到你的乡音,倍觉亲切。再听到你纯正的英语,心里就多了好感。你性格开朗,

第十八章 别 恋

外表美丽，才华出众，让我更加依恋。

服务员端来小菜和红酒后，呙老板给李静宜也斟了半杯。李静宜连连摆手说，不会喝酒。

红酒滋阴养颜，女同志要多喝、常喝。李静宜推辞不过，只好和呙老板轻轻地碰下杯，呷了一小口。她第一次喝红酒。刚进口时有种涩涩的味道，很不习惯，也不适应，她想吐出来，喝了几口后，有点欲罢不能了。

喝了酒后，李静宜的脸红扑扑的，眼睛也睁不开。不知谁说过，小吃别有风味，西餐也必不可少。在西餐厅里吃的不是饭，是情调，是浪漫，是小资的感觉。没钱是感受不到的，也想不到来这地方。李静宜和高天龙在一起，从来就没来过这样的场所，实在是囊中羞涩，只能吃吃路边摊。天龙也想，可拿不出手。他们感情的深浅，不是因为这个。李静宜找的是潜力股，年纪相仿，经历相似，谈得来，说得拢。她做导游后，才感觉外面世界好大。接触的人五花八门，眼界开阔，心思也就多了。

李静宜脸色酡红，眼神渐渐迷离了，水汪汪的眼睛脉脉地望着呙老板，大胆而直白。呙老板标准的国字脸，棱角分明，锃亮的额头满含睿智，略微灰白的头发打理得整齐、妥帖。她越看越觉得有味道，开始轻飘飘起来。不久高天龙憨直的面容又浮现眼前，天龙对着她笑，雪白的牙齿整齐干净。她的头渐渐地旋转起来，眼睛也不听使唤，忽然就趴下了……

不知是真醉还是假寐，她心里似乎清楚，迷迷糊糊中被架到车上，然后就稀里糊涂地睡着了，啥也不知道了。

241

醒来时，已是子夜时分。她睁开眼，下意识地看了看周围，柔和的灯光下，另一张床上，那个男人似乎睡着了，正均匀地打着呼噜。他的脸正对着她，祥和、静谧，嘴角隐隐挂着笑。

李静宜又下意识地看看自己，除了外套脱了，其他的衣服都穿在身上。显然呙老板并无非分之举。她暗暗地舒了口气，同时也露出了一丝失望。难道魅力不够？还是遇到了谦谦君子？他是传说中的柳下惠，真能坐怀不乱？

从谈吐和学识，他应该有理想有情操，不是好色之徒。纵然如此，面对美色，他能无动于衷吗？李静宜有这个自信，自己算不上绝色，但还年轻，有年轻人的朝气和活力，也有年轻人该有的美丽，不用梳洗，也不用装扮，天生丽质，应该有诱惑力的，肯定有诱惑力。

她谈不上有十分的容貌，却也有些动人的颜色，就算不够美貌，逼人的青春也会让男人招架不住的，更加上凹凸有致的身材，少女特有的气韵，任他柳下惠再世也抵挡不了。除非他三宫六院，对女人已腻味。呙老板不是那样的人，绝对不是。李静宜想试试。她脑海里跳出一个大胆的计划。

她大声地哼唧起来。不久，呙老板醒了。他坐起身，关切地说，怎么了？头疼吗？真是喝多了，睡那么久。

我咋睡在这里啊？我肚子好痛！呜呜——李静宜装腔作势，拿手捂着肚子，发出哆哆的声音，以假乱真。

孤男寡女，共处一室，没事也会有事。不谈情时情已深，不说爱字爱已浓。呙老板被娇滴滴的声音弄得不知所措了。

我在你身旁守了好久，你都没醒来。我实在困了，躺下就睡着了。

第十八章 别　恋

呙老板无力地解释，顿了顿，又补充道，你估计着凉了。

本来我想带你去看始皇陵，看来不成了。呙老板絮叨了一下。

哎哟——我也不知道！李静宜噘着嘴，像天真的小姑娘在父母面前撒娇。呙老板赶紧下床，只穿着棉毛衫、棉毛裤。

要不要去医院？他关切地问，三两步就来到她床头，摸着李静宜的头。他坐在床边，一副关切的样子。李静宜看他表情，全没了恢宏的气度和拥兵数千的老板架势。

嘿嘿！李静宜忽然笑了，骗你的！半夜三更醒来就睡不着了，觉得孤单，想找你聊天！看你睡得香，就只好如此了！她扮了个鬼脸，吐了吐舌头，既掩饰了尴尬，也显得调皮可爱。

你这个小鬼，他在李静宜的鼻子上刮了一把，点子倒不少！我给你倒杯水吧，你也睡够了。说着就去倒水了。

她确实有点渴，也有点饿，肚子咕噜咕噜在抗议。呙老板倒了水过来，手里顺带拿了几块蛋糕。善解人意，体贴入微的人！

李静宜云鬓半堆、睡眼惺忪地接过东西，很淑女地吃喝着。呙老板静静地看她，一语不发。

有个问题，不知当问不当问？吃完后，李静宜歪着头似乎傻傻地说道，老板娘一定会很幸福，对吗？

提到这个问题，呙老板突然脸色一沉，眉头紧锁。李静宜吓了一跳，心想坏事了。他却叹了口气，如从钱的角度来说，她应该感到幸福，她不缺钱。如从我对她的关心爱护角度来说，她也应该感到幸福，我没出过轨，对她也体贴入微，从精神和肉体上也没背叛过她！如果这些都算幸福的话，她应该感到幸福！事实恰恰相反，她感到不幸福，有深深的恐惧和担心，经常歇斯底里，无理取闹！我能理解她的心思，她确实太爱我了，非常害怕失去我，经常发无名火，疑神疑鬼。每次我应酬回去，她都像狗一样在我身上闻来闻去，左看右看，没发现异常，既高兴又失望，又是一通火，摇着轮椅走了。

李静宜本以为他老婆一定感到万分幸福，得到的答案却是否定的。他老婆不但不感到幸福，反而十分担心和痛苦。像他这么优秀的男人，这么有责任感、有深度、有风度、有气质又成功的男人打着灯笼也难找啊！用心专一，这一点很难得！眼前的男人，他虽贵为老板，却乐善好施，慈悲为怀，并不纸醉金迷，花天酒地。做他的老婆还有啥不满足的？

李静宜又疑惑地问，你那样对她，她还不满意？这人还真难伺候！

呙老板摇了摇头，无奈地说，其实也不全怪她！要怪就怪那次本不该发生的车祸！一次弄得不愉快，她独自驾车出去旅游，在途中发生了车祸，由于抢救不及时，导致双腿截肢。自从车祸后，她性情大变，完全没了从前的温柔贤淑和通情达理，经常无理取闹，不可理喻。

他不想过多指责老婆，也为那次车祸感到深深内疚。当时公司订单下滑，他压力过大，就冲她发火。她心情不好，一人出去旅游，发生车祸。发生车祸也不打紧，若当时有亲人在现场，也能及时抢救。他们本是中学同学，也是患难之交。在他到深圳创业的时候，她全力支持他，从精神和物质上鼓励和帮助他。刚开始，就在深圳的一个破旧小厂里敲敲打打，没有技术，没有人员，自己既是老板又是员工，妻子是最大的助手。那阵子，外资企业像雪片一样飞过来，纷纷在深圳落户。深圳的楼房像雨后春笋破土而出，拔地而起，自己买的破厂房没想到几年后升值空间大得惊人，他因卖地掘得第一桶金。做技术发家的梦想没实现，

第十八章 别　恋

阴差阳错做起了外贸生意，一开始举步维艰，是老婆的鼓励支持，才使他走出困境，实现了质的飞跃。

虽然身家千万，身边的美女不断，但他从不沾。他知道那些女人沾不得，一沾就会像橡皮糖粘得你脱不开身，上船容易下船难了。置身染缸，一点不变色不大可能，也逢场作戏，陪客人消遣，但内心反感。不是清高，而是不喜欢。

他越是这样，一些女人越是紧盯不放，死缠烂打，认为他是绝世好男人。不管啥目的，不论是冲着万贯钱财，还是冲着仪表堂堂，一身本领，她们都黏上他了。呙老板一个看不上。其中不乏动真情的，不乏心地纯真的。他是有妇之夫，有女之父，很难有啥打动他的。长得再漂亮，再年轻，素质再高，他也无动于衷。曾经有个女人，既美丽又善良，应聘到公司，很能干，为呙老板解决了很多棘手的事情。呙老板差点动心，想想还是忍住了。那女人明示暗示很多次，不要名分，只愿为他生孩子。他只有一个女儿，很想有儿子。但想到老婆那双眼睛，他退却了。

老婆出车祸后，性情巨变。他也变得沉默寡言。曾经家庭幸福让他克服了很多困难，闯过了多次坎坷。家庭变故后，他欢乐就少了。只有拼命工作，才能找到安慰，压抑的心情才稍有缓解。

陪客户到西安旅游，看到李静宜，他突然产生莫名其妙的感觉。和她在一起，有着天然亲近，和老婆谈恋爱时才有的感觉，竟然又神奇地出现了，他有点欲罢不能了。

小妮子是前世情人还是今生冤家，他弄不清了，也不想弄清。他年过半百、头发花白，竟然像少年一样动了真情。他不敢相信，一个小女生，竟然令他为她牵肠挂肚，为她思绪翩翩。家庭生活不美满，妻子在家非吵即闹,这不是理由。自己也算是场面上的人,啥样的绝色没见过,从没动过心,总能守住脐下三寸。可今晚,他有些蠢蠢欲动。他不以势压人、以权欺人,他想获得真情,赢得真爱。如真霸王硬上弓,估计不会遭遇激烈反抗,何况她还睡着了。

这无异于强奸。他不耻,也不屑。就是貌若天仙,玉体横陈,他也不会轻举妄动。就算真情涌动,他也做不来。他要的是投怀送抱,让她甘心委身于己。他不摘没熟的桃子,也不偷没瓤的瓜。

呙老板跟李静宜交底了。她不要他为家事伤神,家家都有本难念的经。你对阿姨够好了,她不知足,就不怪你,也不必负疚了。你对得起她!

说着说着,就说开了。呙老板恢复精神,脸上漾起春色。李静宜也给他削了苹果,切成多瓣,一口一口地喂他。

好了,不说这些烦心事了,说点开心的吧!在酒桌上有些老板喜欢来几个荤段子,调节气氛。我就讲几个解解闷吧,有点少儿不宜哦。你要是不想听,我就不说了。李静宜觉得气氛有点沉闷,说点笑话刚好中和一下。她含笑点头。

主持人问:猫是否会爬树?老鹰抢答:会!主持人:举例说明!老鹰含泪:那年,我睡熟了,猫爬上了树……后来就有了猫头鹰……李静宜脸腾地红了,抿嘴笑了一下。她本想大笑,少女的矜持,让她不敢太放肆。

呙老板一本正经地又讲了一个笑话,这次他刚讲完自己先笑了。

李静宜再也忍不住了,笑着粉拳直捶呙老板,你真坏,你真坏!讨厌!

呙老板再也忍不住了,一把抱住她,在她脸上又亲又吻,压抑在心

第十八章 别 恋

中很久的感情终于像火山一样爆发了。

李静宜也紧紧地抱着他，迎合着，脸涨得通红，像西天的晚霞。

一番亲热后，他大汗淋漓地坐起身，脸上露出了璀璨的笑容。身边的人儿慵懒地蜷着身子，像吸足了水分的玉兰花，格外娇艳动人。

呙老板穿上内衣，点着了一支中华，深深地吸了几口，极其痛快地吐出几缕白烟。

花开堪折直须折，莫待无花空折枝。呙老板抽完一根烟后，竟然小声地念起了诗。

你真坏！男人没有不偷腥的！我还以为你是正经人，要了人家的清白，还吟歪诗！李静宜又在他背上重捶了一下。

我会负责的。没想到你还是处子之身！你不是有男友吗？没越过雷池，没偷吃禁果？李静宜轻语，明知故问！呙老板俯下身来，在她脸上亲了一口，极疼爱地说，你把人生的第一次给了我，这怎么好！我会负责的，负责到底。

本来我是想留给男友的，可他木讷，不解风情，一天到晚只顾着写作，忙自己的事。再说了，他整天为生计奔波，顾不上了。李静宜解释道。

呙老板夺去她的贞操，有负疚感，也有负罪感。李静宜这样一说，他稍感安慰。

有了肌肤之亲后，呙老板对李静宜好得很。母亲换肾的医药费解决了，手术的医院安排好了。李静宜也做通了哥哥的思想工作，哥哥勇敢地捐出了一个肾。未过门的嫂子和哥哥拜拜了。她为了安慰哥哥，一次给他十万元补偿，让他再找个通情达理的。

所有这些高天龙没法给，也给不了。他一个穷学生，哪有这样的能

247

量?就是有三头六臂,也帮不上忙。天龙蒙在鼓里,没人告诉他。李静宜不会告诉他。连君璧后来知道了,感觉大势已去,就索性卖了个顺水人情,同时也算是发泄吧,他将前因后果通通透露给了天龙。

天龙好难受,心里憋得快喘不上气,如同一块巨石压着,一双大手捶打着。他本已卑微,现在更觉卑微。他深感无地自容,总觉得有异常的眼神在看着他,眼神里有鄙夷,有不屑,有轻贱,还有着莫名的复杂。她跟老板跑了,要是跟连君璧,或其他男孩好了,愤怒和羞耻也许会轻些。他觉得处错了人。那个单纯清秀的女孩再也找不到了,世上多了一个市侩庸俗的女人。他不得其解,在操场上搔着脑袋。

连君璧使了一个坏,他没告诉天龙全部情况,只说李静宜母亲患了重病。误解进一步加深,他恨得咬牙。

难道钱和势就那么重要?一个追求上进、勤奋好学的女孩甘愿堕落,甘心做小。不是世界变化快,只是我不明白。

天龙陷入深深的痛苦中。他失眠了,话也少了。每次卧谈会,他一言不发,躺在床上两眼直愣愣地盯着天花板。别人进入梦乡,鼾声四起,他却辗转反侧,夜不能寐,脑海里像电影一样不断地闪现着他和李静宜在一起时的种种情形。

第十九章 新 月

学习正常开展。谁的爱没了，谁的恨消了，任课老师不管，那是辅导员的事。任课老师管成绩。水平高，业务强，就会受到欣赏，并被器重。天龙虽然遇到不少烦心事，但主业没丢。他知道，作为学生，首要的就是学习。这是牛鼻子，牵住了，就抓住了主要矛盾和矛盾的主要方面。家人受难也好，爱情坎坷也罢，都不要影响学习。天龙学习抓得紧，即使囊中羞涩，生活难以为继，也没能动摇他学习的热情。大学语文课上，姜老师布置了一篇作文，要每个人都写写自己的家乡。谁不说俺家乡好！他想起了养育自己多年的父母，生活二十多年的家乡。那里一草一木熟稔，一山一水牵心。家乡亲切、美好。他思绪翩翩，情动于中，意溢于外，笔走龙蛇，洋洋洒洒。一节课下来，一篇《家乡赋》基本写就：

家乡美，四时如画，满眼风光。位居华夏之中，多才女俊郎；处皖地之央，名震四方。河湖棋布，产鱼虾稻粱；水土丰沃，育俊杰栋梁。古有大泽之乡，跃起陈胜吴广；反对士绅，对抗豪强。抡起农民起义第一棒。霸王别姬，痛断肝肠。奉头刎别，江水流殇！千古英魂至今传唱。巢湖水满，帆动桨荡。鸟于丛中飞起，如入天堂；蜂从四处聚落，似投香江。

阳春三月，莺飞草长。莺飞唳天仍俯首回望，经纶世务犹不忘乡党。鱼米虾蟹，应时而长。稻粱菽稷，秋收冬藏。物产丰饶，四季飘香。春华秋实，家业兴旺。稻粱流脂，香飘八荒。江天寥廓，水高船涨。蟹肥稻熟，秋高气爽。高山仰止，大河汤汤。物华天宝，人杰地灵。碧水环山，青山滴翠。花开四季，溢彩流光。山接斜阳，水流四方。人走高处，兽行未央。德能勤绩，到处宣讲。老弱病残，皆有所养。春有牡丹，夏放荷香，秋绽黄菊，冬日梅朗！不是苏杭，亦非天堂。胜却苏杭，恰似天堂！

姜老师看了天龙的文章，大为赞赏。姜明志老师也是安徽人，看到学生写家乡，难免有偏爱之心。再说管理系经济学专业的学生有如此文笔，她不能不动心，于是格外留意起天龙来。她在课堂上当场朗读了天龙的文章，赢得了一片喝彩声和许多赞许的目光。有几个女同学甚至索要天龙的签名。天龙脸红到脖颈，赶紧低下头颅。老师一介绍，一夸奖，他在同学中名声大噪。有女同学就暗送秋波。寝室熄灯，女同学们窃窃私议起高天龙来。高天龙厚道的外表下藏着一颗灵动的心。他家里经济困难，但他不仅搞好了学习，还在外面打拼，实在是个理想的人选。有人互相推搡着，给你，给你！

姜明志心中有个小九九，她的女儿也在西京学院。她通过关系把刚

第十九章 新 月

达线的姜落雁招了进来。本来教师子女就有照顾。女儿很美,但脾气大。她身边不乏追求者,她没看上,姜明志也没看上。那天看到天龙,姜明志突然眼前一亮。天龙高挑、瘦削,脸庞线条硬朗,眼神犀利,看似柔弱似水,实则坚硬如钢。只是那身打扮,有点寒碜。英气中夹杂土气,帅气中缠绕乡气。人既老实又忠诚。话不多,淌着温和;心不坏,滴着良善。

姜落雁交过几个男朋友,家境都不错的。没处一段时间,都分道扬镳了。男方家底都好,双方脾气都冲,三句不对头就争吵。有一次姜落雁是哭着回家的。姜明志只有一个女儿,宝贝得很,小时舍不得打,也舍不得骂,要金有金,要银给银,惯得不成样子。姜落雁虽然出落成大姑娘,美丽可人,但脾气不好。姜明志也没办法。她何尝不知教子的道理?可理论是理论,落在实践上,就大打折扣。姜明志早早地就为女儿的婚事留心起来。姜落雁说过,自己的终身大事自己张罗,用不着别人操心。但她连谈几个都告吹,让姜明志心有点悬了。女儿进了学校,姜明志就开始留心,试图在大学里为她物色个男友。也是工作之便,姜明志接触到形形色色的大学生,不乏优秀基因,不乏纯良种子。她在暗暗地观察。谁恋爱了,谁闹掰了,她也略知一二。在目力所及的范围内,她看中好几个。天龙就是其中之一。天龙厚道稳重,言语不多,心思不少。姜明志从穿着打扮上一眼就看出天龙是乡下苦孩子。她也是历经千辛万苦才考上大学的。老家的条件很有限,要是出不来,一辈子就受穷挨饿。她很清楚穷孩子需要什么,渴求什么,既要别人的尊重,同时希望物质改善。姜落雁就要找个农村的。农村的也没啥不好,就是负担重点,总体勤快踏实。这样的小伙子一定是潜力股。如果能做金龟婿,对双方都是好事：一个物质得到满足，一个精神得到安慰。为何城市与农村就要形成鸿沟，不能相互融合呢？自己年轻时那口子就是城里人，虽然后来离了，但并不是因为城乡差别。落雁要找就要找个忠厚老实的，有一定的包容心，脾气不能太坏，还要有才华。高天龙正好符合。

　　女儿是单亲家庭出身，她爸不太管她。她爸现在是千万富翁，老板一个。原来他也是个文化人——大学老师。像她这样的家庭，对家庭背景不太要求，但必须是个好学上进、有才华的人。高天龙恰好符合姜明志择婿的标准和要求。姜明志在暗中关注他，关心他，关照他。她想在特别的日子里把姜落雁介绍给他。姜老师从侧面打听到高天龙有过女朋友，已经分手，正暗自舔舐着伤口。

　　他有时面容憔悴，神情落寞，但走起路风风火火、大步流星，骨子里还攒着一股倔强和不甘。姜老师从楼上的窗户向外看，这一幕让她心生感动。他在寂寞中潜行，像暗夜中的微光，给别人一点亮色。

　　姜老师欣赏天龙。同学中也有欣赏他的，在暗中留意他，关注他。

　　肖美微是其中之一。她和天龙玩得来，私下关系不错。近水楼台先得月，向阳花木易为春。这个春天肖美微还没享受到，夏天就来了，接着秋天悄然而至。肖美微只得了个异性好友。不得已而求其次吧。

　　一天晚上，肖美微看天龙精神不振，就邀他去操场逛逛，一起聊聊。好久没在一起深聊了。他们聊得最多的还是刚到校不久的那段日子。高天龙生性腼腆，不善言辞。肖美微像个大男孩主动找天龙说话。渐渐地，两人就熟了，关系也密切了。

　　月光下，一地清幽。天龙主动跟她说起伤心往事。

　　她跟一个花甲老头走了，傍上大老板，她的事都解决了，可以少奋

第十九章 新　月

斗二十年。跟我也不知吃苦到何年。她的决定何等英明！

她可以风风光光地出国，可以潇潇洒洒地旅游，不必担心学费和旅费，更不必为生活发愁。她母亲也会得到救治。一箭三雕，何乐不为？傻子才不干呢。

肖美微听出了讽刺和埋怨。肖美微摘了片树叶，在手中揉碎，接过话茬，他们真心相爱还好，如只是彼此利用，也是秋后的蚂蚱——长不了。一个图钱财、地位和权势，一个图美貌、身段和腰板，能长久吗？钱财、地位、权势是身外之物，不能长久；美貌也是如此，保鲜度更低。时间就是屠夫和刽子手，西施色衰，貂蝉貌改，成为明日黄花。你的相好为了出国，为了救母亲，不择手段，心机很重，不要也罢，免得将来后悔。

肖美微一番话让高天龙幡然醒悟，但他内心还向着李静宜，不愿肖美微糟践她。"不择手段，心机很重"之类的词对她可能不合适，她真有苦衷。他还在为她着想。这样一想，反而轻松了。

为啥眼前人不要，想那够不着的？肖美微更靠近天龙，表达亲昵与热乎。天龙听了毫无反应，他只当肖美微是男生，在他心目中，一直如此，也不知为啥。肖美微长得不差，只是大大咧咧，口无遮拦，行无所忌，今天跟这个男生逛街，明天跟那个男生吃饭。他们也没当她是女的。天龙对她兴趣不大。肖美微话都挑明了，天龙也只当是玩笑。他们在一起没少开过玩笑，经常一起嘻嘻哈哈、疯疯癫癫。别人以为他们是一对，他不想成一双。说不上缘由，理不清道理。感情的事，强求不来。这事如果放在文纤弱身上，主动追求被拒绝，那她还不哭三天鼻子，伤心透顶？她才不主动呢。即使对男生有意，只要冲人微笑一下，对方就会放马过来，主动靠近。如果不主动，她才懒得搭理呢，以后就别想得到微笑的回报，更别想亲近。

天龙不能将委屈、憋屈感挂在脸上，他有许多事，不能消沉，不能消极，更不能消失。高兴和余雪莲还过着水深火热的生活，自己没时间伤感。

肖美微也怪，邻班英俊男生高大全死命追她，她就是不动心，不上钩，始终吊着他。吃饭可以，看电影也可以，甚至看录像也奉陪，谈感情不行，她总说想想。外人以为他们是一对，连天龙都这么认为。高大全，人如其名，高大英俊，有才气，家境好，书念得呱呱叫。不少女生对他倾慕不已，主动追求，死缠烂打，他也不动心，定力好。高大全对追求者不拒绝，和她们保持着若即若离的关系。有女生耗不住了，就主动撤退。有女生心存一线希望。高大全也加紧对肖美微的攻势。肖美微以为他是花心大萝卜，明确地拒绝他，说做好朋友可以，做男女朋友没戏。高大全涎皮赖脸，当作没听见，继续缠着她。

天龙知道高大全在追肖美微，对那种关系他其实吃醋，表面上若无其事。他不知道自己是否爱上肖美微，排斥男生与她深度接触是他的本能。即使自己不要，也不愿别人拥有。这是否叫自私，他弄不清。聊天中，肖美微将别人追求她的情况和盘托出。天龙心中稍觉安慰。他们不是男女朋友，她与谁走近天龙好像没资格说长道短。她说，他听着。就是哑巴也咿呀一声，你咋就默不作声？肖美微终于有点生气了。她在天龙面前生气也只声音提高一度。天龙就知道了。他还是不吭声。

高大全是英俊有才，是一些女生心中的王子，打着灯笼也难找的。他嘴甜如蜜，与女生相处没多久，就能有进一步发展。肖美微不吃那一

第十九章 新 月

套,不被花言巧语迷惑,尽量和他保持距离。

她也喜欢帅哥,这是天性,改不了。但她能自持。她知道自己单纯,容易被骗,不想在情感上成为输家。与其被骗,不如找个老实本分的。她觉得好笑,有的女生恋上高大全后,魂不守舍,提心吊胆,生怕他被别人抢了。有的女生被高大全甩后,在他宿舍门口寻死觅活,非要见到他。肖美微做不来,干脆就舍弃不要。

肖美微就认为天龙人不错,有才华,还很踏实,跟这样的人在一起安心。天龙身上散发着一股奇气,别人难有,高大全不可企及。她始终觉得天龙将来会不同凡响,富裕到什么程度不好说,发达到何种地步也不好说。但凭着那股劲和那口气,绝对不输别人。虽说他现在一穷二白,一无所有,但凭才华,凭奋斗,将来定成大器。如遇高人提携,更容易脱颖而出。

基于这样的想法,她多次拒绝高大全,设法接近天龙。天龙陷入失恋的旋涡,有人亲近,他乐意接受。

天龙以前知道肖美微和高大全有接触,还很频繁,现在亲耳听到她说自己拒绝了高大全的追求,心里很温暖。

肖美微也选准了机会,她得知天龙失恋了,乘虚而入,试图钻进他的心坎里,挠一挠他的痒痒肉,抓一抓他的寂寞情,提一提他的精气神。此时他正需要安慰,更需要帮助。

西院食堂饭菜一度很差,价格还贵,许多同学就去外面吃盒饭。卖盒饭的有店面,可以坐在里面吃,价格公道、方便实惠,受到西院好多同学的青睐。肖美微经常拉着高天龙去那里吃快餐。

放学后,肖美微主动喊天龙去吃饭。俩人点仨菜,AA制。他们一起吃饭,一会儿你夹菜给我,一会儿我夹菜给你,看上去就是一对情侣,很亲密。他从不对她说情话,也不牵手,更不会在无人处做出接吻的亲密举动。肖美微多次明示,主动递过手去,天龙没有回应;又多次暗示,朝天龙鬼魅地一笑,也无济于事。她邀请天龙去看电影,看录像,逛街。每次邀请,高天龙也不拒绝,都能如期赴约,但都表现不出激情和兴趣,就像在应付差事。肖美微招儿使尽了,就等天龙主动拥抱,俯身亲吻,顺利牵手。都没有。肖美微的期待落空了。哪怕就是牵手,也是幸福的。不谈拥抱,也不提亲吻。也许火候没到,提前揭开锅盖,吃到的没准就是夹生饭。肖美微装作摆胳膊,一不留神手触碰到了天龙的手。天龙一惊,手迅速缩了回去,像触电一般战栗,脸也跟着红了。这个榆木疙瘩,怎么就点不醒呢?肖美微在心里暗骂,内心有点焦灼了。他要么生理有问题,要么心理有问题,怎么会放着漂亮的女生,无动于衷,毫无激情呢?李静宜偷走了他的心?那个女孩真狠,离开时还拐带走了他的一段情,让他深陷其中,不能自拔,自己再怎么深情呼唤,都不能使他醒来。他沉浸在里面,棍敲不开,棒打不着。

一次看过电影,肖美微在他面前云鬓半堆,酥胸微露,情高欲满。天龙只顾低头行路,毫无察觉。她靠近,他躲离。她装作崴脚,要他搀扶,他明确表示拒绝。她鞋带散了,要他帮忙系一下,他没有反应。她蹲下,自己系,敞口的T恤遮不住呼之欲出的双乳。天龙咽了一下口水,喉结颤动。他分明看到了,看得真切。他动了情,在强行压抑着。他不是传说中的柳下惠,咋会坐怀不乱?眼前人生理没问题,难道心理紊乱了?人在情感受挫后,面对一份新感情时,会像羔羊饥不择食,猛扑过来。但天龙一点不动心,毫无表示。看来他对自己真无兴趣。肖美微失

第十九章 新 月

望地站起,在他胸脯轻击一拳。即使酥胸半裸,云鬓半偏,也引不起他的兴致。他没有激动的情绪,也没有冲动的表示。她希望他激动,渴望他冲动。他却表现得过于理智。这人要么城府太深,深不可测,要么就是傻蛋,傻得可爱。

她想起了高大全。他是个桀骜不逊的人,一般女子不入他法眼。他偏偏对自己感兴趣,情有所钟,穷追不舍。肖美微不为所动。一天她主动找高大全。他喜出望外,受宠若惊。是什么仙风把你吹来了?高大全不失一贯的幽默,半开玩笑地说,平时我求都求不来。今晚的约会取消,专门来陪你,好吗?他蜜语甜言,熏得人晕头转向。肖美微不吃这一套,去,别贫嘴了。我找你有事呢。我要你做我一天男朋友,过了明天就自动失效,能答应吗?高大全一听乐开了花,不要说一天,就是一个小时我也乐意。能做你的男朋友是鄙人的荣幸!高大全屁颠屁颠地跟在肖美微后头,像个店小二,满口花言巧语,逗得肖美微咯咯地笑了。要不是你花心,今天找这个,明天找那个,我还真想和你做长久朋友呢。多善解人意,多体贴入微!高天龙没法比。高大全就顺竿爬起来,我保证只忠诚于你一人,不再拈花惹草。然后他举起手来,要赌咒发誓。

狗改不了吃屎,改好了再找我吧。肖美微又咯咯地回敬道。

我改好了,你早嫁人了,还有我的菜吗?高大全又幽了一默。

没个三五年是改不了的。不说了,等你真的改了,再找我。

肖美微的话高大全不想辩驳,只诺诺连声。

高大全果真取消了约会,牵着肖美微的手一起走进十九层大厦的自修室。高天龙恰好在。他们走进教室时,天龙正埋头写作。过了一会,他好像累了,一抬头,看到他们就坐在前排,卿卿我我,唧唧哝哝,耳

257

鬓厮磨。他顿时妒心大起，醋意陡生，站起身拂袖而去。肖美微在身边故意放了一面镜子，天龙的一举一动、面部表情她都看得一清二楚。天龙一走，肖美微和高大全也紧跟过去。

天龙坐电梯上到了顶楼，来到大平台上，在水泥墩上坐了下来。

皎洁的月光抚着他。他吹凉风，看天上闪烁的繁星。

只有星星知我心……他小声地哼着《昨夜星辰》：昨夜的星辰已坠落，消失在遥远的银河，想记起偏又已忘记……

他坠入回忆中，身边出现了人，他也不知道。肖美微和高大全像鬼魅一样出现在他身旁，搂抱，亲热，接吻。月光如水，星辰暗淡，当他从回忆中醒过神来，发现了缠绵的一对，嫉妒和愤恨充塞胸腔，他抛下一句"活见鬼"，就噌噌地从高处溜了，边走嘴里还不干净。

肖美微领教了天龙的醋劲，心中暗自高兴，他在乎我！

天龙受到刺激，快步走进教室，收拾书本，迅速溜出教学楼，爬上高处，翻过院墙，来到了足球场，独自一人坐在苦楝树下，埋头生气。他喘息不匀，喘气很粗。

不多会儿，肖美微又出现在操场上。他瞪着眼睛，眼珠快要滴血了。

肖美微暗自好笑。

呆子，一个人数星星啊？肖美微走过他身边时，故意问道。天龙听到熟悉的声音，既激动又愤怒。他抬头，肖美微微笑着盯着他看。

他生气地说，你来干啥？逍遥够了？在他落寞的时候，她不失时机地赶到，究竟是令人可喜的。天龙欣喜不起来，想到那一幕，心中就不舒服。这不是诚心气人吗？谁稀罕你，朝秦暮楚的人！

肖美微明显感到他的醋意。她要的就是这个效果。给你你不要，走

第十九章 新 月

了又不甘，什么人哟，连谈爱的勇气都没有，配做男人吗？送上门，他还扭扭捏捏，装腔作势。

肖美微还是坐了下来，咯咯笑着，演给你看的，就想试探试探你是否在乎我。肖美微直陈心迹。

你别自作多情了，谁在乎你啊！鬼才稀罕呢！天龙嘴一撇，做出不屑的表情。

这话够刻薄的，也伤人。肖美微真怒了。她脸色唰地由红变白，由白变黑，由黑变紫。她带着哭腔说，真不知好歹，你当自己是谁啊？刘德华、周润发吗？还是成龙？谱摆得够大的嘛。你要当了明星，还不鼻子翘上天啊！

天龙脸上火辣辣的。他觉得话说重了。不该那样对她。心里服软，但嘴上不服软。我叫你来的吗？你以为你是谁啊？西施？貂蝉？还是杨贵妃？倾国倾城啊？

哟，哟！口气不小，一个无名小子还想貂蝉、西施，做你的春秋大梦去吧！我就是丑八怪、母夜叉，你也不能这样待我呀！肖美微语带哽咽。

看你一人可怜，你好心当作驴肝肺。热脸碰着冷屁股，我心里好难受！

天龙最看不得女孩掉眼泪。那捧眼泪把他刚硬的心肠立马融化掉，变作绕指柔。

他不再言语挤对，用怪异的眼神打量她。肖美微擦眼泪。

他一把搂住了她，同时手抚一头秀发。秀发散发沁人的香波味，还有那股女孩特有的青春气息。天龙在秀发上吻了起来。

肖美微反身抱住了天龙，把头深深地埋进了他的怀里。

失恋了，心情不好。我知道你有意，但我无心。不想辜负别人，只好设法逃避。我觉得没有资格，不配拥有你。天龙在肖美微耳边柔声地解释着。

肖美微不说话，只用滚烫的双唇贴在了天龙的嘴上，够了。

天龙搂紧了肖美微。她像鳝鱼一样滑，怕一个不小心，就溜了。

我的舌头是美味佳肴，任你品尝！这是一个恋爱的季节，人们搂搂抱抱……天龙的脑海里突然冒出这样的词句，不知是谁唱的歌。

他们尽量克制着，谁也没有突破马其诺防线。要说主动，还是肖美微更主动些。她愿意奉献，愿意付出。天龙还是心有怯意。幸福来得太突然，他都没做好准备。黎明的曙光已扑向大地，晨曦的露珠已轻吻绿叶。晴日的大幕已拉开，大地上的生灵逐渐苏醒，慢慢抬头，瞪着圆滚滚的眼珠盯视着远方。远方有梦，有彩虹，还有令人心醉的绮丽。

天龙对女人有天生的敬畏，觉得女生神圣，女生纯净，任何心猿意马，都将破坏诗情画意。与其说他是好色之徒，不如说他是柏拉图。柏拉图之恋，追求的不是物质，而是更高一层，精神层面。玉体横陈未必就比巧笑嫣然更让人陶醉。有一道屏障横亘在他面前，像铜墙铁壁，他逾越不了，突破不过去。跳出三界外，不在五行中。人世皆苦，何必卿卿我我，惹得人疯疯傻傻、痴痴癫癫？他不能突破，不想突破，突破了就意味着责任，形如枷锁。如果他做了，就意味着要对她一辈子负责，他还没有准备好，他不敢。几次都快冲破堤坝了，他还是抽身而退，半途而废。

肖美微几次半开玩笑说，我就是一个琵琶、一把吉他，任你弹奏，

第十九章 新　月

任你拨弄。放开来，享受吧。天做棋盘星做子，谁人敢下？地做琵琶路做弦，哪个敢弹？你要做棋盘，我就是棋子；你是琵琶，我就是琴弦。我是棋子，你就是下棋的高人；我是琵琶，你就是弹奏琵琶的高手。懂吗？

天龙也是聪明人，能听出弦外之音。他下不了手，他不是弹奏琵琶的高手，心怀恐惧。弦断有谁听？

圣贤书读得多了，把普通的男女之情看得过于神秘、过于神圣，产生了敬而远之的思想。

高天龙有某种程度的懦弱，与高大全相比，差着不是一条街。高大全频繁换女友，毫无愧怍之心，更无羞惭之意。女人像蜂蝶一般围着他，嗡嗡不止。

高大全之所以能，就是因为他家有钱，财富可观。他不需为五斗米折腰，不需为三餐低眉。天龙不行，他出身寒门薄舍，自小节俭，谨小慎微，不曾有盲动之心，不敢有出格之举，烙印刻在身上，很明显。他大方不起来，也大度不了。他心思细腻，但不温柔；性格温和，但不刚硬。有人喜，有人嫌。与李静宜初恋，结出了苦涩的青果，这让他心冷似铁，退意萌生。

很不幸的是，高兴做卤菜亏了。天龙听了，更加心焦。板鸭没有做出特色，加上外地人到西安讨生活，本地人到底欺生。生意给了熟人，也给了品牌。高兴心中郁郁，天龙也难过。板鸭不好销售，惨淡经营。余雪莲坐不住了，急得团团转，有点犯糊涂，胡思乱想了。一天晚上，高兴回来后觉得不对劲。平时他回来时，饭菜都烧好了，今天却冷锅冷灶，迎接他的是愁眉苦脸。他心想，不好，她可能犯病了。悔不该告诉

泊长安

她实情,让她着急上火。他一晚都没睡好,就听她絮絮叨叨。

在家里,她除了絮絮叨叨,就是哭哭啼啼,有时神志恍惚,乱语频出。

妈妈,我回家了,你怎么不吃饭?天黑了,你不走了吧?菩萨保佑,阿弥陀佛!

高兴心一紧,还好她没跑出去,如果她趁人不在,一人跑了,那就难办了。茫茫人海,走失容易,相逢难,真的是大海捞针。

天龙心情好些了,就去了趟高兴租住处。他已好久没去了。失恋让他心情糟糕,懒得出门。学业繁重,让他也没心思去。

进来时他就感到不对劲,高兴在劝余雪莲,余雪莲死活不听,将床上的东西都扔到地上,还要把锅灶砸掉。

第二十章 惜 别

万竞雄是专科，三年制，很快就要毕业了。毕业是件恼人的事。她就想待在校园里，和周华强一起。她还没享受够。就像写文章，刚开了头，紧接着就面临煞尾。也怪自己懒，不晓事。早知道时间如此匆促，像长了飞毛腿，跑得比兔子快，甚至比火箭还快，不如多学点。记得刚谈恋爱，周华强在地下室里弄报纸，她大着胆子追过去。周华强确实不错的，她没看走眼。他对经济很了解，对国内著名经济学家和不著名经济学者如数家珍，对中国未来经济走势有自己的看法。

爸爸来过几次西安，与西安这边也有些生意往来。万竞雄开始是瞒着的，她不想告诉大人，时机不成熟。爸爸不会同意她谈恋爱的，和一个穷学生眉来眼去的，多没出息。母亲在老家已为她相好了一个大男孩，家里也是做生意的，条件更好。两家结亲，互相有个帮衬。自己也不会吃亏，做着大老板的千金和做着大老板的儿媳，哪一样都不差，都是美事。去年暑假，万竞雄和周华强去三峡玩，在路上他们聊了很久，对未来发表看法。随着三峡大坝逐步合龙，瞿塘峡、巫峡、西陵峡盛景将不在。趁着还没淹，赶紧去看看。看完三峡，她心生无限感慨。风景太瑰丽。在游船上差点出事。周华强机灵，处处照拂她。她低头掬水洗脸时，一个浪头打来，船颠簸起来，人差点栽进水里。周华强眼疾手快，一把扯住衣领，将万竞雄拉回船里。

万竞雄吓得花容失色，脸色煞白。要是掉进水里，注定凶多吉少。自己是旱鸭子，不会游泳，一旦落水，面对汹涌的浪涛，几无生还可能。等缓过劲来，她一把死死抱住周华强。周华强给予安抚，给予宽慰。她怦怦乱跳的心才慢慢平静，涨红的脸也渐渐恢复。

这一趟行程，大大增进了俩人的感情，在火车上，他们就聊起了未来。本来她还心思漂移，只是谈个恋爱，增加些经验罢了，没想着后面的事，还远着呢。自己毕业了，周华强还在大学，不同步，不同时。后面咋样，能不能走到一起，成为一家人，不好说的，她也没往深处想。周华强救美后，万竞雄不能不想了。她倚着周华强，有一搭没一搭地说，毕业了，你愿回家乡，还是留在大城市？周华强一边抚弄着她的秀发，一边呢喃，你去哪，我去哪。我要回到县城，在爸妈身边，帮他们打理业务。你们愿意接纳我，我也去。当然了，你爸妈要给我机会。相信，我会干好的，不会丢人，也不会让你失望的。

我确实想留在大城市，但如果我们能走到一起，我就跟着你。周华强再次强调。只要你愿意，我随你到天涯海角。

爸妈不一定同意。他们说给我找了一个男孩，长得帅，家里条件很好。他们还说与我很般配。爸妈也许就是诳我的。婚姻大事，我自己做主。他们也拿我没办法。你要等着我，不许趁我走了再偷腥。万竞雄用手在他鼻子上轻轻刮了一下，算是惩戒和提醒。

第二十章 惜别

天下第一美，无人能比了。我还能找谁？还愿意找谁？只要你不变心，我的心将永远都是你的。周华强俯下身，在她光洁的额头轻吻一下，很绅士的。

爸妈不同意的话，那就麻烦了。我会说服他们的。他们不同意也得同意。女儿的终身大事，不能砸在他们手里。

我相信爸妈是讲道理的。他们见了你一定很喜欢。他们会相信我的眼光。如果成了，我们一起打理家族生意，比上班强多了。

周华强嗯嗯地点头，沉浸在幸福的憧憬里。俩人都很兴奋，也很激动，就像很快就要步入婚姻殿堂一样激动，也像马上就要走入洞房一样兴奋。绿皮火车冒着白烟，呼啸着驶向邈远。他们是襁褓中的婴儿，被推着、拖着、拽着，去向下一个目的地。那里树木葱茏，鸟语花香。

生活不是苟且，生活充满了诗，还有远方。

他们的远方是西藏。

周华强和万竞雄这一对璧人来到拉萨，来到布达拉宫，被深深地震惊了。

还有这样的净土，这里保留着远古的传统。建筑如是，人亦然。

爱情在旅游中升华，两个人远行，将生死、安全都交给对方，将快乐、愉悦相互分享，一人快乐变作俩人快乐。去林芝，玩墨脱，过程艰险，人很享受。如果一人去，无论如何坚持不下来。纳木错是藏人的圣湖，干净纯洁到虚无。来到这里，私心灭失，杂念消弭，如入仙境，似进圣堂。有藏人匍匐到这里，三跪九叩，长揖不起。圣灵之子，造访宝地。夏秋之交，善男信女鱼贯而来，洗圣水，喝圣茶，虔诚膜拜，将心交给了天地，把魂给予了神祇。

泊长安

  周华强牵着万竞雄，赤着脚，慢慢向水中走去。沧浪之水清兮，可以濯吾缨；沧浪之水浊兮，可以濯吾足。纳木错的湖水始终清澈见底，清凉无比。有人捧起圣水，沐浴身心。周华强掬起一捧，轻轻地洒在万竞雄的头上。万竞雄遍体清凉，浑身通透，醍醐灌顶，豁然开朗，以前想不清、悟不透的事，一一化解。他们心中敞亮，眼光闪烁，能穿透黑暗，抵达无穷之境。他们心中郁结的事，好像已不是事，好像父母已经答应了，同意了。在圣湖边，万竞雄主动吻住了周华强。周华强的泪水哗哗地流淌出来。人间至美，人生挚爱，全在眼前。他忘情地搂住万竞雄，不管不顾，长吻起来。天地只为俩人开阔，日月只为一对晶莹。湖水在风中翩翩起舞，涟漪在心中层层荡漾开去。
  周华强吻着，抱着。观光的人不再看湖水，在看他们。一双双纯情的眼睛盯视着。他们羡慕着，祝福着。
  永不分开！万竞雄在周华强耳边呢喃。永不分开！周华强小声承诺。除非纳木错湖水干涸，雪山崩塌，否则没人能将我们拆开。
  万竞雄也流泪了，泪水流到了脖子，流进了衣领。周华强腾出手来，轻轻擦去。
  万竞雄马上就要毕业了，周华强还有一年。家人主张周华强考研，进更好的学校。哥哥承诺过，如果周华强考上西安交大，他补贴两万。父母也出资供养。周华强本来有此念想，考个更好的学校，将来去大地方，北京或上海。这两地都要研究生。如果去了这样的地方，前途会更加光明。周华强将想法埋进心里，没敢透露半个字。万竞雄家在浙江永康。永康做五金的不要太多。改革开放还没开始，那里人就在偷偷做。1978年后，风气一变，地下活动变成了地上活动，偷偷摸摸立马换作正大光

第二十章 惜 别

明。以前做被人瞧不起,现在做被人高看一眼。以前身份低,现在地位高。做得最好的就那几家,万竞雄家是其中之一。

万竞雄的爸爸在西安有生意,这边也常来,还和经济学家、学者搞到了一起,有些经济论坛就是万家赞助的。

万竞雄去过几次。规格太高,水平太高,曲高和寡,能听懂的都是行家。万竞雄半懂不懂。对国家经济走势,他们总体持乐观态度,给在座企业家们打了一剂强心针。有个学者光头,语言铿锵,气势不凡。他将中国的经济趋势分析了一遍,鞭辟入里,入木三分,赢得一片掌声和叫好声。

周华强要是在,该多好。万竞雄很想带他去长长见识。可爸爸在那里,她不敢。爸爸火眼金睛,如果发现她谈了男朋友,说不好就拆了。他不主张学生谈恋爱。最宝贵的学习时间,怎么能浪费在花前月下,消磨在卿卿我我当中?他最看不得贪玩、不求上进的人,深恶痛绝。

爸爸如果知道自己只顾着谈恋爱,荒废了学业,一定会气得不成样子。母亲还好,尽管提过几次,她都打马虎眼遮掩过去。家里已有主意了。母亲侧面提到过,和陈家二小子陈一虎结合。这是心知肚明的事,家人都这样想。不嫁他还嫁给谁?俩人从小玩到大,一起光屁股长大。可陈一虎不学无术,仗着家里财力雄厚,花得很。本来她对陈一虎还有点好感,可回家就听说他与邻村一个女子好上了。家里长辈都希望他们能结合,两家财力相当,互相帮衬,相互扶持。俩家结缘,将来就会把业务越做越大。

陈一虎其实也有心,只是管不了手脚,耐不住寂寞。是猫总要偷腥,是鼠总归钻洞。他偷了腥,又陷入洞里,以为神不知鬼不觉。可有很多

泊长安

双眼睛在盯着他,他瞒得过吗?

父母不会讲的。他们讲的都是陈一虎怎么能干,怎么操持。这事还是闺密偷偷告诉她的。她气得当场爆粗。可人家又不是自己的,犯得着发神经吗?闺密劝,她气也消了。

现在有了周华强,陈一虎咋样,她也不上心了。来了西藏,灵魂得到升华,心灵得到洗礼。她看开了,我只要周华强,谁要是拆散我们,谁就是仇人,就是冤家,今生不相往来。

万竞雄和周华强从西藏回来,在路上告诉他,爸爸要在西安请一帮经济学家搞个沙龙。请的都是达官贵人或文人墨客,你要是愿意,我带你去。周华强自然一百个同意。

万竞雄也豁出去了。她不怕爸爸骂她。早知道早好,丑媳妇总归要见公婆。周华强这个"丑媳妇"不丑,满身才华,满腹经纶,去了不说长脸,谅也不会丢面子。爸爸问起,就照直说,他生气也没办法。

两个风尘仆仆的人,刚下火车,来不及打扮,就来到会场。

爸爸见到了周华强。他一句话没说,只招呼他们坐。万竞雄扑腾的心才稍稍安稳。他们找了一个角落,悄悄坐了下来。

周华强打量着周围,无意中看到高天龙也来了。他吃了一惊。这小子还被邀请了,奇怪!他有什么资格来?真是凑热闹!怕是跟自己一样吧,都是被带来的,可有可无的角色。

周华强以为万竞雄将他们的事告诉万总了,也不避嫌,目光时时落在万总脸上、身上。他眼睛转来转去,眼观六路,耳听八方,还时不时和万竞雄耳语,显得亲热亲昵。万总在台上看得一清二楚。就是女儿不说,他也能猜出几分。

第二十章 惜 别

隔天,母亲的电话就追了过来。爸爸当隐身人,一句重话都没有。她暗自庆幸,爸爸算是默许了。

母亲话也不重,就和万竞雄聊家常,临末,不经意提起了周华强。万竞雄只好如实相告。母亲问候了几句,就挂了电话。

她要回家。暑假不能老在外面漂着,家里还有许多事。

暑假回来,万竞雄脸色就不好看。周华强很纳闷,问,怎么啦?万竞雄始终不语。问急了,她就呵斥他,事情有点糟糕,比我想象的要难。看来我们在一起的缘分尽了。你走吧,不要找我。

周华强心情一落千丈。他孤独地游走在校园里,在绿园里踟蹰,在闲趣亭边徘徊。这是沉重的一击,比泰森的拳头硬,比霍利菲尔德的巴掌狠。他感到天塌了。万竞雄回一趟家,回来就变了,变得彻底、干脆,连商量的余地都没有。说好的话怎么可以反悔?做下的事怎么能不认?人家的青春滴着葱绿,他的岁月淌着干枯。当听到"缘分尽了"这句话时,周华强像被抽了筋,吸了髓,浑身软塌塌的,毫无力量,整个人像丢了魂一般,不知该咋办。以后的路怎么走?还要不要往下走?他一脸懵懂,脑子好像忽然被清空了一样,啥也装不下,都给她带走了。他不敢想她的名字,也不许别人提这个名字。他不恨,恨从何来?她必然有苦衷。为啥不告诉我,独自扛着?你柔弱的肩膀扛不了如此重压,放下吧,回到我身边。

周华强吃不下,睡不稳,人也跟着憔悴下去。大三本该准备考研,可他心思一点也不在那上面。一睁眼,就是她;一闭眼,还是她。她的面容,她的身影,她的神态,她的衣着,全在眼前晃。

以前觉得失恋是遥远的事,是别人的事,自己摊不上。书上说得,失恋的人要死要活。鬼扯！都是瞎编的，哄人呢。现在想来，书上说得不假，非但不假，还很真，只是不够深刻，不够传神，不够细致。她的发梢蹭自己的脸，痒酥酥的；她的呼吸吐在脖子上，好香；她的衣服有一股自然的清香，闻不够。她总能给自己带来灵感和惊喜。和她在一起，吃什么都甜，做什么都快，脑中小马达转得飞快，反应特灵敏。上课非常专注，听一遍就知道下文。现在，脑子糊涂了，心思乱了，整个人像得了大病一样衰败。他不想这样，可改变不了。

孙家旺知道了，非常心疼。他找周华强谈心，聊天，一聊就是大半个晚上。都大三了，不能泄气。我当班长有个希望，班上同学都平平安安、顺顺利利地度过四年大学时光，圆满地就业，或升学读研。如果我做不到，有人掉链子，那就是失职，我不能原谅自己。

多大的事。天涯何处无芳草，为啥要在一棵树上吊死？人要学会转弯。你不是钻牛角尖的人，却为情所困，真不值当。

万竞雄确实漂亮，还有钱，这样的女孩不好找。但既然人家不愿意，你何必自苦？亲戚或余悲，他人亦已歌。

如果我和林若岚分手了，我不会像你。我会努力做到克制、理智。不咎既往，畅想未来。

话虽这么说，但真要到来，我也不敢保证。尽量吧，做个理性的人。

林若岚家在福建，我在天津。说好了，都回各自的家。我们谁也没有承诺。这是不现实的。我是家中幺儿，不去远方定居。她是家中长女，也不到别地安家。我们没有海誓山盟，那是欺骗人的话。这样的话少说，能在一起就尽量多待会；不能在一起，也不藕断丝连，缠缠绵绵。没必要。

道理我懂，也知道。就是想，想得慌，满脑子都是她的身影。不能

第二十章 惜　别

见到，见到心一颤。整个人都木呆呆的。该去打招呼呢，还是装作不认识？我很为难。几次在图书馆不期而遇，想说句话，人家像陌生人一样，低着头，看都不看我一眼。我心都碎了，碎了一地。

不是朋友，就是陌路，难道没有中间线路？我不想打扰她，就想问她一句话，她是否真爱过我，还是只想玩玩。我投入了真感情，百分之百地投入，一点没保留，丝毫无折扣。倾心付出，换来的就是这样的结果，我不甘心。

她真爱过你。她也很投入。据说她最近好像也很沉默。她一定也在独自疗伤。她有难言之隐，你要体谅。

周华强正面得不到答案，就侧面包抄，向她闺密打听。闺密开始支支吾吾，说也不知道，最好别问了，问多了，对大家都不好。

周华强眼泪在眼眶里打转。我哪里不好，我可以改。她要我上进，我不会落后；她要我往前，我不敢后退；她就是叫我跳楼，我也愿意。

闺密脸红了，还是告诉了周华强真相。

万竞雄家投资不慎，一百多万资金打了水漂。她爸爸急得腰都直不起来，嘴上尽是燎泡。企业正在爬坡期，眼看资金链要断，生意失败，面临关门歇业。母亲一个劲流泪，不吃不喝。陈一虎父亲亲自登门，嘘寒问暖，外加安慰。他的一席话像定海神针，让陷入绝境的万老板心思又活了。万老板想到女儿竞雄，只是开不了口。在这危急时刻，提那档子事，不是做父亲的风格。他要风风光光地嫁女儿，体体面面地迎女婿，不能寒酸了，更不能小气了。

陈老板答应万老板，拆借一百万让他周转，啥时缓过劲啥时还。后面陈老板还想说什么，万老板心里门儿清。陈老板话未出口，万老板就接过来，竞雄和一虎青梅竹马，两小无猜。她大学一毕业，就回来完婚。两人都不小了，也到谈婚论嫁的时候了。

陈老板一抱拳，一家人不说两家话。兄弟有难处，就是我有难处。只管吱一声，没有不响应的。

万竞雄回到家，还没高兴几天，就听说出了大事。她一回来就感觉气氛不对，但也没细想，更没深思。毕竟是女孩子，还没当家，也不知商场的险恶。这种儿女之事，还是由做母亲的来说好些。

母亲哭着向她诉说了经过。万竞雄一下子陷入两难。陈叔有救命之恩，此恩得报。周华强是心爱的人，割舍不下。

家中三女，她是老大。父亲给她取名竞雄，就是望她巾帼不让须眉，男人能做的事，女人一样可以办到。名字就是希望和寄托，她不能辱没了。她一夜无眠，左思右想，该如何决断？生意不能停，如果停了，爸爸一生心血将付诸东流。她清楚地记得，在政策还未开放时，爸爸摆摊卖小五金，有时穿街走巷，大声吆喝着。好不容易做大了，不能垮掉，撑一撑也许就过去了。有陈叔帮忙，想必能渡过难关。

陈叔的用意也很明显，不言自明。两家本来走动就密切，一虎和自己也是一同长大。他觊觎自己，也垂涎自己，就是长相差，要不是家里有几个钱，老婆都不好找。现在关键是他已有女人，整天腻在一起。陈叔从来就没看上，也不许他带回家。这是母亲告诉她的。闺密也说过。两人说的侧重点不同，意思也有所区别。总之，陈一虎现在身边有女人，据说还不止一个。

嫁给他就是跳入火坑，不嫁两家就会反目。竞雄想啊想，鸡叫数遍时，才迷迷糊糊进入梦乡。梦里只有周华强。她猛地醒来，浑身汗湿。

第二十章 惜 别

天一亮,她就来到母亲房间,说嫁,然后端碗吃饭,拿杯喝水,行动如常。

周华强听了,一声长叹,悄悄地离开了。他也该吃就吃,该玩就玩,该睡就睡。做不到,逼着自己做到。

我不负她,她也没负我。

第二十一章 龃龉

王海生要毕业了，他得找好接班人。张玉峰最近风头很劲，在学校的大小晚会上都有不俗的表现，音乐协会会长非他莫属。经过一番讨论，征得校团委的同意，张玉峰顺利接班。张玉峰为人活络，既懂业务，又会外交。他想大干一番，接手后第一件事就是组建摇滚乐队。通告一贴出，很快有一批人报名。经过精挑细选，招募了五人组成摇滚乐队。张玉峰在行头和装扮上也刻意修饰一番，留起长发，蓄上小胡子，脑后扎一马尾，嘴上八字胡，下巴一撮胡子，形成倒三角，互相支撑，彼此帮衬，很有味道，有时戴鸭舌帽，有时不戴，嘴里叼着烟，烟雾缭绕，游走在校园里，引来啧啧声一片，有型也有派。

他平时喜欢运动，肌肉发达，胸肌和臂肌一露出，性感极了。张玉峰接手"西院音乐教主"的位子，文纤弱有点吃醋了。才华是把双刃剑，既可怡情悦性，也可招致嫉恨。文纤弱本来是支持他的。但他一放学就泡在地下室，和乐友排练节目。周围有很多女生，每个都很漂亮，足以和她匹敌。她心里隐隐不快，只是没表露出来。

第二十一章 龃龉

一次文纤弱肚子疼,要张玉峰带她去医院,他说,我忙着呢,你自己去医务室,开点药。文纤弱一肚子不高兴,满腹牢骚,又不忍发作,一人抱着肚子孤独地去了,眼里禁不住渗出泪水。

分了吧,省得找气受。她自语。可又舍不得,张玉峰虽然落拓不羁,但确实有才华,有天赋,还有抱负。他曾对她说过,他要做唐朝第二,崔健第三。揣着失落的心情,文纤弱从医务室走出来,迎面撞上牛高马大的张玉峰。她瞪了他一眼,准备不理他。张玉峰强行拽住她的手,走,听音乐会。

文纤弱转怒为喜,破涕而笑,用拳头在他身上砸,砸得重。砸得越重,代表感情越深。文纤弱离不开他了。

在地下室,文纤弱领教了啥叫疯狂,啥叫歇斯底里。张玉峰脱去上衣,光着膀子,弹着电吉他。鼓手、贝斯手齐上阵。他一边摇摆着,弹着电吉他,一边高吼《梦回唐朝》:今宵酒醒无梦……梦里回到唐朝……声嘶力竭,唱着,跳着。在场的人无不震撼。一曲歌罢,掌声雷动,征服了在场的所有人。文纤弱脸涨红了。她喜欢音乐,也喜欢唱歌,对校园民谣很有研究。她在广播站就经常播放那些歌,勾起人无限遐想,令人回味。她对摇滚不是太了解。她原来不太喜欢摇滚。摇滚太闹,太吵,打击乐似乎也不规律,轻一下,重一下。轻的听不清,重的撞击心扉。心脏有问题的,还真不适合听这样的歌。但她听了张玉峰的歌,很有感觉,心突突跳着,就要跳出嗓子眼了。张玉峰回头看着文纤弱,她脸色绯红,灿若桃李,眼神迷离,心思恍惚,性感极了。张玉峰忍不住跨过去,当着众人,搂起她,低下头吻她,在额头,在脸颊,在腮帮,然后到嘴唇。吻得耐心细致、和风细雨,一点不狂暴。同学们报以热烈的掌声。文纤弱羞愧难当,一把推开他。太难为情了。

趁着热度,张玉峰回到原地,继续唱歌。又一首《飞翔鸟》,唱得人心都醉了。一个个血脉偾张,满面红光。原来是彩排。

第二天,他们就带着这些歌去参加学校晚会。文纤弱自然也跟过去。这次是正式表演,台下坐着校领导。张玉峰到底有点怵。他害怕演砸,手心里冒着汗。临上台时,乐手们互相击掌鼓励。在表演《梦回唐朝》时,没能放得开,至少没有昨晚那样有激情。这首歌,就要大声吼出来,高声叫出来,不能憋着,越憋越坏事。

张玉峰唱时,调起高了,后面就有点为难了。文纤弱一直在台下看着,用眼神鼓励他。唱到一小半,嗓子打开了,越唱越来劲,越唱越有激情。台下叫好声一片,掌声经久不息。

成功了!张玉峰还没唱完,就知道自己已尽情演绎了。比原唱不差,还有创新。不简单!这个人是谁啊?经济管理系的。哦,原来贵校还有这么厉害的人!

文纤弱是张玉峰的女友,自然被安排在前排,位置很好,就坐在领导后面。事后,她将听来的话,一五一十地告诉了张玉峰。

张玉峰模仿能力强。他模仿刘欢,唱《少年壮志不言愁》,简直酷似,模仿张楚、郑钧、崔健等等,都有模有样。他还能唱英文歌曲,歌路够宽的。

文纤弱既喜又忧,忽然变得有点小心眼了。张玉峰与女生接触太频繁了。常在河边走,哪能不湿鞋?如果看不牢,抓不紧,就会把他推到别的女人怀里。她越想越怕,越怕越想,于是就疑神疑鬼起来。

张玉峰演出紧张,时间排得满满的,没更多的时间陪伴她。文纤弱

第二十一章 龃龉

经常踽踽独行在偌大的校园里。校园显得好大，好空。大得望不到头，空得如天幕。校园里整天人来人往，川流不息。可在文纤弱眼里，只要张玉峰不在，她就觉得空。只要张玉峰远离，她就觉得大。一个人走路，那么无力、无趣、无聊。耳里塞着耳机，听着单放机，可内心的孤独无法排遣。有时走到青青操场，那里人声鼎沸，人来人往。她只看天空和树叶。天空还是蓝的，树叶已枯萎，在风中摇摆，随时会掉落，打着旋儿，不甘心脱离母体。叶子落下时，凌空蹈虚，那是对枝干的深情，对天空的留恋。她就像风中的树叶，也不知啥时会掉落，落进泥土，落进沼泽，落到角落。看到树叶，她一阵心伤，眼泪又要掉下来。她不能这样，无端地好哭。为何突然变得多愁善感，睹物思人？张玉峰跑得再远，只要他的心在，他就跑不掉。如果他的心远离了，即使天天系在身边，也无济于事，早晚要分离。

张玉峰在晚会上表现出色，邀约不断。他开始在外语学院，在师大，在政法学院，还有财经学院巡回演出。他最期待能在财经学院演出。那里有他的初恋。初恋是苦涩的，但总不能忘却。他希望演出那天，龚月庵在场。他要一雪前耻，用歌声征服她，让她再不能小看自己。北京人就了不起？北京人也吃五谷杂粮。北京人不是外星人，不能高人一等。到外地上大学的北京"小白"，其实成绩并不好。成绩好的谁愿意出来？北京有那么多优质大学，只要稍微努力点，都可以上的。

在师大和外院的演出尽管成功，但张玉峰全没放在心上。成功是必然的，不成功才是偶然的。他信心越来越足，几乎爆棚。

演出那天，财院人山人海，多是学生。这么多人，怎样才能发现龚月庵呢？好久没联系了，也不知她的近况。初恋总让人怀念。像朝霞，

泊长安

一缕在东方的天空上；像晚雨，几丝在南方的天幕下。他不想回忆，又忍不住回忆。回忆其实是空洞的，本来就接触不多，最多牵过手，摸过头，吻过腮，其他更亲昵的举动就没了。

龚月庵不愧是财院第一美人，她一出现，就引起骚动。许多人忍不住回头盯视，想要咬下一块，想要吃下一口。她的肌肤雪白粉嫩，像瓷娃娃，冰肌玉骨，香气袭人。

张玉峰不要寻找，别人的眼神和行动已告诉他了。他站在台上，居高临下，看得更准，望得更切。龚月庵也在看他。四目相对，俩人脸唰地红了。谁也料不到会有今天的相见。演唱开始，张玉峰使出浑身解数，要超水平发挥。他越想表现，越表现不好，唱到一半，突然忘词了。都唱了多少遍了，滚瓜烂熟，咋会这样？救场的人出现了。贝斯手突然顶了上去，唱了一段。人们以为这是事先安排好的，谁也没在意。张玉峰心里清楚得很。他想不能思想开小差了，于是凝神聚力，将演出进行到底。总算皆大欢喜。

要签名的，要合影的，都拥到台上。人们渐渐散去，龚月庵没走，站在那里，盯着看，似乎认识，又似乎不认识。她长发飘飘，黄衣素服，衬得越发亭亭玉立。

张玉峰想打招呼，龚月庵已转身了。他想喊，没喊出声，目送着人影离去。

回来后，张玉峰就无端向文纤弱发火。文纤弱忍着，再忍着。张玉峰名气大了，脾气也渐长，动不动摆就明星架子。

一次说好一起吃饭，刚走到半路，呼机响了，张玉峰急忙要回寝室回电话。文纤弱拉着，不允。他生气了，饭可以晚点吃，电话很重要。

第二十一章　龃　龉

比我重要吗？好容易约到一起，你不是这事，就是那事，干脆不吃算了。张玉峰演出后，也有些出场费了。能自己挣钱了，他就买了个呼机，联系业务用。当然与崔健、唐朝没法比，他还嫩着，不过装得像大牌。天还未太冷，脖子上就系上围巾，围巾还是花色的。围巾是文纤弱买的。文纤弱总共给他买过两样东西：一条围巾，一个钱包。他对文纤弱也大方，给她买过不少东西。挣钱了，想到给她买羽绒服，买皮靴。怪费钱的。文纤弱本不同意，他说挣钱就是用来花的，不流动的钱就是死钱，会发臭的。户枢不蠹，流水不腐。文纤弱很感动。

现在文纤弱就穿着他买的羽绒服和皮靴，挽着他的胳膊，心里满满的幸福，沉沉的感动。张玉峰要回去打电话，很扫兴。她说了气话。张玉峰没听出好歹，执意要回去。在楼下等我！

打过电话回来，文纤弱不见了。她真生气了。张玉峰就在传达室找了部电话，打到她寝室。电话是别人接的。对方说文纤弱不在。张玉峰不信，叫她接电话。女同学说，真不在！叫她接电话！张玉峰还是不信，不肯罢休。他怕对方骗自己，自报家门，我是张玉峰。他以为自己名头很响，就算西安人不知道，别的学校不了解，本校学生应该知道。不说大名鼎鼎，如雷贯耳，也是小有名气的。除非那人两耳不闻窗外事，一心只读"教科书"。他报了大名，满以为能得到热烈的回应，可对方还是冷淡地说，她不在，真不在！你就是崔健、刘欢，她该不在时还是不在。然后电话就挂了。听着嘟嘟的忙音，张玉峰怅然若失，慢慢地挂上电话，踱出门，点燃一根烟，吞吐起来。烟抽了一小半，他又觉索然无味，扔到地上，用脚踩，狠狠地蹍。他来到操场，打了一个很响的呼哨，就坐在露天看台上。

泊长安

不一会，细雨淋漓，淅淅沥沥。风也扑过来，围着他转。他裹紧大衣，头深埋着。我就不信了！他猛地站起，一阵风般来到女生寝室。看门老太戴着厚边老花镜，从眼镜里乜斜了他一眼。找谁？平时好像人人都认识自己，今天咋了？都脸冷鼻子翘，看人怪怪的。张玉峰从声音听出了不舒服，不适应。他没好气地说，302，文纤弱。声音硬邦邦的，能撞伤一头驴，击倒一头猪。老太看他这样，也冷冰冰地照章办事，不带半分感情。他连阿姨都不喊，叫人很不舒服。老太就对着喊话器，302，文纤弱，下面有人找。连喊数声，无人应答。张玉峰头伸进传达室，喊话器压根儿就没开。丫蒙人呢？看门老太瞪着他，眼睛血红，嘴都快气歪了，嘴唇一颤一颤的。张玉峰心知不妙，赶紧溜了。

他到了教室，文纤弱不在，又赶到图书馆，一个位子一个位子瞄。嘿，真逮着了。他拍了拍对方肩膀，女生回过头。张玉峰连声说对不起，弓着腰退了出去。他下到一楼，正往外走，在门口遇着文纤弱了。她捧着一摞书，正往图书馆冲。

张玉峰一把搂过，找苦我了！文纤弱还要挣扎，张玉峰箍得紧。文纤弱借坡下驴，也不恼，也不闹了。两人来到了操场，免不了一番亲热。

张玉峰随性惯了，有时没事，半夜打电话给文纤弱，喊她出来。文纤弱毕竟不同于小虹。小虹是文纤弱的影子。与其说他爱小虹，不如说他更爱文纤弱。小虹长得有点像她，但又不太像。小虹脾气好，要干啥就干啥，深更半夜被叫去喝啤酒，她一点不反感，也不反对。小虹脾气好，人也软弱，招之即来，挥之即去。刚开始，张玉峰挺感动的，慢慢地就觉得没劲。这人咋一点没主意，像个跟屁虫？真乏味。文纤弱到了学生会，进了宣传部，让张玉峰喜出望外。近水楼台先得月，在眼皮底

第二十一章 龃龉

下,还能跑掉吗?

和好之后,张玉峰感受到了文纤弱的硬气。想想小虹,多好的女孩,从没过高的要求,他想咋样就咋样。可一旦这样,他又觉得贼没劲。人咋可以这样呢?全没了自己,只有对方。

文纤弱看似柔弱,但骨子硬,性格刚,弄不好就会发脾气。张玉峰算是领教了。两个刚硬的人走到一起,不是你刺着我,就是我戳着你。刚开始彼此身体滴血,慢慢发展到心在流泪。张玉峰退一步可以,退两步也可以,再三再四退,他就甩脸子了。

他也算名人了。特别在财院演出后,他感到龚月庵对他似仍有情义。张玉峰难免想入非非。真是吃着碗里的看着锅里的。他很想见龚月庵。龚月庵和北京小白脸一定分了。说不定她现在是单身。即便不是单身,我也想知道她过得咋样,有机会去了解了解。高天龙不是和李静宜拍拖吗?找他问问,啥事都清楚了。

天龙最近有点蔫,好像失恋了。他和李静宜好久没来往了吧?难道真是的?他这人闷葫芦,不撬牙不张嘴。一切都埋在心里,还不憋死?我有心事就唱歌喝酒,喝醉了,啥都忘了,一觉醒来,又活蹦乱跳了。他们这些人都没劲,包括周华强、孙家旺。自从谈了恋爱后,每周的卧谈会也没了,大家都到深更半夜回来,回来洗洗就睡了,谁还有心思谈天论地,畅谈国内国际形势?没必要,也没这个时间。

好了,张玉峰又想到文纤弱。没追到她时,要死要活,唱《姐姐,我要回家》。真追到手了,也就一刺猬,浑身毛刺刺的。

这个要管,那个也要管。上管天,下管地,中间还管着空气。真有窒息的感觉。快要窒息了!张玉峰深吸一口气,又长吐一口气,生怕哪

281

泊长安

天真窒息了。

他曾经抗争过,不管用。文纤弱的解释是我在乎你。他说,我要自由。生命诚可贵,爱情价更高。若为自由故,两者皆可抛。文纤弱听了,拔脚就走,头都不回。张玉峰又不舍得。花了大价钱才追到手,岂甘轻易放手?他拉着她,换一副嘴脸。自由诚可贵,生命价更高。若为爱情故,两者都可抛。文纤弱破涕为笑,在他胸口搗了一拳。张玉峰捂着胸口,蹲了下来,直呼心疼。她的纤纤玉手在他头上轻抚。

文纤弱和张玉峰交往后,很注意与男生的距离,不得不与男生交流时,也保持两尺远。张玉峰很小心眼,容易吃醋。与他交往后,她连老乡会都不敢参加。有次参加了老乡会,本该告诉他的,只是那天他演出,传呼打过去了,始终没回电。她也就擅自做主,参加了老乡会。竟然在老乡会上认识了一个同县同乡的学弟。她忍不住激动。毕竟这么远,有一两个会说家乡话的,真亲切。她就和他多聊了几句,用的是家乡话。家乡话很难懂,别人以为在说外语。几天来,张玉峰一直忙,忙得找不见人影。文纤弱就找了同乡学弟,问他家乡的事。家乡到底令人牵挂。他们又是同一个中学出来的,更加亲切。他们在绿园里聊了好久。这事不知怎么传到张玉峰耳朵里去了,他气得跳脚。

卧榻之侧,岂容他人酣睡?张玉峰急了,恨不得把她拴在裤腰带上。文纤弱外表柔软,骨子刚硬,她才不愿受拘束。你有爱好,今天这里,明天那里,为啥我就不能和男生说话聊天?况且是老乡,是同学,管得够宽的,手伸得真长。你周围不是也围着一群女生吗?只许州官放火,就不许百姓点灯,岂有此理!再说了,我们只是说家常话,不涉私情。我一清二白,到哪里都干净,你没资格说三道四。两人争也争了,吵也

第二十一章 龃龉

吵了。文纤弱说，你一个大男人，就不能大度点？我一个小女人，我还忍着，让着，时时替你着想，处处为你让道。你就不能宽容点？

张玉峰不甘示弱，我替你着想，谁替我着想？别的事可以包容，这事不行，没有商量余地。在我不知情的情况下，偷偷会小男生。哪个男人受得了？

你是谁？你好像还没资格吧？我也没嫁你，行动是自由的。就是嫁给你，我也有自便的时候。

我是你男朋友，就凭这一条，你就不该。

那好，我们从此不相见，各奔东西。你走你的路，我过我的桥。

吓唬谁呢？离开你我会找到更好的，比你漂亮，也比你有才。张玉峰急了，口不择言。

文纤弱斩钉截铁地说，一刀两断，分道扬镳。能耐大了，就想颐指气使。没门儿！说完扭头就走。空气里弥漫着花香，也蕴含着暮气。天已向晚，暮霭沉沉。

张玉峰愣在花坛边，一任风拂老柳。

看着远去的背影，张玉峰忽然伤心难过。花了好大的精力才追到手，离开时却是这般。早知现在，何必当初？他不想再追，倦了。

泊长安

第二十二章 另　意

　　天龙有篇论文写得不错。姜明志恰好是他的指导老师。一个周末，天气晴朗，空气里涌动着馥郁的花香。那天早上起来，喜鹊在枝头欢叫，天龙心中无端地一喜。他不知喜从何来。刚吃过早饭，姜明志就打来电话，请他去家里聊聊修改论文的事。

　　论文的事，姜老师在班上已提过。她当着众人的面夸高天龙，天龙心里暖暖的。他花了不少心血，泡在图书馆，结合当下世情，字斟句酌地写了一篇论文，改了又改，投给了院办。院里委派姜老师指导。姜老师一看论文，很是欣赏。

　　姜明志在厨房择菜，脑子仍不停地思索，飞速转动着。天龙一到，她就赶忙起身，给他沏茶，招呼吃点心。姜落雁也在，哥哥长哥哥短的。天龙很感动，也激动。他端茶的手都有点抖了，茶水泼洒了一些到地上。姜落雁说，没事，我去拖一下。天龙抢着做，两人的手不经意间就触碰到一起。天龙一惊，手缩了回去。姜落雁脸也红了，像熟透的柿子。天龙觉得好美，粉嘟嘟、红艳艳的。她身上还有股香气，香得醉人。天龙

第二十二章 另　意

恍若梦中。天龙不知姜老师喊他啥事，觉着别扭，站着不自在，坐着不舒坦。姜老师从厨房出来，洗过手后，在围裙上擦了擦。姜老师一来，天龙才觉着踏实。姜老师要指导他修改论文了。姜明志果然拿着他的论文，用红笔眉批了，画得横一道，竖一道。他的心忽然突突乱跳，不敢正眼瞧。姜落雁就躲到厨房去了。姜老师给天龙提了几条意见，让他回去修改，接着话锋一转，天龙，别走了，吃个便饭。天龙赶紧推辞。姜明志不容他再辞，叫落雁陪你说说话，我去烧饭了。姜落雁就出现在天龙眼前。他觉得她好美，不忍看，看一眼是亵渎，望一下是糟蹋。他还是看了一眼，赶紧低下头，然后就喝茶，吃点心。姜落雁和他有一句没一句地聊着。她落落大方，始终抬着头，面带微笑，眼含秋水，唇若施朱。

天龙没说两句，就没词了。他心里其实自卑。自卑抑制了话语，内敛阻碍了表达。他想表达，出于谨慎，也出于内敛，他不敢说，也不知从哪里说起。姜落雁却像小麻雀，叽叽喳喳，问东问西。天龙一直被牵引着，问一句答一句，很是机械。说多了，渐渐熟络，他的话也跟着多了起来。

姜明志在厨房择菜，偶尔拿眼瞟瞟，用耳朵听听谈话，有时露出会心一笑，有时不禁轻轻皱一下眉头。

我妈说你老有才了，常在我耳边提你。我也好奇，缠着妈妈带你来我家做客。高天龙，名字取得很大气嘛，一听就不同凡响。我倒要看看高天龙到底是何方神圣，长着三头六臂，还是七脚八手，竟然会让我妈念念不忘。她是出了名地清高，一般人别想入她的法眼。看来你这人真的不错。姜落雁嘻嘻哈哈，两只大眼睛水灵灵的，忽闪忽闪地盯着天龙看。

高天龙，名字俗得很。老家农村喜欢管男孩叫龙，女孩叫凤。我在家排行老小，大人更疼些。高是姓，天是辈分。大哥叫高天晴，二哥小名高兴，学名叫高天雨。天龙一边解释自己的名字，一边向她介绍家庭成员。我有个小名，叫狗蛋。农村人喜欢叫猫啊狗的，土得掉渣，俗得碜牙。老辈人说名字越土越好养。咱农村人都是泥土里生，泥土里养，吃饭靠泥土，住家也靠泥土。小时候常叫，长大了，老辈人还叫。平辈或小辈就不好叫了，喊学名。

姜落雁两手托腮，好奇地看着他，一会嬉笑一声，一会又嬉笑一声。天龙脸就红了。

她没在农村待过，对农村觉得很新奇。家里有兄弟姐妹真好，可以互相帮衬。天龙说，小时候经常打架。尤其跟高兴，打得次数多。无非是为吃多吃少的问题，不过是得宠不得宠的话题，没少争过。都过去了，长大就好了。

你最小，是出气筒吧？嘻嘻，好玩。姜落雁追问。

最小，父母就护着，他们不敢。挨打也少。天龙平静地回答，像说邻家的事。

你在家能不能吃到零食？有玩具没有？落雁打破砂锅问到底。

零食是炒米糖，玩具就是泥土。炒米糖平时没有，只有过年有。泥土到处都是，随便玩。天龙有点难为情地说。

好可怜哟！我小时候啥都有，吃的玩的，要啥买啥。我爸是大老板，在北京开电脑公司。姜落雁提起她爸就骄傲，面带得意。

天龙惭愧地低下头。他声音更小了，像有什么东西堵着喉咙，掐着声带，你爸真厉害！

姜落雁看到了天龙脸色不对，就赶紧转弯。

第二十二章 另 意

我爸好是好，可常年不在身边，我感到孤独！妈妈一上班，就把我锁在家里，一点不好玩。说这话时，她显得委屈。虽然那已过去很久，她好像还很在意，为此伤心难过。

天龙怕勾起她不愉快的过往，赶紧接过话茬。

我家人多，生活清苦。我从农村出来，见识短浅，不像你见多识广！

我可不见多识广。我妈说我啥都不懂。以后交往，你不许笑话我。然后是一阵银铃般的笑声，像风一样直钻心扉。

姜明志听到了，心想可不能摆谱，要不然会把人吓跑的。

姜落雁随手拿起一个苹果削了起来，还夸赞道，你爸妈挺会起名字的，你们兄弟名字都怪好听的。他们都念过不少书吧？

都是大老粗，粗通文墨，没啥文化。天龙又不好意思起来。

我不信。说着，姜落雁就递过削好的苹果。

天龙推辞几下，顺手接了。

聊天总体是愉快的。天龙有些喜欢这个师妹了。

很快几菜一汤弄好了，姜老师解下围裙，招呼一声，开饭了，边吃边聊。

天龙赶紧收回刚要冒出的话，急忙去厨房帮着端菜。

天龙吃了香蕉，吃了苹果，还嗑了瓜子，看到丰盛的菜肴，还是忍不住咽了一下口水。

天龙在姜落雁的身边坐下，边吃边聊着。

天龙倒了半杯红酒，站起来恭敬地敬姜明志。姜老师，承蒙您的厚爱，无以报答，先干为敬！说完一仰脖子，干了。

小高，来，多吃菜，多吃菜。姜老师夹了半条鳜鱼放进天龙碗里。

天龙红着脸说，您不用客气，我自己夹，会自在些！

我不夹，你不伸筷子。你一定要多吃呀！菜烧了就是吃的，不吃浪费。天龙就搛了块红烧肉放进碗里。

红烧肉是专门为你烧的。学校伙食太糠，营养又不好。多补点油水，才长得好。姜老师又搛了几块肉放进天龙碗里。

姜明志的热情，让姜落雁有点吃醋，比亲儿子还亲，有点过了。她脸上表情有点尴尬，又不好发作。

姜明志发现了，赶紧把剩下的半条鱼搛给了女儿。她推说鱼不好吃，刺多。姜落雁从小享受独宠，就没人与她争过，乍有人来分享，她就不自在。

落雁，别只顾着吃，敬师哥一杯。姜老师提醒女儿。

姜落雁横了她一眼，妈，我懂，不用您教！

天龙忙不迭地端着杯子站起，赶紧敬她。

晚餐是愉快的，天龙很满意。姜落雁很高兴，姜明志也跟着高兴。姜落雁要送，天龙没允。她看着天龙消失在夜幕中。

不知为何，肖美微真和高大全好上了，再也不纠缠天龙了。天龙于是死心塌地和姜落雁处上了。自从成了她的男友，不久天龙就做了《绿潮》杂志的主编。他大刀阔斧地改革，剔除了不少只挂名不做事的人，吸收了一大批新鲜血液。《绿潮》上多了一批质量上乘的诗歌、散文、小说。来稿量多，筛选出不少好作品。有不少老练、成熟之作，不乏有见地的散文，不缺厚重的小说。有个叫李国光的作者写的《西京游学记》，生动有趣，想象新奇，文笔活泼，字里行间充满灵动之气。天龙找到作者，约稿，鼓励他长篇连载。《西京游学记》好评如潮，赞誉一片。

第二十二章 另　意

《绿潮》杂志在天龙带领下，获得了较大发展，带火了一批作者，其中就有李国光。天龙和他成了朋友。天龙的论文顺理成章地被评为优秀。

这孩子我就喜欢，打心眼里喜欢，长得眉清目秀，还才气满满。落雁，你要把握不住，你就后悔去吧。姜明志算是尽力了。姜落雁点头，也摇头。母亲不懂了。

一有空，姜落雁就找天龙出去玩，每次都抢着付钱。一般人乐享其成，天龙不，觉得没面子，伤自尊，好像他是吃软饭的。现实面前，高天龙确实玩不起。去一次高档酒吧就要好几百，他能掏得出？去云南，坐一次飞机就要上千，他没这个实力。这些对姜落雁来说不过毛毛雨。她爸给她的压岁钱就是好几万，够她花一阵子的。老是让人买单，天龙心里矮一截。到底不是两口子，怎好意思老花人家的钱？姜落雁在花钱上很大方，从不计较。天龙既喜也忧，喜的是遇到金主，忧的是金主不是自己。

天龙去过几次高兴出租屋。高兴亟须用钱，就问天龙借。天龙手头没钱，只得硬着头皮向姜落雁开口。五千元不是小数目，天龙想说又说不出口，像个犯了错的小孩，声音又细又弱。弄了半天，姜落雁才明白。天龙自尊心强，借钱就是打脸，跟她在一起，本就没脸了。在外人看来，很长脸，可天龙就是转不过弯来。他对她客气，甚至敬畏。姜落雁多次表示，不要那样，不好玩。天龙改不了，有点低声下气。

经济基础决定上层建筑。天龙学过政治经济学，懂。他也知道规矩，不能放肆。他们处得小心。姜落雁就明说，处得累。天龙更累，每次都赔着谨慎，不敢放开来，连喝酒都不敢漫灌，谨守着规矩。

泊长安

如果是天龙向她借钱，借多少都无所谓。要是为别人举债，她就不情愿了。姜落雁有点犹豫，毕竟不是小数目。在她眼里，五千元确实不多，但对没参加工作的人来说不算少了。她想刨根究底，借这么多干啥，又怕伤他自尊，一咬牙还是借了。其中必有故事，既然他不愿明讲，那也随他。天龙是极要面子的人，不会轻易借钱的，如果开口了，说明彼此熟识，关系不错。姜落雁这样一想，心中挺高兴。

天龙外表温和，内心强硬，不轻易接受别人东西。姜落雁有时想给他买几件好衣服，被毫不犹豫地拒绝了。看到他穿着随便，姜落雁都有点过意不去。在北京的爸爸想回来看看，顺便瞅一眼天龙。爸爸还透露要在西安举办沙龙，有不少名家到场，有经济界的，文艺界的，还有国企老总，民营企业家。她想让他见识见识外面的大千世界。

她把这个消息告诉了天龙，并说要带他一起去。天龙自然兴奋，不过心中也忐忑。他想接触上层人物，又有点怕，顾虑不少。

去买一套西装，好吗？姜落雁柔和地说，我衣冠楚楚，你寒酸落魄，不相称嘛！

我想买，可每月生活费就那么点，还不能及时到账。父亲在砖厂背板车，一身泥一身汗，就为了给我挣生活费。我买不起！

我可以给你买啊，只要你同意，我帮你！姜落雁不无豪气地说。

不行！我要自己挣钱买。你的心意我领了，不能老花你的钱！我欠你够多的了，咋还啊？！天龙不肯同意。

真犟，又不要你还！姜落雁露出了底牌。

那更不行，那负担就更重了，心里承受不来。天龙还是不愿意。

先记着账，等你发达了再还。人情和钱一起算。姜落雁打趣道。

第二十二章 另　意

钱倒是小事，人情大过天，一并还。天龙还是抗争着。

怎么还呢？用手还，还是用心还？天龙一时语塞，想了会认真地回答，用手还钱，用心还情。姜落雁笑了，在他鼻子上刮了一下。

姜落雁带天龙去伟志西服专卖店买了一套一千多元的西服，还买了两件白衬衣，外加一条大红带横纹的领带。

天龙穿上西服，打上领带，蹬上皮鞋，立刻换了模样。天龙英俊、标致，精神抖擞，神气活现。姜落雁看得呆了，也满意极了。

她将天龙的旧夹克扔在了一边。天龙勃然变色，声音有点异样，不要扔，那是我平时穿的。

别穿了，都旧了，又不是买不起，非把自己弄得土里土气的干啥？落雁有点不高兴。生活境遇不同，花钱理念也截然不同。

我还没挣钱，穿得太好不适应。工作了，还穿这么差，那说明我矫情。天龙一边收拾，一边解释。姜落雁只好随他去。

其实天龙心里有个小九九，他想将旧衣服留下给高兴穿。高兴干粗活，整天在油污里打滚，穿不了好的，穿天龙剩下的正好。

天龙回去后收拾了几件旧衣服，带给了高兴。高兴说余雪莲犯病了，费了老大的劲才弄到医院。天龙说过几天去看看。

星期天晚上，天龙打扮一新，陪姜落雁出发了。

在沙龙现场，天龙一眼瞥见周华强。他也来了！身后跟着万竞雄。万竞雄打扮得格外妖娆，一袭粉色长裙曳地，雪白的脖子上戴着一串珍珠项链，长发披肩，跟欧美电影中的贵妇一样，雍容得很。

高天龙有点紧张。姜落雁也打扮时髦：一袭大红旗袍，包得身材越发窈窕；两边开衩，雪白的腿肚子在灯光照耀下很诱人；脚上是高跟鞋，

泊长安

在木质地板上走动时发出咚咚的声响；头发挽成髻，盘了起来；脖子上是翡翠玉饰挂件。不输万竞雄。

天龙看了看姜落雁，又看了看万竞雄，急忙走过去，握住了周华强的手，小声问候。

他们属于新人，来得比较早。尊贵的客人还没到场。他们也不敢大声喧哗。两对找了个偏僻的角落坐下来，小声聊着。

万竞雄的父亲在被邀之列。他是江浙比较有名的商人，考虑到沙龙在西安举行，女儿正在这里读书，便带她来见见世面。万竞雄就把周华强带过来了。

服务小姐给每人都奉上一杯茶和一杯咖啡。

天龙喝一口黄山毛峰，顿觉神清气爽，灵气来袭。两个女孩选择了喝咖啡。周华强也喝茶。品黄山毛峰对周华强来说已不是第一次，他毕竟来自城镇，见过世面。天龙第一次来到如此辉煌的场所，有点晕，也是第一次喝毛峰，感觉神奇，口齿生津，余香绕口。

喝茶安神静气，喝咖啡体味梦幻。天龙没喝过咖啡，听说很苦。天龙没经历的事太多，太孤陋寡闻。

人渐渐到了，不下三十位。

桌上放了许多零食，有开心果、腰果、芝士、甜点等，好像是新年茶话会。天龙心里嘀咕。他只开过新年茶话会，还是在中学，档次和水平比这低得多。

沙龙组织者叶千秋站起来做了开场白。首先感谢大家光临，其次希望大家畅所欲言，最后大家要吃好玩好。

接着把姜落雁和高天龙介绍给了大家，也将万竞雄与周华强推介给

第二十二章 另 意

了众人。他说万竞雄就是万为冠的长女,果然美丽脱俗。万为冠谦虚了几句,小女还在上学,承蒙大家关照。

交流中,经济学家沈敢先发表了自己的看法。他看上去五十来岁,鹰鼻隼眼,已完全地中海了,只有四周的长发盘绕脑际。

天龙对他的长相很感兴趣。

他不同凡响,语出惊人,对中国经济走势、未来发展做了自己独到的阐释。天龙在课堂上从来没听过,很新鲜。

中国经济总体走势是好的。个体、私营经济正在强力崛起,与国有经济相互补充。国有大中型企业,在国家羽翼保护下,产下了一枚又一枚金蛋。这些金蛋怎么做菜,是一门大学问。邓小平南方讲话后,对民营经济是极大利好。国有经济把控着国计民生,其他都交给市场,交给民营企业。这一块蛋糕大得惊人,任你才华似海,豪情满山,都能在这举世瞩目的腾飞中得到充分展示。

国企总经理在国家政策保护下,开展经营,收入和利润不是第一位的,有很多平衡。只有在市场的蓝海里劈波斩浪、勇立潮头的人,才有资格成为企业家。中国已诞生了一批企业家,他们是民营经济的翘楚,私营业主的排头兵。没有国家政策的保护,也好,也不好。没有保护就像楼梯没有护栏,弄不好就会摔下去,不粉身碎骨,也会鼻青脸肿。但如果爬过去了,就别有洞天。这就是摸着石头过河的榜样。没有现成的,也没有样板。有潜水的,有浮游的,最后谁能到达彼岸,比的是实力和毅力,还有善心和恒心。

真正的企业家是在市场竞争中脱颖而出的。通过人脉和关系只会一时强大,不能长久。在市场中摸爬滚打,发展壮大的,才叫人信服。

泊长安

　　中国有个华为，具有成为大企业的潜质。联想、海尔也算是吧。联想不能跟惠普和戴尔比，海尔不能和松下、三洋比。有人说华为、联想、海尔成立时间都不长，能有今天的成就相当不错了。人家的公司都是百年老店了，不可同日而语，假以时日，赶超也不是不可能的事。这话我信，也有这个信心。只要我们大方向正确，政策具有连贯性，思路是对的，相信会有这么一天的。公司、企业的强大不能仅靠一两个强人。有强人固然重要，但要建章立制。公司的经营也要具有连贯性，不能因为换了领导人，经营主旨就变了。不仅创一代要强，创二代、三代直至无数代都要强，这样企业才能做成百年老店，长盛不衰。

　　在座的有不少民营企业家，有的带儿女来了，有的没有。我的建议是要带，经常带，要让下一代介入，让他们感受知识和文化，同时也要感受市场。懂得市场是无情的，就像洪水，引导好，利万物而不争；引导不好，就是猛兽，伤及自身。

　　强人在创业时很重要，到了守成时，又往往力不从心。创一代要知进退，有分寸，该急流勇退时就毫不犹豫，敢于培养新人、接班人。这是明智之举。包括国企和民企。

　　沈敢先洋洋洒洒，讲了很多。言毕，大家报以热烈掌声。大家纷纷发言。

　　有的说，现在互联网方兴未艾，正是电脑业的春天，不管是做硬件还是做应用软件，都是最好的时候。

　　有的说，过几年电子书大行其道，网上购物风行，这一块也是不得了。

　　有的说，搜索引擎将来绝对有很大的市场空间，有很大的发展前途。

第二十二章 另 意

有的说，年轻人活力无限，将来在新兴产业中做到龙头老大的，必然是年轻人。年轻人要不怕输，不怕苦，敢闯敢试。

有的说，民企中培养接班人不容小视，没有一个核心接班人，企业势必会乱的。

谈着谈着，话题就转到民企接班人上面去了。

民企接班人尽量在子女中培养。如果没有合适人选咋办？那就实行职业经理人制度。在座的民企老总，退休时，企业由谁打理？子女不适合当老板的，可否由外人接班？子女可以拥有股份，聘用职业经理人，这可能是将来的一个出路。企业发展壮大不容易，一旦做大做强，就是社会产物，不单是自己的了。就像养儿女，孩子一出生，不仅仅是家庭这个细胞里的一分子，而且是国家的、民族的一分子。

后来还谈到企业文化和文学艺术。企业文化是软实力，对一个企业的成长进步至关重要。企业领导人有点个人雅好，有点品位，琴棋书画、吹拉弹唱懂一些，对企业是有正面影响的。企业领导会写文章，就会重视文化，重视文学艺术，对提高员工素养有莫大好处，比整天花天酒地，忙于应付要好。

文学艺术可以净化心灵，可以提高境界，可以开阔心胸，可以使人从琐屑里解脱出来，思考重大命题。爱因斯坦能提出"相对论"，钱学森能设计制造原子弹，能提出系统论，与他们的艺术修养不无关系。艺术修养使人视野开阔，思想缜密，思维活跃，左右脑互相使用，可缓解疲劳，提高效率。据说人的脑细胞被开发利用的还不到百分之十，百分之九十的大脑细胞都处于休眠状态，处于待开发状态。如大脑有百分之三十被开发利用，会创造出更加惊人的业绩，地球也会更加绚丽多姿。

泊长安

人的大脑就是个小宇宙,沟壑纵横,千丝万缕,如能善加利用,能量惊人。

天龙有些听过,多数没听过,感觉很烧脑。

第二十三章 拯 救

天龙一来，余雪莲似乎突然清醒了，停止了哭闹，呆呆地看着他。

哥，你来啦？她冷不丁冒出一句。

天龙知道她犯病了，白眼多，青眼少。他将高兴拉到一边，悄悄地说，送医院去吧，不能再折腾了。

我都灰心了，早知今日还不如放弃算了。我没钱啊，现在生意也不好。高兴沮丧地回答。

我来想办法吧。再不送，她病重了，会跑掉的。毕竟你们在一起生活一段日子了，你忍心放弃？天龙严厉地责备高兴。

高兴没法，只好跟天龙一道把她送进了精神康复医院。去的时候连哄带骗，说送她回娘家，她妈在火车站来接她回家了。她半信半疑地跟着天龙、高兴去了。

到了医院，她认出来了，死活不肯进去。高兴说，哎哟，我的头好疼，疼死了，你能陪我去医院看看吗？余雪莲一听高兴头疼，着急地问，咋搞的，刚刚还好好的！于是就陪高兴、天龙一道进了医院。

泊长安

　　高兴带着她左转右转，转到了"第五病区"——精神康复科。天龙嘱咐余雪莲坐在外面凳子上休息，让高兴看着她，自己一人进了医生办公室。一会儿，天龙后面跟着一个医生出来了。余雪莲也不在意，跟在高兴后面。高兴说，陪我进去看看。余雪莲也跟着进了有铁门的屋子。本来敞开的铁门突然关上了，高兴也忽然不见了。此时余雪莲才意识到上当了。她在老家时，曾经去医院住过，每次都是母亲和姐姐编个理由来哄骗她，每次都能得逞。她清醒时觉得自己太傻，怎么就那么好骗呢？

　　进到里面，扑面而来的是阵阵尿臊和腐臭味，令人作呕。她是个女人，虽然住过院，但里面还比较干净，通风也较好，基本没怪味。那里面的人奇形怪状，各有不同，她开始觉得害怕，慢慢适应后就没啥感觉了，甚至觉得他们善良、亲和，出院时，还与几个病友结下了友谊，离别时依依不舍。这次感觉特别，这里环境让她不适应，密封的门和窗，见不到阳光，感受不到风。她拼命挣扎，又吼又叫，想挣脱出去。里面的人有长发飘飘的，有破衣烂衫的，有高声歌唱词不对调的，有踽踽独行自言自语的，有暗自窃笑的，有嘤嘤啜泣的，有跟常人一样在聊天打牌的。她看见有几个女人聚拢在一起，张家长李家短的闲谝。

　　她观察了一会，渐渐习惯了，不再恐惧了，壮着胆加入闲谝妇女当中。有两个妇女热情地招呼，当中一个黄发女子拉起余雪莲的手，妹子，你来了？咱要珍惜这段时光，其实咱啥毛病都没有，就当来休养好了。哭闹没用的，到这里来了，就要听医生和护工的，不能有过激行为。说完用手将余雪莲耷拉在脸上的一绺长发拨到耳根后。余雪莲心一喜，脸就红了。

　　别人也跟着附和。余雪莲点点头算是回答。护士将床铺安排好了。

第二十三章 拯 救

她累了,不想闹了,就想睡觉。床位在靠近铁门的走廊上。她卧在床上。铁门开了,送来一个披头散发的女人,被俩护士和俩护工架着,女子又抓又骂,还跺脚,肚子一拱一挺的。进到里面,女子不闹了,护士护工松懈了。俩护士过来低头铺床,她抓住机会,一脚踹在一个护士的的屁股上,护士倒在床上。俩护工迅速跑来死死抱住她。病号也参与进来,慌不迭地去拿布带子将她牢牢地绑住。她像个肉粽子被缠得紧,动弹不得。被绑女子一口浓痰吐在护工脸上。护工勃然大怒,两个巴掌扇过去,女子脸上顿时两个紫血印。女子龇牙咧嘴,破口大骂,誓不罢休,闹了好久才稍消停,折腾够了,也被打够了。她被掌掴二十多下。打人的护工也累了,坐在条凳上直喘气。被打的女子骂累了,疼晕了,打着呼噜昏昏睡去。她是在睡梦中被灌下药的。余雪莲看到这一幕幕,心惊胆战,倒吸一口凉气——幸亏自己没有大闹,要不然吃亏的就是自己。

第二天,女子又开始哭闹,吵得不可开交。全病房炸开了锅,人心浮动。病人都拥过来看热闹,大家七嘴八舌,有劝的,有骂的,有摇头叹息的。医生赶过来了,吓唬说再闹就电休克。女子实在执拗,自然没好果子吃,被抬进电休室电休克了。被抬出来时,她浑身抽搐,嘴里冒出泡沫,像垂死的螃蟹。总算安生了。女子再次醒来时,乖得很,见到人直往后缩。余雪莲看到这一幕,心剧烈地颤抖着。

这里治病,也治暴。在与病友交流中得知,这里有的是犯人转过来的。有个在垃圾里捡烟屁股抽的粗莽汉子,据说就是杀人犯,一身邋遢,衣衫不整。他是真疯还是装傻,只有天知道。他有时朝余雪莲诡秘地一笑,笑得她心里一紧,迅速避开。余雪莲比较年轻,也很漂亮,男病号时有骚扰。他们故意搭讪,套近乎。余雪莲冷若冰霜,一个不理。

泊长安

　　有些混混，见色起意，揩她油，占点便宜。余雪莲只有远远地躲开，也不挑起矛盾。有装疯卖傻的，本来年纪不大，生理健全，心理扭曲，虽长期吃药，对性功能有抑制作用，但勃起是常有的事，长期被关，穷极无聊，就找女病号开荤玩笑，有时烦躁，就骚扰女人。有女病号长期住院，竟然还有相好的，只能趁护工不注意，偶尔摸摸捏捏，要是搂抱被发现是要吃板子的。

　　没有相好的，一看到进来有姿色的女人，争抢就开始了。余雪莲亲见，有个漂亮少妇进来探视妹妹，一群男病人看到了，团团围过来，像看外星人一样，眼睛睁得老大，直愣愣地盯着看，有的看脸，有的看胸部，有的看屁股，嘴里发出霍霍的声音。少妇脸红了，没待一会就溜了。

　　抽烟是男病人最享受的时光。抽烟不能随时抽，有规定时间，饭前半小时和饭后半小时。在这时间外抽烟，要被罚做苦力的。这个时间段，厕所边烟熏火燎，雾气蒸腾。有极少数女病人也参与其中。

　　余雪莲漂亮，住院时难免被骚扰，不胜其烦。在中学时，她就有当尼姑的想法，削去烦恼丝，常伴青灯古佛。中学时读过《红楼梦》，惜春遁入空门，青灯相伴，很是诱人，她甚是羡慕。

　　白茫茫大地一片真干净。可冰消雪融后，哪里有干净的地方？全是污泥浊水。她又一阵心酸，打了退堂鼓。

　　净土在哪里？中学时读过诗词，仍记得"清净堂中不卷帘，景悠然。闲花野草漫连天，莫狂言。独坐洞房谁是伴，一炉烟。闲来窗下理琴弦，小神仙"。这种日子到哪里去寻呢？

　　她闲极无聊时，就想着曾经读过的诗词，聊以自慰。

　　高兴每周都去看她，天龙有时也去，顺便带点水果和零食。天龙没

第二十三章 拯 救

告诉同学余雪莲来西安,又犯病了,没告诉孙家旺,也没告诉张玉峰和周华强。他想,如果班长孙家旺知道了,一定会动员同学去探视她。天龙不想她受到干扰,余雪莲也不想吧,看到同学,兴许会勾起回忆。往事不堪回首,就让它过去吧,翻篇了,和往事拜拜。

他却告诉了肖美微,要她严守秘密。爱情不存,友情在,她尊敬天龙,仰慕天龙,天龙的话,总是要听的,虽然没走到一起。也不知为何,他在姜明志的关照下,顺理成章地和姜落雁谈起了恋爱。肖美微知道了,本该伤心难过。也不知为何,高大全真追起了她。她退而求其次,就和高大全好了。高大全为了她,也戒掉了花心,专意对她好。肖美微为天龙一直在不断地妥协,希望赢得他。她倾慕他的才气,也佩服他稳重、厚实的个性,同时忍着他的小脾气。男人嘛,就该有点脾气的。骏马良驹不易驯服,驽马废柴才好驾驭。迁就过了头,天龙就腻了,见异思迁。

他的倔劲好可爱,她喜欢,认为有男子气概。她看好他,欣赏他,换来的却是苦涩和伤心。她并没太伤心,抹抹泪,继续潜行。

这个事情他不敢告诉姜落雁。她高高在上,不懂普通人的苦楚和辛酸。别人奋斗一辈子未必能达到的高度,她轻而易举地就够到了,得来全不费功夫。

天龙始终要仰望她,虽然她个子不高,比天龙矮。他还是要从心底里去敬慕她,小心陪侍着,生怕花瓶落地,鲜花散失。

他和姜落雁隔着一层,横亘在中间的到底是什么,天龙一时没想清楚。再一琢磨,是阶层差距。他们从小生活在两个世界,你讲的我不懂,我讲的你不明白。虽然双方都好奇,可弄明白了,就觉得挺无聊的。

天龙是玩泥巴长大的,姜落雁是抱着芭比娃娃成年的,两人压根儿就没共同语言。他心里一直想着李静宜。他们都是从农村考出来的，经过挣扎，最后浮出水面，在赶考大军中，没有被吞噬。多少人名落孙山，有人为此疯，有人因而痴。他算是幸运的一拨，如果没考取，别说姜落雁，就连李静宜、肖美微，见都见不着，只有拎着包裹，跟着人流去上海或深圳打工，在流水线上日夜忙碌，连交友的时间都没有，枯燥至极，也苦涩无比。

他学会了同情，也学会了怜悯。强者，只能举刀向更强者；弱者，只会举刀向更弱者。

余雪莲是弱者，更弱者。本来家人以为她考上大学，就跳出了苦海，想不到中间出了纰漏，大学没读完，中途退学了。

高兴是厚道的。也幸亏她遇到了高兴，如果遇到坏人，她可能早已变作生育机器。还好，生活没有向更坏处滑行。

人为何要生病？又为何要生这种疾病？难道她的疾病不可治愈？这是心理上的创伤，心病还需心药医。可为何要看西医？能否用中医治？这是心绪情结，通过中药将情结打开，是否就能缓解直至痊愈？西药抑制大脑的兴奋，头痛医头，治标不治本，容易养成药物依赖，一旦脱离药物，就可能会复发。

精神分裂症，一个多么可怕的名词，被称为不死的癌症，治不好的，只能维持，除根难之又难。

据说生这种病的人，脑中有种酶分泌得异常，多了，就使调节情绪的阀门松动，造成兴奋、狂躁；少了，就会抑制情绪，造成抑郁寡言。药物调理，就是让脑中的酶分泌得适量，情绪才会回归正常。

天龙的分析不无道理，但他毕竟不是医生，治疗无策。

第二十三章 拯 救

她整天被关在屋里，活动受限，自由受限，这跟笼中小鸟有啥区别？小鸟在笼中还有自由空间，可以上蹿下跳，鸣叫抒情。人在斗室之内，四壁之间，该是多么难熬！想到这些天龙就有些揪心。她是女的，矜持和内敛使她羞于表达，除了哭就是哭，不像男人，可以抽烟，可以骂娘，再不行，就打一架。

天龙和高兴去看望余雪莲，从里面将她带出来。高兴签的字，以家属的名义。余雪莲刚开始沉默，聊了一会，稍微活跃些。余雪莲从裤兜里掏出一张小纸片，展开给天龙看。原来是一首诗：

喜鹊喇啾榆槐间，秋虫唧唧墙脚边。
几个疯人捂耳去，不愿听音大自然！
笼中小鸟声未息，上蹿下跳承主欢。
数颗糠秕喜不胜，赞歌唱尽仍被关！

天龙看了眼前一亮，没发现她还会写诗，虽谈不上多工整，对仗平仄都值得商榷，但能在医院写出这样的诗已属不易。天龙忍不住夸赞几句，到底是大学生。余雪莲脸上现出了红晕。

康复医院周围风景不错，茂林修竹，繁花似锦，是个疗养的好去处。然而来这里的都是病人，关起来轻则一月有余，重则好几年，甚至有十数年的，最长的关了半辈子。天龙在心中为这些人一掬同情之泪。被关的生活苍白而空洞，他们的眼睛里充满无望、无助和无奈，眼神空洞而虚无，了无生气。还好余雪莲病得不重，稍加休养，略加调适，就能回归社会，重新投入生活。

泊长安

余雪莲在病房住得时间长了,不见阳光,面有菜色,脸有倦容,显得有些猥琐,吃药较多,脸上像抹了一层锈。天龙轻唔一声。

高兴陪着余雪莲。高兴佝偻着腰,精神也不太好,人也憔悴,黑瘦了。天龙塞了些钱给高兴,叮嘱几句,并和他们去悦来饭馆吃饭。高兴想推挡,你老帮助我,你还没工作,哪来钱啊?收回去吧。我已连累你了。高兴有些丧气地说,问医生啥时可以出院,医生说还要住些天。问这病能治好吗?他说只能恢复,一不小心,就会复发。钱花掉了,还不落好。再治一次,以后再犯,就干脆放弃。她不能连累你,我更不能连累你!

说见外话了。你是我什么人?帮她就等于帮你。你遇到困难就等于我遇到困难,我能袖手不管,置身事外吗?钱的事甭操心,我还有些朋友,办法比你多些。她即便将来不是我嫂子,也是我曾经的同学,不能见死不救。天龙劝慰高兴道。送走了余雪莲,天龙与高兴推心置腹地聊了一通。高兴眼里噙着泪,说最近卤菜生意不太好,勉强度日。

她是可以拯救的,也值得拯救。别放弃!天龙鼓励道。

高兴目送他远去。

第二十四章 曲 折

李静宜毕业后，在呙老板的支持和资助下去了美国留学。学了两年的语言，拿了个文学硕士学位。在这段时间里，李静宜的英语练得非常纯熟，也很地道，如果仅从声音上判断，绝对是正宗的美国英语。

两年里，呙老板也常去美国探视，他们常在一起小住一段日子，过起了不是夫妻胜似夫妻的生活。

两年很快就过去了，李静宜回到了国内，在深圳呙老板手下做事，先是做呙老板的秘书，后来干到了部门经理。她专门负责接待外商，给呙老板做谈判翻译。

他们如影随形、如胶似漆、亲密无间的样子让公司很多人嫉妒不已。有人就偷偷告诉了老板娘。老板娘是个醋坛子。她不知道就算了，现在有人告诉了自己，不能坐视不理了。等呙老板下班回来后，她摇着轮椅到他身边，偷腥偷够了吧？你的事我本来不想管，但是你太过分了！你想离婚，娶那个狐狸精是吧？你在偷偷准备着，不是吗？老板娘大声地斥责着。呙长生，你听着！除非老娘死了，否则你休想打别人的主意！

泊长安

胡说八道什么啊！都是工作需要，懂吗？工作需要！呙老板听得不耐烦了，挥舞着左手回敬道。

你的丑事以为我不知道吗？把她送到美国读书，现在又接回来，公然姘居在一起，像什么话？！我只是不说而已，当我是聋子，当我是哑巴，当我是瞎子？当我啥也不知道？我清楚着呢！我现在告诉你，你明天就把她赶走，有多远走多远，别让我碰见了。我觉得恶心！你要是阳奉阴违，我知道了，就死给你看！说到做到！老板娘下了最后通牒。

呙长生只当老婆说说而已，绝不会寻短见。他收敛了点，不再一出门就把李静宜带在身边了，约会也偷偷摸摸的，不敢正大光明了。

没有不透风的墙，老板娘还是知道了，寻死觅活的，一定要呙长生辞了李静宜。

呙长生苦劝，她是公司的台柱子，外语很好，人才难得！我答应你不与她来往就是，大惊小怪的干啥？

老板娘不依不饶，非要呙长生把李静宜辞掉，否则就没完。你要不把她辞掉，就把我辞掉。有她没我，有我没她！

你这是怎么啦？还嫌事情不够多吗？呙长生没好气地说。

好，你嫌弃我了！我知道你早就嫌弃我了！我挪窝，不妨碍你们的好事了！大老板，我告诉你，你明天就见不到我了！老板娘摇着轮椅气急败坏地说，像是在发狠。

别拿死来吓唬我！闹够了没有？呙老板没当一回事。以前也闹过，闹得挺凶，但每次都能消停。多年来，呙老板已经习惯了。她说死不下百次，一不高兴就说自己活够了，声言要给某人腾椅子、让位子。刚开始，呙老板很上心，左哄右劝，慢慢地，他就觉得烦，整天鸡犬不宁的，

第二十四章 曲折

啥时是个头?他有时真想糟婆子早去早好,省得碍手碍脚,全家都不得安生。这次也一样,不想事情发生,也放任事情发生,他没太放心上。

第二天正在开会,鲍秘书神色慌张地来到呙老板面前,附着他的耳朵讲了几句,呙老板神色突变,宣布散会。

驱车回到家,家里已乱成了一团。老板娘割脉自杀了,血流了一地。他对保姆大骂,你们这些猪头,干什么去了?养你们有啥用!

保姆和用人也习惯了老板娘一哭二闹三上吊,以为跟从前一样,闹一阵就消停了。大家都没太往心里去,各自干着事情,忙忙碌碌,也无暇看管她。在家,都是她发号施令,将一干保姆和用人指挥得团团转。她脸色总是阴沉着,将轮椅摇来摇去,检查这里,考察那里,稍有不满就破口大骂,骂得难听。保姆和用人一个个捏着鼻子,不敢出声,噤若寒蝉。

保姆知道她心情不好,没事不敢打搅她。有事也瞅准机会,不敢随便进她房间的。

平时窗帘都开着,唯独那天有些奇怪,一直拉着。大家以为老板娘不高兴,在睡闷觉。到了快吃饭了,还没见人出来,大家就有点坐不住了。有人敲门,始终无应答。还是修剪花圃的男工胆大,推开房门,血腥的一幕映入眼帘。

老板娘的娘家人来了,不依不饶,说呙老板养情人,逼死人命。

公司里也炸开了锅,人们纷纷把矛头指向李静宜。

呙老板大包大揽,不干她的事,谁也不要为难她!

最后总算把李静宜保了下来。

在处理老板娘家人的事情上,呙老板心力交瘁,公司的很多事情都耽搁下来。

　　李静宜看在眼里急在心上。她心疼冯老板，又无能为力，自己还担着逼死老板娘的罪名，处境本就尴尬。

　　处理完家事后，冯老板像变了个人似的，对李静宜也不冷不热了。李静宜觉得待不下去，就黯然离去，不辞而别。她几年的感情付诸东流。

　　李静宜对冯老板很是感激。他救了自己的母亲。母亲得了尿毒症，行将就木，硬是在他帮助下，起死回生。他花了大价钱给母亲换了肾，还有后期的治疗费用，全包了。李静宜一家感恩戴德，父亲说要好好报答，怎么报答都不为过。李静宜还进了他的公司，进出各种场合，认识了很多人，虽然最后没能走到一起，但也不亏。她钱赚到了，人脉也有了，出去后找一份像样的工作，还是轻而易举的。再说她有专业，英语很溜。这是硬通货。广州有许多外企入驻，需要她这样的人。她很轻松地在诺基亚找了一份工作。

　　母亲换肾后，经过精心治疗，人很快康复。她悬着的心总算落地了，把福鼎外贸公司当自己家，把冯老板当作亲人。几年相处，她对冯老板的作息时间、工作风格有了深入了解，一个眼神，就知道他想干啥，一个动作，就知道下面要发生什么。

　　她事事替他想在前面，处处维护他的面子，时时照顾他的尊严。冯老板有时开玩笑，就是我肚子里蛔虫，也未必能想得那么周到。

　　缘分已尽，强求不来。李静宜趁着月黑风高，卷铺盖走人。走得匆促，走得仓皇，简直就是逃。空气里弥漫着不安的气息，涌动着无名的火气。唯一信任她的人也轻慢了，唯一关照她的人也沉默了。面对千夫所指，她只有暗自啜泣。

第二十四章 曲 折

广州很大。她离开福鼎，但没离开广州。她在深圳工作，在广州生活。她对广州怀有深情。这是一座花城，有无数人喜欢花，种花养花，买花卖花。这是花的世界，花的海洋，每条街都弥漫着花香，她舍不得花。全国还有哪座城市有这么多花？她想象不到。天不留人花留客。再说广州还有很多外企，懂外语最容易发挥，她不愁找不着工作。不是她找工作，而是工作找她。她刚辞职没几天，人还在懵懂状态，电话就追了过来。猎头公司也真是厉害，无孔不入。李静宜挑挑拣拣，没一个中意的。虽然对方开出高报酬，大价码，她就是不动心。说不动心，其实有点假。她被一家洗涤外企相中了，就要签合约了，她还是忍了忍，说今天不舒服，明天再去。就在这一天内，情况有了变化，她感情的天平倾斜了。这天有一个电话打来，说是诺基亚公司的，本人叫任太愚，诺基亚驻广州总经理。

老总亲自来电，可见重视程度。她不能轻慢，更不能无所谓。她需要一份工作，安身立命，最主要的是发挥能力，实现价值。钱对她来说，只是个数字，但数字太小了，证明价值不大，宁可捐了，也不能太少，既表明重视程度，也表明身价。自己不缺钱，不代表家人也富有。母亲还常年服药，本身开支就不小。她不能挣少了。

见面了。一个大胡子、高个男人，矗立在她面前。她须仰视。仰视累人，坐下就能平等。她示意对方坐下。坐下了，李静宜才感觉放松。

点了茶，要了咖啡。两人各取所需，饮茶的饮茶，喝咖啡的喝咖啡。李静宜来大城市多年，还是不习惯喝咖啡，喜欢喝茶。喝茶让人安静，生出莫名的情调。喝咖啡则不同，总有隔靴搔痒的感觉。

人从小养成的习惯，越大越保守。她喜欢喝粥，吃馒头，即使在美

泊长安

国留学，也改不了念想和盼头，即使吃不到，心里老想着。一回到家乡，就唤醒了沉睡的味蕾，吃馍，喝面汤，特别是胡辣汤，能喝几碗。每次回家，母亲都做胡辣汤，她吃得美美的，下次还想。

西式面包黄油加咖啡奶酪，她就是不习惯，吃过几次，总觉得吃不饱，吃了也没胃口，咬几下就放下。和老外一道，她不想吃西餐。吃在中国，诚不欺也。这些老外太不会吃了，一餐吃一个汉堡，几片面包和薯条，就解决战斗，真是太不会享受了。

任太愚，四十开外，芬兰人。妻子儿女都在本国，自己只身一人随公司外派过来的。

老外入乡随俗，给自己起了个中文名字叫任太愚。私下里人们都叫他"老人"。

"老人"并不老，也不过四十来岁，年轻时留学中国，学汉语言文学。诺基亚进入中国市场后，他具有这个优势，就被委派过来了。

"老人"是北欧人，人高马大，皮肤白皙，胸毛和胳膊上的汗毛又长又粗，一脸的络腮胡子，看上去很艺术。

李静宜和他走在一起，就像个小矮人。高大威猛的"老人"是那么壮硕。李静宜除了工作，拒绝和他进一步交往，最多在一起吃个饭，喝喝咖啡。

公务上的事在一起是难免的，也躲不过。任太愚追求李静宜而不得，却很有耐心，很有涵养，在工作上从不给李静宜小鞋穿。他把工作和生活分得很开，工作时一切公事公办，私事都留在下班后处理。

李静宜在工作时间里，从不被骚扰。李静宜很欣赏这点。她从中悟到了一些。

第二十四章 曲 折

任太愚幽默、大度，对李静宜关怀备至。结过婚的男人更懂得怜香惜玉，更会照顾人。李静宜多次被打动过。要不是他已结婚，要不是他有妻子儿女，要不是自己不愿去国外生活，李静宜差不多就答应了。

每个孤寂的夜晚，每个落寞的日子，任太愚都像神一样守着她，又对她秋毫无犯、彬彬有礼。

她知道任太愚被外派到中国，举目无亲，心里一定很独孤，也很寂寞。休息日，他怎么打发，怎么消磨？与其说找李静宜是为了性，还不如说是爱恋，是欣赏，是一份不忍割舍的情感。

在任太愚看来，李静宜是东方标准美人，有气质，有风度，他称她为"东方维纳斯"。也许是见了太多的西方美女，乍碰上像李静宜这样的东方丽人，他忍不住垂涎。

李静宜知道，既然在一起不能长久，就不应觊觎这份感情。远水解不了近渴，但总比干涸着强，给人一种念想，给人一份希望，给人一个盼头。在北京的通信展上，她无意邂逅高天龙。天龙才是初恋，真正的初恋。两人再次擦出火花，爱慢慢倾注心田。

通信展上人头攒动，世界各大通信商都云集北京。在诺基亚展柜前，天龙看到一个身着红色套裙的年轻女性在给客商不停地讲解。

他觉得这个背影好美，又好熟悉，情不自禁地走了过去。

那不是李静宜吗？他激动得差点叫了起来。李静宜在聚精会神地给客商讲解，一会儿中文，一会儿英文，转换自然，应付自如。

天龙默默杵在她眼皮底下。

站了好一阵，李静宜愣是没有发现他。也许她早就忘记了，或根本就不认识自己了，他大失所望，但还不死心。

泊长安

　　他一边看通信展，一边瞄李静宜。同伴发现了，说他花痴一个，然后咯咯笑了。天龙一阵脸红，还是边走边看。同伴也不等了，自顾自离开了。天龙心里一直揣着初恋。初恋是刚开的花，新结的果，蘸着清晨的露珠，蕊里透着暗香，果上闪着晶莹。初恋又像从地平线上升起的第一缕阳光，浸着柔和，含着红晕，像极了情人的脸庞。她身上有朱砂梅的清香，直钻心房。

　　上班后，有人给天龙介绍过对象，他都婉拒。有时他碍于面子，前去约会，第一次见了，就不想见第二次。不是人家不好，而是他无此心。慢慢地就没人愿意牵线，给他当红娘做月老了。他也乐得自在。其实他心中始终有个结，在内心最隐秘的地方藏着，秘不示人。初恋像刚降生的婴儿，肉嘟嘟，粉嫩嫩。初恋又像清澈的泉水，干净透明，可啜可饮。他淹在了里面，也醉在了里面。这是一方浅池，却深不可测；这是一幅素描，却气象万千。没有粉饰，也不含机心。他和姜落雁分手，伤痛并不深。他不觊觎她的富贵，也不留恋她的财产。他想攀高枝，那也得你情我愿。他不要那种乞求得来的尊荣。

　　世界好大，有时却又那么小。在茫茫人海中，有时一辈子也遇不见，找不着，有时不用找，那人却翩然出现。天龙深情地感激着。

　　天龙在等，他等得起。他不能不等，他错过了一次，再不能错过第二次。要不是现实残酷，他们也不至于劳燕分飞。要是家境稍微富有，他们也许早成璧人。要是天龙打工不出纰漏，他也可以拯救爱情。开录像厅折了本，赔了夫人又折兵。钱不可通神，但钱可以救命。李静宜在两难中，做出了痛苦抉择。他的爱人，成了离弦的箭，射进了一个白发皓然者的心胸。

第二十四章 曲 折

天龙候在电梯口，向她招了招手，嗨，还记得我吗？

李静宜低头走路，听到有人打招呼，便猛然抬头，愣了足足半分钟，才吃惊地说，高天龙！你怎么也在这里？

她回过头对陪同的老外说，这是我的一个老朋友，我和他说会话，就和天龙一起走进了电梯。

来到心情往事咖啡厅。天龙要了一杯茶，李静宜点了一杯咖啡，要了一个果盘，就聊开了。

咋样了？结婚了吗？李静宜直奔主题，不拖泥带水，也不绕弯子。

还是那样，孤家寡人一个！其实也算结婚了。天龙将他和余雪莲的情况简要说了一遍。

太善良了！无端的同情会毁了你的！

李静宜不客气地批评道。她显得干练、沉稳，有风度，完全一个职业女性的形象。

我现在的状况算是已经毁了！天龙也不争辩。

不要在小城市待了，让人意志消沉！

我都这样了，还能去哪里呢？天龙无可奈何，又似在喃喃自语。

世界太广阔了，也太繁华了，你真想不到！去大城市，会有用武之地的。李静宜不客套地劝诫。

从长计议吧。能谈谈你的情况吗？你早成家了吧？天龙有点好奇地问。他希望得到否定的回答。

几年不见，李静宜变了，变得大度，干练，有魄力，从前青涩的影子再也找不到了。

我现在在诺基亚驻广州公司。李静宜向天龙简述了从前的故事，似乎不是说自己，而是一个与她不相干的外人。她平静、内敛、毫不做作。

就这样两人建立了联系，鸿雁传书，唱答不断。

电话里，天龙总是说，回来吧，我真怕把你弄丢了！天高路远，我的思念近在咫尺，我总觉得你就在我身边！

李静宜不忍心离开同事和任太愚。他们可爱，有趣，有才，与他们共事是享受。她不想抛下他们独自离开。任太愚对自己挺好。自己工作也出色，没有理由辞职，也不好意思辞职。她很想和天龙待在一起，可让她做出牺牲，她真要好好考虑。

已经错过了月亮，还要错过星星吗？虽说两情若是久长时，又岂在朝朝暮暮，但若无朝朝暮暮，耳鬓厮磨，两情怎能久长。你懂吗，宜？

你必须给我时间，让我把事情处理完。在电话中，李静宜也动了真感情，她对天龙晓之以理，动之以情，试图说服他。

天龙再不好强逼。你一人漂泊无依，我不放心。希望你早日来到我身边。能在茫茫人海里，再次相逢，说明我们缘分没尽。

天龙渴望心爱的人立刻飞到身边，相伴左右，没事时可以牵手去鸡鸣寺，去中山陵，去雨花台，去明孝陵，去梅花山，去很多很多地方。在学校时，就因为没时间陪伴，才导致她移情别恋。现在条件有了，再不能错失良机了。

李静宜身边不乏追求者，像她那么优秀的女孩，那么知性的职业女性，不缺少拥趸者。他渴求和她在一起，日思夜想，如果再被别人钻了空子，真悔之晚矣，追悔莫及了。

李静宜知道他的担心，在电话中信誓旦旦，信任是最好的老师，只有互相信任，彼此理解，才能处得长久，整天疑神疑鬼，担惊受怕，大

第二十四章 曲 折

可不必。我相信你不会有外遇,你也该相信我不会出轨。天龙在电话里嗯嗯着,好久才恋恋不舍地挂断电话。

天龙原本在通信公司,经过公务员考试,考到了南京,成为基层民警。他不在街上巡逻,而是负责宣传和党务。天龙的笔杆子帮了他,他的能力很快凸显。李静宜飞回来过,陪他一起庆祝。短暂的相聚更增加了离别的痛苦,他忍不住牵挂和担心。

他知道,长时间不在一起,必然会削弱彼此的感情。"两情若是久长时,又岂在朝朝暮暮"这话是有条件的。古人流动性不大,居住地相对固定,接触面不广,与人交流也有限,面对的诱惑也不多。

天龙的担心有道理。李静宜就委婉地告诉他,有人在追求自己,只是她没有答应。这话她不说,天龙也能猜到,像她这么年轻漂亮的知识女性怎会没人追呢?

李静宜说自己定性好,不会轻易动摇。她的话也许是真的,也许是安慰天龙的。天龙觉得两地分居痛苦,只有不断地通电话,倾诉衷肠,减轻思念之苦。

没有二人世界,天龙把心思全部用在工作上。他写了大量的通讯报道,几乎篇篇都被市局宣传部采用。市局知道天龙是笔杆子,就有意要调他过去。

派出所不放人,市局说借调,总算把人给弄过去了。

借调到市局宣传部,天龙的写作才华得以尽情发挥。他觉得从事自己喜欢的职业,既能挣到钱,又能发挥专长,心中充满感动,也涌动着激情。

有异性倾慕他,伸来橄榄枝,天龙把持住了。

一天晚上，天龙正在加班，接到李静宜的电话。她兴奋地说，告诉你一个天大的好消息，公司要在南京设分部了，到时我就申请调过去！

天龙听了很激动，如饮仙醪，如啜琼浆。他抑制不住兴奋，啥时候设？要抓紧时间申请。你调过来，我们就可以长相厮守，再不要两地奔波了，牛郎织女鹊桥会了！

电话里他们两情缱绻，谁也不忍先挂断电话。天龙最后下了命令，她才依依不舍地掐断。天龙一直亢奋，夜不能寐。

连续几天加班后，出色地完成领导交办的工作，天龙争取到了一次去广州出差的机会。他想借机看看心上人。他谁也没告诉，来个突然袭击，想给她一个大大的惊喜。

他来到她公司楼下。本来说好晚上见面，天龙思念心切，想早点见到她，招呼也没打，擅自闯入了她的公司。

在门口徘徊良久，他都忍着没拨打李静宜的电话。她也许在开会，也许陪着重要客户在做翻译工作。他不能去打扰她。快到午饭时间了，天龙想就在公司食堂门口等吧。

陆陆续续下来了几拨人，就是不见李静宜的影子。他仍不疾不徐地抽着烟在慢慢地等。吃饭的人都走了几拨，还不见她现身，天龙耐不住了，就掏出手机打了过去。

你在酒店吗？不是说好晚上见面吗？我正在开会呢，马上就要结束了。电话里传出脆滴滴的声音。

想你了！下来吃饭吧，我就在……天龙正要老实汇报，无意中一抬头，公司大门边出现了熟悉的身影。她边走边打着电话，旁边还跟着一个人高马大的老外。

第二十四章 曲 折

天龙挂了电话，灵机一动，就躲到了拐角处偷看。

李静宜和老外并排走着。她脚下一滑，一个趔趄，老外眼疾手快，马上就扶住了她。两人有说有笑地走进食堂。天龙也跟了过去。

在食堂的一角，他们坐在一起，边吃边开心地聊着。

天龙醋意陡生，又不好现身。他想听听他们在聊些什么，这么亲热，无拘无束。

他也买了一份饭，坐在了她后面，偷听他们谈话。他故意把遮阳帽压得很低，怕被李静宜发现。

食堂此时人不少，没人在意他。

李，你的翻译真是没得说！你今天救了我！我真的越来越离不开你了！老外用不太纯熟的普通话讲，一字一句清清楚楚地飘进天龙的耳朵。天龙的脸红了。他继续扒拉着饭。

没什么啦！你是我的上司，这是我的本职工作！你莫往心里去！李静宜的声音。天龙心稍微好过点。

不，不！我离不开你！我虽然是老板，但没有你什么也不是！每个字就像针一样戳在天龙的心上。

我要调到南京去，并没有离开公司！我们还是同事。

不，不！我怎么舍得把你调到外地去！真是天大的玩笑！老外哈哈笑了。

我是说真的，岂能当儿戏？你答应过我的！你不能食言！

你想逃避我吗？李，在这个公司，我是一把手，没我签字，是办不成的！

我知道！所以求你了！

你要答应嫁给我,不然就别想调动!

玩笑开大了!我从没答应过你!

我要求你现在答应我!

这怎么可能?我有男朋友!

不,不!我都有妻子儿女了!不过并不影响我对你的爱,我有权利追求!

你再这样,我就辞职!你不是从不以权欺人,以势欺人吗?这不是你的风格!

"No, no! I feel you will leave me .So I must do that!" ("不,不!我觉得你要离开我了,我必须这样做!")

"You are a civilized man!" ("你是文明人!")

天龙会读会写英语,就是听不懂。他们的对话像天书,天龙一句没听懂,头上渗出了细密的汗珠,心思斗转,越想越不对劲,汗顺着脸颊流了下来。

他看不到李静宜的面部表情,她背对着他,他只看到老外的。从老外脸上看不出愤怒、悲伤、忧虑或焦急。他始终表情平淡,一如既往。他从影视剧里知道老外动作幅度都很大,可他表情轻松,神情兴奋,脸上似有潮红。

他咽了一口饭,突然剧烈咳嗽起来,惊动了李静宜。她回过头看了一眼,突然惊讶地瞪大了眼睛。

天龙就站了起来,尴尬地愣在那里。李静宜反应迅速,她走过去,拉住了天龙的一只手,对任太愚说:这是我的男友! My boyfriend!

哦,你不是在开玩笑吧?任太愚耸了耸肩,两手一摊。他也站了起

第二十四章 曲 折

来。随便拉个男人就充当男朋友，不可思议！

李静宜迅速地在天龙脸上亲了一口。任太愚才相信。他来中国时间挺长了，对中国风土人情是了解的，亲吻只在很亲密的人之间才可以的。

欢迎，欢迎！你说的原来都是真的，不是开玩笑！

他爽朗地笑了，同时伸出右手想和天龙握一握，表示友好。

天龙不能太无礼，就向他挥了挥手，算是打招呼。

中国有句老话叫，不打不成交。我把李让给你，你可要善待她！她可是个好女人！任太愚朝李静宜竖起了大拇指。

感谢你照顾她，帮助她！中国人是热情好客的，有空去南京玩！天龙彬彬有礼地回敬道。

好吧。我现在把接力棒交到你手里，如果发现她过得不开心，我会找你的！任太愚关切地看着李静宜。

你放心吧，我会照顾好她的，会让她幸福！天龙绵里藏针地说。

这个不劳你操心了！他又补充了一句。任太愚没能听懂天龙的弦外之音。

李静宜明显感觉到，再说下去，会闹出不愉快，就拽着天龙赶紧离开了。

第二十五章　回　乡

高兴卖卤菜，主要是卤鸭、卤牛肉、卤干子等等。家乡作兴做卤菜，许多人到全国各地卖卤菜。有人找到了好市口，比如到上海、南京，没几年就发家，家里小洋楼也盖起来了，敞亮气派，让人欣羡。许多人就学做卤菜，远到东北、西南。家乡的板鸭行销全国，名气很大。高兴在砖瓦厂干了几年，看到别人挣大钱，心里也想，于是跟着学了一段时间，到了关键步骤，师傅就不肯教了。高兴在河北有亲戚，想去那里发展。河北泊头有毛毡厂，是华北石油的三产，那里聚拢了一批来自全国各地的工人。工人没时间做饭，下班后就斩些卤菜带回家。高兴姨妈在那里。母亲说高兴太老实，不是做生意的料，就没有推荐他去。高兴偷跑去了。几家亲戚老表聚到一起，都瞪着眼睛挣钱，有技术也不肯教。每次卤包里放作料的量，高兴掌握不了，不是多了，就是少了。量多了，卤出的鸭子药味很重；量少了，卤出的牛肉干瘪瘪的，味道很淡。客人买过一次，第二次就不肯来了。卖卤菜就靠回头客，没有回头客，生意自然好不了。他跟着舅舅家儿子后面打下手，学了半年，配方基本弄清了。其

第二十五章　回　乡

中还有些小窍门没掌握,就被大哥一封信拽了回来,继续在窑厂卖苦力。他心有不甘。

到了西安后,人要生活,就有样学样,将以前的看家本领使了出来。没了虎妹,高兴巧遇余雪莲,在八里村租了房子,支起锅,干起了卤菜生意。他在红专路菜市场当口,摆了个摊子,专门卖卤菜。刚开始卤菜不好卖,一段时间后,人混熟了,就好了些。由于没有正规摊位,城管常来查。还有小混混也来闹事。小混混头发老长,扎着辫子,叼着烟,两个胳膊上画着青龙白虎,样子吓人。只要混混胳膊一捋起来,高兴就乖乖斩菜,一个子不敢收,对方走了,还打躬作揖。

本来就是小本生意,经不住折腾,一来二去,快撑不下去了。一次收摊,他将这个事告诉了余雪莲。余雪莲当场气噎。没得办法,人在屋檐下,不得不低头。高兴没人罩着,也不认识啥人,就只能忍气吞声。一次一个光头买卤菜,要了一斤牛肉,称好后,也付了钱,但他很快就折返过来,将卤菜朝高兴脸上一摔,敢短斤少两?也不瞧瞧老子是啥来头。光头骂骂咧咧的,接着就捋起袖子。高兴一看,可不是,左胳膊雕青龙,右胳膊画白虎,张牙舞爪,霸气凶悍。高兴赶紧赔不是,还连带着又切了一斤足量的牛肉给他,一个子不敢收。那人也没给钱,大摇大摆地走了。吃你的牛肉,是你小子的福气,要是敢龇牙,小心身上的那层皮!光头边说边往嘴里塞牛肉,嗯,不错,味道正点!

高兴看那人走远,才敢揉眼睛。眼睛胀得慌,也瘆得紧。

高兴不敢告诉天龙。天龙忙于学习,也管不上。再说他有啥社会关系?成天在学校里,不是读书就是勤工俭学,指望不上,告诉他,给他徒增压力,白添怨气。天龙的学习要紧,可不敢耽误了。高兴抱着这样的想法，其实也对。天龙到高兴出租屋，问过几次。高兴嘴紧，像贴了封条，专拣好的说。其实，他有苦衷。

对混混只能远离，不可亲近。这些人是无赖之徒，弄不好身心俱疲。天龙叮嘱他，少惹事，吃亏是福。

天龙知道，本地人欺生，到哪里都是，在外面讨生活，难免受气。除非发生大事，天龙不管的，也管不了。他一学生娃，社会关系浅薄，能有多少能量。眼看着高兴被欺负，他也无能为力，爱莫能助。高兴到天龙上学地界，只有心理上的关照。雕龙客贪便宜，长发男图实惠，看高兴老实，都想从他头上揩点油。高兴一天下来，挣不了俩子，除去吃喝和房租水电，剩不了多少，高兴刚占领市场时，卖卤鸭的不多，有人图新鲜，吃了几回，就觉得味道一般，于是就很少回头了。

红专路在西安南郊，大学林立，有财经学院、邮电学院、西京学院。这里人流量大，每到下班，人挤人，人挨人，做啥生意都好，卖菜赚钱，补鞋赚钱，修锁也赚钱，需求旺盛。高兴本也赚钱，如果哪天没人闹事，他就能多赚点。卖完货，数着钞票，高兴心里美滋滋的。但一交保护费、场地费，还有乱七八糟的费用，到手的就很少，他很泄气，不想干了，等余雪莲病好了，就回老家。在外地做生意，必须有靠山。靠山小了还不行，要能办事，摆平各种纠纷。高兴没有，以为天龙能帮衬一把，但天龙靠不上。

天龙攀上姜明志，和姜落雁恋爱了，高兴处境稍好一些。姜明志毕竟是老师，认识的人也有限。当高兴遇到难事，天龙刚开始也不好张口。看到高兴愁眉不展，他才鼓起勇气向姜落雁倾诉。姜落雁就找母亲，母亲就找别人，于是大事化小，直至于无。

第二十五章 回 乡

高兴作为回报,带板鸭给天龙,让天龙转交姜明志。姜老师说,小本生意,下次可不敢了。她一本正经,下次就不敢再求她了。

生意时好时坏,不太稳定,高兴有点灰心,想撤回。他牵挂着余雪莲。她还在住院。自己以家属的名义送她入院,不能撇下她不管。高兴一般一周去一次,每次都买一些时令水果。有时天龙也跟着去。两个月后,高兴再去探望,得到答复,病人情况稳定,准备出院。高兴探视时,就告诉了余雪莲。她面无表情,神情木讷,好像不太高兴。她已习惯里面生活,作息非常规律,定点起床,定点睡觉,定点就餐,定点吃药,几乎纹丝不乱。其实,她听到出院的消息,内心还是激动的,待了那么久,都快忘记外面是啥样了。余雪莲被诊断为双向情感障碍。高兴也不懂。这是医学术语,高深得很。只要人瞧好了,管他啥病。

出院那天,高兴拎着盆盆罐罐,走出了医院。天空是澄澈的,鸟在树上欢鸣,风不大,树叶微动。地面坑洼不平,不小心就会崴脚。还好,高兴搀着余雪莲,没有发生意外。

要永别,再不进来。这里风景虽美,毕竟不是长留之地。这里医术虽高,也不是久滞之所。去过正常人的生活,有机会有能力,就繁衍生息,日出而作,日落而息。大城市不是我们这些人待的,若只适合乡村,就留恋垄亩。

高兴卷起铺盖,要带着余雪莲回到安徽,回到乡村,回到陈巷。在地图上找不到的水边村落,他们在那里栖息,繁衍,过着田居生活。

城市在狂飙突进,一日千里,但那是别人的事。退守乡村,躬耕南亩未尝不可。原来想求一己之富裕,兜兜转转,还是乡村好。城市让能闯的去闯,让会混的去混。那里虽有金山银海,但自己到底手短,淘不着,只能回乡村。乡村已开始凋敝。许多青壮年都背着蛇皮袋到城里讨生活了,宁可捡破烂拾荒,也要漂在城里。城里有大把的机会,错过这一拨,再想跟上就难了。高兴也想留下,但受不了窝囊气。回到乡下,一样可以有作为,就在土地上动脑筋,也许埋着希望,藏着运气。他已经想好,回家养鸭。城里板鸭吃香,原材料少不了。家乡又在长江之滨,河湖塘汊多,养鸭适宜。他叫天龙给他选一些乡村致富图书。天龙不怠慢,知道这也是一条路。人生下来,就该有活路。这条路不通,还有另一条路,总有通的,不能一条道走到黑。黑到伸手不见五指,那就竹篮打水满场空。他不想这样。正是花钱的时候,也正是挣钱的时候,他不能闲着。他有一身力气,还有点小聪明,也该派上用场了。

小时候,他最喜欢逮黄鳝、捉泥鳅、打野物,一打一个准。高兴小时害眼睛,长大后一只眼睛大,一只眼睛小,形象上就打了折扣。城里人戴着有色眼镜看人,看得高兴直发毛。他心里就虚,没底,到底没混出名堂。他回到村里,就有点低眉敛目,头都不敢抬。当有人看到余雪莲,发出了啧啧赞叹,他忽然就有了动力。他不是一无所有,他还有女人。他不能辜负了她,要给她好生活,还要和她生儿育女。虽然她心理不健全,也不健康,但人漂亮,会说一口流利的普通话,和村里人打招呼,看不出一点异常。高兴其实心里发毛,生怕她一不如意,就犯了老毛病。

农村人不懂,以为这是绝症。得了这样的病,千万不能外传。如果被人知道了,那就受歧视了。她想再待下去,就难了,城里谁也不认识谁,是好是坏,与别人似不相干。但在农村就不一样了。农村就那么大,人与人牵牵绊绊,不是这个沾亲,就是那个带故。如果知道余雪莲生了

第二十五章 回 乡

坏病，脑子不好，就容易被孤立，被瞧不起。高兴也没脸面。他严格地瞒住了。人们只知道余雪莲美，还上过多年学，读过多年书。高兴真是有福，找了这样知书达理的女人。能找到那样的人，本身就不简单，于是高兴就被高看一眼。高兴心里受到鼓舞，干劲更足了。

他已想好，要在乡村里努力一把。在他还小时，母亲就喜欢养鸭，一养几十只，都成活了，养得还不错。天龙读书的学费就是母亲养鸭挣来的。天龙对鸭子天生有感情。听说高兴养鸭，他十分支持。高兴也跟着母亲一起养过鸭，只是那时是小作坊，小规模，只养几十只。现在不同了，养少了不挣钱，还费时间，要干就干大的。鸭子身上都是宝，没一处可以浪费，连鸭毛都值钱。

鸭粪也不糟蹋，是养鱼的好饲料。家乡水面大，有好几口大塘，几十亩，正适合养殖，塘里养鱼，塘边养鸭，鸭粪拉在水里，刚好可以喂鱼。计划是美好的，可手头拮据，没多少现钞。一分钱难倒英雄汉。计划再宏大，蓝图再美好，如果没本钱，啥也做不成。余雪莲听了，就两眼发直，眼泪就在眼眶里打转。她很想帮忙，可自己身无长物。你有知识，有学问，会派上用处的，高兴鼓励她。余雪莲眼光就玲珑起来。高兴在家里转了好几圈，想到给天龙写信，余雪莲代笔。

天龙很快回信。天龙初中时考上县城师范，在当时轰动乡镇。一个应届生，就这样轻而易举考上师范，不是小事件。农村喜事本不多，这算是一件。大家就等着庆贺了，天龙却放弃了，他要上高中，考大学。大学那么好考的吗？真是发神经。有人就叹息。天龙也有苦衷，他有野心有抱负，想读更多的书，在大城市扎根。乡里有几个也同时考上中专，天龙就把名额让出来了，得到了一笔补偿，同时被安排到县城重点高中就读。同学晏吉道上了财校，分到信用社，天龙就叫高兴去找他。他们在中学时关系不错，虽来往不多，但都记挂着对方。高兴就打着天龙的旗号，带了几瓶好酒到马湾信用社找晏吉道。晏吉道热情地接待了他，听说是高天龙哥哥，就更加热情，要留着吃饭。高兴带着余雪莲一起到来的。晏吉道让女友陪着。高兴说明来意，他将眼镜推了推，眨了几下眼睛，带着友好说，你这个主意不错，现在信用社就想帮助能人，找不到下家，有钱贷不出，也不敢贷。你家天龙将来前途远大，我和他是要好的同学。你的事就是他的事，他的事就是我的事，我现在就可以答应你。你拟一个计划书，我对上面好有个交代。晏吉道和高兴谈了半天，事情终于谈妥。

  晏吉道要留高兴他们吃饭。高兴死活不从，下次登门道谢。

  经过一番曲折，高兴的两万贷款终于下来了。说干就干，很快他就和村里谈妥，承包了水面，投入了几千尾鱼苗，又捉来五百只鸭苗。两人就没日没夜地操持起来。

  第一年算是试验，不敢太赌，怕万一失手，水尽鸭飞。从眼前来看，行情不错，需求旺盛。城市在狂飙突进，许多人进城，吃喝拉撒免不了。有人说最容易赚钱的就是餐饮及配套行业。高兴从源头上做起，不怕你不来。中间商开着大卡车，来村里收货，足不出户，就能赚到第一桶金。第一桶金不好赚，既考验勇气，也考验运气。勇气有了，下了本钱喂养鱼和鸭，就看后期运气咋样了，运气好多赚些，运气差就少赚，甚至会赔一部分。高兴没敢往深处想，先干着呗。

  余雪莲也脱下行头，换上糙衣跟着高兴起早贪黑，希望这一汪水面能带来财富。鸭子在驱驱赶赶中，从鹅黄到草绿，从歪歪斜斜到昂首阔

第二十五章　回　乡

步,大摇大摆,很快也扇动翅膀,嘎嘎乱叫。鸭子小时好养,米谷和杂物就对付了。长大后,就要吃虫子,吃螺蛳,吃小鱼小虾。高兴一有空就去捞。小鸭长得十分敦实,没一个生病。高兴松了口气。长大点,就往稻田里赶,它们吃蚂蚱和蝗虫,吃秕谷稻,吃得嗉袋鼓鼓囊囊的,才摇晃着回笼。大群鸭子养在水面,晚上宿在岸边。鸭子不大不小时,天敌是水獭和黄鼠狼。鸭子灾病少,只怕那俩畜物。黄鼠狼坏得很,往往钻进鸭群,一个一个地咬,专咬脖子,喝血。水獭把整只鸭子都拖走了,连尸体都找不到。

高兴在水边搭了个窝棚,每日都不断地巡视,生怕天敌伤害鸭子。有时余雪莲也来窝棚,说说笑笑,谈谈过去,憧憬未来,情到深处,就在窝棚里缠绵起来。水塘离家不远,有时深更半夜,余雪莲还要回去,打着手电,高一脚低一脚往回赶。

高兴家是三间砖墙瓦顶。瓦屋盖好时间也不长,不过三年,就是用来娶媳妇的。在乡村,如果没有瓦屋,住着茅草屋,别想讨老婆。在一众亲友的帮助下,他们好歹有了栖身之所。高兴略微满意。

余雪莲一来,就住上现成的屋,不用新盖。新盖瓦屋很麻烦,费时费力,还费财。天龙读大学了,仅有的家当就不会争了。他有自己的前途和事业,不说贴补家里,那点家当是看不上眼的。

高兴想到这里,心里稍感称意。还是天龙争气,一下子就考了出去。减少了竞争,也减轻了压力。他时不时还帮衬一下家里,接济一下高兴。高兴美美的。生活在向上走,水理所当然地向下流。

看着茫茫水面,鸭子在水中自在地游弋,翻着跟头,扇着翅膀,在水里扎猛子,他心里漾满了喜悦。

泊长安

　　吃饱的鸭子在水里瞎胡闹，搅得波光粼粼，浪涛阵阵。鱼似乎也受到感染，在水里跳跃着，展示着健美的舞姿。

　　就等着丰收了。丰收在望，梅雨季节已经过去，天不会再涝了，高兴一颗揪着的心慢慢落地。都到了八九月了，还有洪涝吗？可九月一到，雨骤风狂。听说台风来了。台风一拨接一拨，这个去了，那个来了，都是在海上生成，向大陆涌来，带来丰沛的雨水，有时就过了，多得装不下，盛不了。水汪洋涕泗，汩汩滔滔。

　　鸭子已长成，在发水前基本卖得差不多了。鱼也在一批一批地卖，可刚卖不多少，洪水来了，水满了，塘溢了，有鱼就从水沟里游走了。游走了一大拨。高兴想尽了办法，用网张着，鱼还是被水冲走了不少。高兴心疼，花了大劲请人网鱼，还是有漏掉的。

　　到年底一合计，养鸭赚得多些，养鱼赚得少些。要不是发水，鱼的赚头更多。虽然辛苦一年，好在没亏。高兴数着钱，心里美滋滋的。他腾出手，在余雪莲脸上亲了一口。余雪莲娇嗔地啐了他一下。

　　挣了钱就到商量结婚的事了。高兴本也有此打算。还是余雪莲首先提出的，就这样不明不白地处着，算哪门子事？我要你堂堂正正地娶我回家，要摆一些酒席，将亲朋故旧请来。虽然不是三媒六证，倒也风光体面。现在挣到钱了，就不能俭省。

　　高兴满口应承，必须的，哪能让你受委屈？余雪莲过上正常日子，心病祛除一半，另一半在慢慢隐退，躲到不知名的角落。除非有重大变故，不然唤不醒沉睡的顽疾。她烧锅做饭，洗衣扫地，一样不落，像个巧媳妇，活似管家婆。她在当地学了些土语，也试着用方言聊天，与大家伙打成一片，没人当她是外人了。杀年猪了，她系着围裙，裹着头帕，

第二十五章 回 乡

端一大海碗猪杂碎给邻居。邻居笑着接纳,也回赠她一些甜言,捎带去一些蜜语。她两脚如风地赶回,脸漾着喜悦,蘸着幸福。

大家已经开始慢慢接纳她了,当她是陈巷的新媳妇。虽为外地女子,到底能融入乡土。她还发展了几个闺密,没事就凑一起谈天,话题无外乎生儿育女,吃喝拉撒。

按照规矩,正月十五前办婚礼合宜,外出打工的还没走,亲戚都能来,村里故旧也没出门,大家聚到一起,吃吃喝喝玩玩。过年就是吃喝。张家吃到李家,王家吃到刘家。你请我,我请你,轮番来。要把年货都吃掉,否则剩下太多,时间久了,就不好吃了。一年忙到头,就正月有闲,也就正月手里有些钱,不花干吗?过年嘛,就是要穿得好,吃得好。大人小孩都一身新,东家逛到西家,南边踱到北边。你抽我一根烟,我吃你一口糖。好东西都晒出来,分享。农村人朴实,不喜欢藏着掖着。平时吃不上好东西,过年就可着劲吃,大肥肉满嘴塞,塞得口角流油,一边喝着酒、抽着烟,一边侃大山。感觉生活这时才是美的,靓的,快活的。有些上了年纪的人就扎堆忆苦思甜,诉说小时候饭都吃不上,衣都穿不起,房子住不下,要多苦就多苦,要多难就多难。现在好了,有衣穿,有饭吃,有事干,有钱挣。农村混不下去,就去城里。城里再接不了,就又回农村。总有一口饭吃,饿不着。这年头,只要有一身蛮力,都有出路。能力强本事大,就多吃一口,吃得好些,住得大些;能力弱本事小,就少吃一口,吃得差些。太平年间,百姓就有好日子过。老百姓图啥?不就图个好年景,图个一日三餐肚子圆。

高兴少时被称为愣头青,嘎小子一个,大了,还出息了,找了一个新疆媳妇。你看,世事难料吧?现在还承包鱼塘,养鱼又养鸭,赚海了去。

泊长安

　　有人打身边走过，高兴就递烟，一口一个三伯，一口一个四爷。他们就转身可着劲夸高兴了，说高兴有福，找了那么一个漂亮媳妇，还知书达理，学问大。还是外面的世界精彩，要是年轻几岁，我也出门打工，说不准也能挣些回来。

　　不说不说了，就看年轻人的了。世界是我们的，已经过去了。世界现在给他们了，让他们扑腾去。然后就点烟，抽，烟雾袅袅升腾，在眼前起着旋。

　　高兴忙得很，没时间闲谝，一阵风般刮走。他要通知人，正月初十办喜事。临走时，不忘通知三伯四爷，后天来家喝酒啊。喝什么酒？喜酒。大家都哈哈笑了，要喝，要喝，喝喜酒添十岁。

　　高兴通知到位后，就回家忙活了。他想结婚是大事，不能丢了这个，忘了那个，该请的一定请到。平时不甚走动的亲戚朋友也一一招呼到，免得落下话柄，来不来是你的事，我通知到位了。来情去礼也一一登记，等对方家办喜事，一一奉还。他现在手头有些，也不在乎那点小钱，关键人要到，人多热闹，更喜庆。结婚，对他来说是大姑娘坐轿子，头一次，可马虎不得，尽量想得周全些。

　　正月初十那天，客人陆陆续续地来了。家里场基上放满了桌子，少说也有十桌。大家都忙忙碌碌的。小孩们蹿来蹿去，大呼小叫，有的手里抓着糖，有的嘴里含着肉，你追我赶，给婚礼平添了几多喜庆。

　　新人被送到镇上一个宾馆，然后用一辆旧桑塔纳接回来的。这在那时规格很高了。那时车子还不作兴，都是摩托和自行车。本想用摩托接，考虑到天气冷，怕新娘冻着，就作罢，还是到县城，租了一辆旧桑塔纳。这已经够气派了。高兴开了一个奢侈的头，后面结婚的就竞相效仿，有

第二十五章　回　乡

人就直呼吃不消。

门上贴着大红双喜剪纸。婚房里红被子、红枕头、红床单,一切都是红的,预示着日子红红红火火。床单上撒着花生、红枣、小糖、糕片。

新人一到,鞭炮齐鸣,响声震天,香气缭绕,然后撒糖开始,抢糖开始。人们在热闹中享受热闹,在喜庆里放纵喜庆。

此时,人堆里多了两人,人们谁也没在意,大家的焦点都在新娘和新郎身上。不过这两人也容易引起人注意。一个烧锅大嫂看见了,就随意问了句,你是哪里来的亲戚?以前没见过。

女子牵着一个小姑娘,小姑娘鼻涕冻在脸上,看上去脏乎乎的。女子听到问话,回答说,我是他女人!女子穿着破旧,浑身也不干净,这里一块油污,那里一坨黑渍,脸色蜡黄,看上去好久没吃东西了。嘴唇焦干,起着皮。烧锅大嫂一声惊呼,你咋是他女人?

人们注意力突然转移了,看到灰不溜秋的女子和脏兮兮的小孩,还以为是叫花子。看了一眼,赶紧转头继续看新人拜堂。

还不烧锅去,净在这里一惊一乍的。烧锅大嫂低着头走了,拿去头上的帕子,在脸上揩了揩。这女子好生面熟,好像在哪里见过。她边走边自言自语。谁也没把她的话当回事,大家继续盯着这对新人。拜堂过后,准备开饭,女子也被安排在桌上。小女伢看到好吃的,又不敢吃,只哭着抹眼泪,妈妈,我饿!

很快开饭了,大家围坐一起,吃吃喝喝。高兴陪着余雪莲一桌一桌敬酒。敬到这桌,大家都站起来喝酒,女子也站起来了。高兴看到她了,脸色顿时大变。他手颤抖着,眼神直勾勾的,像中了邪。愣了好半天,他才嗫嚅着,半天还是出不了声。

泊长安

　　高兴强撑着，勉强敬完酒，借口头疼就回房间了。客人陆续散去，高兴才将女子喊进门。女子自称是虎妹。高兴说，我知道。这是你的伢！高兴说，这我不知道。余雪莲被锁在婚房，不让出来。

　　高兴脸色难看。这个时候出现意外，真是老天也想不到。他还有个女人，和他一起生活过半年，这个女人现在带着小孩来认亲。高兴心里缀满矛盾，肉像打鼓，这里跳一下，那里跳一下。他想不到，一万个想不到，从前的女人回来了，还带着一个小孩。她让小孩叫高兴爸爸。高兴两手直搓，不知咋办。原来没有女人，找女人很难。现在一下子冒出两个女人，都要做自己老婆。他该如何是好？想不到，就在婚礼上，那个远在天边的女人，突然找了过来。亏得她还能找到。她是按图索骥的吗？为啥早不来，晚不来，偏偏这个时候来？是有人指使的吗？不可能。音讯全无，谁也不知道谁，哪个能指使呢？这是老天故意安排的，开自己玩笑的吗？老天也太会开玩笑了。这个玩笑开不得，真开不起。高兴以后还能做人吗？传出去，说高兴是个见异思迁的男人，爱寻花问柳，抛弃糟糠之妻，另结新欢，有几个臭钱就当起陈世美。这要传出去，后面还怎么活人？

　　高兴结婚，天龙肯定要到场的。高兴本不抽烟，这次抽了很多烟。可事情还摆在那里，他想破头都想不出一个两全之策，只有将眼神转向天龙。天龙有办法。天龙是有办法，可在感情上，他真不擅长。高兴就知道天龙有办法。他一有困难，就指望弟弟。兄弟情深，不冲别的，就冲那顿红烧兔子肉，天龙也不能袖手不管。

　　天龙看到高兴求助的眼神，不能再发愣了。他首先问了虎妹，这大老远的，怎么找到这来的？

第二十五章 回 乡

虎妹也不隐瞒,有话直说。她娓娓道来。

高兴被婶子骗后,虎妹一直在家等着高兴回来。高兴出去后,音讯全无。她多次去找婶子,婶子也不知所终,又去找媒人,媒人也无踪影。她眼看肚子一天天大起来,心里十分惶恐。她白天下地劳动,晚上就思念高兴。爷爷年纪大了,有眩晕症,她小心伺候着。待到她肚子很大,劳动实在不方便,爷爷就下地了。爷爷从山上砍柴草,背到半路,眩晕症犯了,倒在半道上,人最终没救回来。她生下娃后,带着两个妹妹一起艰难度日。有人就指点虎妹,还记得男人家在哪里不?虎妹想了很久,才想起叫陈巷。是哪个镇哪个乡,虎妹就想不起来了。虎妹十分揪心,早知道多留个心眼。两个妹妹还要上学。她吃了上学不多的亏,认字很少,出门跟睁眼瞎子差不离,出一趟远门多不容易,问东问西,看着明晃晃的字就是不认识,真糟心。家里又没钱,高兴给的钱又让他带上路了。幸亏高兴预留了点在枕头缝里,不然真过不下去了。生下女儿,月子都没坐满,她就下地劳动了。拖着小的,带着大的,虎妹感到力不从心,十分难挨。她想高兴时就流泪,泪水都快流干了。家里没男人,哪像个家?!妈妈和爸爸结婚后,接连生下三女,妈妈生下第三个女儿时难产而死。爸爸没了女人,整天以酒浇愁,无心干活,一次酒后掉进塘里淹死了。虎妹姊妹几个就守着爷爷过活,屋不像屋,家更不像个家。婶子说要带她去安徽相亲,嫁个好人家,她想都没想就同意了。她需要一个完整的家,需要男人,好帮衬这个风雨飘摇的家,支撑破烂不堪的老屋。家还没焐热,高兴就被带走了,一走就啥消息也没有,连封信都没有,更别说寄钱了。虎妹艰难度日,人憔悴多了。要不是女儿大囡,她不会找高兴了。她恨过高兴,刚开始以为高兴是骗子,骗了她感情,也骗了她身子，拍拍屁股一走了之。后来多次去婶子和媒人家，都找不着，她才开始反思，或许是媒人作怪，骗了高兴。他是忠厚老实的人，不至于骗她。他也想要个完整的家，好不容易拥有了，怎会轻易舍去？她在家左思右想，慢慢想通了，一定是婶子和媒人从中作梗，不让他回来。听了村里人的话，她动了找高兴的念头。快过年了，家里没一点生气。她本想春暖花开时再动身，村里人说，不妥，外出打工的人一般只有过年才回家，要想找到人，就得趁过年，早不行，晚也不行，非得这个节点不可。

大囡五岁，会叫妈妈和爸爸时，她才准备上路。在家练习了无数遍，爸爸，爸爸，爸爸！爸爸不在身边，看不见，摸不着，没有感性认识。虎妹反复让大囡喊爸爸。当大囡终于会喊时，虎妹掉了一捧泪。这也坚定了她去高兴老家找他的决心，不能再拖了，不仅自己需要他，大囡也需要他，要给大囡一个完整的家。

腊八动身。风餐露宿，一路讨饭，一路打听，终于找到了高兴老家。在半道听到鞭炮齐鸣时，心里很激动，不知哪家办喜事，少不了讨要些荤菜给娃吃。

来到高兴家，似曾相识。几年前来过这里，似乎还有些印象，印象不深，依稀记得。

席散后，虎妹拉着大囡，指着高兴叫爸爸。大囡脆生生地叫了声爸爸。高兴眼泪差点下来。他临走时，虎妹确实已有身孕。他也动过寻找的念头，可人生地不熟，实在不好找。云南哪个市哪个县哪个镇，甚至哪个乡哪个村都弄不清，叫他怎么找？只知道在云南。云南大着呢，不知详细地址，就是踏破铁鞋也找不到。他想想就泄气，后悔当初没记住

第二十五章 回 乡

关键东西。那里人说话叽里呱啦，听不懂。交流困难，信息获得就少。如果有几个说普通话的，也许还能过滤出一点有用的信息。再说自己九死一生，心中寒意凛凛，不敢再蹚浑水，要是再次被骗，那整个人就全废了。他每想至此，浑身瑟瑟发抖。他太害怕了，就是知道地址，也不敢再去找了。他也以为虎妹是帮凶，帮着恶人坑害自己。这个念头也只是一闪而过，不敢深想。

万万没想到，就在自己举行婚礼时，虎妹却不请自来。万里迢迢，她是怎么来的？高兴想想都觉得不可思议。

高兴等虎妹哄睡了大囡，就朝她发火，都是你家人不好，害得我差点丢了性命，要不是我机智，你也见不到我了。高兴将不堪回首的往事简略向她述说了一遍。虎妹听得惊心动魄，哭得伤心，既为高兴，也为自己。

谈到了深夜，都毫无睡意。天龙一直陪着。事情总要解决，高兴拿眼望着天龙。他一筹莫展，天龙不会。他总有办法。

都有孩子了，大囡看上去确实和高兴有几分相像。两人分离，都是被动。造成今天这个局面，谁也没错，要怪就怪人贩子。

天龙招呼大家睡觉，一觉醒来，啥事都没有了。说起来轻松，这事真不好办。虎妹有伢五岁多了，余雪莲也怀上了，谁也离不得，放不下，但总不能同时讨俩老婆，这是不合法的。

大家一夜无眠，各怀心思，都在想事。

经过一番挣扎，一通思想斗争，天龙咬着牙带余雪莲回到了瑶城。余雪莲半推半就。这算是咋回事？她已是高兴的人了，还怀着他的伢。突然在婚礼上跑来一个女人，带着娃，自称是高兴的老婆。余雪莲听了一头雾水。天方夜谭吧？一个云南的女人跑到安徽寻夫。高兴本可以不承认的，他偏偏要承认。她本想跳出来，将女人骂走，柔弱的个性，让她张不了口。她也同情眼前的女人，心里酸酸的。余雪莲只有哭，哭得眼泡红肿。她关在婚房，胡思乱想了一夜。这个夜注定是漫长的，也是折磨人的。

天龙特别担心余雪莲受到刺激，旧病复发，如果那样就不堪收拾了。天一亮，他就提出带余雪莲走。余雪莲眼里充满惊讶和不舍。她要去哪里，以后咋办？难道以后跟天龙过日子？似乎不太合适。她对天龙是有感情，埋在心底深处的，从不敢让它冒头。这是兄弟之情，姊妹之念。她不能深想。虽然曾是天龙同学，但自己辍学了。要不是遇到高兴，她这辈子恐怕也见不到天龙。天龙善良大度，无私崇德，但总不能娶了自己，这是不可能的。弟弟娶了嫂子，这有违伦常，不合情理。她以为天龙要娶自己。天龙不便明说，先带她出去，后面的事后面再解决。车到山前必有路，总不能两个女人窝在一个屋檐下，成何体统。

余雪莲经过一番思量，还是先出去，后面的事以后再说。她就跟着天龙去了瑶城。高兴既激动也难过，她怀着自己的娃，只有抽空去看望了。

虎妹来得太不是时候了，高兴很不高兴。不管咋说，都是因为这个女人，才导致自己吃了大亏，遭了大罪。至今不敢深想，有时梦里想到，醒来浑身是汗。也不知钱如山是否被处理了，这样的人渣若仍逍遥法外，真是天理不容！高兴暗中诅咒了无数遍，心里祈祷了千百次。他对虎妹就不如从前好了，心里念着余雪莲。

第二十六章 邂 逅

事情往前推一段时间。天龙上班了,从事财务工作,在瑶城。城市虽小,倒也玲珑,干净,天空澄澈,绿草茵茵。小城大学生少,天龙备受器重。听说天龙单身,许多人争着为他牵线,介绍对象。天龙有过几段恋情,他也不知该想念谁。当然,最值得人回味的就是初恋。他在大学有几段感情,都无疾而终。

天龙工作勤奋,得了一个去北京出差的机会。那是北京通信展,他跟着领导去长见识。

无意中邂逅李静宜。她在广州诺基亚。通信展上手机五花八门,很惹眼。天龙本来注意力全在手机展架上,忽然觉得有个身影好熟悉,他走近观察,居然是李静宜。人生何处不相逢。

天涯陌路吗?不,在天龙心里,她去了美国,应该待在那里,竟然在这里相见。世界何其小,舞台何其大!

天龙不想第二次失去她,就守在了电梯口。于是两人的线就连上了。

二人一同去了咖啡厅。李静宜也不推辞,都是成人,早已退去了早年的青涩和害羞。两人都对彼此充满好奇,想一探究竟,爱情不成友谊在，边喝咖啡边闲聊。

天龙品着茶，不知说啥。谁也不想提起过去，都怕问到对方的痛处，那场面就尴尬了。一时无话，气氛略显凝重。还是李静宜打破了沉默，你过得咋样？

天龙也坦诚，不想隐瞒啥。话匣子就此打开。

你还孑然一身吗？世界这么大，好男人多得是，也不找一个？天龙装作无心地问。

追我的人也有，我懒得搭理。我也想，可是老不在状态，没办法。走着瞧吧！李静宜无所谓地说。

过去的就过去。那个老头伤害了你！天龙随口说了一句。李静宜突然变色，不许你说他！天龙脸红了，赶紧道歉。

对不起，我没控制好自己。那个人不要提。他给了我很多，我不恨他，要恨就恨我自己。说来话长，不说也罢。李静宜解释，又突然转向，关心起了天龙。

你也该找一个了。你我到了社会上，都没混出名堂。我以为你去了大城市，原来蜷缩在江南小城。你不觉得憋屈吗？

习惯了就好。小有小的好处，我还真有点舍不得离开呢。天龙认真地说，领导还算器重。

可不许敷衍我！李静宜正色道。以你的才华，本可以到大城市混混的。你窝在小地方，哪有前途？李静宜鼓励道。

天龙也不避嫌，将所历之情、所经之事全部抖搂出来。李静宜静静地听，有时发出汤勺搅动咖啡碰擦瓷杯的声音。

他们聊了很久，咖啡屋打烊了才告结束。天龙把李静宜送到了住处，

第二十六章　邂　逅

依依不舍地离去。

　　高天龙参加了那次沙龙后，对经济学就更感兴趣了。文学使他脑子灵活，思维发散；经济学让他关心时事。经济学是赚钱的学问，文学是滋养心灵的事业。中国推行市场经济后，经济学特别是西方经济学就成为显学，大行其道。文学则退守一隅。

　　天龙沉湎于学术当中，鲜有时间陪伴姜落雁。爱情攻陷后，就需要守，能否守得住，是否守得久，就看耐力了。一个貌美如花的女子杵在你面前，如果你不动心，安于学术，那么最大的可能就是分道扬镳。俩人见面，天龙不是谈经济就是说文学。姜落雁是理科生，对他那一套说辞提不起兴致，有时听，有时就听岔了。

　　拜托，老兄！能不说那些陈芝麻烂谷子的事吗？研究顾准，研究厉以宁、孙冶方都是你的事，与我何干？我不关心他们。他们的沉浮升降与我无关。我只关心眼前事。你只沉湎学术，毫无情趣，真是道不同不相为谋。天龙喏喏以退。再见面时，再不敢提经济学。可他不学理工，也不学离散数学，更不学电子通信，该说啥呢？两人见面，总不能大眼瞪小眼，东拉西扯吧。

　　一次晚自修后，他们来到了一家咖啡厅，想吃点消夜。刚一落座，姜落雁的话劈头盖脸浇下来，抢白得天龙面红耳赤。她怪天龙先落座，没让她坐里面，靠窗的那边，觉得天龙自私，不懂事，没情趣。女孩子心细，一点不如意都可能放大。相爱容易，相处太难。本来两条道上的马车，要合成一股，不是你碰着我，就是我磕着你，相安无事不容易。天龙正感觉纳闷，这点小事就大光其火，似乎小题大做了吧？

　　有你这样对女友的吗？我不找你，你死活不找我！你把我当啥了？

我家求着你，是吗？一天到晚泡在图书馆，有劲没得？她大声指责，旁边的食客都投来好奇的目光。姜落雁声音小了些。

我告诉你，要不是我，要不是我爸，你能认识那些人吗？你甭痴人说梦，整天想发表啥狗屁文章，把我不当一回事，冷落一边。她越说越来气。别看她模样温柔，深情如水，可火暴性子上来了，谁都不敢惹，什么话难听就说什么，什么话狠毒就飚什么，非把对方气个半死不可。

瞧你那德行，头发老长也不理，又脏又乱，像个犯人！指甲老长也不剪，像个叫花子！我看了直倒胃口，哪有心思吃饭？！

天龙听了，恨不能找个地缝钻进去。她竟当着众人的面，公然羞辱自己。自己头发是长点，指甲是有段日子没剪，但也不至于像她说的那样，脏兮兮的像个叫花子。

男人和女人不同。女人很注意细节，总想把自己拾掇得齐齐整整，光鲜靓丽。男人大大咧咧，不修边幅，有时看上去就显邋遢。男人一心忙于事业，顾不得许多。天龙不太在意外表，很注重内涵。有些年轻人出门约会，先刷牙洗脸搽香，在头上打上摩丝，将胡子刮得干净彻底，换上崭新笔挺的衣裤，还喷上几滴男士香水，收拾得利利落落，清清爽爽，香喷喷。天龙做不到，没这份闲心，也没这个习惯。从小玩泥巴长大的，他觉得现在已够好的了，还要怎样。

耳濡目染，和同学相处久了，再不会打扮，看也看会了。周华强恋上万竞雄后，臭美死了。孙家旺和林若岚好上后，也光鲜多了。就是张玉峰也学会了拾掇自己。他从前很懒，连胡子都懒得刮，烟不离手。自从恋爱，他也注意形象了。天龙跟他们朝夕相处，看在眼里，自然会记在心中。他会收拾，但不想收拾，既花钱，又没必要。他以为这样挺

第二十六章 邂 逅

好，本色出演，不藏着掖着。不像某些人，刚开始油头粉面，口吐莲花，待佳人到手，态度和花样一百八十度大转弯。女人就受不了了，吵架拌嘴在所难免。

天龙自尊心很强，遭到姜落雁数落，口中不言，心里腹诽。他知道，不是细节惹毛了她，而是他不常主动嘘寒问暖。她还是觉得天龙不够关心她爱护她，根本问题出在这里。但她的话还是伤害了他。他面露愠色，不说一句话。他不知道该咋说，说轻了无用，说重了伤人，索性沉默。夏虫也为我沉默，沉默是今晚的康桥。

姜落雁终于停了下来，喝了口咖啡。苦，她吐了出来。忘了放糖。糖衣裹着的甜蜜流泻了一地。她抬头，头顶是幽暗的辉光。辉光辐射下来，笼罩着两个离心的人。

不如散去，免受其苦。你我相逢本就是一个美丽的错误！让绚丽的肥皂泡破灭，露出真容，显出俗物。天龙似在呓语，又像自戕。

恋爱都谈不好，甭指望结婚。咱们在一起，总是磕碰。不知是幸运还是不幸。我糊涂了。糊涂塞满了脑壳，填溢心胸。不指望有未来，未来是争吵的代名词，掐架的另用语。

好得不成样子！你以为我喜欢？我也早有此心。要不是妈妈在耳边嘀咕，我早就厌倦了。相爱容易，相处太难。我把你的事当我的事，我的事还是当我的事，你就不能灵醒点？

余雪莲看病，我家帮你找人了。高兴做买卖了，我家也帮你打点了。你别以为是应该的。天下事，本来就是买卖，你馈我一些，我赠你一点。剃头的挑子不能一头热，那样不会长久的。

都说你是厉害的人，将来有出息，我看不出一点苗头。吹嘘吧。也

泊长安

只能是吹嘘。

对他的多日冷落，姜落雁早已不满。他还敢回嘴，真是气不打一处来，说话就没谱了。

天龙也知道欠着她许多，不仅有物质上的，更有精神上的。自从攀上她家，手指缝里漏点光，就能照彻他的寒微。

不要说叶千秋，电脑行老板，在北京做大生意，仅就姜明志，一个大学教授，就能给他带来若许荣光和幸运。自从和姜落雁好上了，他就获得《绿潮》杂志主编一职。虽然只是个校内刊物，但好歹也掌握些资源，有一个对内交流的窗口，有一个对外延展的阶梯。他理应感激。像他一样爱好文学的人，不在少数，像他一样有能力组织稿件的也有很多。他独受其惠，事出有因。

姜落雁在物质上也尽量帮他。天龙知道，也懂得，一个人享受其好，就要领受其坏。何况姜落雁不坏。就是坏，能坏到哪里？她只是有点小心眼，有点小私心。别人有，她也有。

他之所以有阵子没找她，一来自己确实忙，二来想逃避吵架的厄运。俩人在一起，总是吵架。天龙装聋作哑吧，她说他痴傻；天龙要说话吧，她又说他强词夺理。天龙想闭嘴，想想又张了口，结果遭到连珠炮般的轰击。他哑在当下，也只能哑着，可内心堵得瓷实，一股气怎么也宣泄不出去，脸上涨得通红。

姑奶奶，消停点。我想和你待着，静静地看花开花落，静静地看月升月沉，就不想听你唠叨。唠叨是一把钝刀，虽然割不出血，但生疼。你知道吗？我日里梦里都想着你，想着和你在花前月下，散步聊天；想着和你在红专路纬二街踟蹰。但现实做不到，我们到一起就掐架。我觉

第二十六章 邂 逅

着累,身体累,心也累。我有点倦了。说着说着天龙就打了哈欠,伸了伸懒腰。

吵架?那叫拌嘴好吗?我闷得慌,一天不数落几句,心就不舒坦。刚好撞上你了,你就当出气筒吧。有气就要宣泄掉,省得窝在心里憋出病来。你就受着吧!姜落雁说完竟然咯咯笑了。真像老家的小母鸡,啄食了虫子,还飞着打旋。

回去说好吗?姑奶奶,丢不起人!天龙压低了声音说,硬拉着姜落雁出了门,菜也不点了。

教授千金,咋说这样的话?我农民的儿子都讲不出口。千万富翁的小姐说话都欠考虑,我穷光蛋家的孩子更不想遮拦了。你不害臊,我还脸红呢。天龙压着火气对姜落雁说。

我就这德行,你今天才知道啊!爸妈都管不了我,你甭想管我,惹火我了,把你大卸八块!姜落雁气冲斗牛地说。

你抢着给我买衣服时,我多么感动!真觉得你是世上最好的女孩,温柔、善良、贤惠!我真想告诉全世界的人,高天龙是世上最幸福最快乐的人。看来我是错了,大错特错!

我才不稀罕那些头衔呢,让温柔、善良、贤惠见鬼去吧!不要拿这玩意来束缚人了!姜落雁气鼓鼓地说,我要实实在在的生活,就像你要的幸福快乐一样。

天龙愚钝,不大会揣摩女人的心思。本来说话挺好,可他愣没听出她话里有话,就愀然作色了。姜落雁的火气被挑了起来。

世上女人爱听好话,爱听夸奖的话。当听到天龙夸她贤惠、聪明、美丽、温柔、善良,她心里其实是高兴的,但偏偏不表露出来。她面不

343

改色,心里却像煮沸的汤水,激情翻涌。

我知道你的好,也领受你的情!讲你坏你不高兴,讲你好你也不高兴,到底怎样才高兴?天龙直搓手,不知该咋办了。

我就是不高兴,怎么着都不高兴。遇上了你,我就不高兴。一天到晚就知道钻进故纸堆里,一天到晚往地下室跑,去编辑什么烂稿子,就知道捧着凯恩斯,念叨着科斯。你根本就不关心我,从来不顾我的感受!你心里没有我,拿我当垫脚石!呜呜……姜落雁嘤嘤哭泣起来。

天龙心里没辙了,大脑乱了套,进退两难。嗫嚅了半天,他才吐出一句话,要难受就尽情地哭吧,再不行,就分开。

你早有这想法!没良心的家伙,枉我对你好!姜落雁哭得更凶了。

那该咋办?要咋样才肯罢休?天龙近乎哀求地说。天龙走过去想搂她,她打落了他伸过来的大手。

我告诉你,你一周陪我三天,否则就是背叛。你成天那么多事,哪知是不是和小蹄子在一起。见面后必须汇报,不准隐瞒,也不准漏报。如果隐瞒漏报,被我知道了,你死定了。姜落雁不哭了,开始下命令了。

高天龙总算领教了,姜落雁没有大家闺秀的风度,也没有小家碧玉的气度。天龙喜欢上自习,喜欢到图书馆看书,查资料,写文章,不仅写文艺类的文章,还写经济学类的论文。姜落雁不喜欢待在图书馆,不喜欢上自习,有空就偷偷出去玩,喜欢稀奇古怪的东西,交谊舞、踢踏舞、健美操都兴趣浓厚,还喜欢溜旱冰,经常在晚自习的时候拉着天龙去旱冰室溜旱冰。有时天龙不想去,她就一个人跑去溜。她喜欢玩高难度动作,天龙陪在身边时,还可以帮帮她,让她少摔跟头。当天龙不在时,她也玩刺激的,结果就没少摔,弄得身上青一块紫一块,回来就朝

第二十六章 邂 逅

天龙大发雷霆,把火气全泼在他身上。天龙只好忍着。

他欠她的钱,不能轻易提出分手。跟她在一起不快乐,不舒服,不自由,不惬意,但他都必须忍着。她唯一好的就是肯花钱,喜欢花钱,愿意为他花钱。天龙不太敢花她的钱,一是男人的自尊不允许,二是花了钱后,就必须看她脸色,不自由还受气。天龙逼不得已才让她掏钱。

他不能提出分手,为了高兴,为了余雪莲,他得忍着。高兴要人罩着,余雪莲也要人帮衬。他觉得痛苦,家里的事似乎都要他担着。

李静宜离开后,肖美微看上了他。他完全可以和她好。肖美微善良大度,有男子气,更重要的是她也从农村来,有着乡下人的朴实,又是同班同学,有共同语言。她对自己要求少,给予又多,给自己创伤的情感带来不少安慰。他还是狠心离开了她,让她投入别人的怀抱。

他和肖美微在一起,帮不了高兴,也帮不了余雪莲。他和李静宜在一起,更帮不了他们。李静宜就因为母亲生病,无奈之下,当了别人的小三。李静宜是自己的初恋,刻骨铭心,永世不忘,相处的点点滴滴回忆起来充满温馨,第一次搂抱,第一次亲吻,湿湿润润的感觉想起就觉得美好。

姜明志看好天龙,就因为他朴实厚道、勤奋刻苦。至于他和姜落雁相处得好不好,她没时间关心。她了解女儿,懂得她的脾气秉性。她觉得女儿和天龙好,不会吃亏,也不会受气。至于钱财方面,不是她考虑的事。她家不差钱,就一个女儿,宝贝得很,逢年过节,叶千秋给的压岁钱就很可观。爸爸在北京,虽然和姜明志离了多年,但和女儿的联系并没中断。姜落雁三天两头往北京跑,一去就待好多天,北京的大小街巷玩遍了,大小饭店也吃遍了,故宫去了多次,长城爬了几趟。在父母的荫庇下，姜落雁出落成一个大姑娘，一点苦都没受过，一点罪也没遭过。她不知道吃苦的滋味，不懂人情世故，一切都由父母打理好，安排好。她只管接受，只管享受。就连考大学，她也不用操一点心。反正教师子女有照顾，她不怕考不上。再说她成绩还不错，北京不一定能成，西安除了交大，一般大学都可以上。她在蜜水里泡过，在蜜罐里腌过，浑身散发着甜和腻。天龙和姜落雁不是一个道上的人，却阴差阳错走到一起，注定没有好结果。这不是姜明志所希望的。她满心巴望着天龙忍耐，再忍耐。凭着他的才华和能力，两人如果走到一起，凭着叶千秋的关系，将来找一份好工作，应该不成问题。姜明志在学校给了他不少关照。他的文章也通过她的关系，陆陆续续地发表了。其中写高兴被骗落入黑砖窑的长篇报告文学，发表在《延河》上，引起不小的震动。姜明志认为天龙是可塑之才，可造之人，好好打磨，将来必出人头地。

　　姜明志欣赏天龙的才华。引起她关注的不仅是家乡赋，更重要的是天龙有一颗发现的眼，善于思考，勤于笔耕。暑假社会实践后，他写了一篇社会实践的稿子，写到家乡土地抛荒的事，分析得有理有据，体现了忧国忧民的思想。姜明志看了，忍不住拍案叫好。作为老师，就要勇于发现，勇于启用有能力和才干的学子。她报告给了学院，学院很重视。就这样，《绿潮》杂志的主编就落在他的头上。她关照了天龙，却又滴水不漏，不露斧凿之痕。她将姜落雁介绍给天龙，也是因为看好他。他不仅长相好，身材好，学问也好，思维也超前，女儿如果嫁给他，应该不会差。学校里帅哥太多，有钱人家的公子也不少，姜明志偏偏相中天龙，既是缘分，也是运气。天龙碰到了一个好老师。人在旅途中，能遇到几个志同道合的人很不容易。如果没碰到，也不要灰心；如果碰到了，

第二十六章 邂 逅

就要紧紧抓住，不要错过。错过了，也许就错过了，想回头再找，恐怕已没机会。

天龙也是直性子人，多从感官去体会。姜落雁挺漂亮，刚开始交往，牵着手外出，赢得很多青眼，就连张玉峰都有点嫉妒。虽然张玉峰混得也不错，与何艳虹分手，返身一扑，就将文纤弱俘虏。文纤弱是西院一景，人人求之不得。和宁夏男孩分手后，她就形单影只了，有很多人在打她的主意。她恪守原则，不即不离，分寸拿捏得刚刚好，既不给人非分之想，也不拒人千里之外。张玉峰亮了一嗓子，就彻底征服了她。起先，她是看不上他的。不仅看不上，还有点鄙夷的味道。随着了解的加深，认识的深入，她心悦诚服。周华强有万竞雄。万竞雄不仅美丽，还家财万贯。他犯不着嫉妒天龙，他真心祝福天龙。他知道，一个穷小子和富家女谈恋爱，看上去很美，其实甘苦自知。他深深领教过了。周华强的家境要比天龙强，饶是这样，还经常受气。免不了的，门不当户不对，只能如此。一方强，另一方就要弱；一方刚硬，另一方就要温柔。这样才能处得久，恋得长。两方都很硬，就会很受伤。

姜明志找天龙，估计也是为姜落雁这样考虑的。姜落雁找过男朋友，一个高干子弟。两人都受不得气，服不得软，结果针尖对麦芒，你戳我一下，我捣你一下，两人就都忍不了，结果只有一种可能，分开。分开，还闹得沸沸扬扬，满城风雨。姜明志那阵子可烦了，于是就冒出替女儿找对象的念头，要找一个农村的，家境不太好的，人要特别好。刚好天龙撞上了，于是就有了故事。他一度像《红与黑》中的于连那样，想攀高枝。等攀上了，一聊一处，就觉得不得味，不对劲。你要享受她的好，就要忍受她的坏，有时还好少坏多。

泊长安

天龙有后顾之忧,做事也不敢果决。他前怕狼后畏虎,战战兢兢,抖抖索索。

据说姜落雁和天龙谈恋爱,还和别的男孩来往。那男孩是她高中同学,经常一起溜旱冰。天龙开始蒙在鼓里。他一心扑在学业上、工作上,其他的事不太关心。有次散学回寝室,就听到张玉峰和周华强在闲谝,隐约提到姜落雁。张玉峰说,见到一个女孩像姜落雁,牵着一个大男孩的手,在溜冰场溜冰,好亲热,休息时,男孩还吻了女孩。周华强哈哈笑了,天龙戴绿帽子了。天龙一推门进来,俩人就噤口了,神色还有点尴尬。

姜明志对他有知遇之恩,他不能胡来。天龙听到传言,也没当回事。那是装的,能不当回事?刚听到时,内心倒海翻江,激烈奔腾。他有一个功夫,别人不能比的,就是他特别能忍。忍到极限,就在趁着深夜,月黑风高,在操场上找个无人处,哭,稀里哗啦的。哭够了,收住泪,擦干脸,没事人一般赶回寝室睡觉,一觉到天亮。

他不敢问姜落雁,怕问出了名堂,让姜明志难堪。不看僧面看佛面,姜明志就是那尊佛,坐在心中,他没事就叩拜。

姜明志曾亲口告诉他,和落雁好了,将来有机会去北京,毕业分配时,给你找找关系,弄到北京,和落雁一起。

这如滔天巨浪,汹涌扑来,天龙简直要晕了。多少人梦寐以求都求不来,她只一句话就能搞掂。叶千秋在北京多年,还做着大生意,人脉广得没边,人缘厚得没谱,只要他答应办,这事八成能成。

煮熟的鸭子不能飞了,必须吃到嘴里。天龙心想,还有啥不能忍的?忍一时风平浪静,忍一世天高海阔。不就是忍吗?这是我独门绝学。别

第二十六章 邂逅

的学不来,这个无师自通。也不能这样说,是跟阿爸学的。少时阿妈嫌阿爸,常找他吵架。阿爸骂不还嘴,打不还手。你折腾累了,总该歇息吧?等你歇息了,我就消停了。一日如此,一月如此,一年也如此,长年累月忍受着语言暴力和行为暴力,也不生气。天龙就跟阿爸学会了这个。忍是最高绝学,一般人没这个修养。动不动就火山爆发,洪水滔天。没这必要。忍是修养,也是学问。阿爸通过身体力行,教会了他这门功夫。他也学会了。

更主要的,他怕伤着恩师。在文学的道路上,姜明志给了他不少指导,也带他认识了好几位大报编辑。就冲这个,他也不能朝姜落雁发火。

再说,道听途说,不足为凭。他不能离开她,也不想离开她,除非她过分得过了头。就是这样,也不行。好不容易傍上一个人,前途和未来即将显出美妙的曙光,他只要一伸头一探脑,就能抓住金光灿灿的日子,不能让它溜走,绝不能,除非她死乞白赖要离开自己。

她一面享受着与同学的私情,一面应付着天龙。她是否想离开,眼前还看不出。不过她的有些行为和做派很出格,让人直呼不懂,也让人大跌眼镜。让她天马行空去。

他要加紧积蓄能量,爆发才华。认识姜老师之前,他自认写过不少好稿子,却每投不中,如石沉大海,杳无音讯。自从被姜明志看上后,境遇大大改善,新作能登,旧文也可发表。这些都拜姜明志所赐。

在姜明志的帮助下,天龙发了不少作品,挣了一些稿费,还能补贴家用。他心里十分感激。

在姜落雁面前也气壮了些,但还是言听计从,俯首帖耳,唯命是从。姜落雁说过,我的字典里就没有"不"字,希望你的嘴里也没有,行动

泊长安

上更没有，唯我马首是瞻。

高天龙得知周华强的爱情失败，他除了同情还是同情，他没有话来安慰周华强。这个不比刚入学不久安慰失恋的张玉峰那么简单。那时张玉峰还没陷入爱情，只是发起进攻被拒绝了。现在的情形跟那时迥然不同，现在人家陷进去了，弄不好会遭到强烈的抵触。

何况现在天龙自己也处在失恋的边缘了。周华强在福建找了一份工作，万竞雄回浙江，在家族企业工作。孙家旺回北方老家，林若岚回南方家乡，张玉峰回山东，文纤弱回浙江。523寝室几对都没成，雨打风吹去。

张玉峰是家中独子，父母不允许他留在外省，必须回到本地。老两口放出狠话，如在外漂泊，就断绝父子关系。文纤弱不想去北方，一是父母的召唤，二是姊妹的影响。她一个女孩子，嫁得太远，回一趟家都难。她习惯了母亲烧的霉干菜口味，每次放假回去，都大快朵颐，吃不够。家乡的味道，家乡的情谊，她丢不下，舍不去，还有乌篷船，小桥流水，毡帽和斗篷，青砖黛瓦，何首乌，三味书屋等等。

她是水乡女子，离不开水，离开了就会灵思枯竭，秀美不存。她的水灵和娟秀都是山水的滋养，竹笋和霉干菜的润泽。还有千层饼，糯米糕，一样也舍不下，她从小就吃着这些食物。如果到了北方，整天大葱卷饼，馒头包子，还不乏味死了。她对张玉峰是有感情，可又没到谈婚论嫁的地步。她对北方有着本能的抵触，谈恋爱可以，说到结婚，就有点怵了。结婚还是要找个南方人。

当张玉峰提出，愿意跟我去山东吗？她就好奇地问，有竹笋吃吗？有霉干菜吃吗？张玉峰知道竹笋好吃，霉干菜都没听过。啥玩意？张玉

第二十六章 邂 逅

峰一餐可以吃三个馒头,连一棵小菜都不要,只要有大葱,卷起大饼,就往嘴里塞,吃得津津有味。文纤弱就不习惯。她喜欢早餐喝粥,中午吃米饭和炒菜,多年这样,改不了,味蕾早就习惯了。她曾经尝试着烙饼卷大葱,刚吃一口,一股味道冲鼻而出,难以下咽,只好吐掉。

有人说,爱一个人包括爱他的父母姊妹,也爱他的生活习性,如果接受不了,只有分开。因为婚姻是长久厮守在一起,不是一天两日,而是长年累月。父母的话犹响在耳边,她不能不思量再三,考虑再四。

孙家旺是天津人,那里一到冬天,狂风呼啸,冷月无边。林若岚是典型的南方人,在海边出生,也在海边长大。俩人的感情已成熟,彼此感情很深,特别是青海湖之旅,奠定了感情基础。说来有一个插曲。在青海湖,林若岚好奇,赤脚去湖边捡贝壳,捞小鱼小虾,也不知咋弄的,掉到了湖里,如果不及时施救,就有生命之忧。孙家旺完全不顾自己,飞跑着赶来,衣服都没脱,跳进水里。还好,他会点狗刨式,最终将她拖上岸。林若岚就在心中起誓,非他不嫁。

想到分离,两人泪水打湿衣衫。谁也不愿提分手的事,坐在绿园石凳上,手握着手,只一个劲地流泪。母亲以身体不好为由,叫她回去,在家乡找份工作,也方便照顾家里。提到母亲,她就伤心。少时,她身体不好,多病多灾,母亲驮着她,到处求医问药。一边是亲爱的母亲,一边是心爱的男人,她都舍不得。鱼和熊掌不可得兼,一个人不能同时踏进两条河。林若岚就在二难定理中迎来毕业季。

虽然恋人分离,但好歹都找到了工作。要分离的恋人就加紧享受短暂的欢乐,夜夜笙歌,逛马路,看电影,溜旱冰。有些小团伙常常聚在一起喝酒唱歌,享受着最后的晚餐。

泊长安

　　天龙没心思和他们搅和在一起,他忙着呢,也烦着呢。去北京想都不要想,如果失去了那棵大树,失去了倚靠,他啥也不是,穷学生一枚,发表的那点东西,找工作帮不上大忙。就在前几天,找工作之前,他们还大吵了一顿。姜落雁又发飙了,大吼大叫,骂出了难听的话,甚至从她嘴里冒出了"怎么看都像个吃软饭的"这样的话。天龙呆呆地杵在那里,像个木桩,一句话说不出来。他整个脑子都蒙了。这是他最大的痛处。确实,有些男人贪图享受,为了前程,专吃软饭,陪吃陪喝陪玩,任人摆布,就为了得到赏钱,过上花天酒地的生活。

　　天龙听到这样的话,无异于诅咒自己。他额上虚汗淋漓,脸红到脖颈子,不知该说什么。争辩吗?他想起古代臣子给大王舔痈的故事。彼能为,吾胡不能为?他强忍住了。本来他想说,不要以为自己了不起,全仗着父母的钱和势,有天然的优越感,没把我当朋友,当随意使唤的仆人和狗!话到嘴边,硬生生地咽了下去,噎得透不过气来。

　　天龙知道,爱情已死,无法拯救。他感到自己赤裸身心,展示着丑陋与枯败。他不该爱这个女人。没有旋梯,怎好攀高枝?摔下来,就是痛,痛到骨髓,疼彻心扉。

　　他要振作,坚强起来,丢掉幻想,抛开杂念,一门心思去找工作。好的工作已被抢空,只能将就着了。

　　姜落雁甩出一串话,然后头也不回地走了,去找她的小情人了。说来叫人不敢相信。姜落雁在高中时,爱上了一个大男孩,姑且叫枫。枫一表人才,风流倜傥,姜落雁疯狂地爱上了他。枫也对姜落雁很好。他们经常出双入对,亲密无间。就在那个夏天,一群孩子在水库戏水。有人落水了。枫正好赶到,不顾一切地跳下去救人,结果自己的性命搭了

第二十六章 邂 逅

进去。姜落雁听到这噩耗,当场晕厥。那天是五月二十日。醒来后,她就得了一种古怪的病,现在叫癔症,发起病来,六亲不认。

一天她走在校园里,看到一个阳光帅气的男孩,特别像枫。她急忙走过去,要拉他的衣服。男孩回过头,惊讶地看着她。枫,我爱你!你原来没死!为啥要骗我?说着就呜呜哭了起来。男孩就醒悟了,解释说,自己不是枫,是枫的双胞胎弟弟桦。两人长得太像了,很难分辨,连父母有时都弄错。

姜落雁死活不相信,她亲眼看见枫直挺挺地躺在地上,又直挺挺地被装入棺椁。他还能复活?她既激动又害怕,拽着桦的衣服,不肯松手。桦安慰了好久,不管用。桦割破了衣衫,才摆脱纠缠。从此姜落雁再也没见过他了,她以为那是幻觉。可家里至今还留存着那块衣服残片。

只要姜落雁癔症发作,姜明志就拿出那块残片,在她面前抖几下,送到她鼻子底下,嗅几次,她就缓解了。

姜明志本不想告诉天龙,她以为时机不成熟。等到某一天,她以为合适了,再跟天龙说。天龙不敢相信,也不得不相信。

难道她辱骂自己,是癔症发作吗?有时她确实很温柔,很可爱。可有时确实不可理喻,发起脾气来,前后判若两人。也不知是咋回事,有一次看到一群大男孩从身边走过,她就要喝酒,一喝就醉,醉了就耍酒疯,闹得天龙心力交瘁,疲于应付。

根据姜明志的解释,她一直以为枫还活着。那个叫桦的男孩消失无踪,她就特别思念。想着枫故意躲避自己,远离自己,她就有种十足的挫败感。她沉湎其中,不能自拔。

姜明志叫他好好照顾姜落雁。原来是这样。他长吁一口气,也长叹

泊长安

一声。

　　找工作前，许多人羡慕天龙，觉得他去北京是十拿九稳的事，就等着叶千秋发话，等着姜明志张罗了。

　　但现在遇到这样的事，该如何决断？天龙心中很是没谱。他想去北京，却又犹疑。别人找工作，跑招聘会，一趟又一趟，一次又一次。做简历，买西服，将自己收拾得光鲜利落。天龙像没事人一样，安安静静地陪姜落雁逛公园。

　　一天，姜明志将天龙叫到办公室，跟他兜底了。她说征求了女儿意见，觉得你们俩人不合适。姜落雁接受不了，她心里只有枫。你和枫差得比较多，她始终找不到感觉。我也不便强求。女儿的事，由她做主。

　　天龙只好仓促找工作。毕业前的最后一次招聘会，天龙临阵磨枪，好歹要上场。

　　有熟识的同学用好奇的眼光看他，并问，高天龙，你不是去北京了吗？咋跟我们一个锅里搅稀粥？

　　去啥北京！就我这点水，去了大都市别给淹着！天龙幽了一默。

　　你不想实现宏伟的抱负啦？大都市机会多，发展空间大！

　　去不了！想去也去不了！

　　你应该去更大的地方发展，应聘到小城去太委屈了！

　　别高看我了，人家能看上我就不错了！

　　天龙把简历弄得干净整洁，去应聘月薪一两千的工作，他不觉得掉价。自己就是从土旮旯里爬出来的，啥背景都没有，只不过曾经傍上了一个有钱的人家，又能怎样？还想靠她发家吗？现在两人的缘分走到尽头了，别奢望有什么了。

第二十六章 邂 逅

放着那么好机会不要，瞎起哄嘛！不知情的同学有点惋惜地说。

天龙只是笑笑，不想做进一步的解释。

也许有人笑他傻，也许有人笑他疯，也许有人笑他蠢，放着靠山不用，自己跑来应聘。许多人争一个饭碗，应聘时低声下气，小心翼翼。

天龙想要自由的生活。生命诚可贵，爱情价更高。若为自由故，两者皆可抛。他已厌倦了跟班样的日子，没有思想，没有精神，没有灵魂，日子过得贼没劲。这不是爱情，爱情是两情相悦，这是买卖和交易。他出卖尊严和面子，换来少许的滋润。这些本应靠奋斗得来，靠拼搏和努力获得。

人人需要高品质的生活，拼命追求高规格，这样不劳而获的高规格他不喜欢。他不是委曲求全的人，也不喜欢低三下四，曲意逢迎，感情方面不能将就。他能忍受生活上的清苦，经济上的拮据，忍不了一而再，再而三的奚落和贬低。几年的大学生活，天龙变化不大，蜕变不多。他追求姜落雁，还是揣着私心，动机不很纯正。他不是清高的人，也装不了清高，浑身还散发着泥土气，只是读书多了，面目生动了不少。他淳朴、醇厚、善良的本质没变。他希望过上高质量的生活，也希望出类拔萃，出人头地。可投机取巧他不能，不劳而获他不安。

做此决断后，他知道以后的路注定充满艰辛，铺满荆棘，不会再有鲜花和掌声。

天龙想去北京定居，没有姜明志的支持，无异于痴人说梦，异想天开。他听说上两届有个师姐为了去北京，获得北京户口，不惜临时突击找了个歪嘴、塌鼻、脚有点跛的男人，那人有北京户口。

人啊，有时为了够那高不可攀的东西，不是摔得粉身碎骨，就是遍体鳞伤。退一步海阔天空，天龙咂摸着这句陈年老话，嚼出了点味道。

吃人嘴短，拿人手软。如果因为叶千秋的关系进了北京，他一生就被套牢了。他不想沾她的光，要靠自己的努力照亮前程。

也许在黑暗中摸索很久，也许在阴霾中踟蹰良多，在即将毕业之际，在一次大吵后，天龙终于鼓足勇气向姜落雁坦露心声。这只高傲的长尾雀气得花枝乱颤，玉面生寒。她高声尖叫，要说分手，也该由我先提出，你怎敢抢在前头？岂有此理！你有啥资格提出分手？多少双眼睛在盯着我，你身在福中不知福！你这个榆木脑袋、呆瓜、傻蛋、蠢货，天理不容啊！

姜落雁涨红了脸，踩花踢树。花落满径，树枝摇曳。

天龙深惧，悔不该先提出分手。他为了安抚她的情绪，赶紧转弯，是我不对，我道歉，我悔罪！你先提，你来提。

你让本小姐提，本小姐就不提。哪天我兴致来了，哄得我高兴了，说不定就提了。不提，你就是我的仆役、用人，永远的，永远的。

天龙虽憨，却有些聪明。他知道姜落雁爱干净，讲卫生，上个厕所出来都要把手洗一遍又一遍，差点把手皮搓破。天龙每次跟她亲热，在接吻前要刷牙，嚼口香糖，只有哈出的口气符合要求了，才允许碰。在亲热前，绝不允许他脸上有一点胡楂桩子，如被发现，轻则粉拳相向，重则脚踢口咬，毫不留情。

天龙后来就穿得很土，很旧，很脏。每次约会，姜落雁看到他邋遢不堪，就羞怒不已。更可气的是，他嘴里还不时散发出韭菜味、大蒜味，她恨得不行，甩袖而去。

天龙心里涌起一阵莫名的快感。

第二十六章 邂 逅

高天龙,你就是个大傻蛋,大傻帽,大瓜皮!有次约会时,天龙依然故我,不修边幅。姜落雁很不爽,大发雷霆。天龙不计较,任她骂,骂个够。他希望她讨厌自己,拒绝见面。

姜落雁期待的美好,一件没实现,她不想吵了。走着瞧!她甩下这句话,扬长而去。

天龙想反正要毕业了,你拿我也没办法。可人家终究是有办法的。

他的期末考试有两门挂科,一个五十九,一个五十八。

天龙大骇,知道人家能量大,洗刷干净后,赶紧找姜落雁。姜落雁鄙夷地一笑,终于求着姑奶奶了。天龙只好服软认输。

都快毕业了,竟然还亮红灯,他心里十分不快,可也没办法,弄不好,毕业证都拿不到。他彻底厌了。人在屋檐下,不能不低头。

天龙软磨硬泡,求着姜落雁。姜落雁借坡下驴,也不想闹了,烦透了。姜落雁终于开了金口,姑奶奶今天高兴,从此就一刀两断吧,绝不藕断丝连,牵牵绊绊。我走我的阳关道,你过你的独木桥。

高天龙如蒙大赦,叩谢而去。

赶上了招聘的末班车,他回到家乡,回到小城。兜兜转转,还是回了老地方。

李静宜静静地听着,勺子在瓷杯上不时地磕动着,发出清脆悦耳的声音。

泊长安

第二十七章 欢　宴

　　高天龙参加了南京公务员考试。本来没时间考试，他要照顾余雪莲。余雪莲被天龙带到瑶城，过起了城里人的生活。在夕阳余晖中，有人经常看到他们在圣天湖畔林荫道上散步。清风徐徐，杨柳依依，波光潋滟，鱼翔浅底。他们虽然走在一起，却从不牵手，也不说话。话似乎已经说尽。就这样一直走着，一圈又一圈，天黑透了，俩人就回到出租屋。

　　半年后，单位同事告诉天龙一个好消息，结过婚的人可以分到一居室的房子。这是最后一次福利分房，过了这村就没那店了。天龙，你不是结婚了吗？老婆肚子都老大了。这么大的事要不是我亲眼瞧见，真不敢相信。刚上班就结婚，还怀着孩子。你最合适了，分到房子别忘记请我吃饭。天龙一脸茫然。他该咋说，告诉别人她不是自己女人，是嫂子？他也闹不清了，到底是不是嫂子。现在叫嫂子还早了点，不过她确实怀着高兴的娃。余雪莲和高兴结婚时，没办婚姻登记，也就是没领结婚证。领证在农村还不作兴，只要办了酒席，就算结婚了。

　　天龙觉得这是好消息，回家就告诉了余雪莲。她心里很高兴，但也

第二十七章 欢　宴

忍不住别扭。去办结婚证吧，就算合法夫妻了，那么就可以顺理成章地分到一居室。天龙说，这是假结婚，也就办个证。你还是我嫂子。余雪莲听了眼神游离，十分沮丧。她算啥，既不是天龙女人，也不是高兴女人。说不是天龙女人吧，他们住一起。说不是高兴女人吧，她怀着他的孩子。她觉得处境尴尬，十分难为情。天龙对她照顾有加，一到周末，就给她烧饭，鲫鱼、排骨、猪蹄没少买。买来炖了、煮了、烧了给她吃。吃饭时，一个劲地往她碗里夹菜。她饭量小，吃得不多。天龙就劝，为了肚子里的孩子，也要多吃。余雪莲有时生气，就想打掉孩子，这像啥？天龙不允许，生下来，我负责照看，一个侄子半个儿，高兴的娃也就是我的娃，我一样喜欢。余雪莲就不说话了。其实，她也舍不得。怀孩子不容易，她和高兴是有感情的，要不是中途突然钻出个女人，她现在准在高兴怀里撒娇。她不敢在天龙面前撒娇。打了结婚证后，她以为可以，试着撒了回娇。天龙没有回应她。他对余雪莲还是执君子之礼。余雪莲就觉得无趣，要不是肚子里的娃，她就出走了。天龙对余雪莲关怀备至，嘘寒问暖，但从不碰她。

一居室分下来了。余雪莲也要生产了。他们终于不用租房子了，在新房里。对他们来说是新房，其实是旧房子，资格老的人分到了更大更新的房子，这样陈旧的小房子就分给了年轻人。

余雪莲就在这个房子里生下了丢丢。生娃那天，高兴特地赶来，还在家属一栏签了字。医院就在家门口，走路几分钟就到。

预产期一到，天龙就把高兴叫了过来。高兴送她住院，陪她说话，晚上就开始有反应，夜里娃就生出来了，母子平安。高兴拍了拍天龙肩膀，又抱了抱他。

泊长安

　　在医院守着时,高兴和天龙聊了好久。虎妹和高兴在一起时,也很快就怀上了,家里虎妹也要生产了。我在养鱼养鸭,没时间照顾她,就托付母亲看管。你也知道,母亲身体不好,也做不了啥。

　　天龙点头。你不容易。以后咋办呢?天龙抹了把眼泪,摇了摇头,我也不知道。

　　高兴在瑶城天龙家住了几天,余雪莲很高兴,她需要照顾。

　　一天晚上接到一个电话,母亲打来的。高兴听了电话,就脸色煞白。晚上没车回去,好不容易挨到天亮,他坐上车就往回赶。

　　临走甩下一句话,虎妹危险,替我照看好雪莲。

　　数十天后,高兴打来电话,说虎妹病了,差点就走了。能想象到,他声音沉重,话里满含悲戚。天龙再三盘问,他才道出了实情。

　　怀孕三个月后,虎妹觉得下身淋漓不尽。她也不懂,不以为意。高兴更不懂,没放心上。后来干脆血流不止,像要流产的样子。虎妹怕了。高兴不敢怠慢。天亮后,抬到乡卫生院一检查,说是葡萄胎,要流产。家里后院有口水井,水井边有个葡萄架,架子上缠着葡萄藤,每到夏天,藤叶蓬茸,葡萄成串。伢们一会儿偷吃一颗,一会儿又偷吃一颗。高兴见了,嘿嘿一笑,对院中葡萄架很满意。他只忙着生儿育女,情趣全无,生趣皆失。这是老父亲留下的手笔,是他的骄傲,也是他在家仅有的资本。伢们亲几次,就看葡萄结了多少。

　　老父亲听说媳妇怀葡萄胎,梗着脖子,跛着腿,拿起锯子就锯,眼里汪着浑浊的泪。阿爹疯了!天晴家大丫扯着袖,二丫抱着腿,仍没拦住。大丫说阿爹疯了。二丫说老不死的!

　　年轻人哪懂?根本就没听过。葡萄胎,跟葡萄有关系吗?吃葡萄吃

第二十七章 欢　宴

的？虎妹吃得不多，都是丫头吃的，实在馋痨了，才和女儿和侄女抢吃了一些。今夏确实多吃了几颗，也不至于吧？

虎妹在卫生院做了人流，高兴陪着回到家。看到葡萄藤架被铲一空，高兴一句，阿爹麻缠了。虎妹摇摇头，没出声。

本以为消停了，不想虎妹肚子忽然疼起来，接着下身出血。刚开始一点一点，慢慢就多了，像水流。虎妹脸白如纸，高兴心空似野。他哆嗦着找来三轮，拉着老婆向县医院飞奔。

到了医院，人快休克了。医生一检查，立马要求手术，同时下了病危通知书。高兴魂没了，愣怔着，像根朽木，就要蚀透了。城里表亲清醒着，知道凶险。他的话像鞭一样催打着高兴，立即转院，到省城。高兴腰带紧，手头也紧。他攥着拳头，捏住的只是空气，并无钱钞。表亲飞也似的赶回家，捧出压箱底的钱。高兴嘴哆嗦着，眼里噙着泪。

手术顺利。住了俩月医院，基本康复。县医院的医生到底夸大，说是宫颈癌。高兴听到癌字，震得头皮发麻，手心发热，心脏跳得快要从胸口蹦出，差点没喘过来，憋得快死了。

到了省城医院，一检查，医生否定了癌症，只是葡萄胎流产不干净，长出了新东西，来得还算及时，再晚片刻，没治了。高兴长出一口气，向表亲叩谢。表亲赶紧挽起。

出院时，医生嘱托，三年后不复发，就好了，但再不能怀孕了。高兴点头又摇头，表情古怪。

天龙听了长舒一口气。好在余雪莲给高兴生了儿子，他也该知足了。

丢丢稍大，天龙想和余雪莲解除婚约，将老房子赠送她，将养母子。余雪莲心情复杂，脸色晦暗。和天龙朝夕相处，虽无肌肤之亲，也无夫妻之实，却有夫妻之名。她郁闷极了，一度神思恍惚。

天龙背过脸去，眼里流出了泪水，不知是咸是苦还是涩。

天龙在李静宜的鼓励下，顺利考到了南京。李静宜在广州的诺基亚公司也在南京设了分厂，她经过几次反复，如愿以偿地调了过来。

可以朝夕相处，可以耳鬓厮磨。两情若是久长时，必须朝朝暮暮。

他们一有空，就结伴去旅游。一次去甘肃敦煌，天龙看到了一个熟悉的身影，他激动地叫出声，邬有妙。那人回头，看了看天龙，转身离去。

李静宜说，你认错人了。天龙说，绝对错不了。他说毕业后就去敦煌，研究飞天。得偿所愿，就不认人了，岂有此理，岂有此理！

他毕业后，留在了陕西，但几年过去了，也说不准，也许跳槽，回到甘肃了。

不去理会吧。天龙和李静宜在敦煌和青海湖玩了几天，就打道回府。

李静宜公司很忙，最近老要出差，欧洲和美洲经常飞。美国对她来说，已经很熟了。她曾经留学过。出差美国，她很乐意。

公司又安排她出差欧洲。李静宜吻别了天龙。她走出了老远，天龙犹在回味湿吻的滋味，还没回过神来。

李静宜走后，天龙分别给周华强和孙家旺打了个电话，述说他碰到了邬有妙，在甘肃敦煌。他是不是已经成为那里的工作人员了？周华强支支吾吾，孙家旺也含含糊糊。没劲，他小声嘀咕了一句，就挂断了电话。

晚上，天龙从电视里得知一个爆炸性新闻，李静宜乘坐的航班坠毁，机上乘客无一生还。

天龙的头突然爆炸性疼痛。新房已经装修好了，就等着结婚了。结婚的日子都选好了，就在三个月后。她出差一周，回来后就商量婚礼的事。

第二十七章　欢　宴

　　天龙想着他们在一起的朝朝暮暮，点点滴滴，分分毫毫，像电影一样，在眼前晃动。看着她的花裙子，天龙就忍不住思念；望着她的吊带衫，天龙就禁不住泪眼蒙眬。大学里一幕幕，以及北京偶遇，后来的南京相处，都在心底回旋。难道上苍有意要惩罚他？难道命中注定要失去这个女人？难道他们的结合本身就是一个美丽的错误？难道真应了那句老话：命里该有终须有，命里本无莫强求？

　　他脸色死灰，像被抽了筋的蛇，毫无力道；像被扒了皮的虎，惨然无声。他呆坐着，什么也不想干，什么也干不了，就这样傻傻地，愣愣地，痴痴地望。屋子里都是李静宜的气息，床上还残留着她的毛发，枕头上还冒着余温。他捡起毛发，放进小盒子；他抱起枕头，不停地闻着，上面还有朱砂梅的清香。最是那一低头的温柔，像水莲花不胜凉风的娇羞。温柔不再，水莲花枯萎。那在风中招摇的嫩蕊，已经凋残；那在雨里沐浴的身影也已消失。他感受到凄凉，也感受到悲伤。岁月正在伸出巧手，也递出了橄榄枝，灵雀在梢头鸣叫过，他以为带来的全是喜气和欢快，不承想，意外来得突然，猝不及防，像一个浪头忽然打在身上，力贯千钧。他不知咋办，他百无聊赖，一切都来得那么急迫和仓促，完全出乎意料，全乱了，所有的计划都泡汤了，心也跟着沉入谷底，不再有活力。他久久不能自拔，陷入莫名的恐慌中。

　　家里的陈设一切照旧，他不曾改变丝毫，都是李静宜出门前收拾好的，配置齐的。他无权改变，也不想改变。睹物思人，看到这些，他就眼圈发红，暗暗掉泪。无可改变，没法收拾。过去的美好只有珍藏着，藏得越深越好，越久越好。

　　他亲自打车送她去的机场，就是那趟航班，绝对错不了。他还心存

泊长安

侥幸，希望李静宜错过这趟航班，忽然想起要给她打电话。从晚上六点拨打李静宜的电话，一直到九点，电话里始终传来，"您拨打的电话已关机"。天龙将电话狠狠地扔在床上。大红的被子绣着鸳鸯戏水，琴瑟和鸣。

　　高天龙两眼血红，毫无睡意，夜深了，周围静悄悄的。大概十一点，天龙听到钥匙转动锁孔的声音。钥匙只有他和李静宜有。天龙大骇，瞪着大门。钥匙在锁孔里不停地转动。门开了，一个熟悉的身影出现了。高天龙更骇，颤抖而惊诧地看着她。呆子，也不知道拿一下行李。天龙幡然醒悟。

　　天龙告诉了李静宜她要乘坐的航班出事的消息。李静宜听得脸色煞白，长吁一口气。

　　原来她要乘坐的航班晚点两个小时。就在她百无聊赖时，电话突然响了，是公司打来的，有一个紧急任务，要她退掉机票，马上赶回去开会。她来不及细想，匆匆打车返回。

　　会议很紧急，也很秘密，按照规定，必须要关掉手机。她就这样逃过一劫。

　　天龙和李静宜举行婚礼那天，余雪莲带着五岁儿子坐上了西去的列车，听到了驼铃，看见了戈壁，闻到了馕香，看见了胡杨。

　　天地莽苍苍。

一稿完成于 2016 年 6 月

二稿完成于 2020 年 7 月

三稿完成于 2020 年 11 月

后　记

初涉长篇，甘苦自知。长篇小说不敢轻易尝试，也不能轻易尝试。斗胆之下，竟然写下了。经过多次修改打磨，才有今天这个模样。我是不满意的。有人说，令自己满意的作品永远是下一部。期待之。莫言说，长篇小说要长，像鹤的腿，虽然长，却很美，往那里一站，就有一股逼人的英气，有一种诱人的神气。虽不能至，心向往之。这是我的追求，也是我的向往。本部长篇几经周折，终于面世，到底令人欣喜。欣喜之余，心中不免惴惴。但丑媳妇终究要见公婆，晚见不如早见。我是写作天赋不高的人，也是比较笨的人，这是毋庸置疑的。但我还算勤奋。如果这算是优点，我想继续保持。

写这本书酝酿了很久，腹稿也打了很长。初稿在激情之下，一口气写完。开始以为不错，放了一段时间再捡起，觉得很不如意。又重新修改，将结构和时间打乱，分几条线写。刚开始是完全按时间顺序写的，这很传统，也很普通。我借鉴了一些名家写长篇小说的经验和处理方式，将时间和人物交叉开来，写一个长篇相当于写两个长篇。写了第一、二章后，重新开启下一章节新的人物和故事。后面接续就相当困难，必须要重新审读前面的章节。这样写费时费力，也不讨好。作者写着困难，读者读着也困难。第一次写长篇小说就冒这样大的风险，实在有点吃力不讨巧。后来证明，确实在人物故事衔接，还有时间先后顺序上，让人有点费解。这是一次尝试，不管对错，既然选择了，就要坚持下去。我还是硬着头皮，完成了这一次冒险。在结构上，得到曹化根老师的肯定。他说小说总体比较大气，视野开阔，结构独特，人物故事也可圈可点，不管是主要人物，还是次要人物，都有鲜活的一面。他的评价给了我很大信心，让我有继续下去的勇气。写长篇小说，就靠一股劲，再衰三竭。如果没人喝彩，无人助推，就容易陷入孤寂和冷凝，不易攀爬过去。

其实按时间顺序、按人物故事发展顺序写下去，也没啥不对，为何要和自己较劲，和自己过不去，非得打破常规，打乱秩序，交错来写？这是我对自己的一点苛求。那样写太普通了，太寻常了。如果语言不精练，故事不出彩，也就引不起多大反响。故而冒险一试，也算是掩盖自己在语言和故事上的某些不足吧。不足肯定是有的，也许还不小。这是不可避免的。我在这里也不隐瞒。每个读者都是评论家，好与坏，是与非，读后自有论断。我在这里也就不浪费笔墨了。

长篇小说的修改也是熬人的。自己看了一遍又一遍，改了一次又一次，搞得昏头昏脑，筋疲力尽。本来有时间和精力去写中短篇，由于要改稿，冒出来的灵感和写作冲动被强行压下去。所有写作都停止，让位于本部长篇小说的修改。等长篇修改好后，写作的灵感忽然消失，中短篇小说的引信悄悄湮灭了。我昏睡多日，才终于恢复过来。有人说，写作是要有灵感的，也是要靠灵感的，没有写作冲动和写作欲望，强行写作，无异于自我强奸。用"强奸"这个词尽管不甚文雅，也不够恰当，但相信读者会明白的，写作者也会理解的。

后 记

我向来是没有写作冲动不写作，没有写作欲望也不写作，没有写作灵感更不写作。灵感稍纵即逝，过去没抓住就过去了，想找也找不见。有人说，靠灵感写作是不长久的。我要说，不靠灵感写作更不会长久。写着写着，灵感就会接踵而来，不请自来，骤然而至。有过多年写作经验的人自然会懂，不再赘言。

本部长篇初稿就是靠激情和冲动写下来的，修改却依仗理性，实在比较辛苦。有些写偏，有些写岔，只有通过多次修改试图扶正。

本部长篇小说的写作和出版得到了很多良师益友的帮助与指导，有郭翠华老师、曹化根老师、刘霞云老师，更有省作协主席许春樵老师。他们提出了很多中肯的意见和建议，在此表示谢忱。他们也给予了很多鼓励，指出瑕疵，叮嘱在细节上要认真打磨，仔细修改，不可急躁，不要懈怠。我怀着深深的感激，他们在百忙中能抽出时间看拙作，实在不容易。同时，也要感谢施用虎老师为书名题字。

当然，还有编辑老师，许洁兄，都给予了无私帮助，做了很多案头工作，才有本部长篇小说的面世。

还有许多在幕后默默帮助我的老师和朋友，在此一并表示感谢。

有人说出书就像生孩子。我总算又生了一个孩子，当她呱呱坠地时，我是"漫卷诗书喜欲狂"的。虽不粉妆玉砌，花枝招展，但能不污人慧眼，那我就没白忙活。如果还能带来点教益，收获点赞美，那就算是意外之喜了。

这不是后记的后记，连我都觉得不知所云，让读者受累了。

张正福
2021.5.26